Een onschu

Marijke Spies

Een onschuldige familie

Amsterdam
Em. Querido's Uitgeverij BV
2004

Omslag Brigitte Slangen
Omslagfoto Alinari Picture Library
Foto auteur Chris van Houts

ISBN 90 214 8016 6 / NUR 301
www.boekboek.nl

Proloog

Zaterdag 1 maart 2003

De expositie van foto's van William P. Elling die het Marokkaanse cultuurcentrum in Amsterdam had georganiseerd, was een succes. De meeste landelijke dagbladen besteedden er aandacht aan. Elling zelf mocht dan meer dan dertig jaar geleden omgekomen zijn, zijn werk was van een onverwachte actualiteit doordat iedere romantische schoonheidsillusie, iedere flirtation met het exotische eraan ontbrak, zonder dat het speciaal gericht leek te zijn op de armoe, het verval. Ze ontbraken niet, de strakke moskeeën en de kleurrijke stegen, evenmin als de vlakten vol hutten van golfijzer en wrakhout. Maar ze waren bijna achteloos opgenomen, in scherp licht en met een fijne korrel in zwart-wit. 'Onsentimenteel en technisch volmaakt,' schreef NRC *Handelsblad.*

Er waren natuurlijk de foto's van het societyleven in Rabat, Tanger en Casablanca. Van het hofleven, met als hoogtepunt een bijna levensgroot portret van Hassan II te paard, omstuwd door soldaten en dienaren op weg naar de moskee voor het vrijdagavondgebed. En van hoge woontorens met vrouwen gehuld in zwarte djellaba's op de balkons, van een ineengekrompen vrouw op het graf van een heilige maraboet, die haar genezing kon brengen.

De allereerste foto van zijn carrière als professioneel fotograaf hing er ook: een vrolijke vrouw in wijde kleren met achter haar twee jongens in het uniform van de Italiaanse fascisten. Willemien Rietkerk keek er verbijsterd naar.

'Maar dat is mijn grootmoeder,' zei ze, meer tegen zichzelf dan tegen haar kleindochter, die wat verderop stond.

'Kijk eens, Bien, je betovergrootmoeder.'

'Tjee. Wel een mooie vrouw trouwens.'

'Ja... wat geëxalteerd.'

'Nou ja.'

Schokkender waren de opnamen die hij in de jaren twintig gemaakt had tijdens de Rif-oorlog. De over elkaar gevallen lichamen met wijd opengesperde monden en ogen waren van zo schaamteloos dichtbij gefotografeerd dat het leek of de stank tegen je aan sloeg. Het was zo lang geleden en er waren zo veel oorlogen, zo veel gruwelen op gevolgd, dat vrijwel niemand meer wist van de strijd in de kale heuvels van het Rif-gebergte, en Bien al helemaal niet. De door mosterdgas wegrottende ledematen en uitgedroogde baby's grepen haar bij de keel.

'Wist je dat, oma?'

'Ja, nee. Nee, ik geloof niet dat hij het daar ooit over had.'

Toch ging, wat de bezoekers betrof, de meeste belangstelling niet uit naar de oorlogsfoto's, die als jeugdwerk aan een kleine zijwand hingen en weinig representatief waren voor het geheel, maar naar een serie van twaalf gigantisch uitvergrote onderwateropnamen aan weerszijden van een al even grote kleurenfoto van de raffinaderijen van Mohammedia, met giftige blauwgroene wolken tegen een rode zonsondergang. Twee aan twee ruggelings achter glas gevat, hingen ze in het midden van de zaal aan dunne draden van het plafond: benen van zwemmende jongens, dansend in diffuus licht boven de resten van een gezonken schip; een onder water zwemmende jongen wiens lichaam glansde in het licht dat langs zijn spieren gleed; een naakte jongen die zich vlak onder het wateroppervlak liet drijven en die met zijn hand zijn kleine penis lachend op de toeschouwer richtte. En aan weerszijden: een school vissen, één enkele vis, twee vissen die paarden. Alleen de aandachtige beschouwer zag de aangevreten plekken bij de kieuwen, de afgebrokkelde vinnen hier en daar, de beginnende kankergezwellen. De pers had het in elk geval niet opgemerkt. Je kon zien dat het water warm was en vol zwevend gruis, wat dat ook mocht zijn.

De meeste Marokkaanse leden van het centrum, op weg naar koffieruimte of koranschool, keken zwijgend naar de vreemde bezoekers, een keurig Nederlands echtpaar, een journalist, en een wat oudere dame met een meisje van een jaar of achttien, negentien in spijkerbroek en trui, de lange blonde haren onbedekt over de schouders. Maar een paar radicale jongeren schoot de uitstalling van westerse wandaden in het verkeerde keelgat. Die vrijdag, na het middaggebed in de aangrenzende moskee, drongen ze samen.

'Nou zie je. Wat moeten ze kijken.'

'Ach kom, man.'

'Ach kom, ach kom, kijk dan naar Palestina en Irak, man, of Nigeria, wat ze daar doen.'

Iemand spoog op de grond, niet ver van de voeten van de journalist die juist zijn aantekeningen stond na te lezen. Het was de vraag of het met opzet was, maar de man zei er wat van, niet al te vriendelijk. De jongens, niet meer dan vijf of zes, schoven naar voren. Even dreigde er iets. Het was een geluk dat de imam op dat moment langskwam en ze wenkte, zodat het met een sisser afliep. Maar een uur later al verscheen er op het web, op www.marocaction.nl, een opgeblazen verhaal over 'nieuwsgierig kijken naar onze vermoorde helden' en 'denk aan onze dappere voorouders, die martelaren zijn geweest voor het geloof'.

Willemien en Bien waren toen al lang weg, Bien naar het café waar ze drie keer per week werkte en Willemien in de trein terug naar Den Haag. Ze voelde zich niet goed, wat duizelig. Toen ze de trein in stapte had ze zich moeten vastgrijpen en nu ze eindelijk zat was het telkens of ze wegzakte. De foto's van Willem hadden haar meer aangegrepen dan ze tegenover Bien had willen toegeven.

Rechtop, met een stijve rug en haar hand plat op het tafeltje voor haar om tenminste iets hards te voelen, zag ze vanuit een ooghoek de wereld voorbijflitsen. Bij elk station bad ze dat er niemand naast of tegenover haar kwam zitten. Maar het was pas vier uur en de eersteklascoupé bleef leeg op één man na, die een paar stoelen verderop zat te telefoneren. Hij deed haar vaag aan Alwin denken. Ze glimlachte, iedereen deed haar altijd aan iemand denken. Hoe lang was dat alweer geleden? En dan schoof er weer een beeld door haar hoofd van kinderen met halfblinde ogen en van een panische vrouw, die haar hoofddoek wegtrok van haar gezicht.

In Den Haag nam ze maar een taxi.

'Scheveningen. Flatgebouw Duinzicht.'

De chauffeur keek haar glazig aan.

'Bejaardencomplex Duinzicht,' verduidelijkte ze.

Ze haatte het: 'zelfstandig en toch verzorgd wonen. Met uitzicht op zee'. Comfortabel was het wel en sinds ze alleen was... Maar toch, nooit, nooit zou ze eraan wennen, beneden in de hal de schuifelende medebewoners, de dame van de receptie – 'Dag mevrouw Rietkerk, weer terug?' – en dan de lift, haar eigen witte gezicht in de spiegel, haar eigen flat...

'Fatima?'

Maar Fatima, haar hulpje, was al naar huis. Het licht viel grauw door de kamers en vanachter het raam klonk het eeuwige eentonige geruis van de zee. Gifgas... Ze was toch min of meer bevriend geweest met de jongste broer van haar vader, maar in die tijd was die Rif-oorlog ook alweer jaren geleden, en al die volgende oorlogen waar hij op een of andere manier mee te maken had gehad.

Zondag 2 maart 2003, 's ochtends vroeg

Ze had geslapen, een diepe, droomloze slaap, en nu was ze opeens wakker. Het was nog donker en in de verte gromde de zee. Ze was bang. Waarom zou ik in godsnaam bang zijn? dacht ze bijna hardop. Dat hielp. Het zakte weg. Maar meteen was het er weer, een keiharde angst, die als een steen op haar borst drukte. En toen schoot er met krakende pijn een lichtflits door haar hoofd.

Een bel, er moest ergens een bel zijn. Ze wankelde door het donker naar de badkamer, tastte met vlakke hand lang de koude muur tot ze het koord vond en trok, en trok.

1 *Drie zonen*

1922

Zelfs het water was warm geweest, die dag dat Willem Elling in de baai van Salerno als negentienjarige zijn eerste onderwaterfoto's had gemaakt. Een veel te duur toestel natuurlijk. Hij had het meteen in de etalage zien staan, toen ze de ochtend na hun aankomst in Napels de drukke winkelstraten in waren gelopen. Zijn moeder, in haar witte japon zich onophoudelijk koelte toezwaaiend met een kanten zakdoek, keek in de winkelruit meer naar zichzelf, of misschien naar de voorbijgangers achter haar, dan naar de Leica die daar te pronk stond, met eromheen filters en lenzen en wat niet al.

'Ik heb nog niets voor mijn eindexamen gehad,' probeerde hij.

'Maar jongen, al dat geld. De vakantie is toch al zo duur.'

'En u zei juist dat de trein zo goedkoop was.'

'Ja, de trein...'

'En ik ga niet studeren, zoals Jaap en Bert.'

Ze kon hem nu eenmaal niets weigeren.

'Maar dit is echt de laatste keer.'

Eenmaal in de winkel konden een paar extra lenzen er ook nog wel bij. Cornelie glimlachte vergoelijkend naar de verkoper, die de ene la na de andere opentrok, er zelfs folders bij haalde. Tenslotte ging ze maar zitten, terwijl Willem en de verkoper hangend over de toonbank door lenzen keken en praatten, praatten. Een dame – de vrouw van de eigenaar? – bracht haar een minuscule espresso met, goddank, een glas water op een zilveren blaadje. Wat die jongen toch had met dat fotograferen... Al vanaf zijn eerste toestelletje, toen hij twaalf was. Zou je als fotograaf tenminste enigszins in je levensonderhoud kunnen voorzien? Als ze aan zijn vader dacht, even kunstzinnig, even gedreven, sloeg de angst haar om het hart.

Naderhand fotografeerde hij haar van alle kanten, in de winkelstraat, bij het hotel, op een plein bij de haven.

'Mamma, naar links kijken, uw kin wat omhoog.'

Hij danste om haar heen, totdat ze samen de slappe lach kregen.

'En nu draaien. Kunt u uw shawl wat los houden, zodat hij opwaait?'

Pas toen ze later, al lang terug in Arnhem, de afdrukken bekeken hadden ze gezien dat op één ervan twee fascistische jongens glimlachend stonden toe te kijken. Het was een prachtige plaat: zij, vrolijk, met haar arm wijd de shawl ophoudend die zich ragfijn aftekende tegen de doorschijnende lucht, met daarachter die twee zwarte figuren met hun glimmende laarzen, de ene iets naar links en de ander iets naar rechts hellend, en ergens op de achtergrond de schaduw van een vlag die van een gevel hing. Het zou de eerste foto zijn die hij gepubliceerd kreeg. Dat was ruim twee jaar later, toen Mussolini al alle macht naar zich toe getrokken had. Opeens, zomaar op een avond – hij had de hoop dat ze hem zouden nemen allang opgegeven – stond hij op de voorpagina van *De Telegraaf* onder de kop 'Nieuwe hoop voor Italië?'.

Die dag was iedere gedachte aan publicatie ver. Ze waren vanuit Merano, waar ze logeerden, naar Napels gekomen omdat Willem per se naar Pompeï wilde. Jaap en Marietje en Bert hadden in de bergen willen blijven, en Greet had zich opgeofferd.

'Gaan jullie nou maar. Ik ben er al eens geweest.'

Cornelie had het wel prettig gevonden dat er iemand bij de jongens bleef, al waren die dan ook al twintigers. Zeker nu Jaaps meisje erbij was. De mensen praatten zo snel.

Maar in het hete, drukke Napels was het niet uit te houden geweest en de volgende dag al waren ze doorgereisd. In Salerno was tenminste zoiets als een strand en soms een vleug wind vanuit zee. Slenterend door het lauwe water richtte hij zijn camera nu links, dan rechts, zonder af te drukken.

Zijn moeder zat verderop bij de badhokjes onder een enorme parasol te lezen. Naast haar stond de koelbox met thee en mineraalwater. Zo nu en dan keek ze op van haar boek en zwaaide ze naar hem. Hij deed of hij het niet zag. Hij staarde door de lens naar de rimpeling van het water om zijn voet, naar het rulle zand, naar een groepje figuren aan het andere eind van het strand. Hij had een gevoel van leegte dat steeds groter werd, een vage misselijkheid, niet zozeer in zijn maag, maar in zijn hele lichaam, in zijn hoofd, in alles om hem heen, alsof de lucht zelf dikker was geworden. De jongens verderop schenen er geen last van te hebben. Ze sprongen elkaar op de rug, lieten zich met gestrekte benen in het opstuivende zand vallen, renden spattend het water in.

Die middag liep hij, toen zijn moeder rustte, net zolang patisserie in, patisserie uit tot hij een langwerpig koekblik had gevonden dat groot genoeg was om zijn camera te bevatten. In een lijstenwinkel liet hij een stuk glas snijden ter grootte van de lens. Het kostte nog de hele avond om met zijn zakmes een gat in de bodem van het blik te maken en met het isolatieband, dat hij van de portier had gekregen, het glas er zo voor te plakken dat het geen water doorliet. Maar toen had hij dan toch iets dat, dacht hij, als onderwatercamera zou kunnen functioneren.

Een uur, twee uur stond hij de volgende dag in het water te worstelen voordat hij toegaf dat het niet werkte. Er kwam te weinig licht in de lens, en bovendien kon hij nauwelijks iets te zien krijgen door de viewer en bleek het onmogelijk tegelijk te kijken en de ontsluiter vast te houden, op welke manier hij ook zijn hand het blik in wurmde. Toen wierp hij het hele geval de zee in, waar het bleef dobberen en zo nu en dan, als een ironische knipoog, een lichtstraal terugkaatste naar de kust.

Er zat niets anders op dan zich maar te laten drijven met zijn gezicht en zijn camera zo dicht mogelijk tegen de waterspiegel, zijn handen in een koker om de lens, en te trachten zo een glimp te vangen van het mysterieuze licht onder hem. Er was niets te zien dat het fotograferen waard was, zelfs de paar schelpen die op de bodem lagen waren dof en grijzig. Maar toch had het iets veiligs, alsof hij onvindbaar geworden was, autonoom. Hij wist natuurlijk dat zijn rug vanaf het strand uitstekend te zien was, zeker met die rode zwembroek, en zijn moeder zou wel weer bezorgd zijn dat hij zou verbranden. En natuurlijk zou hij verbranden, met die felle zon en de weerkaatsing van het water, maar dat was zijn rug en eigenlijk al niet helemaal hijzelf meer, eerder een schild tegen de buitenwereld. Hijzelf, de weeïge druk in zijn longen, het kloppen in zijn buik dat langzaam opdrong naar zijn geslacht, alles bestond in een groenige stilte.

Stilte... Sinds zijn eerste zwemles, aan de haak en met beide handen geklemd aan de aan elkaar geregen kurken, had hij het geweten, ongearticuleerd toen nog, maar niet minder zeker: hij hoorde thuis onder water, ver van de ruzies van zijn vader en moeder, van zijn moeder en tante Greet, van Jaap en Bert met hun geschreeuw, met hun gebonk de trappen op en af. Hij dreef. Om de paar seconden hief hij zijn gezicht op om beter adem te kunnen halen, maar zonder zijn ogen af te wenden van de viewer: de ribbels op de bodem, een stuk steen, nog een stuk steen, het begin van een rotspartij, twee benen... Twee benen. Ze bewogen traag uit elkaar en naar elkaar toe. Hij staarde ernaar. En toen schrok hij.

Met een ruk kwam hij overeind. De jongen keek hem recht in zijn gezicht en lachte.

'Buongiorno.'

Met nog steeds langzaam bewegende armen en benen dreef hij voor hem, terwijl hijzelf druipend en enigszins belachelijk met die zwarte camera voor zijn buik rechtop stond.

'Tedesco?'

'No, Olandese.'

'Olandese, Olandese, non ci sono molti Olandesi qui. Come si chiama? Io sono Angelino.'

Het was het begin geweest van alles.

Opeens wilde hij helemaal niet meer naar Pompeï. Hij moest en zou elke dag naar het strand. Cornelie begreep het niet. Het was er niet uit te houden. Ze wilde terug naar de bergen, naar Greet en de twee andere jongens, maar Willem wist haar telkens weer zover te krijgen dat ze nog een dag langer bleven.

Na twee dagen weigerde ze nog met hem mee naar het strand te gaan. Urenlang liep ze rond in de witte zalen van het museum, meer uit nijdigheid dan uit belangstelling, en tenslotte ging ze alleen naar Pompeï, met een taxi door de snikkende hitte en een chauffeur die reed als een gek. Ze riep 'piano, piano' en hij antwoordde 'si, si, signora', maar hij verminderde geen moment vaart. Toen ze er eindelijk waren bonsde haar hart in haar keel en zat ze onder het stof. Verveeld liep ze door de dode stad zonder ook maar een aasje wind of schaduw. Wat er nog aan huizen overeind stond mocht je niet eens in. Maar niemand, Wim niet, Greet niet, niemand zou haar erop kunnen betrappen dat ze niet alles gezien had.

Op een avond was opeens de maat vol. Ze wist niet hoe het kwam. Ze wilde niet meer, niet die hitte, niet die fascistische squadristi die schreeuwend door de straten reden, en al helemaal geen oude Romeinen. Wim kon soebatten wat hij wilde.

'We gaan terug. Morgen haal ik kaartjes en overmorgen vertrekken we.'

'Maar...'

'Ik wil er geen woord meer over horen.'

Die laatste dag was voorbijgegaan in een roes. Al voor het ontbijt ontvluchtte Willem het hotel. Op het strand was natuurlijk nog niemand. Zittend op een muurtje bij een paar armoedige zeedennen keek hij om de haverklap op zijn horloge en elke keer wakromp zijn maag ineen. Hij had geen idee hoe laat ze gewoon waren te komen of waar ze uithingen. De lucht begon al zwaar en benauwd te worden en dat zou de rest van de dag alleen nog maar erger worden. Toen hij ze tenslotte zag, slenterend langs de boulevard, Angelino achteraan, half verscholen achter de anderen, kon het hem al bijna niet meer schelen.

Om een of andere reden bleven ze die dag niet aan de baai. Ze liepen en liepen, soms half stoeiend, maar meestal rechttoe rechtaan alsof ze ergens naartoe op weg waren. Door smalle stegen ging het omhoog. Hij keek tegen niets anders aan dan ruggen en stenen, stenen en ruggen. Eén ervan was Angelino. Angeliino, Angeliiino. In een goedkope lange broek en een colbertjasje, verdomme.

Ze hadden geworsteld, ze hadden met de armen om elkaars lichaam door het zand gerold, en ze hadden in de schaduw van een half uitgesleten rots naast elkaar gelegen tussen de aangespoelde resten wier en lege flessen en met een natte vinger figuren getekend in het zand op elkaars benen tot hij trilde als een espenblad en Angelino hem met een korte lach in zijn armen had genomen, had gezoend, gezoend dat zijn lippen ervan bloedden – wat moest hij in godsnaam tegen zijn moeder zeggen – en zijn lichaam stijf werd als een plank. Naderhand had hij zich huilend afgetrokken achter een boom, terwijl de anderen, Angelino incluis, verderop aan het voetballen waren met een stuk hout.

Hij werd moe. Zijn voet gleed soms weg in de goot vol vuil en afval. Om hem heen schreeuwende kinderen, die meeliepen en weer verdwenen. Langzamerhand raakte hij achterop. Ze waren nu met meerderen. Hun voetstappen weerkaatsten tegen de huizen en boven hun hoofden hingen de mensen uit de ramen. Ze riepen. Een man balde een vuist, een vrouw gooide een handvol koffiedrab naar ze en een andere vrouw gooide een bloem. En nu zongen ze ook. Steeds meer struikelend over zijn voeten, half verblind door het zweet dat met straaltjes in zijn ogen liep en met zijn camera als een steen om zijn hals probeerde hij mee te komen. Ze zongen met gescandeerde uithalen, korte woorden die overgingen in een of andere slogan, in gebrul.

Toen, opeens, werd er gevochten. Ze waren uitgekomen op een plein dat omringd was door hoge huizen waar het pleisterwerk in lappen bij hing. Het gebrul zwol aan tot een soort ondergronds gebonk – onweer, een vulkaan, de eigen, altijd dreigende Vesuvius op het moment van uitbarsten. Uit een raam werden papieren naar buiten gegooid, en meubels, en weer papieren, dozen, ladebakken, bureauladen vol witte vellen die langzaam omlaag dwarrelden. Om hem heen begonnen ze te rennen.

'Avanti, avanti.'

Vlak voor hem sloegen twee groepen kerels al op elkaar in.

In een opwelling begon hij te fotograferen. Vanachter de viewer kreeg het gevecht iets ritmisch: vuist tegen kaak, en weer, vuist tegen kaak. Hij drukte af, verwisselde de plaat, wachtte, drukte weer af, en al afdrukkend beheerste hij het geweld. Langzaam hief hij zijn lens hoger, naar de ramen met hun regen van papieren, en weer lager, een vertrokken gezicht, benen, laarzen... Zelfs nadat hij omver was gegooid fotografeerde hij nog een moment door: een stuk straat met een erboven hangende schoenzool, de gigantische hak dreigend omlaag gericht.

Toen vluchtte hij. Hij rende tot hij niet meer kon. Zijn hart bonzend in zijn keel en zijn handen stijf geklemd om zijn fototoestel stond hij in een smalle straat. Het was onwezenlijk stil. Aan de rand van de goot liet een kind een sinaasappelschil drijven in het sijpelende water, een vrouw hing wasgoed uit, ergens uit de diepte van een huis klonken gemoedelijke stemmen. Alleen hoog boven de daken hing nog een vaag rumoer, dat wegzakte en weer toenam. Er was nooit iets gebeurd.

Hij liep door de nauwe straten tussen groen uitgeslagen huizen, verdwaald in een ongrijpbare werkelijkheid en ingekapseld in wat hij later, als hij eraan terugdacht, het 'onderwatergevoel' zou gaan noemen, een gevoel van gewichtloosheid bijna. Urenlang liep hij in diffuus licht rond op de bodem van de stad, de lucht slechts een verre streep achter de dakranden en het lachende gezicht van Angelino als een talisman voor zijn ogen, in zijn hart.

Bert was vóór Mussolini.

'Dat is toch een kerel, zoals hij die slappe Italianen kracht en trots bijbrengt,' zei hij.

Greet ging ertegen in: 'Agressiviteit, zal je bedoelen.'

Bert hield vol dat de socialisten het ernaar gemaakt hadden, maar veel aandacht had ze niet voor hem nu Jaap zo ziek was en de dokter elk ogenblik kon komen. Ze vertrok naar boven, en Bert liep de tuin in en keek naar de bergen.

Een kwartier later liep hij al het pad aan de overkant van de weg op. Eigenlijk wilde hij alleen naar de eerste hut. Maar daar stikte het van de wandelaars, hele gezinnen, en toen hij vanaf het terras de kleine figuurtjes langs de berg zag bewegen, kon hij zich niet beheersen. De dokter zou er nu wel zijn, met alle commotie van dien, hem misten ze heus niet.

Hij had het eerder gedaan, samen met Jaap en Paolo, de zoon van de hoteleigenaar, die telkens vooruitging en hun dan van tientallen meters hoger toeriep: 'Avanti! Avanti, poltroni, salite!'

Het pad was aanvankelijk gemakkelijk genoeg. Hij kwam ook nog wel mensen tegen, klimmers die terugkeerden, een rol touw om hun schouder en de klimijzers bungelend aan hun rugzak.

'Grüss Gott.'

'Grüss Gott.'

Hij liep vloeiend, dansend haast van steen naar steen – je hebt van die dagen – en dat werd niet minder toen het pad plaatsmaakte voor een spoor van vage rode tekens en op elkaar gestapelde stenen. Zijn adem ging op en neer met zijn bewegingen, zijn vingers haakten om een rotsblok en zijn voet reikte naar telkens de volgende richel. Vanachter de helling voor hem kwamen de toppen van de Fünffingerspitze tevoorschijn en toen, meer en meer, de kartelige silhouet van het massief. Met zijn buik tegen de bergwand werkte hij zich over de laatste rand.

Daar stond hij, wijdbeens leunend tegen de rots en hield zijn adem in. Onder hem lag, zover hij kon zien, de wereld, met lichte dalen en donkere hellingen en daarboven, tot aan de horizon, de blauwe en witte zich eindeloos uitstrekkende bergtoppen.

Hij wist niet hoe lang hij daar had gestaan. Op een gegeven moment had hij zich gerealiseerd dat links van hem de zon laag boven de bergkam stond en dat hij het koud had, en was hij omlaag gegaan, het laatste stuk glijdend langs de helling, zijn hakken in de grond en hangend aan de takken. Eenmaal beneden op de straatweg had hij geen spijker meer onder zijn schoenen. Het was nu donker. Het gaf een onwezenlijk gevoel opeens horizontaal te lopen, over een geplaveide straat met hier en daar het gelige licht van een lantaarn tussen de acacia's en, toen al, het verlangen weer omhoog te gaan.

Al die tijd lag Jaap kotsend in bed. Het ergste was nog dat hij voortdurend aan perziken moest denken, waarna er dan weer een golf misselijkheid door hem heen spoelde, dwars door zijn middenrif, zijn keel in. Hij braakte, en braakte. Er zat allang niets meer in zijn maag, er kwam wit slijm, en toen een straal bittere gele gal. Grote, fluwelig roze perziken met vochtig vruchtvlees en een zachte huid, die groter en groter werden, zodat hij erin stikte, kokhalsde. Eindeloos ver weg probeerde Marietje iets – een natte doek – een waslap, op zijn voorhoofd te leggen.

'Is dat lekker, jongen? Stil maar, stil maar, de dokter komt zo.'

Hij gooide zich om en weer om. Marietje, tante Greet. Hun gezichten doemden op, dansten om elkaar heen, ze vervloeiden en zwollen op tot een reusachtige, roze, perzikachtige vlek op het behang die hem met een zwarte gapende mond en twee holle ogen aanstaarde. Er liep een ijskoude rilling over zijn rug en dan kwam – vertrouwd bijna – de misselijkheid weer opzetten. O verdomme, verdomme. Drinken, glazen vol koel water naar binnen slokken en hangende over een wasbak weer uitkotsen.

Tegelijkertijd wist hij zo helder als wat dat Marietje in de hoek van de kamer stond te huilen, dat tante Greet naast haar stond en haar trachtte gerust te stellen, en dat dat van geen enkel belang was, gegeven de vlekken op het behang, die dan weer rozen waren, dan weer vogels, één dikke, welgedane vogel met een ronde kop en uitpuilende ogen, een vlezige mond, als een perzik, die over hem heen stulpte, hem opzoog.

'Ik eet van mijn leven geen perzik meer.'

Het was drie dagen later en Marietje en Jaap liepen alweer hand in hand omlaag naar het stadje, waar het markt was en manden vol perziken stonden. Abrikozen, tomaten, alle soorten groentes en fruit, maar vooral perziken. Hij liep nog een beetje op glas, alsof hij elk ogenblik door de werkelijkheid heen kon zakken. Niet ontevreden. De zon was warm en de lucht toch nog fris. Om hen heen riepen de kooplui: 'Guten Tag, schönes Fraülein, was möchten Sie...'

Niet ongelukkig ook. Het was allemaal volstrekt duidelijk. Over een paar jaar, als hij afgestudeerd was, zou hij teruggaan naar Arnhem, met Marietje trouwen en in het familiebedrijf beginnen, dat hij na een jaar of wat zou overnemen van zijn oom. Ze zouden twee of drie kinderen krijgen, in het weekend tennissen of wandelen over de Veluwe, vrienden hebben, en eens in de paar weken naar een concert of een toneelvoorstelling gaan in Musis Sacrum. Hij hield van Marietje, daar was geen twijfel aan, al was het alleen maar omdat ze achter al haar vrolijkheid iets onzekers had dat hem ontroerde. Zijn moeder vond haar oppervlakkig, maar wat had hij met zijn moeder te maken. Eén ding was zeker: hij wilde een stabiel huwelijk.

Als hij wat stil en afwezig was, dan kwam dat door die idiote vergiftiging. Het was tenslotte ook niet niets geweest.

'Sie haben den Tod ins Auge gesehen,' had het kleine ronde doktertje gezegd.

En de dood... De dood zou nooit meer afwezig zijn. Het was de smakeloze smaak van as – en van perziken – die op een of andere manier, vaag, maar niettemin onmiskenbaar in alles aanwezig was, een zweem van misselijkheid onderin zijn maag, een klem om zijn hart. Meestal dacht hij er niet aan, maar op de meest onverwachte ogenblikken – midden onder het eten, op de tennisbaan juist als hij wilde smashen – stak het de kop op, onverbiddelijk, onnoembaar.

'Jaap, waar bén je met je gedachten,' riep Marietje en hij antwoordde: 'Sorry, nee, nergens.'

Wat waar was. Nergens. Niets. Het volstrekte gat, waar je alleen met ingehouden adem en zo gewoon mogelijk overheen kon leven.

Misschien dat zijn moeder iets vermoedde. Ze schrok natuurlijk toen ze, terug uit Salerno, hoorde van de vergiftiging. Maar ook daarna keek ze een paar keer naar hem op een manier dat zijn hart een slag oversloeg. Er hing trouwens tussen hen allen een vreemde spanning. Vooral sinds, out of the blue, zijn vader opeens was verschenen. Zogenaamd vanwege Berts verjaardag. Alsof hij ooit één van hun verjaardagen had onthouden. Alsof hij er nog steeds bij hoorde.

Bert zelf wist niet goed wat hij ermee aan moest. Hij liep samen met zijn vader door het stadje, waar hier en daar de Duitse straatnamen met zwarte verf veranderd waren in Italiaanse.

'Italianen,' snoof zijn vader, 'een gedegenereerd volk, en dan dit. En dat alleen omdat de Amerikanen en de Engelsen de Duitsers achter de Brenner willen houden.'

'Als Mussolini aan de macht komt...'

'Wat dan? Die straatschuimers?'

'Dat kunt u niet zeggen, ze zijn zo gedisciplineerd als wat. Het is toch belachelijk dat Italiaanse kinderen in hun eigen land geen onderwijs in het Italiaans kunnen krijgen?'

'Je schijnt goed op de hoogte te zijn, wijsneus. En wat moeten die Italiaanssprekende kindertjes dan hier? Heb je daar ook wel eens over nagedacht? Waarom zijn die niet gewoon in Calabrië gebleven, of waar ze ook vandaan komen?'

Naderhand hing hij bladerend in tijdschriften in de lounge van het hotel, terwijl zijn vader pianospeelde. Zijn moeder en tante Greet zaten buiten en Jaap en Marietje en Willem waren naar het zwembad. Zijn vader speelde hartstochtelijk. Als altijd. Zijn uitzonderlijk grote handen schoten over de toetsen en zijn hoofd – een lang, smal hoofd met een grote neus en geprononceerde lippen die bewogen op de muziek – zwaaide heen en weer.

De recensies die hij zo nu en dan naar huis stuurde, roemden die hartstocht, die onvoorwaardelijke overgave aan wat ze 'die Geist der Musik' noemden. Zijn moeder las het voor, terwijl zij met z'n drieën voor zich uit staarden, gegeneerd door de toon van haar stem die hoger was dan gewoonlijk:

'*Das unbedingte Pathos, ohne irgendein Kompromiss mit dem Geschmack der Masse. Wie Friedrich Nietzsche es so wunderschön gesagt hat: Die Kunst als die höchste Aufgabe und die eigentlich metaphysische Tätigkeit dieses Lebens.*'

Het zou wel. Maar daarvoor had hij niet naar Merano hoeven komen.

Eenmaal kwam zijn moeder binnen: 'Zit je hier? Wil je geen thee?'

Bert schudde zijn hoofd en ze verdween weer. In de aangrenzende eetzaal begon een ober de tafels te dekken. Hij probeerde zich af te vragen waarom hij hier eigenlijk bleef zitten, bij die muziek waaraan hij van kindsbeen af een hekel had gehad en bij die man die hem allang was vergeten. Met een vreemde helderheid realiseerde hij zich dat hij hem bewonderde. Er was geen ontkennen aan: hij bewonderde zijn vader om zijn autonomie, waardoor hij zich van niemand iets aantrok en deed wat hij wilde doen, altijd, overal.

Maar Cornelie was ronduit woedend. Ze was nauwelijks bekomen van die vreselijke reis naar Napels en Salerno en daar stond Herman beneden in de hal tussen de paraplubakken. Breed lachend, met aan zijn voeten dat absurde dokterskoffertje waar hij altijd alles in propte: schoenen, overhemden, muziek.

'Corretje!'

Ze kon niet ontkennen dat haar hart opgesprongen was, dat ze even een visioen had gehad... Maar om zo opeens te verschijnen of er niets aan de hand was.

'Dag Herman,' had ze gezegd – afstandelijk, tot elke prijs afstandelijk, 'dag Herman, wat kom jij hier zo opeens aanzetten?'

'Ik dacht, Bert...'

'Gut, ja. En je wilde hier logeren?'

Ook dat nog.

Achter zich hoorde ze Greet hun kamer uit komen. Nooit van haar leven zou ze zich meer overgeven aan deze man. Natuurlijk waren er altijd al ruzies tussen haar en Herman geweest. Tomeloze ruzies, hele stapels borden door de kamer. Wat kon het hun schelen dat de tuindeuren openstonden, dat het meisje in de keuken trillend stond te luisteren. Om niets, omdat ze iets zei als hij zat te spelen, of alleen maar binnenkwam. 'Hou je zo op? We gaan eten.' Dan smeet hij de klep van de vleugel dicht, schreeuwde: 'Of ik ophou? Godverdomme, hoe vaak heb ik je niet gezegd niet binnen te komen als ik speel!' In de eetkamer ging het weer door: 'Dan eet ik niet, wat gaat het jou aan, je weet toch...' Ze wist het: de modulaties, de opbouw van de melodie, de spanningscurve – terwijl de rechterhand het thema herhaalde, hoger en hoger, zachter en zachter, nam de linkerhand het over. 'Als je het dan zo goed weet...' En daar ging het eerste bord.

Arme Jaap. Als ze hem niet gauw de kamer had uit gewerkt was hij zijn vader nog aangevlogen, zo klein als hij toen was geweest. 'Ik vermoord hem.' 'Jij vermoordt helemaal niemand. Je gaat nu met Bert naar boven en laat je niet meer zien, begrepen?' En dan, weer binnen, haar beurt: 'Ben je helemaal gek geworden, met de kinderen erbij. Meneer de artiest.'

Maar dit keer was het anders, erger. Daarvóór kwam hij 's zomers nog wel eens een paar weken naar huis – ach, die lange zomeravonden dat ze achter de geopende tuindeuren quatre mains speelden – maar nu hadden ze hem al een halfjaar of langer niet gezien. Meneer was op tournee, in Duitsland, in Oostenrijk, in België. Meestal had ze niet eens geweten waar hij zat. Hij had zelfs niet de moeite genomen om te schrijven. En nu stond hij daar opeens.

De dagen daarna waren vreselijk. De spanning was te snijden en ondertussen deed iedereen of er niets aan de hand was. Greet en zij maakten hun dagelijkse wandeling, de helling op en achter langs het kerkje weer terug met een paar boodschappen, een krant, wat fruit. Herman speelde piano. En de kinderen waren de bergen in of naar het zwembad, of ze waren achterin de tuin aan het tennissen. Je hoorde het regelmatige, doffe geluid van de slagen en zo nu en dan een kreet.

'Shot!'

'Jaap, jij!'

'Prachtig!'

Later zaten ze dan in de hoteltuin met z'n zevenen rond de grote witte tafel. De geur van kastanjebloesem. Gianni, de oude bediende, maakte een foto waar ze allemaal op stonden, zij met de theepot in haar hand. Een gelukkige familie. En 's avonds kwamen ze blozend, gewassen en gekamd, in hun netste kleren aan het diner. Terwijl Gianni de soep al opdiende, knikten ze links en rechts naar de andere gasten. Opzij leunend werden er gesprekken aangeknoopt, ervaringen uitgewisseld.

'Ik heb gehoord dat het weer nog mooier wordt.'

'Do you play bridge?'

'Weet u, ze zeggen dat die fascistische squadristi steeds brutaler worden.'

'De regering kan ze niet aan; die Luigi Facta, die nu premier is, heeft geen enkel gezag.'

'Maar hier in Tirol toch wel?'

'Mevrouw, hier ligt dat weer heel anders. Ik zeg u, het kan niet goed blijven gaan.'

Het eten was als altijd uitstekend, maar niemand at veel. Met lange tanden zaten ze achter hun borden, min of meer beleefd converserend, dat wel, al lagen ook dan de meningsverschillen en de ruzies die daaruit voort konden komen, op de loer.

Ze kreeg er geen vat op, dat was het ergste. Greet kon dan wel zeggen dat ze zich niet zoveel muizenissen in haar hoofd moest halen, dat het heel gewoon was dat Bert wegliep met Mussolini, dat Jaap opging in Marietje, en dat Willem dagenlang in zijn kamer met gesloten luiken boven de wastafel hing met zijn fotospullen. Dat kinderen hun eigen leven hadden, waar je als ouder vaak geen idee van had.

'Weet je dat dan niet meer van jezelf, vroeger? Kom...'

Ze streelde Greets haar. Het was vroeg in de middag. Buiten op het terras was iemand, Gianni of een van de meisjes, bezig de tuinstoelen te verschuiven en binnen klonk, ver weg, de piano. Ze lagen op bed met de zon door de blinden in strepen over zich heen.

'Het zijn nu eenmaal mijn kinderen.'

'Ja, ja, stil nu maar.'

'Denk je dat Jaap gelukkig met haar wordt?'

'Ach, dat weet je nooit. Waarom niet?'

Greets warme, lenige handen gleden over haar rug, terwijl haar been over haar heup gleed. Ze vreeën langzaam en gemakkelijk, opkomend en weer terugzakkend onder de uitbundige rozen van het behang. Jaren al. Sinds die avond in juni, toen Herman niet thuisgekomen was en ze wiegend op de schommel achterin de tuin elkaar aangekeken hadden, en aangekeken hadden:

Auf dem Hügel sitz' ich spähend
In das blaue Nebelland,
Nach der fernen Triften sehend,
Wo ich dich, Geliebte, fand.

Ze had het vaak gezongen naderhand, ook met Herman in de buurt, met lichte maar niet minder betekenisvolle uithalen:

Wo ich dich, Geliebte, fand.

Zacht beet ze in Greets schouder. Ze liet haar tong langs haar jukbeen glijden, langs de welving van haar borst tot aan de donkere, spitse tepel. Greet kreunde zacht onder haar, met wijdopen ogen en tussen haar lippen een kleine druppel vocht. Toen de deur openschoot bleven ze nog even zo liggen, lichaam aan lichaam.

'God, Corry...'

'Herman!'

Ze sprong overeind en gooide het laken over Greet.

'Hoe haal je het in je hoofd, zonder te kloppen...'

Hij sloot de deur achter zich.

'Ik heb geklopt. En ik hoorde je "ja" roepen, al moet ik zeggen dat de toon waarop me enigszins verbaasde.'

'De kamer uit!'

'Ik denk er niet aan. Ik ben nog altijd je man, weet je.'

'Mijn man...'

De minachting in haar stem verbijsterde haar zelf. Een ogenblik dacht ze dat hij haar zou aanvliegen. Hij werd lijkbleek. Het was niet het vrijen met Greet. Dat, wist ze zeker, nam hij niet au sérieux, een vrouwengril, hysterie. Het was de ontkenning van wat hij als man voor haar betekende. Het was duidelijk dat hij zich nooit had gerealiseerd dat het over kon gaan en dat hij nu besefte dat dát het geval was. Hij deed geen stap in haar richting. Hij maakte slechts een kleine buiging, zei: 'Ik groet jullie,' en hij verdween.

Het waren de laatste woorden die ze ooit van hem zou horen. Ze liet zich terug op het bed vallen en samen barstten ze in lachen uit.

'Het scheelde er maar aan dat hij zijn hakken tegen elkaar klatschte,' gierde Greet.

Met de armen om elkaar heen rolden ze over het matras, terwijl Cornelie langzaam de wanhoop in zich voelde groeien die nooit, in geen van de meer dan dertig volgende jaren van haar lange leven, meer zou verdwijnen.

Er was niets aan de hand, die vroege zomer van 1922 in Merano. De hotels waren weer open en de toeristen teruggekeerd. Op het marktplein prezen de boeren in het Duits hun kaas en fruit aan, ook aan de paar Italiaanse soldaten die er rondslenterden. En onder de arcaden verkocht men zowel *Il Brennero* als de *Südtiroler Landeszeitung*, al waren er dan ook een paar ramen ingegooid en stond er 'Evviva il Fascismo' op een muur geklad.

Ze kochten wandelstokken met metalen plaatjes waarop 'Tirol' stond en een edelweiss. Ze wandelden de berg op en af, en middagenlang tennisten ze met andere gasten op de baan achter het hotel, om tenslotte moe en bezweet neer te vallen in de klaarstaande ligstoelen, lachend en pratend, terwijl Gianni – die achterin de keuken Johann werd genoemd – Martini's en spuitwater rondbracht.

'Wat een heerlijke vakantie!'

'Volgend jaar gaan we weer.'

'O ja, en het jaar daarop.'

Op een vroege ochtend reden ze met de trein terug naar Nederland. Marietje hing uit het raam, zwaaiend naar niemand.

'Tot volgend jaar!'

De locomotief floot bij elke bocht door de Dolomieten, door de Alpen. Na de bergen, de heuvels en na de heuvels het vlakke land van de Rijnvallei.

'Waar is vader eigenlijk naartoe?' vroeg Jaap.

'Terug naar Duitsland, denk ik.'

Bert zei dat hij hem daar wel eens zou gaan opzoeken. Willem mompelde vanachter zijn boek: 'Waar je zin in hebt.'

En Jaap zei: 'Als Marietje en ik ons volgend jaar officieel verloven zal hij wel overkomen.'

Dat in 's hemelsnaam niet, dacht Cornelie, als Marietje hem in haar onnozelheid maar niet uitnodigt. Wat Jaap eraan vindt. Hij is als was in haar handen. Moet je dat zien, hij kan zijn ogen niet van haar afhouden. Maar als Herman op de bruiloft komt, blijf ik weg.

Zo nu en dan sliep ze half in, haar hoofd op Greets schouder en de stemmen van de jongens ver weg, alsof ze slechts een herinnering waren.

Hoe moet het nu verder? dacht ze. Het gaf een tintelend gevoel. Alles was opeens mogelijk. Het had niets te maken met geluk, of met ongeluk, en zelfs niet met de wanhoop die dwars door alles heen aan haar knaagde. Ze zouden opnieuw beginnen. Nu, op ditzelfde moment, reed ze de toekomst in, vooruit en zonder spijt. Ze had nooit gedacht dat het leven zo open kon liggen. Alles, alles moest nog gebeuren. Maar hoe het met de jongens zou gaan? Niet tobben, dacht ze, dat heeft geen enkele zin.

1923

Na die zomer waren Cornelie en Greet vertrokken uit Arnhem, waar iedereen Cornelie kende. Haar huwelijk indertijd was min of meer een societygebeurtenis geweest: de commissaris van de koningin, de burgemeester, de commissaris van politie, de notaris, advocaat, dokter, allemaal in de achtertuin van het grote huis in De Steeg. En een echtscheiding, dat was toch iets ongehoords, zeker als de man niet de schuld op zich wilde nemen.

Greet verruilde het Arnhems gymnasium voor het Barlaeus in Amsterdam, waar wonder boven wonder – de goden waren met hen – een vacature was en ze verhuisden naar een bovenwoning in de Beethovenstraat. Jaap, in Leiden, verloofde zich met Marietje. Bert zat in Delft voor zijn kandidaatsexamen en Willem werkte als jongste bediende bij de Amsterdamsche Bank. Al zijn vrije tijd zwierf hij met zijn camera door de stad, maar er was geen fotograaf die hem wilde aannemen als leerjongen. Het was tenslotte crisis.

Ook een vakantie zat er dat jaar niet in. Het familiebedrijf in Arnhem had het moeilijk en van Herman was al helemaal geen cent te verwachten. Gelukkig had Greet op het Barlaeus meteen een vaste aanstelling gekregen. En Cornelie vertaalde. Het ene boek na het andere, meestal uit het Frans, *Le diable au corps* van Radinguet, Gide's *Les faux monnaiyeurs.*

Greet grinnikte: 'Doe je het erom?'

Maar soms ook, met Greets hulp, uit het Duits. Niet dat dat veel opleverde, maar het hield haar bezig als Greet en Willem de deur uit waren. Ze was gelukkig. Soms liep ze zomaar zingend door het huis, omdat Greet van haar hield en zij van Greet, en omdat de jongens het best leken te vinden dat zij samenwoonden. Aan Herman dacht ze zelden. Alleen één keer, toen hij een recital gaf in het concertgebouw...

Greet had ouderavond. Cornelie had zonder het haar te vertellen drie dagen tevoren al een kaartje gekocht en die hele avond zat ze in de kleine zaal, half verscholen achter een pilaar op haar lippen te bijten om niet te huilen. Toen ze thuiskwam zat Greet alweer aan haar proefschrift.

'Waar was je?'

'Naar een concert.'

'Mooi?'

'Ja, heel mooi.'

Meer vroeg ze niet.

1924

Begin 1924 vertrok Bert voor vier maanden naar Italië, waar hij stage liep bij Fiat in Turijn. In Delft had niemand, ook zijn professor niet, geloofd dat hij aangenomen zou worden, en zijn vader had hem, toen hij hem in Duitsland had opgezocht, zelfs ronduit uitgelachen.

'Wat dacht je, jongen, dat iemand daar op jou zit te wachten? Al had je tien kandidaatsexamens.'

Misschien had het feit dat zijn brief in foutloos Italiaans geschreven was, geholpen. Maar belangrijker was de brief geweest van Giorgio Pennacini, de eigenaar van het hotel in Merano, die nog met de grote Fiat-baas Giovanni Agnelli op school gezeten had en die hij had geschreven om een aanbeveling.

Zo nu en dan ging hij vanuit Turijn een weekend de bergen in, één keer zelfs in een sportwagen van Fiat.

'Probeer hem maar uit,' had de baas gezegd.

En getest had hij hem: met 130 km per uur was hij naar Brescia gereden, met loeiende motor, zodat de boeren al in de verte de berm in vluchtten.

'Honderddertig kilometer per uur,' zei Paolo Pennacini, 'onmogelijk.'

Ze hingen samen onder de open kap over de motor, die nog warm was en droop van de olie.

'Bordino haalt meer dan tweehonderd.'

'Ja, in een raceauto op het circuit van Monza.'

'Onze racewagens en onze sportwagens verschillen in principe niet van elkaar.'

Paolo bulderde: 'Hoor hem, je lijkt de grote Agnelli zelf wel.'

Maar ook van Brescia naar Bolzano en van daar verder omhoog had hij het goed gedaan. Zonder moeite had hij de militaire colonnes die op weg waren naar de Brenner ingehaald, scheurend door de haarspeldbochten, steeds meer opgetogen naarmate de besneeuwde toppen dichterbij kwamen en de tintelende lucht ijler en ijler werd. De bergen, eindelijk de bergen.

Het hotel leek veranderd, al was het maar omdat iedereen nu Italiaans in plaats van Duits sprak. En ook de bergen waren, toen hij eenmaal het pad omhoog op liep, niet meer hetzelfde. Hij was weer alleen. Paolo was naar de redactie van *l'Archivio per l'Alto Adige* en eigenlijk was hij daar blij om geweest. Hij begon juist het gevoel terug te krijgen opgelost te zijn in zijn omgeving – het uitgesleten pad, gruis, steen, en weer gruis, een scheve pol gras met blootliggende wortels, blauwe lucht – toen plotseling vanachter de rotsen uit het niets een groep carabinieri alpini verscheen, met hanenveren in hun zwarte kepi's en de geweren dwars over de rug. Ze gleden lachend en pratend de helling af, dwars het pad over – 'ciao, ciao' – en weer verder, omrind door rollende stenen. In de verte hoorde hij nu ook schieten.

'Si, si,' zei Paolo later, 'oefeningen.'

Maar eenmaal zag hij ook hoe er een geboeide man mee werd gevoerd. Niet al te zachtzinnig. Een Deutschtiroler ongetwijfeld, aan zijn witte sokken te zien. Hoe hoog hij ook kwam, steeds weer waren er soldaten. Het was irritant. Maar het had ook iets opwekkends, alsof hij bij iets hoorde dat zijn greep uitstrekte over alle dalen en stromen van de wereld onder hem.

Hij hoorde erbij.

'Kom maar terug als je afgestudeerd bent,' zei Agnelli, toen hij na vier maanden afscheid nam, 'we kunnen iemand als jij goed gebruiken in het nieuwe Italië.'

Het was een belofte, en iedereen wist dat senatore Agnelli nog nooit een belofte niet nagekomen was.

Voor Willem begon het allemaal datzelfde jaar, met de publicatie van de foto van zijn moeder en de twee Italiaanse squadristi in *De Telegraaf*, een dag nadat in Italië Mussolini definitief de verkiezingen had gewonnen. Of eigenlijk twee dagen daarna, toen hij hoorde dat de *Times* de foto wilde overnemen. Dezelfde dag nog kocht hij met het geld dat *De Telegraaf* hem betaalde een kaartje voor de nachtboot naar Londen. Hij was eenentwintig en zijn moeder kon hem niet tegenhouden, al had ze dat misschien wel gewild, haar jongste. Het zou bijna twee jaar duren voordat ze hem terugzag.

Nee, ze gaven hem geen baan. Ze wilden hem zelfs niet als freelance fotograaf. Die ene foto, ja, omdat die zo precies de publieke stemming van het moment uitdrukte, maar verder hadden ze hun eigen mensen. De heer achter het volgeladen bureau die hem te woord stond – inderdaad een 'heer', met snor en een stijf boord tot aan zijn kaken – was duidelijk genoeg: 'Waarom gaat u niet naar uw eigen Indië? Hier in Europa zijn geen mogelijkheden voor iemand als u. Zelfs mensen met een academische opleiding komen nauwelijks aan de slag.'

Alsof hij dat niet wist: meesters in de rechten als jongste bediende en ingenieurs op de tram. Maar sinds die dag in Salerno wist hij dat hij fotojournalist wilde worden en niets anders.

De vraag was alleen waar het nieuws was. Wát het nieuws was. Foto's van gevechten op een willekeurig Italiaans plein wilde niemand hebben. Nee, treurige rijen steuntrekkers, een opstootje van werklozen desnoods, afgewisseld met het eerste lammetje, een kat in een boom. Als hij iets altijd had geweten, was het dat hij weg moest uit Nederland, waar 'nieuws' niet verder reikte dan de eigen tevreden achtertuin. Maar bankbediende in Indië...?

Dus zwierf hij door Londen met een gevoel van verwachting, opwinding bijna, en tegelijk van wanhoop omdat, na de eerste nieuwigheid, ook hier alles steeds hetzelfde bleef: vierkante taxi's, rode omnibussen, straten vol heren met bolhoeden en opgerolde paraplu's. Soms, als hij stilstond en naar de langs hem schuivende menigte keek, was het of het geluid wegzakte en iedereen alleen maar met stijve bewegingen zijn adem liep in te houden. Mooie foto's, dat wel.

In de leeszaal van het British Museum bladerde hij door de dagelijkse kranten op zoek naar iets anders dan de inspanningen van ministers om de wereld in toom te houden. In de hoge koepel boven hem hing het geritsel van duizenden omgeslagen bladzijden en naast hem en tegenover hem zaten ze, de boekhouders van de geest.

Hij grinnikte. Hij mocht tante Greet graag, maar dat heilige gedoe over de cultuur was hem soms de strot uit gekomen. Dagen- en nachtenlang ploeteren aan een proefschrift over middeleeuwse Duitse literatuur, hoe haalde ze het in haar hoofd. Op een avond had hij het haar voor de voeten geworpen. Het had haar gestoken.

'Die Europese geest, dat zijn onze waarden,' had ze gezegd, 'en daar ben jij ook een product van. Het is werkelijk belangrijk dat we ons die bewust blijven, Wim, zeker tegenwoordig, met al die verheerlijking van de techniek, al die massacultuur, al dat platte amusement.'

En zijn moeder maar instemmend zitten knikken.

De jongen aan de andere kant van de tafel, die zo nu en dan naar hem knipoogde, zodat het bloed naar zijn hoofd steeg en hij nauwelijks meer op durfde te zien, had folianten voor zich liggen van wel een decimeter dik. Je moest er toch niet aan denken: gedichten, of veldslagen, of wat dan ook, van eeuwen her. Toch kon hij het niet laten om al bladerend telkens zijn kant op te kijken, zodat hij de beslissende foto nog bijna miste.

Die foto was overigens dreigend genoeg: een zwarte lucht, met daaronder de vage omtrekken van huizen, bomen, en door dat alles heen, vanuit een onzichtbare hoogte, een lange witte streep. Eronder stond: '*Gasoline bombs dropped from Spanish aeroplanes bursting among Moorish buildings in the Riff and spreading clouds of fumes*'. Hij hield zijn adem in.

Het was misschien de simpele maar daarom niet minder absurde tegenstelling tussen de geciviliseerde jongen tegenover hem, met zijn zijige haren en perkamenten folianten, en het krantenbericht over de opstand van Abd el-Krim in het Marokkaanse Rifgebergte, die hem zo schokte: scherpschutters in burnous achter kale rotsen en Spaanse soldaten die zich strompelend terugtrokken, de mitrailleurs met zich meeslepend door het zand. Zijn hart bonsde en al de tijd dat hij de stapel kranten teruglegde in de vakken, de leeszaal uit ging, de straat op, had hij het gevoel dat hij op drijfzand liep. Nu wist hij het zeker. Er was een andere werkelijkheid dan deze uitgestrekten wereld van huizen met neoclassicistische portico's en elegante parkjes, waarin middelbare dames hun foxterriers en poedels uitlieten onder de acacia's.

Vanuit een postkantoor belde hij Jaap in Leiden om geld.

'Waarom vraag je het niet aan moeder?'

‘Die raakt overstuur.’

‘Dat raakt ze toch wel.’

‘Toe Jaap, stuur het me nou.’

‘Ik denk er niet aan. Wat moet je daar? Ga studeren, of neem een baan.’

‘Er zijn geen banen.’

‘Er zijn best banen, maar in elk geval niet in Marokko. Wat moet je daar?’

‘Dat vertel ik je later wel eens.’

‘Wim, je gaat daar niet naartoe, hoor je me? Ik verbied het je. Hoor je? Ik verbied het je.’

Dus ging hij als stoker op een vrachtboot. Toen hij in Tanger droste, was zijn rug gebroken. Zijn handen waren kapot van de blaren en hij was misselijk van het kolengruis, de hitte. Het duurde meer dan een dag voordat hij eindelijk het geloei van het vuur uit zijn hoofd en de flakkering van de vlammen uit zijn ogen had. Het gevoel van drijfzand bleef, al was de lucht blauw en al flaneerden de mensen hier meer dan dat ze liepen.

Baantjes te over in de overvolle havenstad, waar Europeanen en enkele verwesterde Marokkanen eindeloos de boulevard op en neer slenterden en vanaf de terrassen elkaar becommentarieerden. De lucht was zwoel en fris tegelijk, de zee ruiste, de heren droegen strohoeden en de dames waren wellicht iets meer opgemaakt dan in Londen of Amsterdam acceptabel zou zijn geweest. En over dat alles hing een vage, zoete, kruidige geur. Het had iets ongeloofwaardigs, alsof hij terecht was gekomen in een bal masqué. Soms klonk er in de verte het geluid van iets anders, rumoer uit de sukh in de oude stad, de roep van een mullah vanaf een minaret. Maar toen hij door de nauwe smerige straten omhoogging, werd de wereld niet werkelijker, alleen de spelers veranderden: vreemde witte gestalten, die hun ogen afwendden als hij hun in het gezicht keek.

Een maand lang werkte hij als ober, lang genoeg om ook daar een jongen te ontmoeten die oogjes naar hem wierp. Op een avond maakten ze een afspraak en ging hij met hem mee. Hij heette Harold. Zijn kamer was een holle ruimte met een matras op de grond, een kleine zinken wasbak in een hoek en een nog kleiner rond raam zonder glas, dat uitkeek op een binnenplaats waarvanaf een radio en vrouwenstemmen klonken. Ze rookten marihuana – 'Kif van de Rif' noemde Harold het – met als gevolg dat hij zich de volgende dag niet kon herinneren of ze ook nog gevreeën hadden. Sindsdien woonde hij bij hem. Overdag zwommen en vreeën ze op het strand – och Angelino, met je groene ogen en je smalle mond – tot een uur of twee, wanneer hij naar zijn café moest, en 's nachts rookten en vreeën ze weer, traag en eindeloos, half in slaap soms en dan plotseling heftig, bijtend tot het bloedde.

Een paar maal belde hij met zijn moeder.

'In Tanger? Wat moet je daar in 's hemelsnaam, ik dacht dat je in Londen was. En hoe lang blijf je daar dan? Mijn god, Wim, pas alsjeblieft goed op jezelf.'

Van de opstand was niet veel te merken, behalve dat in alle kiosken het portret hing van de nieuwe 'director' van Spanje, Miguel Primo de Riviera y Orbaneja, die in militair uniform langs een erewacht van treurige soldaten paradeerde, gevolgd door een of andere Marokkaanse grootheid. De begeleidende teksten logen er niet om. Het zou uit zijn met het nodeloze verlies van jonge Spaanse levens. Voortaan zouden de rebellen vanuit de lucht bestreden worden. Weldra zou het hele gebied gepacificeerd zijn en zou men de posten in het binnenland, die slechts met moeite bevoorraad konden worden, kunnen opgeven.

Vanuit Tanger konden ze de bommen op de dorpen rond Tetuan, vijftig mijl verderop, horen inslaan.

'De idioot,' zei Harold, 'waarom dragen alle fascisten van die wanstaltige rijbroeken, Mussolini in Italië, en ons primeurtje hier?'

'Om laarzen te kunnen dragen.'

'En waarom dragen ze laarzen?'

'Om Noord-Afrikaantjes te kunnen trappen.'

En stoeiend rolden ze weer over elkaar heen onder de brandende zon van die eindeloze maand augustus.

Maar dat nam niet weg dat hij er hoe dan ook heen wilde. Harold wuifde het eerst weg, en toen hij merkte dat het Willem ernst was begon hij te mokken, 'bouderen' was eigenlijk het juiste woord. Het waren vreselijke dagen. Het begon toen hij, na sluitingstijd naar huis lopend, Harold vertelde dat hij contact had weten te leggen met een journalist die bezig was die kant uit te gaan.

'Hoezo "contact weten te leggen"?'

'Gewoon. Hij zat aan de bar op te scheppen en toen ik hem vroeg of hij niet ook eens de andere kant van het verhaal moest horen werd hij opeens zwijgzaam. Later, toen hij alleen in een hoek zat, ben ik naar hem toe gegaan. Hij is bezig een interview met Abd el-Krim te organiseren. In principe kan hij wel een fotograaf gebruiken, maar hij wil eerst mijn foto's zien.'

'En als die hem bevallen, gaan jullie samen leuk de Rif in om de grote opstandeling te bezoeken. En jij gelooft dat.'

'Ja, waarom niet?'

'Ach kom.'

Harold liep kwaad weg, maar verderop, om een hoek, zag Willem dat hij wel degelijk oplette of hij hem volgde. En natuurlijk volgde hij hem, die grillige jongen met zijn groene ogen die hem aan Angelino deden denken, en die hem zo vertrouwd was en vreemd tegelijk. Maar eenmaal op hun kamer wierp Harold zich op het bed met zijn rug naar hem toe, en hoe hij ook praatte, aan hem trok, in zijn oor fluisterde dat hij toch van hem hield, dat hij heus terug zou komen, dat het niet langer zou duren dan hooguit, maximaal twee weken...

Toen Willem de volgende ochtend wakker werd zat hij aangekleed en stijf op het uiteinde van het bed en zei: 'Ik heb liever dat je nu meteen weggaat.'

Het hoorde er allemaal bij, maar het maakte hem evengoed wanhopig. En kwaad.

'Barst dan ook helemaal.'

Hij hees zich misselijk van de slaap in zijn broek, greep zijn overhemd, zijn tas, en verdween de straat op, en een halfuur later zag hij Harold al aankomen naar hun vaste plek op het strand. En zo ging het maar door.

'Begrijp dat dan, ik wil niet dat je weggaat.' Hij stampvoette: 'Ik wil niet in de steek gelaten worden, mijn hele leven ben ik al in de steek gelaten, door mijn vader, mijn moeder. Ik neem het niet langer.'

Willem zag dat het hysterie was. Het stond hem tegen en toch begon hij hem weer te troosten, te strelen.

En ondertussen gingen al die dagen tevens heen met vreemde, geheimzinnige contacten, met uitstel, met weer nieuwe contacten. Iedereen leek bang, en iedereen wilde geld, steeds meer geld. De journalist wilde om een of andere onduidelijke reden niet meer over zichzelf kwijt dan dat hij John heette en de contactpersoon van Abd el-Krim stelde zich voor als Mohammed, allebei te gewoon om waar te zijn. Dag in dag uit rende hij van de een, weggedoken achter zijn whisky in de donkerste hoek van Café de Paris, naar de ander in zijn tapijtenwinkeltje in de sukh waar altijd de zoete geur hing van kif. Het had de sfeer van een jongensboek – Karl May's *In het Land van de Mahdi*, gelezen onder de dekens bij het licht van een zaklantaren. Het hielp dat hij Frans sprak en zelfs onderhand een paar woorden Spaans. Van Mohammed kwam hij bij Hassan en van Hassan bij Sidi, steeds dieper de kashba in.

John vloekte: 'Hell, five hundred dollars? How much do they think my journal will pay for an interview with this fake sultan?'

'Emir. Hij wil vooral geen sultan worden genoemd.'

'O, is that so, smart-ass?'

En Mohammed, Hassan, Sidi vloekten: 'Wat is er met die Amerikaan van je, dat we hem nooit te zien krijgen?'

Maar plotseling was het geen jongensboek meer, maar regelrechte, grauwe, smerige werkelijkheid. Het was hem gelukt. Er waren bruine wollen jillads met diepe capuchons, er was een rammelende auto, en toen ze tenslotte in the middle of nowhere uitstapten tussen kale heuvels, waren er drie muilezels, voor John, voor hemzelf en voor de gids, een norse man met een karabijn over zijn schouder die hun kort toeknikte en zijn rijdier al keerde voordat ze zelfs maar opgestegen waren.

Hij had geen afscheid kunnen nemen. Hij had altijd gedacht dat ze 's nachts zouden vertrekken of 's avonds. Maar het bericht dat ze over een uur zouden gaan was 's ochtends vroeg gebracht, door een kleine jongen op blote voeten. Harold was toen juist weer eens na een slapeloze nacht half huilend weggelopen en er was geen tijd geweest hem achterna te gaan. John moest uit zijn bed worden gehaald, er moest een voldoende hoeveelheid sigaretten bijeengezocht worden – de barkeeper sliep god wist waar, maar gelukkig had hij het altijd goed met de schoonmakers kunnen vinden – en toen moesten ze nog hun weg zien te vinden naar een straat in de oude stad waarvan hij hoopte dat hij de naam juist onthouden had.

Het Rifgebergte was droog en onherbergzaam. De enkele smalle paden liepen vrijwel onzichtbaar langs de rotsige hellingen, die in het noordoosten relatief laag waren, maar niet minder verraderlijk. Alleen de diepe kloven waren begroeid met dichte wouden langs de rivierbeddingen, ook al stonden die het grootste deel van het jaar droog. Toch was dit een van de dichtstbevolkte gebieden van het Marokkaanse platteland.

De gids keerde zijn muilezel en reed van de weg af het land in. Pas toen ze hem schokkend en hotsend achterna kwamen, zagen ze dat er zoiets als een pad was. Ze stegen langzaam. Willem had al snel het gevoel dat hij stikte. De zon brandde door zijn capuchon en het stof kroop in zijn neus. Hij had de grootste moeite overeind te blijven en tegelijkertijd zijn camera en de leren dozen met platen en filters in bedwang te houden, die onder zijn jillad om zijn nek hingen. Na een uur waren al zijn spieren verkrampt en was hij misselijk van het gebonk.

Ze staken een rivier over, een sijpelende troep modder die zwart zag van de vliegen, en nog een, en volgden toen een droge bedding met, goddank, grote stukken schaduw, waar het echter ook weer gonsde van de kleine, zwarte, venijnig stekende vliegen. Elk gevoel van avontuur was allang verdwenen. Met zijn linkerhand moeizaam vanonder zijn jillad de camera ophoudend probeerde hij een foto te maken, wat niet lukte. Verder gaf hij zich maar over. Hij haatte het. Hij haatte het stomme beest onder zijn benen met trossen vliegen bij de ogen en hij haatte elk wit uitgedroogd stuk steen waar ze tegenaan, overheen, langs stootten, strompelden, zwikten zodat het onmogelijk was om ook maar één ogenblik aan iets anders te denken dan aan de meest directe werkelijkheid: een steen en weer een steen, vliegen in zijn mouwen, in zijn gezicht.

En hij haatte John, die opeens alle morose dronkenschap van

zich had afgeschud en als een oudtestamentische profeet half omgedraaid en onophoudelijk kwekkend voor hem uit reed.

'This is fantastic. But where are all those people that are supposed to live here? They must be hiding everywhere behind the rocks, watching us, don't you think? It gives me a creepy feeling.'

Creepy. De zak, de idioot. Hij zag godbetert de geweerlopen tussen de rotsen boven hen uitsteken.

Van de Spaanse pacificatie merkten ze aanvankelijk niet zoveel. Eenmaal zagen ze een vliegtuigje onder hen in de diepte boven een dorp cirkelen, een handvol verspreide huizen met wat vijgen- en amandelbomen, elk achter een dikke haag cactussen, vredig, stemmen van vrouwen en kinderen, een haan die kraaide. Het geronk van de vliegtuigmotor was nauwelijks minder vriendelijk. Hij wierp één bom, die zo te zien in een moestuin terechtkwam.

'No harm done,' riep John vrolijk.

Voor de zekerheid maakte hij toch nog maar een paar foto's, hannesend met platen en lenzen. Terwijl hij afdrukte, zag hij een wit wolkje langzaam wegdrijven over de huizen, maar er leek niets beschadigd.

Later kwamen ze wel in een echte aanval terecht, op een markt. Een tijd lang hadden ze al mensen gezien die met ezels, korven en manden over de heuvels kwamen, en opeens stonden ze er midden tussen. Het waren er honderden, nauwelijks vrouwen en elke man met een geweer over zijn schouder. De vliegtuigen kwamen zo laag over de heuvel dat er geen tijd was weg te komen. John en de gids doken tegen de grond naast een rij cactussen, terwijl voor hen de mannen als gekken in de lucht begonnen te schieten.

Hij wist niet wat hem bezielde. In plaats van weg te duiken had hij in een oogwenk zijn toestel ingesteld en begon hij te fotograferen. Hij zat op één knie, het toestel op de andere, de pakjes met platen onder handbereik naast hem op de grond, zijn hoofd gebogen over de viewer. Er prikte een cactusnaald in zijn rug en hij hoorde John schreeuwen dat hij moest gaan liggen.

Toen kwam het lawaai. Het vulde alles, alsof zijn lichaam door louter diep, zwaar geluid uit elkaar werd gescheurd en zijn oren braken, inslag na inslag. Al die tijd staarde hij door de viewer naar opspuitende stenen, zand, naar mannen die met bloedende hoofden door het beeld renden. Even verscheen er de kop van een geit, die hem met wilde, gele ogen van vlakbij aankeek. En toen weer mannen in aan flarden gescheurde, brandende jillads, die in de lucht schoten, wegrenden, die omvielen en met open, verbijsterde ogen omhoog lagen te staren terwijl het bloed uit hun lichaam liep. Het was een film die zich, niet bijzonder geloofwaardig, afspeelde achter enkele vierkante centimeters glas. De werkelijkheid, dat was het lawaai dat niet ophield, dat hem als een deken omhulde, waar alles, oorlog, ambitie, John, Harold, zijn moeder, zijn hele verleden en zijn hele toekomst achter verdween.

Het bombardement was allang voorbij toen het John nog steeds moeite kostte hem achter zijn fototoestel vandaan te krijgen.

'Come on, this will do, we have to go on.'

Alsof het Willem om de foto's ging.

Toen ze tien dagen later teruggingen naar Tetuan, om vervolgens vandaar naar Tanger, naar huis, te gaan, volgden ze een andere route, zodat ze de verkoolde resten van de markt niet meer terugzagen. Ze kwamen wel langs het eerste dorp. Inmiddels hadden ze Abd el-Krim bezocht, een rustige, volgens John verstandige man, al sprak hij dan ook geen Engels. Via een tolk had hij John bezworen dat hij bereid was met de Spanjaarden te onderhandelen over concessies voor de exploitatie van het gebied – kolen, koper, lood, ijzer vooral – maar dat ze eerst moesten stoppen met de dorpen te bombarderen, waar trouwens alleen vrouwen en kinderen waren.

Inderdaad: alleen vrouwen, kinderen en een enkele stokoude man, allemaal doodziek met brandwonden en etterende blaren, die zich steeds dieper de huid in vraten. Ze stonden en hurkten in een miserabele groep bijeen. Aan hun hoesten was te horen dat ook hun longen aangetast waren, soms spuwden ze vuil slijm uit en bloed. Sommigen waren al blind. En overal hing een doordringende geur van rotte eieren.

'Gas,' zei John. 'Poisonous as hell. I certainly will write about that.'

De akkers om het dorp waren verschrompeld, de bomen dood en de enige waterput – die de paar overgebleven bewoners uiteraard gebruikten, wat moesten ze anders – ongetwijfeld vergiftigd.

Ditmaal fotografeerde hij met overleg. Hij maakte close-ups van wonden, van gezichten met zwerende builen, voeten zonder huid. Hij schoof ze in het grijze stof in een rij voor een groepsfoto, mensen in gescheurde lappen, alsof ook die vergingen in het stof. Alles was grijs, een dode wereld. Verschillende oorlogen later zou hij zich dit nog altijd herinneren als de meest intense ervaring van zijn leven. Maar het verschil met het dorp van rode zandsteen tussen helder groene cactussen, waar ze twee weken eerder van boven op neergekeken hadden, was te groot, waardoor het ook nooit meer goed zou komen tussen hem en de werkelijkheid.

Hij praatte er voortdurend over. Harold, die hij bij terugkomst uit een bar had geplukt, troostte hem zo goed als hij kon en hield hem urenlang tegen zich aan gedrukt, strelend en luisterend. Hij rolde marihuanasigaretten om hem te laten ontspannen, kocht cognac. Het hielp niets. 's Nachts lag hij met open ogen voor zich uit te kijken in het donker, en als hij al sliep werd hij na een uur of zo met een schok wakker, zwetend over zijn hele lichaam en rillend van de kou. Harold dacht dat het van de cactusontsteking was, maar hij wist wel beter.

De kamer kwam hij vrijwel niet meer uit. Op de binnenplaats had hij een wrakke tafel gevonden, die hij na wat gesoebat met een paar giechelende vrouwen voor een paar pesetas mocht hebben. Hele dagen stond hij in de donkerste hoek van de kamer bij de wasbak foto's te ontwikkelen – de jillad als een tent over zijn hoofd en de tafel. Het was de enige plek waar hij rustig was, gelukkig bijna, ondanks de gruwelen voor zijn ogen. Soms kwam John, die hem geld gaf en vroeg wanneer de foto's nu eindelijk klaar waren. Toen ze klaar waren – en verzonden, samen met John's artikelen, die na verschijnen enige ophef maakten totdat weer iets anders de aandacht trok – bleef hij komen.

'We ought to do something, something more definitive.'

Eenmaal belde hij zijn moeder.

Haar jongste. Kort na Willems geboorte was het eigenlijk al misgegaan tussen Cornelie en Herman, die, als hij al niet weg was, alleen maar achter de vleugel zat en geen oog had voor het aandoenlijke kereltje met zijn dunne haartjes en zijn grote ogen. Met de twee andere jongens wilde hij nog wel eens iets doen, naar de dierentuin of naar het bos. Maar Wim...

En nu was hij oorlogscorrespondent.

'Oorlogscorrespondent...'

Samen met Greet boog ze zich over de oude Bosatlas. 'Is daar dan oorlog?'

'Ik weet niet. Blijkbaar. Meer een opstand, geloof ik, maar wel met bommen en zo, en gas. O Greet, hij klonk zo ver weg.'

'Natuurlijk, dat lijkt zo, helemaal uit Marokko.'

'Nee, nee. Zo mat, alsof hij het had opgegeven uit te leggen wat hij had meegemaakt en het toch aldoor moest zeggen. "Ze gebruiken daar gifgas," zei hij steeds maar weer. Ik ben zo ongerust. Als hij maar niets binnen heeft gekregen.'

's Avonds belden ze met Jaap in Leiden en met Bert in Delft, en opeens was het of de hele internationale politiek hun rustige leven binnen rolde. Greet bracht buitenlandse kranten mee uit de stad, en toen de jongens het weekend thuiskwamen hadden die weer andere kranten. In plaats van de Bosatlas lag nu de grote *Andreas Weltatlas* op tafel, door Bert in Delft van een vriend geleend, en weldra ook *The Times Altas of the World*, door Jaap nieuw gekocht.

'Ik wilde hem toch altijd al hebben,' zei hij verontschuldigend.

Veel wijzer werden ze er niet van.

Het had iets bezwerends, alsof ze, door het simpele aanwijzen van plaatsen – Tanger, Ceuta, Tetuan – Wim terug konden halen binnen de veilige muren van hun vierkamerwoning in Amsterdam-Zuid. Met hun vingers volgden ze de bruine arceringen van de Rif, terwijl ze hardop de schaarse krantenberichten lazen over een verrassingsaanval op een dorp, op een stad die Tafersit heette – van alle kanten klauterden de Riffi in hun bruine jillads de rots op en schoten de Spaanse soldaten van de stadswallen, elk schot raak; toen opeens renden ze met een schreeuw omhoog, springend van rots op rots; als een bruine golf kwamen ze over de muur; ze overmeesterden het enige machinegeweer, dat ze omdraaiden en nu op de stad begonnen af te vuren; met messen en bajonetten staken ze in op de vluchtende Spanjaarden.

'Arme jongens. Daar heb je toch geen voorstelling van.'

'Die Primo de Riviera zou eens een voorbeeld aan Mussolini moeten nemen, zoals die dat in Libië aanpakt,' zei Bert.

'Zou Wim daar nu tussen zitten?'

Verblind staarden ze op de kaart onder de tafellamp. Het begon al vroeg donker te worden en eigenlijk was het gezellig, zo met z'n allen. Toen Jaap twee weken later op een avond aan kwam zetten met een Amerikaanse krant waarin foto's van Wim waren afgedrukt, had Cornelie het gevoel of ze hem bijna kon aanraken. Ze hield haar hand in een koker boven de foto. Het was of ze daar zelf zat, naast hem, in een grijs vierkant tussen rondspattende scherven en rennende, schietende mannen. Ze wilde haar armen om hem heen leggen.

Stukken in de *New York Times*, die overgenomen werden door enkele Europese kranten, een beroep op de Volkenbond, op het Internationale Rode Kruis in Genève. John was niet te houden.

'I'll go there to tell them. And you are going with me, young man.'

'Why?'

'Your future. I can introduce you to some people.'

Willem probeerde nog Harold zover te krijgen dat hij meeging, maar die wilde niet. Geen scènes dit keer, meer melancholie, weemoed, hoe je het noemen wilde. Een lange nacht slenteren langs het water.

'Toe nou.'

'Nee, nee.'

'Maar je vader blijft toch wel betalen, ook al ga je naar Europa?'

'O ja, juist wel.'

'Waarom dan niet?'

'Daarom niet.'

In zijn stem klonk paniek. Het zou wel de kif zijn, of gewoon angst om nog één stap verder te doen dan het smalle bruggenhoofd waarop hij ooit in een wilde bui was geland, een boulevard, twee, drie cafés, een stuk strand. Een mooi dier in zijn kooi.

'Kom je terug?'

'Natuurlijk.'

Zolang Willem hem kon zien, stond hij op de kade de boot na te kijken, terwijl tussen hen in de donkere streep in het water langer en langer werd.

1925

Het was een stralende winter, de winter van 1924-25. In Genève stonden de vlaggen voor het Palais Wilson strak in de wind. Het meer was een spiegel. En ook hier flaneerde men, weggedoken in bont, onder de kale platanen langs de boulevard. Alles wees erop dat de wereld jong was en vol hoop. De staatshoofden gleden af en aan in hun limousines en stonden glimlachend de toegestroomde journalisten te woord. Ja zeker, de kwestie van de Duitse herstelbetalingen was geregeld, het protocol voor een algehele ontwapening door de assemblee aanvaard, de eerste opiumconferentie een succes gebleken.

Moedeloos fotografeerde hij hun gezichten, die goed geschoren of met zorgvuldig getrimde snor in hun vel zaten.

Het onderhoud met sir Eric Drummond, de secretaris-generaal, verliep volgens John alleszins bevredigend. Terwijl Willem met statief en lamp om hen heen bewoog, wisselden ze vanaf hun Louis XVI-stoeltjes beleefdheden uit, elkaar langzaam omcirkelend, aftastend met hun woorden.

'De Rif-oorlog...'

'Een opstand, heb ik begrepen.'

'In feite een onafhankelijke staat toch...'

Het woord 'gifgas' kwam terloops, sluipend als het gas zelf.

Sir Eric knikte: 'Ja, dat is een grote zorg, wij hebben er al verschillende malen een verklaring over doen uitgaan, laatstelijk nog het afgelopen jaar. Maar om terug te komen op de volkenrechtelijke positie van de zogenaamde Rif-republiek...' Hij zat kaarsrecht, de vingertoppen tegen elkaar, zijn lippen enigszins getuit. Het licht viel scherend lang zijn gezicht en accentueerde de blauwe glans van zijn kaken.

'...zolang zelfs Groot-Brittannië aarzelt met de erkenning...'

Every inch the elderly statesman, schoot er door Willem heen. Hij drukte af.

Naderhand zou die foto hem een zekere faam bezorgen en het begin vormen van zijn serie diplomatenportretten, maar eigenlijk luisterde hij meer naar hun gesprek dan dat hij op zijn beeld lette.

Vraag dan door, schreeuwde hij in gedachten tegen John, vertel hem wat we hebben gezien.

'Don't you understand,' zei die nijdig, toen ze in een restaurant napraatten, 'you can't force him.'

Willem wilde het niet begrijpen ook.

Het liet hem niet los, het gas, het vrat zich door zijn gedachten, zoals bij anderen door de huid, langzaam, week na week, maand na maand. Telkens, op de meest onverwachte momenten, sprong het beeld voor zijn ogen van de etterende neusvleugel van een blind meisje op krukken dat aldoor maar zijn kant op staarde. 's Nachts werd hij huilend wakker, greep naar Harold, die er niet was, en hing dan uit het raam in de ijzige kou, luisterend naar de stilte – één bom die onbenullig uit een vliegtuig rolde en met niet veel meer dan een zachte bons in de gerst of de bonen terechtkwam, wat gesis, een vage vreemde lucht...

'In Tanger zei je nog dat je het hun wel eens zou gaan vertellen, dat ze het niet zouden moeten wagen je af te schepen met sussende verklaringen, dat je alle kranten van de wereld in zou schakelen.'

'Sure, sure.'

John was weer in een donker café met een stapel kranten achter de whisky gedoken. 'But look here.'

Er was een reportage over de Spaanse terugtocht uit de heilige stad Chechaouen, zo'n vijftig kilometer van Tetuan. Gepland, maar niet minder rampzalig. Veertigduizend man, met kanonnen, trucks en muilezels worstelend door de modder van één enkele bergweg, vanaf de hellingen bestookt door het mitrailleurvuur van de Riffi, een maand lang. Resultaat: meer dan zeventienduizend doden, die overal verspreid lagen, waaronder een generaal, zes luitenant-kolonels, acht majoors, honderdvijfenzeventig lagere officieren.

'He does damned well, our emir.'

Maar daar ging het niet om.

Willem zocht. Ondertussen ging het leven door. Hij portretteerde sir Eric's staf, drie heren en vier dames op lage bankjes rond hun baas gedrapeerd. Daarna kwamen er volgende opdrachten: de staf van de Franse ambassade, commissiebijeenkomsten, de Franse ambassadeur zelf – meestal in de kleine zijzaal met de hoge ramen die uitkeken op de binnenplaats, maar soms ook in de zonnige tuinzaal. Vanachter zijn camera probeerde hij informatie te krijgen door op een zeker moment over Marokko te beginnen.

'...toen ik Abd el-Krim fotografeerde.'

'...gruwelijk, gruwelijk...'

'Ja, een wespennest... Houdt u uw hoofd iets omhoog, naar links graag, kijkt u naar mijn hand... Maar daar zal uw regering zich uiteraard niet in begeven...'

Veel leverde het niet op. Een secretaresse van de Italiaanse vertegenwoordiging liet iets los toen ze op een receptie vanaf het balkon over het meer uit stonden te kijken. Er was lente in de lucht. Achter hen kwetterde de diplomatieke beau monde en opeens huilde ze.

'Ach meneer Elling, neemt u mij niet kwalijk, ik vind het zo erg, het squadron van mijn verloofde is in Libië en nu schrijft hij dat ze daar ook met gifgas bombarderen.'

Pas toen hij via via contact kreeg met de top van het Rode Kruis, kwam hij meer te weten. Op een late avond had hij op de derde verdieping van het verder verlaten hoofdkantoor een gesprek met iemand wiens naam hij moest zweren nimmer te zullen noemen: 'Wij kunnen alleen functioneren dankzij het vertrouwen dat men in ons heeft, maar in dit geval is het misschien toch goed dat er iets naar buiten komt. U lijkt me de aangewezen persoon, juist omdat u geen journalist bent maar wel contacten in die richting hebt.'

De man haalde diep adem en ritselde met zijn papieren.

'Sinds het begin van dit jaar ontvangen wij dringende missieven van de Rif-regering over gifgasbombardementen. Het Spaanse Rode Kruis schrijft ons dat daar geen sprake van is, maar de getuigenverklaringen zijn zeer gedetailleerd. We proberen van de Spaanse regering, en nu ook van de Franse, toestemming te krijgen voor een onderzoeksmissie. Tot nu toe echter zonder resultaat.'

En bij het weggaan, halverwege de duistere trap die hij tastend met zijn voeten af ging, hoorde hij hem opeens achter zich ook nog zeggen: 'We hebben informatie over een fabriek in Duitsland waar yperit wordt gefabriceerd, Wibchemie AG, in Biebrich. Ze hebben een dependance in of bij Madrid.'

Vreemd, zoals woorden de directe waarneming konden uithollen. Hij liep door de dure winkelstraten van deze chique stad, of langs het meer waar de kastanjes alweer in het grind lagen, en niets van wat hem bezighield had een andere aanwezigheid dan in woorden. Gehuild of gefluisterd, zakelijk uitgesproken, neergeschreven in vette of minder vette letters in de kranten die in bossen aan de kiosken hingen: 15 augustus 1925, Franse pantsertroepen over de rivier de Ouerrha, de Rif afgesloten van zijn graanschuur; 17 augustus, Pétain neemt het bevel over van Lyautey; 8 september, Spaanse troepen onder commando van kolonel Franco geland bij Al-Hoceima...

In alle talen tolden er woorden door zijn hoofd die beelden opriepen, dwars door de glimlach van de krantenverkoopster, de gebaren van de verkeersagent op de hoek, het geroezemoes in het café heen. Vage beelden, abstracties van wat hij had gezien, maar daarom niet minder dwingend. Zelfs als hij met Harold belde, bleven ze tussen zijn woorden hangen.

'Hoe is het?'

'O William. Wanneer kom je terug?'

'Merk je iets van de oorlog?'

'Oorlog? Wat opwindend, hier gebeurt nooit iets. Je komt toch wel terug?'

'Ja, ja.'

Het werd inderdaad tijd. In Genève had hij zo langzamerhand iedereen geportretteerd die daarvoor in aanmerking kwam. John was vertrokken naar Griekenland, waar zich een grensconflict met Bulgarije aan het ontwikkelen was. Zelf zou hij de kerstdagen doorbrengen bij zijn moeder en tante Greet in Amsterdam, maar daarna zou hij teruggaan.

'Heus, beloofd... Ja, ik ook naar jou... Ik hou van je.'

Voor Amsterdam ging hij nog naar Biebrich, een onooglijk fabrieksstadje aan de Rijn tussen Wiesbaden en Mainz. Het bedrijf

–wat loodsen en een gashouder met een opmerkelijk hoge schoorsteen achter een onopvallend kantoorgebouw – was gemakkelijk genoeg te vinden. Ook een afspraak met de directeur kwam snel tot stand toen hij had uitgelegd dat hij een reportage maakte over de veerkracht van het Duitse bedrijfsleven sinds de oorlog en nadat hij de aanbevelingsbrief van Rudi Heinemann, de tweede secretaris van de Duitse vertegenwoordiging in Genève, had overgelegd. Goede Rudi, van wie hij zo'n aardige serie foto's had gemaakt samen met vriend en hond.

Herr Doktor Reinhard Widerberg – en brosse geknipt haar, smal snorretje, samengeknepen ogen – was aimabel en mededeelzaam.

'Wij leveren voornamelijk halffabrikaten voor de farmaceutische industrie, en de laatste tijd ook wel wat voor de productie van kunststoffen, een nog jonge tak van bedrijf, maar die naar mijn mening een grote toekomst heeft.'

'Ja, dat zegt mijn broer, die een fabriek van rubberproducten heeft, ook.'

'Terecht. Loopt u mee?'

Hij leidde hem over het terrein, dat vol lag met tonnen en vaten. Nergens yperit, fosgeen of cyanogeenchloruur. Nergens ook opschriften die duidden op leveringen aan Spanje of Frankrijk. Hoe langer hij achter de tomeloze Widerberg aan liep, hoe sterker hij het benauwende gevoel kreeg dat de man zijn huiswerk veel beter had gedaan dan hij had kunnen vermoeden.

'Kijk hier, dit moet u beslist fotograferen, hier ben ik werkelijk trots op,' riep hij terwijl hij de zoveelste deur opengooide.

Mannen in witte jassen tuurden in microscopen en retorten. Hij fotografeerde gehoorzaam.

'Exporteert u ook naar het buitenland?'

'Was dat maar waar! Wat dacht u, zo'n klein bedrijf als het onze. Maar vertelt u eens, u bent toch niet toevallig familie van Herman Elling, de pianist?'

Hij wist bijna zeker dat die vraag niet zo vrijblijvend was als hij klonk. Hij werd bedonderd waar hij bij was, om de tuin geleid, ingepakt met foto's en al.

'Dat is mijn vader.'

‘Ach, Gott, uw vader. Als mijn vrouw dat hoort. Wij zijn zulke grote bewonderaars.’

Hij was opeens bang. Waar was hij mee bezig? Dacht hij soms in zijn naïviteit dat hij niet in de gaten werd gehouden? Een fotojournalist met een bedenkelijke belangstelling voor gifgas? Pas in Amsterdam, waar hij een onderhoud had met leden van de Vrijzinnig-Democratischen Bond, die werkelijk paranoïde waren, schudde hij zijn achterdocht van zich af. Alsof ze de gangen van alle journalisten van de wereld bijhielden. En wie zouden die ‘ze’ dan wel moeten zijn? De Duitsers, die nog steeds zuchtten onder de gevolgen van de oorlog? De Spanjaarden, die in vijf jaar tijd Abd el-Krim met zijn handvol Berbers nog niet hadden weten te verslaan? Nee, hij hoefde zich niets in zijn hoofd te halen, zo belangrijk was hij niet. Hij ging Kerstmis vieren en daarna ging hij terug naar Tanger. En daarna zag hij wel weer.

Alle drie de jongens en natuurlijk Jaaps Marietje waren er. En er was een kerstboom. Greet had er eerst niets van willen weten.

‘Kom zeg, dat Duitse gedoe. Is dat niet een beetje té knus?’

‘Wie doceert er hier Duits?’

Maar toen ze hem gingen optuigen, had zelfs Greet er zin in gekregen. Al die glazen herinneringen: het hertje van Bert dat Herman en zij nog in Venetië hadden gekocht, de piek-met-vijf-klokjes waar Wim altijd even ‘muziek’ op had mogen maken voordat hij de boom in ging.

Het paste net: Jaap en Marietje in het logeerkamertje en Bert en Wim op geleende matrassen in Greets studeerkamer. Er was haas met kastanjepuree en preiselbeeren en voor tweede kerstdag boerenkool met worst. Op kerstdag zelf gingen ze naar de matinee in het Concertgebouw en verder zou ieder zijn gang gaan, naar het strand – Jaap en Marietje – of het museum – Cornelie en Greet – of zomaar de stad in... geen idee waarheen eigenlijk, vriendjes van vroeger, misschien biljarten in een café... Cornelie had zich er zo op verheugd en het ging vanaf het eerste ogenblik mis.

Niet dat ze regelrecht ruziemaakten. Het was meer de voortdurende ondertoon van ironie bij alles wat ze zeiden, tegen elkaar, maar zelfs ook tegen Greet en haar. Het schiep een sfeer van distantie, die zich in de loop van die dagen als een ijzige mist over hen heen spreidde. Jaap, toch altijd haar steun en toeverlaat, was misschien nog wel het ergste. Hij was natuurlijk kwaad op Willem omdat die niet de moeite had genomen over te komen voor zijn huwelijk en hij zou wel moe zijn, met al die verantwoordelijkheid nu bijna alles in de fabriek op zijn schouders lag. Maar om zich nu zo afwezig te gedragen. Zelfs Marietje viel het op.

'Hè, Jaap, kom er nu eens bij zitten.'

Wat hij dan ook deed, zonder veel animo. En Bert en Wim sneerden elk moment dat daar aanleiding voor was tegen elkaar over de politiek. Het leek wel of Wim het niet kon hebben dat Bert na zijn afstuderen komend voorjaar bij Fiat zou gaan werken: elke keer als Bert daar iets over zei – en wie kon het hem kwalijk nemen dat hij er vol van was – begon hij over Mussolini.

'Die vierkante schreeuwlelijk met zijn megalomane ideeën.'

'Toe Wim, daar heeft Bert toch niets mee te maken.'

'Laat maar moeder, hij praat zijn Arabische vriendjes maar wat na.'

Ze deed of ze de vileine suggestie niet hoorde.

Pas op oudejaarsavond werd het weer gezellig als vroeger. Opeens was de oude toon terug, alsof die al die jaren van schoppentwee tot hartenaas opgeslagen had gelegen in de kaarten. Jaap speelde samen met Marietje, die hem voortdurend in zijn nek zat te kriebelen, Cornelie met Greet, en Bert en Wim ieder voor zichzelf.

'Drie ruiten.'

'Ik pas.'

'Alweer down, arme Jaap.'

'Die heeft wel wat anders aan zijn hoofd.'

Toen de klokken buiten begonnen te luiden vlogen ze elkaar om de hals.

'Gelukkig 1926, jongen, en jij Jaap, Bert...'

'Een goed jaar, moeder, voor u en tante Greet.'

Daarna speelden ze weer door tot ver in de ochtend, alsof ze geen van allen de stemming van vroeger wilden loslaten.

1926

Een goed jaar? Cornelie wist het niet, met Bert die naar Italië zou gaan en Wim die twee dagen later alweer was vertrokken. Jaap en Marietje en Bert bleven nog een paar dagen, maar de sfeer van oudejaarsavond kwam niet meer terug. Eigenlijk was ze blij toen ook die weg waren, zodat ze onbelemmerd naar hen kon verlangen, de lange dagen dat Greet naar school was. Twee weken later belde Wim op een avond vanuit Tanger.

'Ben je nou weer daar, jongen?'

'Ja, dat wil zeggen, in de haven. Ik bel vanaf de boot. Ze willen me er niet in laten.'

'Niet in laten? Waarom niet?'

Hij klonk neerslachtig en gejaagd.

'Geen idee.'

'En waar ga je dan nu heen?'

'Terug, denk ik. Ik moet nu afbreken. Ik bel wel weer.'

'Kusjes...'

'Kusjes,' zei Greet, 'hij is geen zes.'

De relatie met Harold liep op zijn eind. Na een week vastgehouden te zijn in de haven – Harold wuivend en gebarend achter een hek op de kade – werd Willem op een nacht opgehaald door een man in een roeibootje. Vervolgens werd hij, gehuld in een burnous, door een van de schoonmakers van het Café de Paris in een gesloten vrachtauto naar Harolds adres gereden.

'Jezus, weet je wel wat je riskeert?' had die gezegd, toen hij zich tenslotte had losgemaakt uit zijn omhelzing. 'Ze houden je natuurlijk in de gaten.'

Maar Willem had gelachen.

'Mij? Te veel eer.'

Harold zag er slecht uit, nog niet echt verlopen maar wel al met wallen onder te lichte ogen, die voortdurend heen en weer schoten. En hij had wonderlijke plannen.

'Ik heb het helemaal voor elkaar, schat. We gaan kif exporteren naar New York.'

'Wel ja, en hoe wilde je dat dan doen?'

'In jouw camera's. Niemand die dat bedenkt, jij bent zo keurig.'

Hij had het eerst niet serieus genomen en spottend doorgefantaseerd: 'En dan venten we het daar uit in alle cafés, als sigarettenverkopers met zo'n doos voor onze buik. Beste kwaliteit hasj, honderd gram voor drie dollar.'

Hij trok hem op het bed. Maar Harold rukte zich los en duwde hem weg. 'Doe niet zo flauw. Ik ken genoeg mensen daar.'

'Je meent het.'

'En bovendien wil ik terug. Toe nou, beertje, dat spul is in de States kapitalen waard, als we het maar daar kunnen krijgen.'

'Ik denk er niet aan.'

'Maar ik wil terug naar huis.'

Zijn stem schoot hoog uit. 'Ik ben ziek van het leven hier.'

Een paar weken later wilde hij balletdanser worden in Parijs. Dat was nadat hij een zekere Jean-Claude had ontmoet, of Pierre-Louis, de man veranderde voortdurend van naam. Willem was toen juist terug van een tocht diep de Rif in, tot bij Tarquist, waar Abd el-Krim ergens zijn laatste hoofdkwartier had. Hij was gespannen. Halverwege de terugweg had zijn gids hem zonder aanwijsbare reden in de steek gelaten en eenmaal terug in Tanger had hij voortdurend het gevoel dat hij werd gevolgd. Voor Harolds chicanes kon hij geen belangstelling opbrengen. Toen die weer eens pirouettes stond te draaien voor de spiegel, barstte hij uit: 'Ga dan verdomme dansen in Parijs met je Jean-Louis als je zo nodig moet.'

'Jean-Claude, zal je bedoelen.'

Het was niet eens een echte ruzie, en hij was ook niet echt kwaad. Maar toen hij 's middags thuiskwam, was Harold verdwenen. Wat ook verdwenen was, waren de paar foto's uit de grote collectie van de laatste weken waarop Abd el-Krims schuilplaats was te zien.

Mijn god, dacht hij, Harold. En natuurlijk, waarom ook niet, drugs, seks...

Het was niet rampzalig, de Spaanse en Franse inlichtingendiensten zouden ook zonder zijn foto's wel weten waar de man zich schuilhield. Maar toch...

Die avond had hij een lang gesprek met een oude schrijver, die al sinds jaar en dag in Tanger zijn domicilie had. Het was mei. Ze zaten op een terras aan de boulevard, de bomen geurden, de zee ruiste. Ver weg in de bergen in het oosten bezetten Franse troepen de heuvels rond de plek waar Abd el-Krim zich met vijftig getrouwen en een kleine driehonderd gevangenen ophield.

'Je moet hier weg. De zaak is verloren en trouwens, wat maakt het uit, de een of de ander, allemaal overtuigd van hun gelijk tot heil van het mensdom, en maar schieten en moorden, het absolute toppunt van arrogantie...'

Willem hoorde nauwelijks wat hij zei. Miserabel en verlaten zat hij weggedoken in zijn stoel. De ander praatte maar door.

'Je kan dat nog niet weten, William, maar het betekent allemaal niets, die grote woorden van vooruitgang, ontwikkeling, van beschaving zelfs. In feite gaat het altijd weer om de tomeloze honger naar macht van een klein aantal idioten. Ze weten het zelf niet eens. Ik ben ervan overtuigd dat ze echt denken dat ze iets goeds doen. Het Goede, dat is de ellende van deze eeuw. Het zijn niet meer alleen intellectuelen of voor mijn part would-be intellectuelen die er idealen op na houden, maar staatshoofden, partijleiders, generaals. Als je het mij vraagt is dat nog nooit eerder vertoond, of althans niet in die mate, en ik zeg je dat het ons nog een hoeveelheid ellende zal brengen waar die gifgassen van jou kinderspel bij zijn. De technologische ontwikkeling van oorlogstuig is pas net begonnen en nu het om idealen gaat zal er geen houden meer aan zijn. De mensen zullen staan te juichen. Met duizenden zullen ze zich aanmelden om de legers, of de strijdgroepen, of de kolonisatieprojecten te bemannen. Hun sieraden zullen ze omsmelten tot wapens. En waarom? Waarom? Voor stukgeschoten steden en generaties met haat in hun hart. Je bent nog zo ontroerend jong. Laat je toch niets wijsmaken. Je bent fotograaf. Laat mooie dingen zien, maak mooie dingen. Fotografie is de kunstvorm van de toekomst, en kunst is het enige dat ons nog zal kunnen redden.'

Bert studeerde eindelijk af en zwierf die hele zomer door de bergen, soms met Paolo, maar meestal alleen. De oude heer Pennacini had zijn hoofd geschud en hem eenmaal zelfs vermanend toegesproken.

'Je kent de bergen niet zoals wij, Alberto. Ze zijn verraderlijker dan je denkt: één misstap...'

Telkens als hij 's ochtends vroeg het pad achter het hotel omhoog nam, keek Pennacini hem bezorgd na zoals hij daar ging met grote, verende passen, zwaaiend met zijn pikkel. De jeugd – niets dan kracht, en zelfvertrouwen, en moed. Overmoed. Het zinde hem allerminst. De bergen, die ging je langzaam op, voet voor voet, zeker maar respectvol en vooral geduldig, totdat je adem wiegde op de lucht en je je één voelde met het steen, het gruis. Dat had niets te maken met overwinnen, waar iedereen tegenwoordig zo de mond van vol had.

Eenmaal, toen hij zelf de berg op was gegaan, had hij hem in de verte op een richel zien staan, zwaaiend met zijn armen. De idioot. Maar ja, Giorgio Pennacini was een ouderwetse man die niet zoveel zag in de dynamische geest van het nieuwe Italië, een hotelhouder die met heimwee terugdacht aan zijn Oostenrijkse gasten, die edelweiss droegen op hun Tiroler hoedjes in plaats van de Italiaanse zwarte hanenveren. Hij had er ruzie over met Paolo, die hem verweet dat hij zijn eigen italianità verloochende.

'Wij moeten het voorbeeld geven, vader. De mensen hier weten niet beter. Wij moeten hun het besef van hun eigen Italiaanse aard teruggeven.'

'Zeker door kerstbomen te verbieden.' Hij stikte haast van woede. 'Kinderen en oude vrouwtjes molesteren om een paar kaarsjes in een boom.'

Later in de zomer, toen Cornelie en Greet waren overgekomen uit Holland, luchtte hij zijn hart tegen hen.

'Het enige gevolg van al die onzin is dat de toeristen wegblijven. De Duitsers hebben zelfs een officiële boycot ingesteld, en met succes. En nu willen ze ook nog het monument van Walther von der Vogelweide in Bolzano weg hebben en vervangen door een beeld van Drusus. Alsof iemand hier ooit van Drusus heeft gehoord.'

De dames waren vol medeleven.

'En wie was dat dan?' vroeg Cornelie.

'Een of andere generaal van keizer Augustus, die vroeger deze streek veroverd schijnt te hebben.'

En Greet zei: 'Arme Walther, en hij had nog wel gezongen van "Hêr Keiser, sît ir willekomen".'

'Ja?'

'Ja. Maar dat was de Duitse keizer, twaalf eeuwen later. Och, meneer Pennacini, zelfs de dichtkunst heeft zo haar imperialistische trekjes en dat beeld van Von der Vogelweide zal hier ook wel niet zonder bedoeling zijn neergezet.'

Hij zuchtte onder zijn melancholieke snor en wees om zich heen. 'Als ze ons maar met rust lieten. Vooruitgang noemen ze dat. Maar wat is er vreedzamer dan dit? Wat moet je hier nou met vooruitgang?'

Turijn daarentegen bruiste van leven. De rechte straten glommen in de zon en soms streek er een koele windvlaag langs je hoofd die herinnerde aan de bergen in het noorden. Maar op de allereerste plaats was er Fiat.

In de twee jaar sinds Albert Elling er zijn stage had gelopen, was de productie van personenauto's bijna verdubbeld.

'Tweeënveertigduizend, kan je het je voorstellen?'

Agnelli was trots, uiteraard. Met zijn arm om de schouder van zijn jonge Hollandse ingenieur leidde hij hem door de productiehallen. Zo nu en dan sprak hij een voorman of een arbeider aan, pakte hij een onderdeel op, een kogellager, een zuigerstang, zodat zijn handen al snel zwart zagen van de olie.

'Auto's zijn de toekomst, jongen. In Amerika heeft elke arbeider zijn eigen wagen. Begrijp je wat dat betekent, als iedereen zomaar overal naartoe kan rijden? De mensen zullen 's zomers de hitte in de steden kunnen ontvluchten, arbeiders zullen werk vinden in andere provincies en de boeren zullen hun producten tot in Rome, ja, in heel Italië aan de man kunnen brengen. Uiteindelijk zullen ook de grenzen tussen de landen verdwijnen, omdat niets, geen vakbond, geen regering, de uitwisseling van personen en goederen nog zal kunnen tegenhouden.'

Hij stond midden op het pad dat tussen de machines opengelaten was en wees om zich heen.

'Nog een paar jaar en dan hebben al deze jongens hun eigen Fiat.' Zijn bruine ogen schitterden.

Zou er onder al die mannen die hier in grijze stofjassen achter de draaibanken en machines stonden één zijn die niet van Giovanni Agnelli hield als van zijn eigen vader? Bert kon het zich niet voorstellen. En eerlijk is eerlijk, de man wás als een vader voor hem. Aanvankelijk had hij het niet zo in de gaten. Hij was achter een tekentafel terechtgekomen in een zaal tussen tientallen anderen. Het werk dat ze hem te doen gaven was saai. De ontwerpen die hij moest uitwerken hadden niets bijzonders, en dat terwijl hij wist dat er ergens in de uitgestrekte complexen – niemand wist precies waar, of door wie – werd gewerkt aan een nieuw model racewagen.

Niet dat hij zich verveelde of eenzaam was. Na het werk ging hij met de jongens mee naar het centrum, waar ze op het plein rondjes reden om het kasteel of ijsjes aten onder de arcaden en naar de meisjes keken. Maar dat was niet anders dan twee jaar tevoren. In een brief aan zijn moeder schemerde iets van teleurstelling door.

In de kleine etagewoning in Amsterdam-Zuid zei Cornelie tegen Greet: 'Ik heb niet het gevoel dat hij zo vreselijk gelukkig is.'

'Is hij dat dan ooit?'

'In de bergen.'

'Ja, in de bergen.'

In hun stemmen klonk verlangen.

'Het komt wel goed,' zei Greet vanuit het halletje, waar ze haar hoed opzette om naar school te gaan.

En wat was geluk anders dan een besef dat je gelukkig zou horen te zijn, omdat een wens vervuld was, een verlangen werkelijkheid was geworden. Omdat je samenwoonde met je geliefde, driehoog op een nauwe, donkere verdieping zonder tuin, geen bos in de verre omtrek en met niet veel anders te doen dan wat vertaalwerk en lange, lange brieven aan de jongens.

Toen Greet de deur achter zich had dichtgetrokken, liep Cornelie naar haar secretaire, waarop het boek waar ze mee bezig was opengeslagen lag. Ze bleef staan en staarde ernaar. Vergeleken met het leven dat haar jongens leidden, was het allemaal van een dufheid die haar plotseling aanvloog. Het gelige papier, het donkergroene vloeiblad daaronder, het gepolitoerde hout van het bureautje daar weer onder.

Met één armbeweging veegde ze de hele troep, boek, papier, penhouder, naar de grond. Zonder er zelfs nog naar te kijken verliet ze het huis en liep ze de straat uit, niet in de richting van de stad, maar de andere kant op, langs de huizenblokken in aanbouw – zand, steigers, gebonk van heimachines – tot aan de rivier, en verder, de weilanden in die zover je kon zien verzonken lagen onder de lage lucht.

Ze liep lang. Over modderige karrensporen die hier en daar opgevuld waren met sintels, door een weiland, zwikkend in haar laarsjes waar het vocht doorheen drong, over weer een pad. In de stilte om haar heen was het of ze voor het eerst in haar leven zichzelf voelde. Een tijd lang stond ze wijdbeens met haar armen om zich heen en voelde ze het geruisloze, ronde, vertrouwde leven aan de binnenkant van haar huid. Het haakte aan niets, geen Greet, geen jongens. Geen Herman. Zo stond ze...

Met Bert kwam het inderdaad goed. Amper drie weken nadat hij in dienst gekomen was, kwam Agnelli de tekenkamer binnen en vroeg naar il Olandese. Achter hem aan verliet hij het kantoorgebouw om er de eerste jaren niet meer terug te keren.

De baas liep snel, met driftige passen. Bert had moeite hem bij te houden en op een gegeven moment dacht hij zelfs dat hij hem kwijt was geraakt. Hij was de hoek van een loods omgeslagen en toen hij zelf de hoek omkwam, was hij verdwenen. Het was vlakbij het ketelhuis. De afgewerkte stoom sloeg in zijn gezicht. Er was niemand te zien en even schoot de paniek in zijn keel. Toen hoorde hij hem.

'Vieni, vieni.'

Agnelli's hoofd stak lachend langs de schuifdeur van de loods naar buiten.

'Wat sta je daar nou?'

Binnen was het koel, en stil.
'Guarda.'
In de duistere ruimte stond een glanzend rode racewagen. Hij leek eigenlijk vrij klein met zijn slanke carrosserie en zijn hoge wielen. Er stonden drie, vier mannen omheen die stuk voor stuk de lak streelden, al was het maar met een enkele vinger.
'En?'
'Prachtig.'
Prachtig. En vreemd ook, anders dan hij zich herinnerde van twee jaar geleden. Met een kleine schok zag hij dat de plaats voor de bijrijder verdwenen was. Hij had er wel van gehoord, dat er geen mecanicien meer mee hoefde te rijden, dat de kwaliteit van de banden zo goed was geworden dat een vervanging tijdens het bijtanken op de pits voldoende was. Maar nu pas realiseerde hij zich dat de wagen daardoor ook smaller kon zijn.
'Stap maar in.'
'Ik?'
'Wie anders?'
Iemand wierp hem een overall toe. Toen hij eindelijk zat werd het stuur voor hem in het slot geschoven. Het was nauw. Het stuur zat zo dicht tegen hem aan dat hij zonder hulp de auto nauwelijks meer uit kon. Het gaf hem even een steek van angst. Maar ze rolden hem al naar buiten. Hij startte. De motor begon te ronken en onder zijn handen voelde hij de wagen trillen. Zijn opwinding ebde weg en maakte plaats voor een gevoel van beheersing en rust. Hij gaf gas.
Die hele middag draaide hij rondjes over een geïmproviseerde baan achter het fabrieksterrein. Gas, in de hoogste versnelling tot aan de bocht, daar terugschakelen en op het punt waar de kromming van de weg het hoogst was de voorwielen draaien. En dan, op het laatste moment, remmen op de achterwielen zodat de wagen als een vogel door de bocht zeilde. En weer gas, weer schakelen naar de hogere versnelling...
Het was maar een klein circuit, niet lang genoeg om werkelijk op snelheid te komen. Maar hij reed. Hij reed, en reed. Daarna kwamen de oefeningen. Pitstop, stuur eruit, hijzelf eruit, banden verwisselen en tanken, en weg. En pitstop, bougies verwisselen, en

weg. Iemand met een stopwatch riep: 'Sneller, sneller!' Terwijl hij de ene na de andere gloeiend hete bougie lostrok en naar de mecanicien wierp, zag hij verder naar achteren, onbereikbaar voor uitlaatgassen en opspattend gruis, Agnelli staan die – of verbeeldde hij het zich maar en ging de roes van snelheid en damp en zweet met hem op de loop – hem glimlachend toeknikte.

Toen was het voorbij. Trillend van vermoeidheid stond hij in zijn veel te grote overall in de brandende zon. De wagen werd alweer naar binnen gereden. Agnelli praatte nog even met een mecanicien en liep toen weg. Over zijn schouder riep hij: 'Morgenochtend om zes uur naar Monza.'

Maar voor wie was dat bestemd? Opeens waren er wel vijf, zes man om hem heen die lachend met elkaar stonden te praten in een soort rauw Italiaans dat hij nauwelijks verstond. Iemand sloeg hem op zijn schouder. Ja, hij liep mee, ook hij lachend, zijn stofbril bungelend aan zijn wijsvinger op de manier van de grote coureurs, Bordino, Cagno, Tazio Nuvolari, en onder de douche zong hij mee met de anderen van 'Sole mio' en 'Ai, schiavi', terwijl het zwarte stof van hem af droop.

Maar was het werkelijk de bedoeling dat hij morgen meeging? Natuurlijk was het de bedoeling. Er mocht dan op de tekenkamer nog zo veel werk zijn, niemand zou het toch in zijn hoofd halen hem de hele middag rondjes te laten rijden en pitstops te laten oefenen als dat niet de bedoeling was. Hoewel, aan de andere kant... Misschien had Agnelli hem alleen maar een plezier willen doen op een verloren achtermiddag, omdat de wagen toch nog een keer moest worden getest of de mecaniciens nog eens moesten oefenen en Bordino geen zin had gehad.

Hij kwam er niet uit. Hij durfde het niet te vragen uit angst voor de afwijzing – wat dacht hij wel, hij mee naar Monza, en dat alleen omdat de grote baas hem eens een keer... Toen ze in het weggaan 'tot morgen' riepen, was het hem nog steeds niet duidelijk of het niet alleen maar naar elkaar was.

Die hele avond zwierf hij door Turijn, van arcade naar arcade, tot aan de rivier, en weer terug door de rechte, in carré aangelegde straten, zijn gedachten op nul. Eenmaal passeerde hij café Allaria. Daar stonden ze rond de hoge marmeren tafeltjes. Hij zag Pietro

Bordino en hij zag Agnelli, die een sigaar aanstak. En opeens wist hij niet meer zo zeker of hij wel coureur wilde worden. Hij wilde alleen zijn. Hij wilde zijn kracht voelen en zijn eigen reactievermogen en koelbloedigheid, zoals de man op de affiches die overal op de muren hingen, met zijn scherp gesneden gezicht tegen een staalblauwe lucht. Maar boven alles wilde hij alleen zijn.

Aan de andere kant van de Piazza del Castello liepen de straten weer even recht door. Hij wist dat je overdag soms, bij helder weer, aan het eind de bergen kon zien. Hij rook de berglucht.

De volgende ochtend was hij om half zes present. In zijn tas zaten nu zijn eigen overall en zijn eigen stofbril. Niemand keek vreemd op of vroeg wat hij kwam doen. In de oude materiaalwagen, ingeklemd tussen banden en kisten met onderdelen en gereedschap, reed hij mee naar Monza. Hij zat in het donker, schokkend en hobbelend zodat hij telkens van de plank waarop hij zat af dreigde te glijden. Door de kieren van de achterklep viel alleen een smalle streep wit licht, die voortdurend verschoof over de bodem. Nog steeds wist hij niet helemaal zeker of hij dit wel wilde. Of eigenlijk: opeens wist hij zeker dat hij dit niet wilde.

Hij kende het. Niet voor niets had hij twee jaar terug, tijdens zijn stage, eindeloos rondgehangen op het toen nog gloednieuwe circuit, zelfs een paar rondjes mogen rijden in een reservewagen. Hij had gezien hoe een twee-liter-Lancia over de kop sloeg en brandend door de afrastering was geschoten. Hij had gezien hoe ze Gino Lotti, een mecanicien met wie hij min of meer bevriend was geraakt, met verbrijzelde benen uit zijn bijrijdersplaats hadden moeten zagen. Hij had een man in een wit pak waar de vlammen uit sloegen over de baan zien hollen, vallen, weer half overeind zien komen en weer zien vallen. Hij kende dit leven op de rand van de dood en hij wist dat het, jaar in jaar uit, nooit meer zou veranderen tot hij de fatale fout zou maken, een onwillekeurige beweging, een moment van afwezigheid, de fractie van een seconde dat hij te laat het stuur omgooide.

Zittend op zijn knieën, wankelend op het hotsen van de wagen, bonkte hij tegen de achterwand van de stuurcabine. 'Ik wil eruit!'

De auto stopte. De achterklep ging open en de chauffeur keek naar binnen.

‘Wat is er, jongen?’
‘Ik moet pissen.’
‘Snel dan.’
Struikelend rende hij naar de berm, piste, rende terug.
‘Kom maar voorin.’
De jongen die tot dan toe naast de bestuurder had gezeten werd naar achteren gestuurd. En zo kwam het dat hij hoog in de cabine het terrein van het circuit van Monza op reed, waar Agnelli hen voor het gebouw stond op te wachten en hem al bij het uitstappen mee wenkte, regelrecht naar een klaarstaande wagen, niet het nieuwste model van de vorige dag, maar toch... Later bedacht hij wel eens dat hij nooit coureur zou zijn geworden als de chauffeur hem die dag niet naar voren had gehaald.
‘Begin maar. Niet te snel en na elke ronde even stoppen.’
Een vaderlijke hand op zijn schouder duwde hem omlaag. ‘En voorzichtig.’
Naast hem schoof iemand op de bijrijdersplaats. Uit een ooghoek zag hij dat het Bordino was, Pietro Bordino, die in 1922 nog de grote prijs van Italië had gewonnen en die hem nu toeknikte.
Er was niets meer aan te doen, de dingen gebeurden nu eenmaal zoals ze gebeurden. Hij reed, en weldra zoog de snelheid hem mee. Zijn gedachten verdwenen. Zijn ogen en zijn bewustzijn waren alleen nog gericht op dat ene punt voor hem op het wegdek. Langzaam drukte hij het gaspedaal verder in, de motor trok aan, de toerenteller liep op en de banden zongen over het asfalt.
Zo nu en dan gaf de man naast hem een aanwijzing, ‘sneller’... ‘nu afremmen’... ‘schakelen’... ‘houd hem recht met zijn kop’... ‘en nu draaien, vriendelijk maar, vriendelijk’... Bij elke stop kwamen de correcties, en weer oefeningen: banden af, banden op. Na vijf ronden liep het zweet in stralen in zijn nek. Na tien ronden verkrampten zijn polsen van het schokken van het stuur en na twintig ronden was zijn keel uitgedroogd en rauw van het stof.
Hij was blij toen hij eindelijk zag dat ze bij de pit begonnen op te ruimen. Bordino was toen allang vertrokken. Zijn nieuwe bijrijder stapte nu ook uit. Hij hees zich omhoog, maar op dat moment kwam Agnelli naar hem toe en zei: ‘Ga maar lekker door. Je kan vanavond hier overnachten.’

Hij gaf hem een briefje met het adres van een hotel plus een handvol lires.

Dus tankte hij maar weer en draaide hij weer de baan op. Terwijl hij de snelheid opvoerde zag hij zijn naam al op de affiches: 'Albert Elling'. Of moest hij dat 'Elling' maar weglaten? 'Alberto' stond misschien beter, tussen al die Italianen.

1927

Herman Elling hoorde pas een jaar later dat Bert coureur was geworden, zo veel contact met zijn zonen had hij niet. Zijn leven als concertpianist speelde zich af in een andere wereld, nog afgezien van het eeuwige reizen, het gekampeer op hotelkamers. Hoewel, als hij erover nadacht was dat nu juist het enige aspect waarin zijn leven leek op dat van zijn racende zoon. Trouwens, ook op dat van Willem, de fotograaf.

Het was Jaaps vrouw Marietje die het hem vertelde, op een wandeling ergens in de beukenbossen bij Velp, met boven hun hoofd het ruisen van de bladeren en opzij de hond, die bezig was een tak uit de rulle grond te rukken.

'Jaap zegt dat hij overal prijzen wint, maar wij begrijpen niet hoe hij zo kan leven, altijd reizen en trekken, en dan steeds maar weer je leven in de waagschaal stellen.'

Hij was woedend.

'Maar dat is toch belachelijk. Mijn zoon. Heb ik hem daarvoor naar Delft gestuurd?'

Hij zwaaide met zijn armen, zijn handen in de zakken van zijn regenjas zodat de panden wapperden. De hond liet zijn stok los en sprong er blaffend op af.

'Ga weg, hond!'

'Af, Tippo.'

'Hoe haalt hij het in zijn hoofd. En waar is hij nu?'

'Geen idee.'

Ze hield de hond bij zijn halsband en zei: 'Jaap zal het wel weten, die is altijd bezig bij te houden waar iedereen zit: Bert en Willem, en u.'

De volgende dag al vertrok hij. Marietje deed nog een poging hem tegen te houden.

'U zou toch twee weken blijven... Ik had me zo verheugd op de wandelingen die we zouden maken.'

Tevergeefs. En zo reisde hij weer door Europa, ditmaal zijn zoon achterna, in rammelende treincoupés waarin het rook naar ijzer en stoom, ingeklemd tussen andere reizigers en vaak turend op een landkaart om uit te maken hoe de volgende plaats te bereiken waar autoraces schenen te zijn. Ditmaal was er niemand om hem op te halen als hij 's avonds laat aankwam op een verlaten station, geen hotelkamers met champagne en bloemen. Hij sliep in het eerste het beste pension dat hij zag, onderkomens voor handelsreizigers met gammele wastafels en versleten lakens.

Hij trof Bert tenslotte in Turijn, waar alles nog steeds vol activiteit en levendigheid was. Vanuit het restaurant waar ze hadden afgesproken, zag hij hem aan komen lopen en het verbaasde hem dat hij eigenlijk niets was veranderd sinds hij hem voor het laatst had gezien. Nog steeds een wat slungelige jongen, niet iemand van wie je zou vermoeden dat hij dagelijks de dood onder ogen zag. Zag hij uiteraard ook niet. Niets dan branie en bravoure.

'Wat drink je?'

'Een bier maar.'

En toen barstte hij los. Hoe haalde hij het in zijn hoofd. Wat dacht hij wel? Had hij wel eens bedacht hoeveel coureurs überhaupt de vijftig haalden?

Maar uit Berts antwoorden bleek dat hij wel degelijk was veranderd, en niet in zijn voordeel.

'Dat heb ik bedacht en dat doet niet ter zake.'

'Niet ter zake??'

'Nee. Het gaat er maar om hoe je leeft.'

'Hoor hem. Hoe je sterft, zal je bedoelen.'

'Wat kan u dat schelen. Nog geen minuut van uw leven hebt u zich met me bemoeid, nog geen brief, geen telefoontje.'

Er was geen land mee te bezeilen. Eenmaal leek zich even zoiets als een toenadering voor te doen toen Bert hem boven de risotto recht aankeek en zei: 'U kent dat toch ook, dat ene moment dat alles vanzelf gaat en je vleugels krijgt. Dat is als je muziek maakt toch niet anders.'

De ontroering kneep Hermans keel dicht.

'Daarom juist, jongen,' mompelde hij.

'Nou dan.'

Bert leunde achterover en keek uitdagend naar zijn vader, die van zijn stuk gebracht leek en niets anders meer wist te zeggen dan: 'En je moeder, heb je je wel gerealiseerd welke angsten zij uitstaat?'

'Dat moet u nodig zeggen! Na alles wat u haar hebt aangedaan!'

Ze kwamen tegelijk overeind. Met rode koppen stonden ze tegenover elkaar.

'Hou dat erbuiten. Daar weet jij niets, maar dan ook helemaal niets van!'

'Daar weet ik meer van dan me lief is!'

'Blaag!'

Hij zag met schrik dat zijn zoon zijn servet op tafel smeet en wegliep, maar hij bracht het niet op hem achterna te gaan. Kwaad keerde hij terug naar Berlijn, waar nazi's en communisten elkaar bevochten in de straten, maar waar hij tenminste kon onderduiken in zijn muziek. Urenlang speelde hij één en dezelfde nocturne van Chopin. Door het open raam klonk het geschreeuw van buiten. Hij hoorde het niet. Gebogen over de vleugel, zijn hoofd scheef om beter te horen, oefende hij zijn aanslag en zijn pedaalbehandeling. Zijn grote handen streelden de toetsen, sneller en sneller omhoog en dan, de rechterhand wendend, in één vloeiende beweging tegelijk met het indrukken van het pedaal weer omlaag, totdat de donkere tonen resoneerden in zijn borst...

Willem woonde toen in Parijs. Overdag fotografeerde hij de kunstwereld, van Gertrud Stein tot Aragon en van Arp tot Miro, en 's nachts liep hij de nichtenkroegen af, op zoek naar Harold. Soms dacht hij dat hij hem zag lopen, tussen de menigte in een drukke straat, op een station. Eenmaal, in Londen – waar hij was om met een uitgever te praten over de uitgave in boekvorm van zijn diplomatenportretten – wist hij zeker dat hij hem zag staan op een hoek van Picadilly Circus. Hij schreeuwde en begon te rennen, maar datzelfde moment was hij al verdwenen, alsof hij spoorslags iemand anders was geworden.

Waarschijnlijk wás hij ook allang een ander geworden dan die bange jongen in zijn goedkope huurkamer in Tanger. Hijzelf was een ander geworden, met zijn atelier in Parijs, waar zijn moeder en tante Greet soms logeerden als hij weg was op een van zijn reizen, en met zijn contacten met schrijvers en schilders die een nieuwe wereld maakten van lijnen en kleuren in plaats van ideeën.

'U moet anders kijken,' zei hij tegen zijn moeder, 'zelfs anders dan naar Van Gogh of naar Matisse, niet zozeer met het gevoel zelfs, het gaat puur om de perceptie.'

'Maar...'

'Echt, het is louter kleur, lijn, spel, zelfs als het iets voorstelt stelt het niets voor.'

'En jouw foto's dan?'

'Ook mijn foto's. Het gaat om het creëren als zodanig, een lijn is een lijn is niets, niets, niets anders dan een lijn...'

Liggend op zijn buik op de kaden, zijn hoed achterop zijn hoofd, fotografeerde hij de bruggen over de Seine. Soms filmde hij ook: de beweging van het water, een stuk papier dat opwaaide langs de walkant. Maar het fotograferen was hem toch het liefst. Eindeloos kon hij het licht aftasten dat langs de dingen streek en zich verborg in nuances van schaduwen, alles vergetend, ondergedompeld in een uitsnede van de werkelijkheid.

Totdat, op een vroege ochtend in een straat in Madrid waar hij naartoe was gegaan om de leegte tussen de huizen te fotograferen, zijn oog op een koperen bord naast een hoge voordeur viel: Wibchemie AG. Hij probeerde het nog van zich af te zetten. Maar toen hij een paar maanden later in de *New York Times* een kort bericht las over Italiaanse gifgasbombardementen op rebelse stammen in Libië kwam alles terug.

1928

Het was april 1928. Van een verbannen Libische kunstschilder in Parijs kreeg Willem een adres in Tripoli. Ook daar was naast de oude stad een nieuwe gebouwd met rechte straten, maar ditmaal waren het Italianen die onder de palmen flaneerden. En ook daar ruiste de zee.

De oorlog tegen de opstandige bedoeïenen speelde zich honderden kilometers naar het zuiden af. Soms was er een krantenbericht over de moedige Italianen die zich met hun Ethiopische hulptroepen op paarden en kamelen door de woestijn worstelden. Maar in de stad was niets anders te merken dan soms, op de hoek van het plein bij het kasteel, een rij galgen met rottende lijken. De zoete, perverse stank sloeg op hem toen hij de steeg uit kwam. Onfotografeerbaar.

Ook buiten de stad begon het moderne leven zich af te tekenen in de eindeloze velden met fruitbomen – vaak treurig verschrompeld weliswaar, maar toch –, wijngaarden en de kleine witte huizen van de kolonisten, elk geflankeerd door twee kaarsrechte cipressen, links en rechts van de voordeur. Zelfs zijn gastheer was niet onverdeeld vijandig ten opzichte van de nieuwe machthebbers.

'Natuurlijk, natuurlijk, het is zeer goed, land ontginnen, goederen produceren. Misschien dat onze eigen manier van leven en denken daar toch niet tegen opgewassen is.'

Ze zaten onder de mimosa bij de betegelde fontein op de binnenplaats van zijn huis. Ergens uit een raam klonk het gejengel van een Arabische zanger uit een radio.

'Maar hoe is dat? Er komt een gast in je huis. Hij neemt de leiding over in je keuken, hij zegt je vrouw dat ze zich anders moet kleden, hij zegt jou dat je je vrouw anders moet beminnen en dat je je zoons en dochters anders moet opvoeden, dat je anders moet denken. Hij heeft gelijk. We leven in een moderne wereld en we kunnen de vooruitgang niet tegenhouden. Maar het is jouw huis...'

Het affiche van het concert van Herman Elling hing op nog geen honderd meter van de vijf galgen, en ook in de zaal zelf kwam door de open ramen, samen met de geur van bloeiende mimosa, iets van de weeë stank naar binnen. Zijn vader speelde dus Chopin alsof er niets anders tussen hemel en aarde bestond. Willem herinnerde zich de muziek wel van vroeger in Arnhem, als hij in de tuin stond en niet naar binnen durfde omdat zijn vader studeerde. Maar het klonk anders, lyrischer, bijna teer, en tegelijk lag er onder die tederheid, in de hysterisch rammelende loopjes en, soms, één enkel zwaar akkoord, de dreiging van chaos en geweld. Hij zat wat opzij en zag vooraan in de zaal de Italiaanse machthebbers in hun uniformen meewiegen met hun hoofden. En hij dacht aan de woorden van de oude schrijver in Tanger en ook aan die van zijn gastheer hier in Tripoli. Kon kunst werkelijk de arrogantie van macht en geweld tenietdoen? Of was het misschien zelf de opperste arrogantie? Die van het niet willen weten, van onderduiken in een waas van schoonheid.

Na afloop wachtte hij buiten bij de uitgang. Natuurlijk had hij een camera en een flitsapparaat bij zich. Het duurde lang. Door het raam zag hij ze staan drinken en praten, de gouverneur, generaal De Bono, fascist van het eerste uur – opvallend klein maar gemakkelijk te herkennen aan zijn witte baard – en diens adjudanten, glas in de hand, de duim van de andere hand achter de leren koppelriem, hun dames, een paar Italianen in smoking en één enkele Arabier in burnous. Daartussen zijn vader, wat afgetrokken zo te zien. Niet erg veranderd, wat grijzer. Toen ze naar buiten kwamen, hield hij in één beweging zijn flits omhoog en drukte hij af.

De Bono riep: 'Bon Dio!'

Hij lachte, ijdel genoeg. Maar zijn vader keerde met een ruk zijn hoofd af.

Toen zagen ze hem. Willem hoorde nog roepen dat hij moest terugkomen, dat de gouverneur hem wilde spreken. Maar hij liep al weg. Als zijn identiteit bekend werd, kon hij de hoop wel opgeven ooit in het binnenland te raken. En trouwens, wat moest hij met zijn vader?

Wat moest hij met Bert? Want ook Bert was in Tripoli, samen met Elena, de serveerster uit café Allaria met wie hij enkele maanden eerder was getrouwd. Het nieuwe circuit buiten de stad, met adelaar en fasces trots boven de ingang, was De Bono's troetelkind en prestigeobject van het fascisme, en van alle Italiaanse coureurs werd verwacht dat zij er geen wedstrijd misten. Willem was nog nooit eerder bij een autorace geweest en hij was verbijsterd. Het publiek op de betonnen tribune met ijsjes, verrekijkers, geschreeuw, de ronkende wagens die beneden in de diepte de baan op kwamen, de stank.

De stank van lijken, schoot er door hem heen, zoeter, maar onmiskenbaar... Weer De Bono ook, links en rechts knikkend en glimmend van het zweet.

Bert reed in een rode Fiat. Dat was niet de wagen die in de verte door de afrastering vloog, op zijn kop doorgleed en tenslotte rokend bleef liggen. Hij kwam een aantal keer langs en elke keer schoot een kleine, zwaar opgemaakte vrouw op van een van de voorste rijen omhoog en riep: 'Alberto! Alberto!'

Later stond Willem ook daar bij de uitgang, nu van het clubgebouw, en fotografeerde hij de mensen die naar buiten kwamen. Niet De Bono, maar alleen een groepje coureurs en mecaniciens. De vrouw die zo had staan roepen was er ook. En Bert. Hij had zijn arm om haar heen en drukte haar zo nu en dan lachend tegen zich aan.

Zo stonden ze op de foto's: zijn vader met een nors, half afgewend gezicht en Bert breeduit lachend, gelukkig. Hij had de twee afdrukken naast elkaar gelegd en staarde ernaar. Ze hadden iets samen, maar wat? Nooit eerder had hij zijn vader zo direct in het gezicht gezien. Toen Bert. En toen weer zijn vader. Ze ontsnapten hem. Het was of hij het altijd had geweten: ergens in een of ander onherroepbaar verleden waren ze, zomaar op een dag, vertrokken uit zijn leven hoewel ze daar wel in thuishoorden, een gat in zijn hart. Buiten jengelde nog steeds een of andere populaire zanger alsof de vergeefsheid van alles al eeuwen lang bekend was.

Wat moet ik? dacht hij wanhopig, wat moet ik in 's hemelsnaam doen?

1929

Het jaar daarop behaalde Bert op de Nürburgring zijn eerste grote overwinning. Herman Elling was toen in Bonn, zo'n 50 kilometer verderop, waar hij als altijd de sterren van de hemel speelde om daarna afwijzend en geïrriteerd de toejuichingen van het publiek te ondergaan. Al reizend moesten ze elkaar minstens hebben gekruist, ergens bij een overweg waar een man met een vlag een Fiat liet stoppen voor een passerende trein, of bij een van de spoorbruggen in Zwitserland. De een na de ander waren ze de Brenner over gekomen en door Midden-Duitsland naar het noorden gereisd, Bert vanuit Tripoli naar Engeland en Willem op weg naar Parijs of Amsterdam, terwijl hun vader terugkeerde naar Berlijn. Zo trokken ze hun sporen over de landkaart van Europa.

Het was de late zomer van 1929. Vanuit het raam van hun coupés zagen ze het fruit zwaar aan de bomen hangen. In slaperige dorpjes werd het laatste hooi binnengehaald en in de Alpen zagen ze soms nog een eenzame klimmer omlaagkomen, pikkel over de schouder, het touw opgerold aan de rugzak. De kranten die ze kochten schreven wel over stagnerende economische groei en toenemende werkloosheid, en zo nu en dan zagen ze inderdaad leegstaande werkplaatsen waarvan de ramen waren ingegooid en de leien van het dak waren gegleden. Maar ja, wat zei dat? De wereld lag nog min of meer in rust. Voor de meeste mensen bestond er niet veel meer dan hun straat en de paar straten eromheen, een fabrieksterrein, een weiland dat zover je kon zien verzonken lag onder de grijze lucht en waarin soms een vrouw stond, die voor enkele ogenblikken de leegte op zich liet inwerken totdat ze zichzelf voelde zoals ze werkelijk was, de binnenkant van haar huid, het geruisloze, ronde, vertrouwde leven, om dan terug te keren naar huis, het boek dat ze aan het vertalen was, het woordenboek en de lege vellen papier van de vloer op te rapen en aan het werk te gaan.

Maar een concertpianist moest reizen, van hot naar haar en vice versa, ook al kostte het hem zijn concentratie. En voor een coureur was dat al niet anders.

Elena klaagde erover tegen haar vriendinnen, aan de tea. Dat was chic bij de Turijnse dames met hun gebleekte haren en gouden ringen met smaragden of god weet wat voor stenen aan hun vingers, een Engelse high tea met dunne sandwiches en romig opgespoten taarten.

Bert hoorde hun stemmen al weergalmen tegen de plavuizen van hun appartement in de Via Gallo als hij de lift uit stapte en als hij binnenkwam ging er een gekir op:

'O Alberto...'

'Come sta, Alberto?'

Ze waren jaloers op haar, zo'n mooie, grote man, met blauwe ogen en dan ook nog zo'n goede positie. Maar zij klaagde en klaagde.

Ze klaagde al even hard wanneer ze, tweemaal per jaar, de bergen in gingen.

Kunnen we dan niet eens één keer naar Saint-Tropez of naar Biarritz, in plaats van altijd en eeuwig naar Merano? Of naar Engeland, ik wil al jaren zo graag naar Londen. Toe, Bertino...'

'We gaan toch om de haverklap naar het buitenland? Twee maanden geleden zaten we nog in Alexandrië.'

'Voor de races, ja. Maar wat moet ik daar? Champagne drinken in het clubhuis, dat is alles. Van de stad heb ik niets gezien, voorzover er al iets te zien zou zijn. Niets, niets...'

Waarna ze zich met migraine terugtrok in haar slaapkamer, waar ze de rest van de dag met gesloten luiken en een masker voor haar gezicht zou blijven liggen. Ook in dat opzicht leek ze op zijn moeder.

Ze slopen dan door het huis, waar alleen nog het tikken van de grote staande klok in de gang te horen was en, soms, het gerinkel van vaatwerk in de keuken. Na het schreeuwen, het slaan van de voordeur en dan de gierende uithalen van zijn moeders huilbui viel de stilte op je als een... Hij wist niet als wat, maar in elk geval als iets waar je uit weg moest, de straat op...

Dus vertrok hij maar weer, naar zijn bureau in de Corso Dante of naar de montagehal, waar ze bezig waren met het afstellen van het nieuwste model racewagen. Alleen in de bergen viel alles en iedereen, Elena, zijn moeder, zijn vader, van hem af. En soms achter het stuur, wanneer hij steeds sneller zijn ronden reed totdat de lucht in zijn longen dun werd en het gevoel van een grenzeloos aanwassende opgetogenheid, van ruimte en macht, het verlangen naar de bergen eindelijk inhaalde en overspoelde.

De dag van het ongeluk regende het, maar Bert en nog een paar anderen bleven hun trainingsrondjes draaien. Langzaam drukte hij het pedaal dieper in, zijn blik gefixeerd op de wagen voor hem en de kromming van de weg verderop. Met een vloeiende beweging schoof hij de wagen naar links en vervolgens naar het hoogste punt van de bocht. Rechts van hem zag hij de andere wagen wegzakken. Hij remde, schakelde terug. De motor ronkte en tegelijkertijd begon er in zijn borst iets te zingen. Het kwam van eeuwen her, zwaar en grondeloos. Achter hem spoten de wielen het water in fonteinen over de rijbaan. Bij de pit werd gevlagd: langzamer. Verderop stond een Rode Kruis-wagen en liepen mensen. In een flits zag hij achter de berm een wagen op zijn kop liggen. De wielen draaiden nog en uit het chassis kwam rook. Zijn snelheidsmeter kroop verder omhoog. Hij haalde nog een wagen in, en nog een...

Willem las over Berts ongeluk toen hij in Napels op de boot wachtte om terug te keren naar Libië. Het was er vol soldaten en kolonisten, hele gezinnen doodarme boeren die reikhalzend uitkeken naar de nieuwe toekomst die de Duce hun had beloofd. Onwillekeurig keek hij rond of hij Angelino zag. Hij zag er tientallen natuurlijk, allen met dezelfde groene ogen, dezelfde smalle mond.

Het was een kort krantenbericht, dat slechts meldde dat Alberto, zoals hij in Italië bekendstond, met een hersenschudding en een verbrijzeld bovenbeen opgenomen was in een ziekenhuis in Milaan. Hij belde zijn moeder, die onderkoeld reageerde.

'Goddank, dan is het nu dus afgelopen met de racerij.'

Meteen daarop schrok ze alsnog: 'Ik ga er direct heen. Weet je zeker dat er geen levensgevaar is?'

Zijn vader had dezelfde reactie. 'Geen levensgevaar? Mooi zo, dan kan hij eindelijk aan een fatsoenlijke carrière beginnen. Welk ziekenhuis, zei je?'

Hij voelde weer het gat in zijn hart.

'San Antonio. Het spijt me, maar ik moet werkelijk door naar Tripoli... Een commitment met een krant... Ja... Wens hem het beste... Dank je... Tot ziens.'

Twee dagen later trof hij John Meadow op diens adres in Tripoli.

'Old boy, how are you after all these years? Going to hit them again, right?'

'Sure.'

Hij was niets veranderd: luidruchtig en high van een tekort aan whisky.

'You made some damn good pictures, you know?'

Niets kunst. Reportages, de wereld informeren. Had hij ooit iets anders gewild?

1930

Jaap en Marietje waren gelukkig, dat was zeker, al vroeg Cornelie zich wel eens af waarom er nog steeds geen kind kwam. Herman en zij hadden er geen moeite mee gehad.

'Misschien willen ze niet,' zei Greet.

Maar dat geloofde ze niet. Ze kon het Greet niet uitleggen. Die had genoeg aan haar Minnesänger, waar ze zich avond aan avond mee opsloot in haar werkkamer. Ze waren inmiddels verhuisd naar een villa in Amstelveen, veel te groot voor hen tweeën eigenlijk, maar met voldoende logeerkamers. Zonder de jongens – al waren ze dan ook ver weg en ook al was ze nog zo gelukkig met Greet – zou het leven zinloos zijn. En dus zat ze 's avonds aan de eettafel onder de oranje lamp brieven te schrijven aan Willem in Libië – god wist waar precies en of die hem ooit zouden bereiken, hij schreef zo zelden terug –, aan Bert in het ziekenhuis in Milaan, en aan Jaap en Marietje.

Als Greet aan het eind van de avond binnenkwam en van achteren haar arm om haar heen sloeg, had ze in haar spitse handschrift hun hele leven van de afgelopen dagen opnieuw beleefd: het weer, dat guur was voor de tijd van het jaar, maar wel met felle stukken blauw en nota bene al radijsjes bij de groenteboer – uit de kas natuurlijk – en steeds meer werklozen... 'Je schrikt als je ze ziet staan bij het stempellokaal. We kopen zoveel mogelijk Nederlandse waar, al hebben ze het in andere landen natuurlijk even moeilijk. Gisterenavond zagen we in de Schouwburg een prachtige uitvoering van *Siegfried* van Jean Giraudoux met Cees Laseur in de hoofdrol. We hebben zo genoten. Na afloop soupeerden we met Hans en Klaartje Mijnlieff in Americain en daar kwamen ze allemaal binnen, Laseur en Loudi Nijhoff en Vera Bondam en alle anderen, de boeketten nog in de hand. Greet complimenteerde Vera Bondam, die ze nog kent uit haar studietijd, en noodde haar bij ons aan tafel, wat ze met nog enkele anderen deed. Tot vroeg in de ochtend bleven we hangen, genietend van alle toneelanekdotes...'

Het leek soms of het pas was gebeurd als ze het hun had geschreven. Zoals ook hun levens zich beperkten tot de verhalen in hun brieven: 'Lieve moeder, gisteren zijn we aangekomen in Benghazi, heel heet, al staat er gelukkig wat wind uit zee...'; 'Lieve mama, de dokter is eindelijk geweest. Tegenover mij doet hij optimistisch en zegt hij dat ik, als alles goed gaat, over drie weken naar huis mag. Maar tegen Elena heeft hij gezegd dat het nog lang zal duren voordat ik weer kan lopen, laat staan rijden...'; 'Lieve moeder, hoe is het met u en tante Greet? Hier gaat alles z'n gewone gangetje. Marietje vraagt of u beiden met Pasen komt logeren. Of is u dat te veel na de Italiaanse reis? Op de fabriek houden we ons tot nu toe goed, al zijn er wel wat annuleringen van Duitse orders. Ik hoop maar dat het er niet meer worden en dat de markt weer aantrekt. Echt zorgen maak ik me niet...'

Ze las ze en herlas ze. Ze borg ze op in archiefdozen in haar secretaire – dezelfde archiefdozen als Greet gebruikte voor haar promotieonderzoek – en haalde ze weer tevoorschijn, brieven van jaren terug ook, die ze zo langzamerhand uit haar hoofd kende en die met elkaar een werkelijkheid vormden waarin ze zich soms – als het vertaalwerk niet vlotte, of als er al weken lang niets was om naar uit te zien en Greet meer dan ooit verzonken was in haar werk – meer thuis voelde dan in de wereld om haar heen.

Van haar drie zonen was Jaap de meest gewone – niets bijzonders aan Jaap Elling met zijn lange, wat stijve lichaam –, de meest solide ook en zeker de meest gelukkige. 's Ochtends, fietsend naar de fabriek, begon hij de dag in te plannen, of eigenlijk al eerder, onder de douche, vaagweg, terwijl het water over zijn hoofd kletterde: post, stafbespreking, rondje productiehallen. Met Marietje aan het ontbijt ebde het weg. Maar daarna, op de fiets – de Zijpendaalseweg af, onder het spoor door en dan dwars door de stad tot aan de Nieuwe Rijnkade – werd het concreet: de bevestiging van de levering aan Hamburg en de offertes aan drie nieuwe klanten die de deur uit moesten, om elf uur de rapporten van de buitenstaf en daarna met Krijn en Jansma over de kwartaalcijfers. Naar de bank?

Misschien beter eerst met Dick Ferguson bellen...

Hij reed hard, met alle energie die in hem zat, de wind in zijn haar, de regenjas dubbelgevouwen over zijn rechterschouder. Toen hij het fabrieksterrein op reed keek hij op zijn horloge: weer sneller dan gisteren. Fluitend liep hij naar binnen.

'Morgen De Boer, morgen juffrouw Wissink.'

De dag was begonnen.

Vanaf dat moment tot zes uur 's avonds zou er geen ogenblik zijn waarop de angst, die hem sinds zijn perzikenziekte niet meer had verlaten, kon toeslaan. Uitkijkend over de Rijn, waarop zo nu en dan een langzame aak voorbijtrok richting Duitsland of een wat snellere afzakte naar Rotterdam, dicteerde hij zijn brieven. Toch nog wel wat bedrijvigheid op het water. De berichten van de vertegenwoordigers waren trouwens ook niet louter negatief. Hij hield ervan zich met zijn jongens, zoals hij ze noemde, te buigen over de opdrachten en met weer andere jongens over productiestaten, activa en passiva, rentepercentages...

'Kom binnen. Nee, helemaal niet, we zijn net klaar. Ik heb drie kwartier, dat moet genoeg zijn.'

Als hij tegen het eind van de middag in de hoge hal langs de machines liep, was hij zo gelukkig als een man redelijkerwijs kon verlangen te zijn.

'Hoe gaat het, Martens?'

'Goed, meneer.'

'En je vrouw?'

'Een heel stuk beter meneer, dank u wel, en ook mevrouw.'

Hij herinnerde zich vaag dat Marietje er langs was geweest, met eieren of zo.

Het rook er naar rubber, en naar vuur, de machines bonkten onder zijn voeten en boven alles uit klonk het gieren van de hogedrukspuiten in de vulkaniseerafdeling. Zelfs daarna, als de fluit was gegaan en de fabriek leeggelopen was, was er nog niets aan de hand, een laatste telefoontje, nog een brief. Hij sloot zelf het kantoor af, wisselde een paar woorden met de portier.

Maar dan, op de terugweg naar huis, nu zonder brandschone dag voor zich om in te vullen en in vallend licht dat langzaam werd ingehaald door de duisternis, kwam het opzetten. Tegen het eind ging het goddank de heuvelrug op, zodat hij al zijn kracht en adem nodig had om enigszins op tempo te blijven. Wanneer hij linksaf de Van Pallandtstraat in sloeg gloeide het raam van de eetkamer hem al tegemoet. Hij zag Marietje lopen, ongetwijfeld met borden, messen, vorken, schalen, alles wat nodig was voor een keurig gedekte tafel, ook al waren ze maar met z'n tweeën.

Daar zaten ze dan, ieder aan een kant. Marietje praatte, het gaf niet waarover, een dienstmeisje met een broer die aan een baan geholpen moest, de zieke vrouw van Martens, de tennisclub, wat dan ook. Hij knikte, antwoordde – 'ja, ja, natuurlijk, ja' –, als ze maar doorpraatte. Soms vroeg ze naar zijn dag. Hij deed zijn best, maar veel was het niet, tenminste, niet veel dat de moeite van het vertellen waard was. Al snel nam ze het weer over: 'Annemarie Ferguson vertelde dat Dick misschien een baan krijgt in Den Haag. Wist jij dat hij daar had gesolliciteerd?'

'Misschien hebben ze hem gevraagd. Waar?'

'Een of ander departement.'

'Mooi voor hem. Ik zal hem missen.'

Totdat ze aan de gang moesten voor de gasten van die avond: koffieblad, het glazen filterapparaat uit Italië, koekjes, bonbons, en hij de kelder in voor de wijn. Of zich moesten gaan kleden om uit te gaan. Elke avond. Hij was een goede gastheer en een onderhoudend causeur. 'Jaap Elling,' had Gerda Nauta eens gezegd, 'is de enige man die echt kan luisteren en nog zinnig antwoord kan geven ook.' Het was waar, ze konden het allemaal bevestigen.

Wat ze niet wisten, was hoe er tegen het eind van de avond een gat in zijn borst groeide en zijn keel langzaam dichtgeknepen werd. Hij wist het nog van zich af te houden als ze vanuit Musis Sacrum of van een bridgeavondje bij vrienden naar huis fietsten, of, als ze zelf ontvangen hadden, bij het afscheid nemen in het halletje.

'Hier, Gerda, jouw jas.'

'Jaap, Marietje, dat was weer gezellig. Volgende week bij ons?'

Maar als de voordeur dichtgevallen was, Marietje nog wat scharrelde in de keuken en het huis opeens stil en leeg aanvoelde, daalde het onverbiddelijk op hem neer. En dan kon je het geen angst meer noemen. Angst lag er vóór, was voorzegger, voorzanger, een zachte dreun achterin zijn hoofd, die daar al een uur of zo doordreinde. Dit was... Ja, wat? Een afgrond van afkeer, weerzin, die zich om hem heen uitbreidde en uitbreidde, terwijl hij de asbakken leegde, de lege flessen wegzette en dan langzaam, met afhangende schouders nu, de trap op ging en alle geluiden en gedachten van het bezige leven achter hem wegzonken.

Dan hielp ook geen Marietje meer. Als ze de slaapkamer binnen kwam waren zijn ogen leeg en hadden zijn bewegingen iets mechanisch. Ze begreep het niet. De eerste keer al – nog voor hun huwelijk, op die vakantie in Italië toen ze sluipend over de krakende planken van de hotelgang naar zijn kamer was gegaan – had ze het niet begrepen. Ze had het niet eens weten te benoemen. Het bestond slechts als een soort vage teleurstelling. In het donker, dat geen donker was maar een grijze negatie van alles om hen heen, lagen ze naast elkaar. Natuurlijk vreeën ze, in het begin zelfs vaak, maar veel om het lijf had het niet. Ze kroop tegen hem aan, streelde zijn borst en wachtte, wachtte. Als hij dan over haar heen kwam gebeurde het buiten haar om, snel, hevig, kort. Het deed even pijn. Meer niet.

Eenmaal, in het eerste jaar van hun huwelijk, was hij onder het klaarkomen in huilen uitgebarsten... Ze hadden die hele mistige herfstdag lang over de Veluwe gezworven, half verdwaald en min of meer ruziënd over de richting: ‘Kom nou maar.’

‘Weet je het zeker?’

‘Natuurlijk weet ik het niet zeker, maar als je het vraagt weet ik het steeds minder.’

Hij liep met grote passen voor haar uit. Ze vermoedde dat het hem niet kon schelen te verdwalen. En dat was waar: hij was net zo lief door blijven lopen door het rulle, grauwe zand met boven zijn hoofd een laatste vlucht eenden en in de verte de dunne omtrekken van bomen in de optrekkende nevel.

‘Als je steeds langzamer loopt komen we er zeker niet.’

Uiteindelijk bleek hij gelijk te hebben en kwamen ze uit bij de fietsen. In Het Rode Koper hadden ze nog wijn gedronken en kroketten gegeten en daarna waren ze lachend en pratend door het donker naar huis gereden. Thuis had hij weer wijn ingeschonken. Ze was verbaasd geweest, ze dronken nooit als ze geen gasten hadden. Maar hij had haar lachend haar glas aangereikt.

'Tegen de kou.'

'Wel ja.'

Hij had haar gezoend, anders dan meestal, zachter, en toen opeens begerig, zuigend, nat. Zoenend en struikelend waren ze boven in de slaapkamer geraakt, hadden ze elkaars kleren uitgekregen, waren ze op bed gevallen. Er schoten vlammen door haar heen en hij gleed bij haar binnen, zo gemakkelijk en zacht, weer en weer, alsof – dacht ze – er een grote blauwe hemel over hen heen hing waaruit duizend roze en gele en rode rozen op haar neervielen.

En toen opeens huilde hij. Ze schrok zo, dat er in één klap geen roos meer was.

'Jaap, kereltje, wat is er dan?'

Het klonk onnatuurlijk. En hij huilde maar door, nog steeds op haar, maar nu zwaar, geen beweging in te krijgen.

'Jezus, Jaap.'

Toen het eindelijk was gestopt, even onverwacht als het was begonnen, en ze hem van zich af had gewerkt, lag hij met wijdopen ogen naast haar zonder iets te zeggen. Dat kwam pas veel later, toen hij was opgestaan, had geplast.

'Sorry.'

'Wat was er dan?'

'Ik weet niet, het gebeurde gewoon. Ben je boos?'

'Welnee, je kan het toch niet helpen?'

Ze was allang blij dat hij weer tegen haar sprak. Zo was hij nu eenmaal, en ze hielden toch van elkaar? Ze waren toch gelukkig?

Ze dacht er nog wel eens aan terug wanneer hij 's nachts onbereikbaar naast haar lag. Had ze toen haar kans verspeeld erachter te komen wat er was? Maar misschien was er niets, en bovendien hield ze niet van muizenissen. Dus sliep ze in, terwijl hij naast haar zich het duister van het lijf trachtte te houden en de grondeloze weerzin als gif door zijn lichaam trok.

Het was voor hem wel duidelijk dat dát de reden was dat er geen kind kwam, al probeerden ze het nog zo hard. Hun huisarts preekte geduld en na weer de nodige tijd liet hij hen apart bij zich komen en ondervroeg hen over hun seksleven. Vervolgens had hij het weer over geduld. Daar bleef het bij. Marietje leek zich erbij neer te leggen, stortte zich op de tuin, deed wat bij Arbeid Adelt, en tenniste. Voor Jaap lag dat anders. Ze hadden het er nooit over, maar het kostte hem moeite zijn jaloezie verborgen te houden wanneer er in hun kennissenkring al weer een kind op komst bleek.

Maar 's nachts was dat iets uit een ander leven en vocht hij bewegingloos met zijn verstikkende demon. Tot hij insliep. De ochtend bracht licht, leven, water dat gul over hem heen stroomde.

'Zet je het nieuws aan, schat?'

'Joe-hoe!'

'...in Duitsland is het aantal werklozen in een jaar tijd bijna verdubbeld tot 3,4 miljoen. De Italiaanse regering heeft ter bescherming van de eigen industrie de invoerrechten op buitenlandse automobielen verhoogd en de sluiting bevolen van de Ford-fabriek in Triëst. In Libië hebben aanhangers van rebellenleider Umar el-Mukhtar een konvooi op de autoweg Derna-Tobruk aangevallen en daarbij twee carabinieri en vijf Arabieren gedood. Minister-president Ruys de Beerenbrouck heeft verklaard...'

Onder het afdrogen bedacht hij dat hij Dick Ferguson moest bellen. Als die inderdaad naar Economische Zaken ging, zou hij hem ongetwijfeld kunnen tippen over de Duitse markt. Fluitend kleedde hij zich aan. De dag was begonnen.

'Lieve moeder, Toen ik gisteren naar de fabriek fietste, bedacht ik dat het misschien aardig zou zijn, als we van de zomer nog eens met z'n allen naar dat hotel in Merano zouden gaan. Bert zal tegen die tijd wel ver genoeg hersteld zijn en we zouden kunnen proberen Willem over te halen om voor één keer zijn familie de voorrang te geven boven zijn Noord-Afrikaanse vrienden...'

'Hemel,' zei Greet, 'alweer? Je bent net terug.'

'Ja, maar met z'n allen...'

Naar Bert in het ziekenhuis was Cornelie alleen gegaan, dezelfde eindeloze treinreis als vorige keren, maar ditmaal zonder Greet – zo midden in het schooljaar – en onafgebroken tobbend over Bert. De trein was smerig geweest, de gangpaden vol mensen die languit op de grond lagen te slapen, zodat de restauratie onbereikbaar was. Toen ze er struikelend over koffers en benen eindelijk toch had weten te komen, was er niets anders meer te krijgen dan een uitgedroogd broodje salami. De Duitse perrons waren leeg en troosteloos. Pas toen ze 's ochtends vroeg Italië binnen waren gereden kwam er koffie. Met bladen vol werd het langs de coupéraampjes gevent, zodat ze eindelijk had kunnen ontspannen en achteroverleunend, haar handen om de warme beker en de zon in haar gezicht door het land gleed dat langzaam ontwaakte, hellingen vol wijngaarden, een vlucht vogels.

Het San Antonio-ziekenhuis stond in een buitenwijk van Milaan. Nadat ze zich in het hotel had opgeknapt liet ze zich er in een taxi heen rijden, een keurig, vrij nieuw gebouw, niet wat je je van Italië voorstelde. Was dat dan een van de resultaten van het fascisme – dokters in witte jassen en verplegende religieuzen met grote witte kappen die als vleugels om hun hoofd wiegden?

'Ah, signora Elling, benvenuta, venite, venite.'

Maar Bert was onuitstaanbaar. Kwaad. Hij lag half naakt opgepropt in het kussen met zijn been hoog opgehesen in een ijzeren stellage en Elena dreutelend om hem heen, slokjes water in hem gietend, zijn hoofd afvegend.

'God, moeder, wat doet u hier?'

Hij klaagde. Elena kirde mee: 'Si, si, mi caro,' en 'piano, piano.'

'Niets kunnen ze en het kan ze niets schelen ook. Afwachten. In plaats dat ze meteen opereren. Wat moet ik met een manke poot, verdomme.'

Ze liet het maar over zich heen komen. Die vreemde, zwetende man. Maar dat durfde ze nauwelijks te denken. Pas toen ze hem iets hoorde zeggen over zijn vader...

'Wát zeg je?'

Ze moest even weggezonken zijn in het witte wezenloze licht.

'Ik zei dat hij een chirurg kent in Duitsland.'

'Heb je je vader dan gesproken?'

'Vanochtend nog.'

Ze had het niet willen weten. Maar later, toen ze op zoek naar een restaurant door de stad liep, was ze zenuwachtig de straten af blijven kijken, alsof Herman elk ogenblik kon opdoemen. En wat dan? Wat moest ze in 's hemelsnaam doen als hij daar opeens stond? Het was druk om haar heen. In de hoge winkelpassage van ijzer en glas zag ze zichzelf langsgaan in de etalages, een elegante vrouw nog steeds, groot, recht. Ze stond stil. Alles om haar heen was vreemd en tegelijk vertrouwd. Ze probeerde zich te herinneren hoe ze gisterenochtend nog met Greet aan het ontbijt gezeten had. Ze haalde zich haar gezicht voor de geest, haar groene ogen waarin kleine bruine schilfers dreven. Achterin haar hals zat een klein hard stukje dat je voelde als je je hand in haar nek legde. Het werkte niet, helemaal niet. Ze zat in een hoge, koele ruimte aan een ijzeren tafeltje met voor zich een schaaltje lasagna of ravioli of zoiets. In Milaan. En elk ogenblik kon vanuit de mensenmassa buiten de glazen pui Herman verschijnen, slank en lachend, en met een speelse buiging zijn hoed voor haar afnemen.

Ze was een week gebleven. Voorzover ze uit Berts gemopper had kunnen opmaken, was Herman de eerste drie dagen daarvan ook nog in de stad. Ze trof hem niet. Waarschijnlijk ontweek hij haar. Maar zelf ontweek ze hem evenzeer, al keek ze ook voortdurend naar hem uit en al waren haar gedachten meer bij hem dan bij die arme jongen met zijn kapotte been.

'Als ik niet meer kan rijden, pleeg ik zelfmoord,' had die maar steeds herhaald. 'Ze móéten me opkalefateren. Als het hier niet kan, dan ga ik naar Duitsland. Kan niet schelen wat het kost.'

Het hielp niet of Elena al zei dat de Italiaanse chirurgen de beste van de wereld waren.

Omdat ze begreep dat Herman hem 's ochtends bezocht, zorgde ze ervoor pas in de loop van de middag in het ziekenhuis te zijn. Voor die tijd zat ze in haar hotel, slechts onderbroken door een ommetje door een naburig park terwijl het meisje de kamer deed. Ze speelde wel met de gedachte vroeger te gaan en hem tegen het lijf te lopen.

'Herman!'

'Corretje!'

Maar ze deed het niet, al hield haar hart niet op in haar keel te kloppen bij de gedachte. Toen Bert op de vierde dag zei dat zijn vader terug was naar Duitsland, zakte het allemaal, de passie, de ruzies en de verzoeningen, het verleden dat voorbij was, voorgoed voorbij.

Van een vakantie met z'n allen in de Dolomieten kwam evenmin iets. De laatste middag dat ze er was, was ze erover begonnen.

'Zou dat geen goed idee zijn?'

'Nee.'

'Maar waarom dan niet?'

'Zeker tegen de bergen aan zitten kijken zonder dat ik erop kan.'

De rest van die middag was er nauwelijks nog een woord uit hem te krijgen en tenslotte ging ze maar: 'Mijn trein...'

'Ja.'

'Zal je bellen als je meer weet?'

'Ja, ja.'

De treinreis terug was als langzaam wakker worden uit een droom geweest. Ze had zwaar geslapen en vervolgens werd alles weer gewoner en gewoner, heuvels met wijngaarden en daarna akkers waarop het graan al decimeters hoog stond, rood stenen boerderijen met vaalgroene staldeuren, stukken bos en weer stukken bos. Even Arnhem, de nostalgie van een overbekend perron. En dan: weilanden, weilanden omzoomd door eikenhakhout en lage essen, en langzamerhand weilanden zover je kon zien vol Hollands vee, doorsneden door glinsterende sloten.

Greet had aan het station gestaan. Goddank.

'Lief!'

De smaak van haar mond was thuiskomst, veiligheid, vertrouwen.

II *De jaren des onderscheids*

1931

Bert was tenslotte toch geopereerd. Ze waren uren met hem bezig geweest. 'Een ware legpuzzel van botten en pezen,' zei de chirurg naderhand trots tegen een journalist. De fotograaf schoot plaatjes van Alberto in bed met zijn been in de papegaai, Alberto op de operatietafel, Alberto in een rolstoel met twee giechelende leerling-verpleegsters. Ze verschenen in *Il Mondo Sportivo*, in de *Corrièra della Sera*, in *Il Popolo d'Italia* zelfs. In die laatste krant met een pompeus commentaar over het vermeende Italiaanse heldendom, waarvan hij het toonbeeld zou zijn.

'Wat een blunder,' grinnikte hij tegen Elena.

'Nou ja. Je bent langzamerhand toch ook bijna een Italiaan? Voel je je niet gevleid?'

Hij haalde zijn schouders op. Dat was haar toch niet uit te leggen.

Daarna was het revalideren gekomen. In Cortina d'Ampezzo, luxueus genoeg, een kamer met een terras dat uitzag op alle witte toppen in de omgeving – tóch bergen, godbetert –, champagne in de koeler en 's avonds een concert of het casino. Maar daarom niet minder zwaar. Van 's ochtends vroeg tot ver in de middag werd hij beziggehouden met massage en fysiotherapie, zwemmen, oefeningen en weer massage.

Nu was het de beurt aan Elena om te klagen.

'Ik kan toch niet elke ochtend ski-jacks passen en koffiedrinken in de trattoria.'

Dus bleef ze in bed met glossy tijdschriften en sigaretten. Op een gegeven moment begon ze toch maar met skilessen. Er werd een ski-jack aangeschaft, zilverkleurig, en een zuurstokroze broek. Het stond haar nog ook, met haar geblondeerde haren. Aanvankelijk vond hij haar 's middags om half vier al uitgeput in bed.

'Ik leer dit nooit. Mijn enkels, ik ben gebroken. Wat is dit voor beulerij, Alberto?'

Maar na een paar dagen kwam ze steeds later terug. Hij vermoedde dat ze verliefd was op een van de gebruinde blauwogige skileraren, maar het kon hem niet echt schelen. Hij werkte aan zijn been. Elke dag voelde hij zich vooruitgaan, voelde hij zijn spieren sterker en soepeler worden, de treiterende pijn diep in het bot afnemen. Eindeloos trainde hij zijn kracht en de wendbaarheid van zijn enkel en zijn knie, en deed hij heupoefeningen. Wanneer hij zwom trok hij zijn banen als op het circuit: sneller, en nog sneller.

'Langzaam, niet forceren!' schreeuwde de therapeut vanaf de kant.

Hij deed of hij het niet hoorde. Hij móést vooruit.

Aan het eind van de dag was hij doodmoe maar vrolijk, en Elena was al even vrolijk, enigszins aangeschoten, maar vooral mooier dan ooit. Duizelend en tevreden liet hij het geroezemoes van de eetzaal over zich heen komen, terwijl zij tegenover hem zat te stralen onder de kroonluchters, links en rechts knikkend: 'Buona sera, caro, buona sera signora, come sta, buon appetito.'

Dat jaar, 1931 alweer, werd in juli op de Nürburgring de grote prijs van Duitsland verreden. Het was tegen het eind van hun verblijf in Cortina. De wintersporters hadden al lang plaatsgemaakt voor het gebruikelijke leger van zomergasten, wandelaars en klimmers, die hij afgunstig omhoog zag gaan, en de skileraren waren vervangen door even gebruinde, even blauwogige berggidsen. Elena was het dorp in en hij hing de hele middag bij de radio in de lounge.

De stem van de verslaggever weergalmde door het kraken van de luidspreker heen in de leegte. Het regende in de Eifel, wat in het voordeel was van de zware tweezits Mercedes van Caraciola, die een vastere wegligging had dan de lichte Bugatti's. Fagioli in Maserati was het eerst weg. De stem van de reporter sloeg over: 'Caraciola heeft moeite met passeren. De waaiers water van Fagioli belemmeren hem het zicht. Daar gaat hij... Nee... Ja, nu probeert hij weer... Waar blijven de Bugatti's? Varzi? Chiron? Ai, ai, zesde ronde... De Mercedes van Caraciola loopt uit... Maar de regen wordt minder. Nu moet Chiron toch komen... Italia! Italia...!'

Meer dan een jaar lang had hij niets over autoraces willen horen, maar nu kwam het allemaal terug. Op het puntje van zijn stoel zoog hij de woorden naar binnen. Waar was Fiat? Deed die dan helemaal niet mee? Zo onmisbaar was hij nou toch ook weer niet?

'Achttiende ronde... De baan is droog, Chiron ligt nog maar één minuut vijfenveertig seconden achter op Caraciola... Dat moet kunnen! Nee... nee...!'

Toen was het over. Hij hoorde de reporter melden dat Caraciola uit zijn wagen werd getild, dat Chiron naast hem stopte, eruit sprong en met uitgespreide armen op hem af kwam. Terwijl hij de lounge uit liep hoorde hij al de eerste maten van het Duitse volkslied. Een krant, hij moest een krant. Bij de receptie was niemand. De portier dan.

Hij vond het tenslotte in de *Frankfurter Allgemeine*, die hij in de kiosk op het dorpsplein kocht: inderdaad, Fiat had niet meegedaan. Hij kon het haast niet geloven, maar daar stonden ze, alle eenendertig wagens en daaronder geen enkele Fiat. Hij zei niets tegen Elena. Wat had hij moeten zeggen? Hij was het zich zelf nauwelijks bewust. Maar eigenlijk wist hij het wel: de economische crisis, Mussolini's plannen, het Libische avontuur. Maar waarom liet niemand ooit iets van zich horen?

Toen hij zich drie weken later, genezen en klaar om weer te gaan trainen, meldde op het hoofdkantoor, was het de grote baas zelf die het hem vertelde.

'We zijn ermee gestopt. Het was niet meer op te brengen.'

Bert bleef hem onbewogen aankijken, terwijl zijn hart leegliep. Agnelli sprak door.

'Het spijt me meer dan ik je kan zeggen, maar het is niet anders. We moeten op elk terrein rationaliseren, willen we overleven. De Duce is ons welgezind, maar niet méér dan andere bedrijven en niet ten koste van alles.'

'De ontginning van woestijnen zeker.'

'Daar kan je hier beter niet de draak mee steken.'

'En ik?'

'Je bent een afgestudeerd ingenieur, er is werk genoeg voor je.'

Hij klopte Bert op de schouder: 'Soms moet een man de ene droom opgeven voor de andere.'

Die avond schreef hij aan zijn moeder: 'Lieve mama, Het leven kabbelt hier rustig en tevreden verder. Het is al weken heerlijk weer, niet te warm, maar ook vrijwel nooit echt koud. Gisteren hebben we met een stel vrienden tot tien uur 's avonds buiten zitten dineren.'

Niet lang na zijn terugkeer in Turijn ontving Bert een brief van Willem. Hij kwam niet over de post, maar werd op een avond gebracht door een verlopen Amerikaan, die beweerde dat hij correspondent was voor de *New York Times*. Elena wilde hem eerst niet binnenlaten. Maar hij had een Amerikaanse perskaart en de brief was inderdaad van Willem aan het handschrift te zien, voorzover hij zich dat tenminste herinnerde.

Zolang de bezoeker op de sofa zat kreeg Bert geen kans hem te lezen. De man dronk het ene glas martini na het andere en praatte maar door in een onverstaanbaar Amerikaans, waaruit ze van tijd tot tijd woorden als 'aggression' en 'nomads' en 'Italian troops' oppikten. Elena wierp oogjes naar Bert en vice versa zodat ze nog bijna de slappe lach kregen, en allebei keken ze verlangend naar de martinifles of die nog niet leeg raakte.

Toen opeens stond hij op. 'I have to hurry to catch my train. Thanks a lot. I'll tell William you'll do everything you possibly can.'

In de plotseling lege kamer keken ze elkaar verbijsterd aan.

'Wat wil hij dat je doet?'

'Geen idee. Het zal wel in de brief staan.'

Ook die brief begon over het weer, maar al snel werd hij onthutsend feitelijk:

'Beste broer, Het is hier boven de 50 graden en het zand kruipt door alle kieren in mijn burnous, tussen mijn vingers en onder mijn pen. Neem het me dus niet kwalijk als sommige regels slecht te lezen zijn. We zijn nooit dik met elkaar geweest, maar ik vind dat je als halve Italiaan en employé van Fiat het een en ander moet weten. Ter zake. Na de "pacificatie" van Tripolitania, de Sirticawoestijn en nu ook Fezzan, het meest zuidelijke deel van Libië, heeft maarschalk Badoglio, de gouverneur van Libië, de definitieve onderwerping van de rebellen in het oostelijke gewest, Cyrenaica, bevolen. De onderhandelingen met Amir Idris, die in ballingschap in Egypte zit, en met de feitelijke leider van de opstand, Umar el-Mukhtar, zijn mislukt en Badoglio heeft generaal Graziani, de "held" van Fezzan, gesommeerd binnen de kortst mogelijke tijd ook hier orde op zaken te stellen. Dat gebeurt op de beproefde wijze: snelle raids door de woestijn om de bedoeïenen op te jagen en uit te putten en hun kudden te verspreiden, en gasbombardementen op hun kampen.

Maar daar blijft het niet bij. In de kuststreek worden de al onderworpen stammen nu ook ontwapend. Alle moskeeën en scholen van de Sanussia, de soennitische sekte die de jihad tegen de Italianen voert, zijn gesloten, alle Sanussi-sjeiks die niet zijn ondergedoken zijn gearresteerd en elk contact met de opstandelingen wordt onmiddellijk met de dood bestraft. Erger is echter dat de hele nomadenpopulatie van noordelijke Cyrenaica in concentratiekampen langs de kust en in de Sirtica bijeen wordt gedreven. Ze worden daar in leven gehouden met blikvoedsel uit Italië, terwijl hun kudden uitsterven bij gebrek aan graasmogelijkheden. Inmiddels leven er nu al zo'n vijftig à zestigduizend mensen als bedelaars in dergelijke kampen, uitgehongerd, in lompen, achter prikkeldraad en bewaakt door wachtposten met mitrailleurs. Het zullen er nog wel meer worden, ook al sterven ze als ratten. Weg kunnen ze niet, nog afgezien van de bewaking, want in de woestijn hebben de Italianen de bronnen vergiftigd of met beton dichtgestort. Er doen hier allerlei verhalen de ronde over nog andere gruweldaden: guerrillaleiders die boven hun eigen dorpen levend uit vliegtuigen worden gegooid, of met z'n tienen aan elkaar geketend door tanks worden overreden. Maar deze kampen zijn misschien wel het ergst, omdat ze een heel volk met uitroeiing bedreigen.

Afgezien dan van de bombardementen met mosterdgas, die ver weg in de woestijn alles en iedereen vergiftigen zonder dat er een haan naar kraait. De paar armzalige nederzettingen in de woestijn op de route naar Kufra, een oase zo'n achthonderd km naar het zuiden, zijn vier maanden lang gebombardeerd voordat Graziani er met zijn Eritreërs, die christenen zijn, en Berbers, die de bedoeienen haten, langs opgetrokken is. Een stoet van vijfduizend kamelen en meer dan driehonderd pantserwagens. En ondertussen werd Kufra zelf, dat door niet meer dan vijfhonderd man verdedigd werd, onophoudelijk bestookt door de twintig vliegtuigen waarover de Italianen beschikken. Graziani is een keiharde militair, die niets aan het toeval overlaat en geliefd is bij zijn mannen omdat hij er niet tegen opziet zelf op een kameel met zijn troepen de woestijn in te trekken. Binnen een maand heeft hij de oase ingenomen. Vervolgens is hij begonnen langs de grens met Egypte een versperring van prikkeldraad aan te leggen van tweehonderdzeventig km lengte waarlangs voortdurend wordt gepatrouilleerd, zodat de rebellen, maar ook de vluchtende vrouwen en kinderen, daar niet meer heen kunnen en er geen nieuwe strijders en wapens Libië binnen kunnen komen. De opstand zal nu wel gauw verlopen. Er waren er altijd al genoeg die het met de Italianen op een akkoordje wilden gooien en hun aantal neemt nu alleen maar toe, vooral onder de gesettelde Arabieren in de kuststreek. Maar wat moeten al die tienduizenden nomaden-zonder-vee, al die uitgeteerde vrouwen en kinderen...'

Zand en hitte. En kou, 's nachts, als hij opgerold in deken en burnous zo dicht mogelijk bij het vuur lag en omhoog staarde naar de sterren. Het waren er meer en ze waren groter dan Willem ooit had gezien, ijskoude, vijandige steenmassa's. Hij wilde ze niet zien. Ze maakten hem ontheemd, op drift in de eeuwigheid. En hij keek. Mijlen en mijlen om hem heen ademde, suisde, ritselde de woestijn. Er snoof een kameel, kort, driftig. Driemaal. Dan weer stilte en de ontraceerbare ritseling van zand...

Kort nadat Rodolfo Graziani, de 'slachter', in januari 1930 was benoemd tot vice-gouverneur van Cyrenaica, was Willem met John Meadow eveneens die kant op gegaan. Met een boot van Tripoli naar Benghazi en vervolgens in een huurauto naar Baida, aan de voet van de Gebel Akhdar, het door ravijnen doorsneden berggebied op enkele kilometers van de kust van waar uit Umar el-Mukhtar zijn guerrilla voerde.

Wat moest een mens in Baida? Wachten. De klassieke overblijfselen van Cyrene bezoeken. Bridgen met Engelse toeristen.

'O, very interesting, don't you think?'

'The Italians are doing a wonderful piece of work, but then, in a sense it is their own past.'

‘Respect for the past provides ideological cohesion with the future, as my dear father used to say.’

‘Quite so.’

Bij gebrek aan beter maakten ze een reportage over de resten van tempels en badhuizen, zodat het leek of hij nog steeds de kunstfotograaf was van enkele jaren terug. En weer werd hij gegrepen door het spel van licht over halfvergane zuilen, de mystiek van schaduwen. Maar zodra het donker was leidden ze, niet anders dan de Sanussi’s, een tweede leven van schichtige ontmoetingen in overhuifde stegen, geheime bijeenkomsten.

Het duurde maanden. John schreef zijn stukken, maar te fotograferen was er van hun nachtleven niets, zodat Willem hoe langer hoe meer de dagkant op getrokken werd. Hij begon aan een serie portretten van de schaarse toeristen die tussen Caïro en Tripoli ook Baida aandeden, aangevuld met een enkele Italiaanse kapitein of kolonel. Met een van hen – een Renato, die hem, hoe kon het anders, in de verte aan Angelino deed denken – begon hij een vluchtige relatie. Niets bijzonders, maar John was woedend.

‘Hoe kom je erbij, een Italiaanse kolonel. Kon je niet zo’n Arabisch jongetje nemen die overal langs de weg staan te sjansen? Hoe denk je dat we nu ooit het vertrouwen van de Sanussia krijgen?’

‘Ach kom, iedereen speelt hier dubbel.’

Het had hem tenminste de kans gegeven eenmaal met een patrouille de Gebel Akhdar in te gaan. Met een groep van zo’n veertig Eritreërs en twee Italiaanse officieren, allen te paard, trok hij twee weken lang in een moordend tempo door de heuvels, de rebellen opjagend door kloven en maquis. Vooral zijn pseudo-Angelino hield ervan ze staand in de stijgbeugels als wilde geiten van de rotsen te schieten.

Ook van hemzelf maakte de opwinding zich meester wanneer de roep klonk: ‘Guarda, in alto, guarda!’ Met ingehouden adem volgde hij de omsingeling door de zwarte soldaten die geruisloos van rotsblok naar rotsblok omhoogklommen. Het ging altijd op dezelfde manier: een signaal als het fluiten van een marmot en dan geschreeuw, schoten, kogels die om hem heen tegen de rotsen ketsten. Als een gek drukte hij af, terwijl het zweet in stralen door zijn handen liep. Even plotseling was het dan weer stil en leunde hij duizelig en misselijk achterover, kijkend naar Renato, die met een brede armzwaai zijn mannen weer omlaag sommeerde. Dat wond hem nog het meest op, beschamend maar onweerstaanbaar: de hautaine glimlach waarmee Renato nog eenmaal langs de rotsen keek en dan zijn paard wendde: 'Avanti.'

Zijn beste foto van die serie was van Renato, hoog op zijn glimmende paard, die neerkeek op een gevangen bedoeïen tussen twee Eritrese soldaten. De Eritreërs keken trots voor zich uit, crucifix op de borst en geweer aan de voet, de bedoeïen had zijn ogen neergeslagen en Renato hield zijn hand met de revolver ter hoogte van zijn heup. De houding van arm en schouder suggereerde beweging, zonder dat duidelijk was of hij zijn revolver trok, dan wel terugstak in de holster. En naar gelang het een of het ander drukte zijn gezicht wreedheid uit of welwillendheid, triomf of mededogen.

Zo ging de foto naderhand ook over de wereld. Amerikaanse en Engelse kranten drukten hem af als bewijs van het brute optreden van de Italiaanse fascisten in Noord-Afrika, maar in Italië, en ook in het Nederlandse *Handelsblad*, verscheen hij met het opschrift 'misericordia' en moest hij de vergevingsgezindheid van het bewind demonstreren ten opzichte van een al even fanatieke als lafhartige tegenstander.

'Lafhartig...'

'Ja, natuurlijk. Hij stond te beven als een hond. Zag je niet hoe zijn handen trilden om die streng kralen van hem?'

'En daarom schiet je hem maar door zijn hoofd.'

'Wat anders? Had ik hem dan moeten meesjouwen?'

Renato keek hem spottend aan.

Op dat moment haatte Willem hem en was hij tegelijk zo geil op hem dat hij nog meer zichzelf haatte. Met zijn pik stijf en hard tussen zijn benen reed hij achter hem over een smal pad langs een ravijn. Hij kon zijn paard de sporen geven zodat hij tegen hem op schoot en ze in een kluwen van paardenlijven, armen en benen omlaag zouden storten als een vleesgeworden schreeuw tegen God, Christus en Mohammed en alle idioten die deze zinderende wereld van stof en steen en zoet geurende mimosa bevlekten met hun bezetenheid... De Duce: 'Proiezione della potenza della Patria sono i possessi e le Colonie. Progredite le Colonie mediterranee...' Umar el-Mukhtar: 'Noi abbiamo giurato di morire tutti, uno per uno, ma di mon sottometterci...' De Duce: 'Centenaia di pionieri vi si dirigono, la steppa vi si colora di verde...' Umar el-Mukhtar: 'Io non ho combattuto per odio ma per fede religiosa. Dio disporrà della mia sorte...' De Duce: 'Intanto dalle sabbie africane, molto più benigne dei barbari, risorgono quasi intatti i monumenti immortali della conquista e del genio de Roma...' Umar el-Mukhtar: 'Sono morti servendo una buona causa. Sono in paradiso...' Wat maakte het uit, de een of de ander?

Renato's rug bewoog recht en ritmisch op de gang van zijn paard. Die nacht liet Willem zich door Renato nemen als een slaaf. Zijn ogen en zijn rechte, schampere mond waren meer die van Angelino dan ooit, maar de enkele handbeweging waarmee hij hem op zijn buik wierp en toen zijn stoot, de vlijmscherpe pijn van anus tot nek, en de ijzeren greep waarmee hij hem tegen de grond hield, waren uit een andere, duisterder wereld.

Het duurde nog een week. Elke godvergeten dag werden de rebellen van de rotsen geschoten en elke nacht liet Willem zich bezitten tot het merg in zijn botten verschaalde en het bloed over zijn dijen liep. De tocht zelf was een marteling. Bij elke stap van zijn paard schoot de pijn van de nacht door hem heen, zodat hij blij was als er weer vijanden gesignaleerd werden en hij een tijd lang, ineengekrompen achter een struik, kon liggen. Van fotograferen kwam niets meer, hoefde ook niet, hij had genoeg.

Terug in Baida tenslotte, sloop hij als een dief de kazerne uit. Afscheid had hij niet genomen, niet van Renato, die druk bezig was met afmelden, en niet van de Eritreërs, die met ondoorgrondelijke gezichten op de binnenplaats bijeengehurkt zaten. In zijn hotel was alles nog hetzelfde. Hij baadde langdurig, viste schoon ondergoed uit zijn koffer, een overhemd, een andere broek. Hij schoor zich, kleedde zich, en ging toen naar de lounge, waar John zat te pokeren met twee Duitse toeristen.

'Hello, there you are.'

Maar toen al begon het verlangen, schrijnend als de nachten zelf. Hij begreep het niet en hij wilde het niet, maar het jankte door hem heen.

Hij at, hij dronk, hij fotografeerde toeristen in tropenpak, de dames met joyeuze, breedgerande hoeden en zijden shawls. En om zijn geweten te sussen fotografeerde hij zo nu en dan aan de andere kant van de stad een van de onophoudelijke executies, twintig of meer per dag. Al fotograferend speurde hij tussen de militairen, maar Renato zag hij niet. Wel, op een dag in Benghazi, Graziani in uniform op een kameel die een parade afnam, wel de gouverneur Pietro Badoglio – drie rijen ridderordes, kepi met adelaar, glimmende laarzen – op inspectiereis. Dat was wat de Libiërs de 'dagregering' noemden, de stralende machthebbers aan wie ze belasting betaalden en souvenirs verkochten voor thuis, zilveren Touareg-sieraden, koperen vaasjes, kleden. Het contact met de regering van de nacht, waaraan de Libiërs trouwens eveneens belasting betaalden, kwam toen John, ongeduldig als altijd, al bijna vertrokken was.

Ook in die tijd werd het wereldnieuws bepaald door die paar plekken op aarde waar de journalisten om welke reden dan ook neerstreken. De gebieden daartussen, de heuvels en dalen en dorpen waar het dagelijkse leven gewoon doorging, bestonden niet. Totdat...

Het gebeurde in de vorm van een reeks bevelen – van wie was onduidelijk – die hen bereikten door fluisteringen, van een passant op de hoek van een straat, in de winkel waar Willem zijn fotorolletjes kocht, zelfs in hun hotel, van een ober, een liftjongen, woorden, zacht voor hen uit gemompeld. Het waren niet zozeer signalen van rebellie, als wel berichten uit een andere werkelijkheid die onder alle Italiaanse drukte rustig doorging te bestaan als alle eeuwen daarvoor: 'De dag na morgen vertrekken jullie', 'Betaal het hotel en deel mee dat jullie in alle vroegte naar Benghazi zullen gaan', 'Laat een huurauto bestellen'.

Maar de huurauto met chauffeur die om vijf uur 's ochtends bij het hotel stond reed na Benghazi langs de kust verder naar Agedabia, waar het wemelde van de soldaten en kamelen. John trachtte een schatting te maken van de aantallen. Hun begeleider keurde het allemaal nauwelijks een blik waardig en draaide onverstoorbaar zijn wagen door de menigte. Hun opdracht kregen ze van een man die plotseling het portier openrukte en naast hen in de auto schoof.

'Dit is het begin van de Italiaanse expeditie naar Kufra. Morgen vertrekken ze. Volg ze, fotografeer ze en schrijf op wat je ziet, anders zal niemand het ooit weten en zullen de heldendaden van onze strijders, de jammerkreten van onze vrouwen en kinderen verdrinken in de woestijn.'

Dus volgden ze dagenlang op enkele honderden meters afstand de eindeloze stoet van kamelen, paarden en hortende en stotende pantserwagens die telkens vastliepen in het zand, naar Augila en vervolgens door de eindeloze zandzee van Rebiana richting Kufra. Zelf leken ze, op kamelen nu en tot de ogen bedekt door hun burnousen, een kleine handelskaravaan. Er was niemand die ook maar enige aandacht aan hen besteedde. Soms kwamen ze zo dichtbij het leger dat ze de gezichten van de mannen konden onderscheiden en eenmaal dacht Willem Renato te herkennen, ook hij wiegend op een kameel.

De slag bij Al-Hawari vond plaats in de vroege ochtend. Vanaf een zandheuvel zagen ze het zich voltrekken. In een rechte slagorde omsingelden de Eritreërs op hun kamelen de schaarse groepjes verdedigers, terwijl een lange sliert motorvoertuigen waar machinegeweren op waren gemonteerd al schietend van de heuvels de vlakte in kwam razen. Het duurde maar kort; toen begon al, in de verte voorbij de palmen, het vluchten. Ze zagen eerst enkele en toen meer en meer kleine zwarte figuurtjes de woestijn in lopen.

'Jesus,' riep John, 'how far is it from here to Egypt!'

Niemand antwoordde. Hoog in de lucht verschenen een paar vliegtuigen. Boven de oase kwamen ze omlaag en begonnen ze één voor één hun bommen los te laten. Het was te ver weg om te fotograferen. Een paar dagen later, toen er van de hele onderneming alleen nog een kleine bezettingsmacht was overgebleven, fotografeerde Willem de verschroeide palmen en een paar verstijfde oude mensen bij wie het gas zich langzaam verder in hun longen en ogen vrat. En, richting Egypte, richting Soedan, het spoor van lijken en lijkjes in het zand onder de gloeiende lucht.

Ze werden gegrepen toen ze al bijna terug waren in Baida, maar nog ten zuiden van de Gebel Akhdar, in de buurt van Jardas al-Abid om precies te zijn. Gewoon door een passerende patrouille die hun papieren vroeg. Het ging allemaal heel beleefd, en in het kamp waar ze vervolgens werden vastgehouden hadden ze een stenen barak voor zichzelf met stromend water en elektriciteit. Mussolini, en dus Badoglio, keken wel uit de buitenlandse pers voor het hoofd te stoten.

Ondanks dat was het er bijna niet uit te houden. Het was vooral de verveling. Soms werden ze een halfuurtje ondervraagd, eerst door een luitenant, later nog eens door een hogere officier. Veel hadden ze niet te melden, namen wisten ze niet, laat staan dat ze signalementen konden geven. Maar zijn foto's was Willem kwijt. Na twee weken werd John na protesten van de Amerikaanse regering losgelaten. Willem kon hem nog net een brief meegeven voor Bert. Je wist nooit – misschien was er iemand in Italië die zijn mond open wou doen.

'En dus, broertje, als je niet al te druk bent met je racewagens, zou je mij en vooral die arme bedoeïenen een dienst bewijzen door deze brief te kopiëren en aan zoveel mogelijk mensen te laten lezen. Dat geldt met name ook voor je baas, il senatore Agnelli, van wie hier het gerucht gaat dat hij allerminst gelukkig is met de koloniale avonturen van de Duce en die nogal wat gezag bij zijn mede-industriëlen schijnt te hebben. Wat mijzelf betreft: ik kom hier wel uit. Maar voor de rest hoop ik op jou te kunnen rekenen...'

Daarna zat er niet veel anders op dan vijfmaal per dag lichaamsoefeningen te doen, een ontwerp voor het ideale huis op de muur te tekenen dat hij ooit, als hij zijn buik vol had van oorlogen en misère, voor zichzelf zou laten bouwen, zich op dezelfde muur het hoofd te breken over het meetkundige bewijs van de stelling van Pythagoras dat hij ooit op de hbs had geleerd, en te wachten.

Het duurde bijna zes maanden. Begin september werd hij opgehaald door een commando en weggevoerd in een gesloten auto. Niemand deelde hem iets mee over de bedoeling. In het donker probeerde hij zichzelf voor te houden dat ze hem weinig konden doen, maar toen de wagen eindelijk stilhield en de achterdeuren werden opengegooid, was het eerste dat zich in het schelle licht aftekende een galg. Nog voordat het echt tot hem doordrong begon zijn hele lichaam te trillen. Hij slikte en slikte.

Toen pas zag hij de zwijgende menigte van duizenden mensen die stuk voor stuk strak naar het schavot keken. Hij begreep wel dat dat onmogelijk voor hem bestemd kon zijn, maar het trillen werd er niet minder om. Met knikkende knieën werd hij naar een podium gevoerd. Een soldaat overhandigde hem met een stijve buiging zijn camera, die hij al die maanden niet meer had gezien, en vervolgens werd hij voor een hoge officier gebracht, die hij herkende als niemand minder dan Rodolfo Graziani zelf. De man glimlachte tussen zijn tanden.

'Signore Elling, benvenuto. Ik hoop dat u deze gelegenheid tot fotograferen op prijs zult stellen. Ik kan u verzekeren dat uw opnamen de wereldpers zullen halen.'

Hij luisterde nauwelijks. Vier rijen verderop stond Renato zijn kant uit te staren. Natuurlijk, dit was het hoogtepunt voor al die dappere strijders die maanden-, jarenlang... In de verte kwam een kleine groep mensen naar de galg toe gelopen met in hun midden de man die Umar el-Mukhtar moest zijn. De lucht zong, een soort zoemen dat zijn hoofd vulde tot het leek te barsten. Het sardonische gezicht van Renato vloeide uit, trok samen tot een brede grijns, en vloeide weer uit in een zwarte vlek voor zijn ogen.

Die foto, van een oude man met een korte witte baard en een wit rond kapje op het hoofd aan de galg, met voor hem een zestal bewapende soldaten, zou inderdaad de wereld over gaan. En ditmaal met slechts één eensluidende interpretatie: de rebellie van de Sanussia was over, de Italiaanse soevereiniteit gevestigd, de Pax Romania verzekerd over heel Libië, de cultivatie van de uitgestrekte gebieden vruchtbare, maar tot in de diepte uitgedroogde landbouwgrond kon beginnen.

Het was geen erg goede foto. Niet verbazingwekkend gezien de omstandigheden waaronder hij – toch nog op het laatste moment blind afgedrukt – tot stand gekomen was. Maar de reacties die hij losmaakte waren ongekend hevig. Tenminste: je moest haast wel aannemen dat die toch niet het gevolg konden zijn van het korte persbericht dat uitgegeven werd. De foto had ondanks, of misschien zelfs dankzij zijn onbeholpenheid, een emotionele uitstraling waar ook Willem zelf zich niet aan kon onttrekken. Daar hing hij, de Leeuw van de Woestijn, voor wie niets en dan ook niets gold dan zijn religieuze overtuiging, met zijn hoofd wat onnozel opzij en zijn handen gekromd als machteloze vogelklauwtjes. Het was zielig, en daardoor was het vernederend.

Terug in Tripoli kreeg Willem de volle woede van zijn gastheer over zich heen.

'Het is stom, stom. Waarom heb je die foto ooit uit handen gegeven?'

'Gegeven? Man, weet je in wat voor positie ik was?'

'Had hem dan vernietigd, opgegeten, weet ik veel. Kijk wat er nu gebeurt: de jihad in Mekka zélf afgekondigd tegen het barbaarse en trouweloze Italië, en dat is nog heel wat anders dan een jihad van de Sanussia; demonstraties in Caïro, Bagdad, Jemen, Saoedi-Arabië.'

Ze zaten weer op de binnenplaats onder de bloeiende mimosa, waarvan de geur hem onweerstaanbaar aan lijken deed denken. Zijn gastheer zat schrijlings in zijn hangmat en wiegde maar heen en weer.

'Het gaat me niet om de Italianen. Of Fransen, of Spanjaarden, of voor mijn part zelfs de Engelsen, want die zijn als het erop aankomt geen haar beter. Dit gaat vele malen dieper, zoals de ondergrondse waterstroom die je niet ziet maar die na een regenbui in de Gebel tientallen kilometers verderop plotseling in de Wadi naar boven komt. Vijandschap, William, is een levensgevaarlijke hartstocht waar alle Arabieren aan verslaafd zijn en die doorwoekert tot in het derde geslacht.'

Willem keek hem nijdig aan.

'En daarom moet de waarheid maar niet getoond worden?'

'Ach, de waarheid. De waarheid hebben we al eeuwenlang en wat heeft het ons verder gebracht? Zo'n fanaat als Umar el-Mukhtar als martelaar, dat is werkelijk het laatste dat we kunnen gebruiken. Dit land heeft al moeilijkheden genoeg.'

Zijn omfloerste stem van melancholieke intellectueel daalde.

'In het westen van Cyrenaica en in de Sirticawoestijn zit olie, heel veel olie, en olie kan welvaart betekenen voor heel veel mensen. Om dat te realiseren hebben we de Italianen nodig en niet de woorden van de profeet. Abd el-Krim begreep dat en als de Spanjaarden ook maar een greintje verstand hadden gehad, hadden ze zichzelf heel wat ellende kunnen besparen. Maar Umar el-Mukhtar...'

Toch waren er ook in Italië protesten. Een enkel dagblad liet een kritisch geluid horen, zozeer, ook met details over bombardementen, dat Elena ervan schrok.

'Je hebt toch niet inderdaad die brief verspreid?'

'Welnee.'

'Of aan Agnelli laten lezen?'

'Nee, ik ben niet gek.'

Koning Victor Emmanuel ontbood zelfs maarschalk Badoglio in het Quirinaal en vroeg hem om opheldering. Waarom Umar el-Mukhtar niet verbannen, zoals de Fransen met Abd el-Krim hadden gedaan? Dat zou niet alleen menselijker zijn geweest, maar ook heel wat minder weerstand opgeroepen hebben. Korte tijd later verscheen Willems foto van Renato met zijn gevangen opstandeling in de *Popolo d'Italia.* Andere kranten namen hem over.

Willem, weer in zijn eigen appartement in Parijs – spic en span achtergelaten door zijn moeder en tante Greet, die er de zomervakantie hadden doorgebracht – protesteerde tevergeefs per telegram en nogmaals per aangetekende brief. 'Misericordia', godbetert, hoe verzonnen ze het. Maar in Italië wist men niet van andere opschriften. De foto verdrong de pijnlijke herinnering aan de opgehangen rebel. Renato werd persoonlijk ontvangen door de Duce en kreeg een lintje, een plechtigheid waarvoor hij, of wie er dan ook verantwoordelijk voor was, zelfs Willem uitnodigde.

Ook dat verscheen in alle kranten: de Duce en Renato samen op de foto met wat glimlachende Libiërs om hen heen. Elena zwijmelde erbij.

'Zo'n mooie jongen. Zie je nu wel, Alberto, hoeveel goed we daar doen. Wij Italianen zijn geen bruten zoals de Spanjaarden. Vooruitgang en beschaving, sinds de klassieken hebben we die al over de wereld verbreid.'

Elena was de laatste tijd dol op beschaving, van kunstboeken tot en met de vlinderdasjes en strohoeden die ze voor hem kocht. Ze volgde zelfs een cursus aquarelleren bij een Engelse schilder en liep voortdurend met wapperende vingers door de eetkamer waar ze haar maaksels had uitgestald. Hij kon er geen belangstelling voor opbrengen.

1932

Een droom opgeven, hoe deed je dat?

Ze gaven Bert werk op de ontwerpafdeling, niet eens zo oninteressant. De Duce wilde een goedkope auto voor de kleine man en dus begonnen ze te tekenen en te rekenen. Maar een droom werd het niet, niet voor hem in elk geval. Het deed hem allemaal niets meer, dat gebral over het imperium, over italianità en volkskracht.

'Hij is Hollander, die begrijpen dat niet,' verontschuldigde Elena hem bij haar vriendinnen.

Na werktijd zat hij op de bank in hun kale appartement naar het plafond te staren, terwijl buiten de marsmuziek van de zoveelste parade voorbijtrok en de mensen applaudisseerden. Hij had zelfs geen gedachten, nergens over, geen herinneringen, geen plannen. Hij dronk, maar niet excessief veel, een glas martini bianco en nog een glas martini bianco, meer niet. Met de punt van zijn schoen schoof hij over de vloer van links naar rechts langs de voegen tussen de geglazuurde tegels. Soms lag er iets, een stukje opgedroogde modder, een vlok stof. Hij tikte het verder. Bij een voeg stokte het. Dan niet... Hij zakte weer achterover en staarde naar het plafond.

Elena deed wat ze kon. Het was of ze er flinker van werd, vrolijker haast: 'Je moet met me meegaan, Alberto, die tassen kan ik niet alleen dragen', of: 'Signora Rossi rékent erop dat je komt. Toe, je kan haar niet zo voor het hoofd stoten. Doe het dan voor mij.'

'Ja, ja.'

Waarom ook niet, hij had toch niemand anders dan Elena? Dus slofte hij naast haar onder de eindeloze arcaden, om ergens in een ander appartement tussen kwebbelende dames zoete wijn en taart te consumeren en vervolgens weer terug te lopen met een al even kwebbelende Elena naast zich.

'Signora Buonacorsi zegt dat de Duce volgende week naar Torino komt. Er zal een tribune opgericht worden op de Piazza del Castello, waarlangs de squadristi en de arbeiders en de jeugdgroepen zullen paraderen. De gouverneur en de prefect en ook signore Agnelli zullen toespraken houden. Heb jij daar niets over gehoord? Daar krijgen wij toch ook wel een uitnodiging voor, denk je niet? Ze zullen toch niet, omdat je een buitenlander bent... Maar dat beseft toch niemand, en je bént toch de belangrijkste coureur van Fiat, ook al wordt er nu even niet gereden?'

'Zeur toch niet, mens.'

Hij zei het in het Nederlands. Ze praatte gewoon door.

'Ik vraag me af hoe hij er in het echt uitziet, de Duce, jij niet? We zullen wel aan hem worden voorgesteld, hè? Zoals toen in Tripoli aan generaal De Bono.'

'Ik weet het niet.'

'Maar je móét zorgen dat je in elk geval kaarten voor de tribune krijgt, Alberto.'

Dat gebeurde ook. Ze kwamen van Agnelli zelf, met de uitdrukkelijke opdracht aanwezig te zijn en er rekening mee te houden dat men, en wie weet de Duce zelf, hem niet alleen zou vragen naar zijn successen als coureur, maar vooral naar de vorderingen met de kleine Fiat Balila 508, die niet meer dan 10.000 lire zou mogen gaan kosten, het Italiaanse antwoord, eindelijk, op de Amerikaanse T-Ford. Elena was in alle staten van opwinding, nieuwe jurk, nieuwe hoed, handschoenen...

Maar de Duce was niet tevreden. Onder de toespraak van Agnelli stond hij met zijn dikke kop bewegingloos in de verte te staren, de kin manhaftig vooruit als op alle affiches. Hij was wat kleiner en dikker dan Bert had gedacht en zelfs Elena was teleurgesteld.

'Zijn buik puilt over zijn broekriem.'

'Sst.'

'Pas maar op dat jij niet zo wordt.'

Agnelli had het over bewondering en dankbaarheid en over de ontroering die door de menigte trok nu het eerste decennium van het fascistische regiem zijn vervulling naderde. Maar de gezichten van de in cohorten langstrekkende arbeiders waren ingevallen en strak.

Achter hen riep iemand: 'Abbasso il sistema Bédaux!'

'Wat is dat?' fluisterde Elena.

'Een methode van arbeidsquantificering en loonberekening. Heeft met efficiëntie te maken. Agnelli verwacht er alles van, maar de communisten zijn tegen.'

Er was wat gesteggel en toen Bert omkeek zag hij een man weggevoerd worden door twee carabinieri. Hij had een vaag gevoel dat de Duce het allemaal ook zag en allerminst ingenomen was met de Turijnse ontvangst.

In elk geval was een Balila 508 voor tien mille niet wat Mussolini in zijn hoofd had. Vijfduizend en geen lire meer mocht het worden, het Italiaanse gezin had recht op een betaalbare wagen. En als il senatore Agnelli dat niet begreep... Dus zaten ze een week later weer met vijf man bijeen op de bovenste verdieping van het hoofdgebouw om te brainstromen over chassis- en motorontwerpen, productielijnen, kostencalculaties. Hij was er goed in, maar het zei hem niets, en waarom zou de droom van de Duce of, om het even, van Giovanni Agnelli ook zíjn droom moeten zijn? Zijn dromen waren voorbij, nu alle racerij op zijn gat lag en hij de bergen wel kon vergeten met dat been van hem.

Langzamerhand raakte hun huwelijk in een crisis. Elena sloofde zich uit met ideeën en plannetjes, een weekend hiernaartoe, een weekje daar.

'Waarom vragen we je moeder en haar vriendin niet eens te logeren, Alberto? Er komt een prachtige tentoonstelling in het castello en zij houden toch ook van cultuur?'

Het zou toch niet waar wezen. Cultuur, beschaving, als hij ergens een hekel aan had... En als tante Greet eenmaal begon... En dat eeuwige ge-Alberto hing hem ook de keel uit. 's Nachts in bed lukte het nog wel. Soms. Hij zoende en zoende haar en uiteindelijk werd ze dan stil en lag ze met grote donkere ogen voor zich uit te kijken terwijl er zachtjes trillingen door haar lichaam begonnen te gaan. Maar overdag namen de irritaties en kribbigheden hand over hand toe. En waar kon hij heen? Op de zaak stond het werk aan een nog kleinere, nog goedkopere auto hem tegen, de stad zinderde van de hitte, en thuis brak Elena naar gelang de dag van de maand uit in tranen of in verwijten.

'Zo kan je toch niet doorgaan, Alberto?'

'Je? Je? Is het soms mijn schuld?'

'Je kan toch proberen...'

'Wat dan? Zeg het maar, als jij het zo goed weet.'

'Je werk. Meneer Agnelli. Waarom vraag je hem niet...?'

Misschien wilde ze wel een kind. Iedereen wilde opeens een kind om trots mee over straat te paraderen en zich een echte Italiaanse matrone te voelen, Mussolini waardig. Maar daarover zei ze niets. Wel, dat er toch niets mooier was dan te werken voor de glorie van je land, en al was het dan ook eigenlijk niet zijn land, hij kon het toch wel zo zien na al die jaren dat hij hier had gewoond en al die successen die hij hier in Italië, of althans in Italiaanse dienst, had geboekt. En waarom kon hij zich er dan niet bij neerleggen dat er nu andere taken – ze zei zelfs 'pri-o-ri-teiten' – waren? Waarom was hij niet dankbaar dat hij eindelijk iets kon terugdoen voor een land dat hem als haar eigen zoon had opgenomen en gekoesterd?

Hij wist niet wat hem meer ergerde, de verwijten of het fascistische gewauwel dat ze de laatste tijd steeds meer overnam. Niet dat hij iets tegen het fascisme had. Integendeel, de beweging had al heel wat tot stand gebracht en daar zou het wel niet bij blijven ook. Maar het paste op geen manier bij het vrolijke en toch zo nuchtere meisje, op wie hij vier jaar eerder verliefd geworden was.

Op een dag verdween hij. Die ochtend had Agnelli hem bij zich geroepen en gezegd dat hij de 508 maar verder aan zijn collega's moest overlaten en zich moest gaan wijden aan de ontwikkeling van een zuinige, maar vooral betrouwbare vrachtwagen met veel meer laadruimte dan de oude Fiat 1914, voor de nieuwe landbouwgebieden in Afrika.

'Ik vraag het speciaal aan jou omdat er een groot probleem is op het punt van de koeling in dat hete, gortdroge land.'

Hij had gevleid moeten zijn, maar al tijdens het gesprek werd hij overvallen door een gevoel van weerzin. Misschien toch door die brief van Willem? Hij had een visioen van een onafzienbare colonne vrachtwagens die zich pruttelend en hortend door de woestijn worstelden en dan één voor één omvielen en bedolven raakten onder het zand. Een of andere krantenfoto waarschijnlijk.

'Dat zal niet gemakkelijk op te lossen zijn.'

'Als het maar gebeurt. Het zaaigoed ligt te rotten in de haven.'

Hadden ze dat dan niet eerder kunnen bedenken? En wat was er eigenlijk voor haast met die zogenaamde demografische kolonisatie? Alsof die boeren in Piemonte en Calabrië of waar dan ook niet nog wat langer konden wachten op hun beloofde land. Terug in zijn kamer smeet hij de stapel papieren die Agnelli hem toegeschoven had zo hard op zijn bureau dat de helft er aan de andere kant weer af gleed en de grond bezaaid lag met vellen vol constructietekeningen van andere merken, foto's, statistieken van god weet wat, weerkaarten, stafkaarten.

Hij keek ernaar met twee gelijktijdige en niettemin volstrekt tegenstrijdige emoties – zoals indertijd achterin die vrachtauto, de jongen die zo graag coureur wilde worden en tegelijkertijd zeker wist dat hij dát niet wilde: trots dat uitgerekend hij was gevraagd voor een dergelijke moeilijke opdracht en tegelijk hilariteit over de megalomanie, de pure absurditeit van de hele onderneming. Toen liep hij de kamer uit, de trappen af, eerst langzaam, nadenkend, maar toen sneller en sneller, als een schooljongen aan het begin van de vakantie, het gebouw uit.

Tot Milaan was het druk op de weg, daarna werd het rustiger en toen hij bij Brescia linksaf sloeg, de heuvels in, begon hij zacht te neuriën. Natuurlijk zag hij bij Bolzano wel hoe de abrikozen- en perzikenboomgaarden werden gerooid voor nieuwe fabrieksterreinen, maar daarachter blonken de bergen en bij vlagen rook hij al, tussen de benzinedamp door, de tintelende lucht. Het hotel was er nog. De oude heer Pennacini was er nog, en zelfs Gianni...

'Nee, Paolo niet, die is vliegenier geworden. Ach, jullie jongeren, auto's, vliegtuigen... Hoe lang is het geleden dat jullie hier voor het laatst waren? Zeven jaar alweer? En je moeder? Hoe is het met haar?'

Hij kreeg zijn oude kamer met het raam dat uitkeek op de toppen in de verte. Hij zette het open. In een oude rieten stoel die Gianni voor hem naar boven sleepte, zat hij ervoor en keek. Hij had naar de zaak gebeld dat hij een week weg was om te denken. Geen probleem, ze kenden dat wel van hem. En natuurlijk was hij ook van plan Elena te bellen. Het kwam er alleen niet van. Hij suste zich met de gedachte dat ze het inmiddels wel zou hebben gehoord en dat ze het wel zou begrijpen, al kromp er soms even iets in zijn maag bij de gedachte dat hij te ver ging. Maar de enige werkelijke realiteit was de berg. Hij tuurde de hellingen af, het bos, de vaalgroene weiden daarboven. Hij herkende het pad, dat dwars over de Steinsturz ging en dan met een scherpe slinger achter de uitstekende rotspunt links naar boven, langs de laatste scheve den, de laatste vlek groen. Er bewoog iets: twee eenzame klauteraars.

Op een vroege ochtend ging hij naar boven. Het licht schemerde nog tussen de bomen in de hoteltuin. Terwijl hij over het grind liep, rechtte hij zijn rug. Hier, aan deze tafel, hadden ze met z'n allen gezeten, zelfs zijn vader. Zijn been trok als altijd, maar verder ging het goed, de straatweg af, het pad op, het bos in. Het was op deze plek, dat zijn broertje Willem gezegd had dat hij naar Pompeï wilde en helemaal niet telkens weer die berg op. Gek eigenlijk, zo verschillend als ze waren. En natuurlijk was het gebeurd ook en was moeder met hem meegegaan. Ze had hem altijd zijn zin gegeven. Een verwend joch was hij geweest. Om helemaal met hem naar Napels te reizen... Zijn been deed pijn en hij was het bos nog niet eens uit... En altijd maar fotograferen. Zelf hield hij niet van foto's. Hij wist eigenlijk niet waarom niet. Te kleurloos, te werkelijk en onwerkelijk tegelijk, nooit écht zoals het was. Goed voor de krant, dat wel... Wat hem weer deed denken aan die foto van die officier die vergiffenis schonk aan een Libische rebel, en hem dus aan Libië herinnerde, en dus aan die vermaledijde vrachtwagens...

Boven de boomgrens rustte hij. Onder hem lag het hotel met zijn witte muren en donkerbruine luiken en balkons vredig in de vroege zon. Hij zag Gianni naar buiten komen met een emmer en een bezem, en even later ook Pennacini, in hemdsmouwen. En als hij hem nu eens voorstelde het hotel van hem te kopen? Elena zou wel willen. Kon ze leuk gasten ontvangen, theedrinken met de dames in de tuin, terwijl hij met de mannen de berg op ging. Maar toen hij weer opstond ging het helemaal niet meer. Er schoot een felle pijn door zijn dijbeen en bekken, en bij de eerste stap zakte hij al door zijn rug. Hij schreeuwde. Even was het stil, en toen kaatste het van alle kanten op hem terug. Op één been hing hij tegen een rotsblok en luisterde naar zijn eigen ellende. Huilend.

De terugweg was een marteling. Hinkend, meestal zelfs zittend en hangend aan boomtakken werkte hij zich omlaag. Eénmaal hoorde hij mensen omhoogkomen, het getik van stokken tegen steen, een lachende stem. Opzij van het pad drukte hij zich achter een boom tegen de grond tot ze voorbij waren. Toen zakte hij weer verder. Jezus, Jezus, van alle rampzaligheden...

Pennacini was gelukkig naar Bolzano. Hij betaalde zijn rekening aan Gianni, die hem geschokt aanstaarde.

'Maar wat moet ik meneer zeggen? Kunt u echt niet wachten tot hij terug is? Het zal niet lang duren.'

'Ik zal hem nog wel schrijven.'

As in zijn hart, zo voelde het. Dood. Hij kon tegen een boom op rijden, maar hij deed het niet. Hij kon de auto stilzetten en langs de kant van de weg gaan liggen. Hij kon in het café van een of ander stoffig dorp drie flessen absint kopen, een kamer huren en zich daar liggend op het bed volgieten totdat hij erin bleef. In plaats daarvan keerde hij met hangende pootjes terug bij Elena, die hem een uur lang – aan de voordeur zodat het hele trappenhuis het kon horen – de huid vol schold, riep dat ze er niet aan dacht hem terug te nemen, dat hij wat haar betrof naar de hel kon lopen, of naar zijn moeder, als die hem tenminste nog wilde hebben, maar die hem tenslotte huilend om zijn nek viel.

'Mijn jongetje dan toch, mijn jongetje dan toch, wat is er dan met je gebeurd? Wat zie je eruit! Je zit onder de aarde. Waar ben je geweest?'

'Lieve moeder, Hoe gaat het met u beiden? Hier gaat alles zijn gewone zomerse gangetje. Piano, piano dus, al wil de baas daar niet van horen. De Duce heeft grote plannen met Noord-Afrika en ook wij zijn daar zijdelings bij betrokken. Het is een opwindende tijd waarin we leven. Hier regent het al een week, heel uitzonderlijk. Het weer is totaal van slag en volgens de berichten zal het nog wel even zo blijven. De Po, en volgens zeggen ook de Tiber, staan tot aan de rand en elke dag kan het zover zijn dat ze buiten hun oevers treden. Er worden al zandzakken aangevoerd. Vrachtwagens vol. Turijn zelf is gehuld in een soort grijze, nevelige waas. Veel mensen worden er ziek van, ook Elena hoest onophoudelijk. Maar ik vind het wel lekker. Hollands bijna.'

Hollands bijna. Waarom, waarom woonden ze niet in Nederland?

1933

Toen gebeurde het ongelooflijke. Op een avond in november ging bij Bert en Elena de telefoon en bood een stem vanuit het niets Bert een coureurscontract aan bij Mercedes. Zomaar.

Er werd een afspraak gemaakt. In Turijn. Niet bij Allaria – god nee, de hele oude Fiat-club kwam daar, Agnelli zelf incluis – nee, in een donker restaurant op de Piazza San Carlo waar alleen toeristen en een enkele middenstander kwamen. Eigenlijk dacht Bert niet dat er iemand zou komen opdagen, maar exact op de afgesproken tijd kwam er inderdaad een Duitser binnen. Onmiskenbaar: kuitbroek, loden jasje met leren opzetstukken, jagershoed met veertje. In het Italiaanse deel van Tirol, dat tegenwoordig de Alto Adige heette, durfden ze zo niet meer rond te lopen. Hij stelde zich voor als Freiherr von Jungenfeld, bestelde bij de toegeschoten ober een pilsener en haalde vervolgens, nog steeds staande, een map uit zijn aktetas waaruit hij een stapel papieren viste.

'Ihr Kontrakt, Herr Elling.'

Het ontbrak er nog maar aan dat hij met zijn hakken klikte.

Zo snel kon het dus gaan. Amper een jaar geleden had ook Daimler-Benz zich met zijn Mercedes-stal teruggetrokken uit de grandprixraces, en nu waren ze alweer terug. En hoe. Met een gevulde kas en de belofte van een nieuwe, zware wagen, waaraan al hard werd gewerkt.

'En een klein aantal absolute topcoureurs, Herr Elling, waaronder u.'

'Maar...'

De man liet zich nauwelijks onderbreken.

'Mijn regering hecht zeer aan alle vormen van sportbeoefening en heel in het bijzonder aan de autosport. Het komend seizoen willen we weer nadrukkelijk aanwezig zijn en daarbij zullen we niets overlaten aan het toeval.'

Inderdaad. Zelfs wat Bert zelf betrof was alles al met Duitse

Gründlichkeit voorbereid. Er lag niet alleen een contract voor hem op tafel, maar ook, achtereenvolgens, een ariërverklaring, een werkvergunning, formulieren van een ongevallen- en een ziektekostenverzekering, een inboedelverzekering – 'Een inboedelverzekering?'

'U zult zich uiteraard in Duitsland moeten vestigen.'

'O ja, natuurlijk' – en een huurcontract en een aansprakelijkheidsverzekering.

Hij was gevleid. Maar hij was vooral licht in zijn hoofd. En blij, waanzinnig blij eigenlijk. Terwijl hij tussen de borden en het bestek ondertekende en weer ondertekende, trok het als champagnebubbels door zijn lijf: rijden, rijden met Chiron, met Fagioli, Caracciola, Seaman...

'Gut,' de Duitser schoof de papieren weer in zijn aktetas, 'dan verwacht ik u op 2 januari in Stuttgart-Untertürckheim. Om 1 uur. Pünktlich.'

'Graag...'

Maar Elena huilde haar ogen uit haar hoofd. Eerst dacht ze hem er nog van af te kunnen brengen.

'In Stuttgart. En wat moet ik daar dan? Ik ken daar helemaal niemand, en die Duitsers... Je weet toch dat ik Duitsers niet kan uitstaan.'

'Ach, kom.'

'Nee.'

Ze stond opeens recht voor hem, klein als ze was. Een furie.

'We gaan niet. Je bent helemaal niet in staat om te rijden, je hebt een jaar lang niet getraind, niet eens in een auto gezeten.'

'Ik heb al getekend.'

'Wat?!'

Het leek ernst. Ze schreeuwde niet, en ze huilde niet. Ze werd lijkbleek.

'Dan ga je maar zonder mij.'

Ze draaide zich om, liep naar de slaapkamer en deed de deur op slot. Naderhand hoorde hij haar de deur uit gaan. Hij dacht dat ze wel terug zou komen, maar dat gebeurde niet. Tegen tienen ging hij naar het adres van haar beste vriendin. Waar ze niet was. En vandaar naar dat van haar één na beste vriendin. Waar ze evenmin was.

Hij zou er nooit achter komen waar ze de twee weken, dat ze spoorloos verdwenen leek, had uitgehangen. Wie weet bij die skileraar van twee jaar geleden, wie weet was ze die al die tijd blijven zien... Of zette ze het hem alleen maar betaald dat hij zelf die paar dagen naar de bergen was verdwenen? God, maak dat ze alleen maar wraak neemt...

Al die dagen leefde hij in een soort vacuüm, met ingehouden adem alsof elk ogenblik de bodem uit de werkelijkheid kon vallen. Tegelijkertijd kon hij aan niets anders denken dan aan racen. Op de zaak rolde hij de oude rode viercilinder uit de loods naar het racebaantje, dat er overwoekerd en vol kuilen bij lag. Meer dan stapvoets een paar rondjes draaien zat er niet in, maar hij rook tenminste weer benzine, en olie, en gruis. Bij de bocht aan het eind stond hij stil en luisterde naar het verre gonzen van zijn oren binnen zijn helm. De oude chef-meccanico grinnikte toen hij de wagen terugbracht.

'Ah, la nostalgia.'

'Si, si.'

Agnelli moest hij het wel vertellen. Op een middag. De baas nam het sportief genoeg op: 'Tja, natuurlijk.'

Daarna zweeg hij een tijd lang. Peinzend, met zijn blik op het sigarenmesje dat hij maar ronddraaide en ronddraaide tussen zijn vingers. Toen opeens keek hij Bert recht aan.

'Ik begrijp het, Alberto, maar weet je wel wat je doet? Er gebeuren rare dingen daar in Duitsland met die nieuwe Reichskanzler en zijn schreeuwlelijkerds.'

'Maar...'

'Ja, ja, wat heeft dat met jou te maken, denk je. Vergis je niet, Duitsers zijn geen Italianen, Alberto, geen sportivi.' Hij stond bruusk op. 'Allora, sia cosí. Het zij zo. Succes. Als je je bedenkt, kan je altijd terugkomen.'

Het was toch wat, na al die jaren.

Terwijl hij terugliep naar zijn afdeling – die afschuwelijke vrachtwagens met hun koelingssystemen die nog altijd niet goed genoeg waren – had hij een gevoel van superioriteit ten opzichte van al die mannen links en rechts achter hun tekentafels, hun bureaus, zelfs ten opzichte van de gladde koppen op de eregalerij van kampioensfoto's aan het eind van de gang. Maar het was tegelijk een eenzaam gevoel.

Hij was niet zo goed in alleen zijn. Dat voelde hij vooral 's avonds in het lege appartement. Zelfs zijn voetstappen klonken hol op de tegelvloeren en tegen de kale witte muren. Het was hem nooit eerder opgevallen. Als Elena er was, waren ze zelden thuis, bleven ze hangen in het restaurant waar ze aten of in een van de cafés op het plein. Nu ging hij na het eten direct terug. Waarom wist hij niet. Misschien vanwege de pathetiek van alleen met een krant aan een tafeltje. Maar thuis was ook niets anders te doen dan met de krant uitgespreid op tafel zo'n beetje zitten hangen en drinken. Jezus, hij kon toch een blokje om lopen, een cognacje pakken bij Allaria of waar dan ook. Hij deed het niet.

De klok tikte. De radio speelde een of andere flauwe deun, bracht nieuwsberichten waarvan niets tot hem doordrong – fabriekssluitingen natuurlijk, werkloosheid – en ging weer door met een andere flauwe deun. Hij floot mee tussen zijn tanden en dacht aan Elena. Als ze niet terugkwam moest hij maar een ander zoeken, want zo ging het niet. Wat een gedoe. Hij kon beter wachten tot hij in Duitsland was. En daar? Hoe moest het daar? Hij sprak niet eens Duits, niet meer dan hij ooit op school had gehad en hier en daar had opgevangen op de circuits.

Toen ze op een achtermiddag bij zijn thuiskomst gewoon weer in de keuken zat, was hij vooral opgelucht.

'Ben je daar?'

Ze hield haar wang naar hem toe die hij kuste, en ze zei: 'Wat heb je nou aan?'

'Mijn ski-jack, hoezo?'

'Daar kan je je niet meer in vertonen.'

Hij haalde zijn schouders op.

'Het is koud.'

Zijn moeder, dacht hij, ze had alles van zijn moeder. Hij trok zijn jas uit, die ze zich meteen toe-eigende, en ging tegenover haar aan de tafel zitten.

'Ga je nou mee naar Duitsland of niet?'

Ze zat wat te prutsen aan zijn jack en keek niet op.
'Ik ben toch je vrouw?' zei ze alleen.
's Nachts hoorde hij haar huilen. Ze lag met haar rug naar hem toe en hij deed of hij het niet merkte. Later in de nacht trok hij zich af op de wc, nadat hij zich eerst de plaat met een halfnaakte vrouw voor ogen had gehaald die in de racewagenloods aan de muur hing. Ze had brede dijen en dikke borsten die boven haar rijgkorset uitpuilden en in zijn verbeelding boog ze zich met smakkende lippen over hem heen. Toen hij terugkwam in bed, kroop Elena tegen hem aan. Hij kuste haar op haar gezicht en streelde haar haar.
'Hou je nog een beetje van me?' vroeg ze.
'Natuurlijk.'
Vrijen wilde hij niet die nacht, en ook niet de volgende nachten. Vreemd. Erg hartstochtelijk waren ze nooit geweest, maar ze hadden toch altijd wel een paar keer per week seks gehad. Nu wekte ze geen enkele lust bij hem op. En hij blijkbaar ook niet bij haar; ze deed tenminste geen enkele poging hem op te winden. Het was of hun huwelijk een andere fase in was gegaan en ze een stilzwijgende afspraak hadden. Als ze maar niet wegging, als er maar niet een of andere bruinverbrande skifanaat was die...
Het was wel goed zo. Hij kocht een bontjas voor haar. Ze gingen een paar keer duur uit, naar de opera in Milaan, naar een nachtclub, en met de kerstdagen vertrokken ze voor een week naar Bari. Het speet hem voor zijn moeder, maar ze konden toch niet elke Kerstmis bij haar en tante Greet doorbrengen? Zelf vond hij het ene nog saaier dan het andere, maar weldra zou er genoeg opwinding te beleven zijn. Als hij maar eenmaal in Duitsland was, als hij maar eindelijk weer een wagen onder zich zou voelen, de motor voelde trillen, het zachte gegrom dat aanzwol, en aanzwol...

1934

Ook bij Jaap en Marietje gebeurde het ongelooflijke. Na al die jaren. Alsof, dacht Cornelie, alles en dan ook werkelijk alles in één keer toch nog goed zou komen. Toen Jaap op een ochtend had gebeld en het haar vertelde, bonkte haar hart zo hevig dat ze geen woord kon uitbrengen.

'Moeder, bent u daar? Hoort u mij?'

Een kind...

De hele verdere dag liep ze met wiegende bewegingen rondjes door de kamer met in haar hoofd de wijsjes van oude kinderliedjes, en toen Greet eindelijk thuiskwam stond ze haar bovenaan de trap met een verzaligde glimlach op te wachten. Greet zag het al halverwege.

'Hemel, wat kijk je, is er wat gebeurd?'

'Raden, raden.'

'Raden? Kom zeg, ik ben moe. Vertel, wat is er?'

'Nee, je moet raden.'

'Dan niet.'

Ze wilde doorlopen, de gang in en toen Cornelie om haar nek ging hangen – 'raad dan, raad dan' – maakte ze zich, voorzichtig en liefdevol, los.

'Je wíl het niet eens weten.'

Greet kende het wel, de woede waarin Cornelie soms plotseling kon uitbarsten. Ze stoof de kamer in, gooide zich op het bed en huilde met gierende uithalen als een moderne Eline Vere.

'Kom nou, kom nou toch, poesje.'

'Ga weg!'

Maar ook toen ze kalmeerde, bleef er iets vreemds. Ze zat met gekruiste benen op het bed en haar ogen leken lichter en haar stem vlakker dan anders. Nu ja, dat kon van het huilen zijn.

'Jaap en Marietje krijgen een kind,' zei ze.

'Ach, wat heerlijk voor ze.'

‘En voor mij.’

‘Ja, ook voor jou natuurlijk, maar toch vooral voor hen.’

Ze gingen eten om het te vieren, bij Dorrius, jachtschotel met appelmoes en veel, veel rode wijn.

‘Op het nieuwe leven,’ toastte Greet. ‘We moeten er maar gauw heen.’

‘Ja.’

Wat wist Greet van het zachte zingen in haar hoofd, en van de zoete geur van baby’s, die haar niet meer losliet sinds ze het gehoord had.

Toen ze later door de winderige nacht naar huis liepen, Greets arm stevig om haar middel en hun voetstappen gelijk als altijd, bleef het maar doordrenzen in haar hoofd: wat wist zij ervan? Het was als een geheim dat ze koesterde. Zelfs Jaap, zélfs Marietje kon dat niet weten. Het eerste huiltje, de eerste aanraking tegen je buik van een rimpelig bewegend wezentje, de eerste keer dat het, zo onuitsprekelijk teer, zoog aan je tepel.

In feite veranderde er natuurlijk niets. Greet ging elke dag naar school en kwam elke dag aan het eind van de middag weer thuis. Zijzelf deed tussendoor wat huishouden en verder hing ze boven haar vertaling, Jules Romains, of toch maar Wedekind, of Hesse, en schreef ze haar brieven. Ze aten, ze luisterden naar de radio, lazen een tijdschrift of een boek. Een of twee keer in de week gingen ze uit, naar de komedie of naar vrienden. Maar nu had ze haar geheim. Ze praatte en zong ermee, ze droeg het tussen haar ogen de kamers rond, de trap af, de straat door. Niemand hoefde het te weten, ook Greet niet, ook de jongens niet. Het vervulde haar zo, dat zelfs de brieven aan hen iets gehaasts en plichtmatigs kregen.

Jaap merkte het het eerst. Als hij zijn moeder ’s zondags belde had ze het nergens anders meer over.

‘Past Marietje wel goed op, jongen? En denken jullie er vooral aan betrouwbare informatie in te winnen over de dokter? Vroeger vroeg je dat soort dingen aan dokter Van Staveren, maar ik weet niet of zijn opvolger wel zo zorgvuldig is.’

‘God, moeder...’

Soms, als het te gek werd – 'Drinkt Marietje dan nog alcohol?'; 'Maar ze tennist toch niet meer, in haar toestand?' – zei hij: 'Bemoeit u zich daar nou maar niet mee, Marietje weet heel goed wat ze wel kan doen en wat niet.'

Dan was ze gepikeerd. 'Ik geef alleen maar goede raad, hoor. Tenslotte heeft Marietje nog nooit eerder een kind gehad.'

Tegen Marietje zei hij: 'Moeder is er wel heel erg mee bezig.'

Verder besteedde hij er geen aandacht aan. Ze kregen een kind. 's Avonds in bed lag hij met zijn oor op haar buik en luisterde naar het verre leven achter haar huid, kleine golfjes geluid, soms even een zachte beweging.

'Zou dat het zijn?'

'Ik weet niet.'

Later werd het duidelijker.

'Voel je? Voel je? Hij trapt.'

'Of zij trapt.'

Alles was veranderd, het licht dat in de kamers viel, de smaak van het eten, de geluiden.

'Er moet een hekje voor de trap komen, en tralies voor het raam van de kinderkamer. En een slot op het tuinhekje.'

'Jaap, toe, het is nog niet eens geboren.'

'Zíj is nog niet geboren.'

Maar over de naam kregen zijn moeder en hij echt ruzie. Ze vroeg er telkens naar. Eerst wilde hij het niet zeggen, hoewel ze er allang uit waren. Maar ze zeurde maar door, elke zondagavond opnieuw.

'Je moet dat niet zo lang uitstellen, Jaap, straks is het er opeens en dan weet je het nog niet.'

'We weten het allang.'

'En? Wat wordt het dan? Of mag ik het soms niet weten?'

'Natuurlijk wel. Als het een jongen is noemen we hem Pieter, naar opa Elling, en een meisje Willemien.'

'Willemien? Hoe komen jullie daar nou bij?'

'Marietjes oma heette zo.'

'Ja, en de koningin heet ook zo. Het arme kind. Verzin maar iets anders.'

'Moeder...'

'Ik sta er op, dit kan niet.'

Ze gooide de hoorn op de haak en bleef nog wat staan briesen in de donkere gang. Als het een meisje was moest het natuurlijk naar haar heten. Alleen wat moderner, 'Corry', Corry Elling, dat klonk leuk, fris, echt een naam voor zo'n vrolijke blonde deugniet...

'Is er wat?' riep Greet uit de keuken.

'Ach, nee, Jaap zeurde. Ik ga naar bed, ik heb hoofdpijn.'

De volgende dag wilde ze niet opstaan en de dag daarop ook niet. Greet zette thee en een doos biscuitjes bij haar bed. Tegen elf, twaalf uur kwam ze eruit en zwierf ze door het huis, zonder iets te doen. Toen Greet 's avonds thuiskwam lag ze er weer in, met de gordijnen dicht, de kachel roodgloeiend en in de keuken de vuile vaat van de vorige avond nog steeds op de aanrecht.

Toen Jaap de zondag daarop belde, was ze afwerend.

'En? Hebben jullie je al bedacht?'

'Waarover?'

'Dat weet je best.'

'Toe...'

Hij praatte er overheen: 'Is het bij jullie ook zulk hondenweer? We hebben de hele dag binnen gezeten, niets voor Marietje.'

'O, ja, nee, het heeft wel geregend, geloof ik.'

Het duurde een week, twee weken. De dokter kon niets vinden. Koorts had ze niet, en hoofdpijn eigenlijk ook niet, al zei ze van wel. Alleen haar bloeddruk was wat te laag, maar toch niet genoeg om de lethargie te verklaren waar ze meer en meer in wegzonk.

Langzamerhand werd Greet wanhopig.

'Corry, poesje, wat is er dan? Zeg nou eens iets.'

Ze zei niets. Ze zat in bed met een grauw, dichtgeslagen gezicht, met ogen die recht voor zich uit staarden, en ze zei niets, hoe lang Greet ook haar voeten masseerde. Na een tijd stootte ze haar dan plotseling van zich af en gleed ze omlaag onder de dekens. Ze sliep niet, dat wist Greet eigenlijk wel zeker, maar bereikbaar was ze evenmin, steeds minder bereikbaar.

Wat moest ze? Uit school zo gauw mogelijk naar huis, onderweg boodschappen, met loodzware fietstassen de keuken in.

'Daar ben ik!'

Daar zat Cornelie dan aan de eettafel met haar hoofd in haar handen, of ze lag in bed. Of in bad, urenlang, zodat de damp door de gang sloeg. Zelfs de brieven van de jongens werden amper meer gelezen, laat staan dat ze zelf nog schreef.

'Mijn lief, mijn lief, wat heb je dan?'

Een heel enkele keer keek ze even op.

'Je hebt niet veel meer aan me, hè?' zei ze met een klein stemmetje.

'Ach... Kom, we maken een ommetje.'

Maar dan zakte ze weer weg.

Wat Greet niet wist, was dat, zodra ze weg was, Cornelie achter haar denkbeeldige kleinkind aan door de kamers huppelde, liedjes zong. In de keuken kookte ze melk en smeerde ze boterhammetjes.

'Een hapje voor oma, en een hapje voor oma, en een hapje voor oma...'

Het ging mis. Op een middag toen Greet thuiskwam stond het gas hoog met erop een roodgloeiende melkkoker. Naast het fornuis begon de verf van het keukenkastje al te schroeien. Cornelie was nergens te vinden, niet in huis, en niet verderop in het plantsoen. Greet liep straat in en uit, spiedend in alle winkelstraten, nissen, schamele en minder schamele voortuinen. Dat het er zo stil kon zijn. Waar was ze in 's hemelsnaam? Wat kon ze in haar hoofd hebben gehad toen ze het huis was uit gegaan?

Ze vonden haar toen het allang donker was – onder een lantarenpaal, rillend van de kou en aldoor roepend om haar kleinkind, zodat de buurtbewoners die haar zo aantroffen, en vervolgens de politie, nog een tijd lang zochten naar een blond meisje van een jaar of... Hoe oud eigenlijk kregen ze er niet uit: ze had het mee uit rijden genomen in de kinderwagen, maar het had ook met dansende krullen voor haar uit gehuppeld...

Na al die uren van steeds toenemende ongerustheid – met een brok in haar keel bellen naar de politie, naar ziekenhuizen, weer naar de politie – was Greet opgelucht. Maar die opluchting maakte plaats voor een ander soort ongerustheid toen ze haar zag, enigszins verwilderd nog steeds, maar vooral stijf. Statig, zou je haast zeggen als je niet al te precies keek.

'Ach mijn mooie, zachte lief, wat is er dan met je gebeurd? Waarom kan je niets zeggen? Waar ben je dan toch?'

Ze werd opgenomen in een verpleeghuis ergens in het Gooi. Greet ging er drie keer in de week naartoe, tweemaal 's middags na school met een tas vol correctiewerk, en 's zondags de hele dag. Langzaam schuifelen over de paadjes in het park. Of maar tegenover elkaar zitten in de zogenaamde huiskamer en haar hand strelen. Hoe kon het dat het leven opeens zo'n kwartslag had gemaakt van tevreden, regelmatig geluk naar deze zwarte wanhoop, dag in dag uit? Ze werd 's ochtends wakker op de gewone manier, zon, de eerste vogels, en dan voelde ze het lege bed naast zich en zakte het allemaal weer als een dikke deken over haar heen. Automatisch werkte ze de dag af, ontbijt, naar school, tweede klas: 'An, auf, hinter, neben...'; 'Kom jij na de les maar even bij me...'; zesde klas: *'Als Gregor Sama eines Morgens aus unruhigen Träumen erwachte, fand er sich in seinem Bett zu einem ungeheueren Ungeziefer verwandelt'* – te moeilijk toch –; naar huis, koken, eten, werken, lezen.

Ze kregen nieuwe buren, joodse mensen uit Duitsland die een avond lang tegen haar aan praatten over de toestand daar.

'Schrecklich. Das kann man doch gar nicht...'

De vrouw was flink: 'Nun, komm, das wird doch bald vorübergehen.'

Maar de man zat er geslagen bij.

'Die Unterwelt hat sich erhoben und hat die Macht ergriffen, die wird sie niemals, niemals wieder abtreten. Sie wächst und wächst immer mehr über die Welt hinaus. Man wird sehen...'

Ze telde de uren totdat ze weer naar Cornelie kon. Misschien dat ze... En daar zat ze dan weer, altijd eender, met dat vlakke gezicht, die dode ogen.

Het werd inderdaad een meisje.

'Dag Mieneke,' zei Jaap toen hij haar voorzichtig in zijn armen hield. Ze had zwarte krulletjes en blauwe ogen, waarmee ze hem onbeweeglijk aankeek. Het gaf een ongemakkelijk gevoel. Hij wiegde een beetje met haar heen en weer, tot Marietje er ongeduldig van werd.

'Geef nou hier, Jaap.'

Hij legde zijn hand op het hoofdje en voelde het zachte kloppen van de fontanel in zijn palm als het kloppen van zijn eigen bloed.

Jij gaat niet dood, dacht hij, jij gaat nooit dood.

Later maakten de donkere krullen plaats voor dunne blonde haartjes en keek ze hem recht aan.

'Ze lacht naar me.'

'Dat kan echt nog niet.'

'Heus, ik zag het.'

De afstand van de fabriek naar huis legde hij nog sneller af dan vroeger. Mieneke, Mieneke, Mieneke, hij floot het door de straten.

De angst was vrijwel verdwenen, zelfs 's nachts. Hij lag in het donker te luisteren naar de kleine geluidjes uit het zijkamertje. De tussendeur hielden ze open. Hij hoorde wat gepruttel. Soms even een huiltje, één, twee seconden. Hij stond al bijna naast zijn bed. Dan ging het over in gesmak. Stilte. Maar alle ruimte tussen hem en haar droeg leven. Ze groeide, ze dronk...

'Kom maar hier.'

Hij hield haar over zijn schouder en gaf kleine tikjes op het ruggetje.

'Voorzichtig nou.'

'Ik ben toch voorzichtig.'

Marietje bleef iets angstigs houden. Hij zag het vooral op de foto's. Ze hield Mieneke tegen zich aan geklemd of ze elk moment weer van haar afgenomen kon worden. In werkelijkheid was ze toch nuchter genoeg: 'Welnee, Jaap, daar hoeven we de dokter helemaal niet voor te roepen. Dat is heel gewoon bij baby's.'

En inderdaad lag ze dan een halve dag later weer te trappelen en te lachen in de box. Maar eigenlijk was het of Marietje nauwelijks geloofde dat ze nu moeder was, of ze bang was dat ze het opeens zou vergeten, zou uitgaan, met de baby thuis half aangekleed op de commode, of haar in de kinderwagen zou achterlaten bij de kruidenier. Of was het toch zijn eigen, eeuwige angst, die zo langs een omweg weer naar boven kwam?

Pas jaren later, toen zijn dochter Willemien ziek thuisgekomen was uit Amsterdam, zou het plotseling werkelijkheid zijn: de dreiging van de dood. Een grauw muizengezichtje boven de lakens, de dokter die elke dag kwam, en overgeven, overgeven, half hangend in zijn arm boven een plastic emmer.

'Maar Mieneke dan toch, kindje...'

Natuurlijk was Marietje niet bang en was het wat hij voor zichzelf zijn 'perzikenangst' noemde, die opspeelde wanneer hij haar met zijn dochter aan de borst zag. Zulke gigantische bleke borsten, die had ze toch nooit gehad? Soms moest hij de kamer uit lopen, zo kwam het dan over hem heen. Totdat hij hoorde dat ze haar weer in de box legde. Dan kwam hij terug.

'Kom maar bij pappie.'

'Toe, Jaap, zo verwen je haar.'

'Eventjes. Hè, Mieneke-mijntje, eventjes bij pappie.'

'Niet te lang, hoor.'

Ze hadden dus een kind, en toen Bert en Elena vanuit Stuttgart kwamen logeren leek Elena haast jaloers, zoals ze ernaar keek.

'Ach... Kijk toch, Bert. En die vingertjes. Ta, ta...'

Maar dan begon ze weer over het leven in Duitsland, de ontvangsten met hoge industriëlen en officieren, het prachtige, vaste salaris dat Bert kreeg, het huis. Vooral over het huis.

'Zoiets als jullie hebben, maar nog groter. En een tuin...'

Een heel grote tuin, zo te horen, met appel- en pruimenbomen.

'Geen perziken?'

'Nee, geen perziken.'

Elena wist er niet goed raad mee, maar er waren werklozen genoeg die wel tuinman wilden zijn, al waren de werkloosheidscijfers dan ook flink aan het dalen. Bert kon er niet over uit.

'En dat in amper een jaar sinds de benoeming van Hitler tot rijkskanselier.'

'Nou ja, of dat ermee te maken heeft,' twijfelde Jaap.

'Natuurlijk heeft dat ermee te maken. Misschien niet eens zozeer door de maatregelen van de nieuwe regering, al liegen die er ook niet om. Maar wel door de hele nieuwe mentaliteit waarvan alles en iedereen doordrongen is. We hebben dat al eerder in Italië gezien, maar dit is nog heel wat anders. En Hitler houdt van auto's, en speciaal van Daimler-Benz, van Mercedes.'

'We hebben een meisje en drie ochtenden in de week een werkster, en dan nog een man voor de tuin,' vertelde Elena aan Marietje, terwijl die de baby verschoonde.

'Die Duitsers zijn zo netjes, voor je het weet krijg je een aanmerking van de buren dat je heg niet is geknipt of het gras te hoog staat.'

'O ja?'

Marietje verstond de helft niet.

'Je zou denken dat ze er wel aan gewend waren, want het huis heeft maanden leeggestaan omdat de man die er eerst woonde is gearresteerd of zo.'

'O.'

'Era comunista, o Ebreo, io no so. Zijn vrouw is nog een keer langs geweest toen we er al in woonden. Ze miste dingen, zei ze, foto's en brieven, herinneringen. Eigenlijk heel zielig, als je erover nadenkt.'

'Ja, ja.'

'We zijn samen nog het hele huis door gegaan, alle kasten. Niets natuurlijk. Dat wist ik wel, want ze hadden het voor ons helemaal opgeknapt en opnieuw ingericht. En mooi ook, zo gelukkig zijn ze met Alberto. Dat merk je aan alles: vorige week waren we nog op een party thuis bij de zojuist benoemde president-directeur, Doktor Wilhelm Kissel zelf. Die wilde per se Alberto ontmoeten en heeft wel tien minuten met hem gesproken. Zo chic als het daar was, tafels vol hors d'oeuvres, obers in frak die rondliepen met bladen vol champagne, en spuitwater natuurlijk, en in de serre een orkestje, louter en alleen van dames.'

Ze babbelde maar door, met voortdurende handbewegingen en zo nu en dan een schel lachje.

Toen ze eindelijk vertrokken waren – Elena nog wuivend vanuit de auto: 'Arrivederci, arrivederci' – zakten ze uitgeput in een stoel.

'Mijn hemel,' zei Jaap, 'arme Bert. Wat had ze allemaal te vertellen?'

'Geen idee.'

Bij Cornelie, voor wie ze toch eigenlijk naar Nederland waren gekomen, waren ze maar één middag geweest.

'Te treurig,' had Bert gezegd.

Ze was hem huilend om zijn hals gevallen en had geroepen dat ze naar huis wilde, maar vervolgens had ze de hele dag niet meer gesproken en hem alleen maar over zijn hand geaaid. Elena had ze genegeerd, totaal.

1935

Willemientje wilde ze ook niet zien. Toen Jaap en Marietje de baby meebrachten draaide Cornelie haar hoofd om en strekte ze haar arm uit met de handpalm naar boven in een afwerend gebaar.

'Theo Mann-Bouwmeester,' zei Marietje woedend, 'Sarah Bernard. Pure aanstellerij.'

Sindsdien weigerde Marietje haar nog te bezoeken en voelde Jaap telkens haar afkeuring als hij wilde gaan. Zodat hij het maar weer uitstelde.

Greet ging onveranderd driemaal in de week. Met bloemen en boeken.

'Dank je.'

De bloemen lagen op een kastje te verwelken totdat een verzorgster ze meenam of Greet zelf op zoek ging naar een vaas, ergens in een kast op de gang, of in de keuken. De boeken groeiden aan tot een stapel.

'Lees je ze wel?'

'Ja, ja.'

Soms nam ze er maar een aantal weer mee terug.

Alleen de brieven, daar scheen ze nu weer op te leven, van Bert, van Wim, van Jaap zelfs, die trouw elke week schreef nu opbellen toch geen zin had.

'Lieve moeder, vanochtend hebben we urenlang met Mieneke voor het eerst in het wandelwagentje langs de rivier gelopen. Ze keek haar ogen uit en kraaide naar elke voorbijganger. Het is toch zo'n prachtig, vrolijk, echt Hollands kind...'

Dan huilde ze soms even. Als 's morgens de postbode kwam zat ze in de hal al op hem te wachten.

'En voor mij? Heb je niets voor mij vandaag?'

De wereld kwam van een grote afstand op haar af, als uitgeknipte plaatjes. Alles wat ze zei klonk in haar eigen oren gemaakt, metalig. Ze leefde in een soort onzichtbare geleiachtige wolk die bewegen haast onmogelijk maakte. En waarom zou ze ook? Daar zat dat kind te kraaien in haar wandelwagentje, het hele leven voor zich, terwijl zijzelf ouder en ouder werd en er niets, niets meer te doen was, de jongens getrouwd, banen, vertrokken, Herman een naam in de krant, en Greet altijd vol besognes. Ze zat en voelde de tijd voorbijgaan zonder dat er ooit nog iets anders zou gebeuren dan het trage op en neer gaan van haar adem tegen haar borstkas, het kloppen van haar bloed.

Haar zestigste verjaardag was een ramp. Ze zaten allemaal om haar heen, zelfs Wim, overgekomen uit New York, waar hij een tentoonstelling had – iedereen werd maar beroemd –, wat dikker ook, met vermoeide wallen onder zijn ogen. Het kind kroop over de vloer en zelfs Marietje was deze keer meegekomen. En zij in het midden, in de versierde stoel waar ze haar 's ochtends al in gehesen hadden, zwijgend. Het was haar niet gelukt hun duidelijk te maken dat ze dit niet wilde, en dus zat ze kaarsrecht, haar handen klemvast om het bordje met taart op haar schoot voor zich uit te staren. Hun gesprekken speelden zich elders af – 'zie je vader wel eens?'; '...toen we in Berlijn waren...'; '...maar die Hitler is een schurk, Bert, hoe kan je...'; 'en overigens, recessie of niet, kunst doet het altijd wel in New York'; 'zijn jouw foto's dan kunst?' – Met haar had dat alles niets te maken. Vreemden waren ze, onbekende gezichten waar slechts een enkele keer iets doorheen schemerde van de jongens die ze ooit geweest waren, haar jongens. Als ze nu eens eindelijk weggingen, dan kon ze tenminste haar post gaan lezen...

En toen was het plotseling over, even onverwacht als het begonnen was. Op een ochtend werd ze kwaad wakker.

'Zijn ze nou helemaal!'

Ze sprong uit haar bed, gooide het raam open. De zon scheen en de bomen wiegden in de wind. Grote goedheid, dacht ze, hoe lang heb ik hier gezeten? Twee dagen later was ze weer thuis. Niemand wist wat er was gebeurd. Waren het de medicijnen, die plotseling aangeslagen waren, of de gesprekken met de dokter? Zelf dacht ze soms dat het was gekomen door de Duitse krant die Bert haar had gestuurd omdat er een verslag in stond van een of andere race die hij had gewonnen. Niet dat ze dat had gelezen, maar wel een stuk op de achterkant met Greets achternaam, Landauer, in de kop. Rabbijn Landauer was door een groepje SA'ers in elkaar geslagen en vervolgens met zijn hele familie naar een concentratiekamp getransporteerd.

Het was iets dat die eerste dagen dat ze weer thuis was telkens door haar hoofd schoot. Verder was alles weer gewoon, behalve dat Greet en zij weer vreeën als ze jaren niet hadden gedaan. Haar handen gingen gretig over de wat ruwe textuur van Greets huid.

'Weet je, weet je?'

'Wat?'

'Niets.'

'Au.'

'Stil maar.'

Met drie, vier vingers drong ze in haar terwijl door haar eigen buik scheuten van hartstocht gingen.

'Lief, lief.'

Onder haar werd Greets gezicht langzaam zacht en open en mooi als vroeger. Haar ogen waren groot en donker, en keken langs haar heen.

'Mijn liefste...'

Rond diezelfde tijd vloog hoog in de staalblauwe lucht boven de grens tussen Frans Somaliland en Italiaans Eritrea een Franse piloot. Hij zat een beetje voor zich uit te neuriën: 'J'ai lié mes bottes avec un brin de paille...' Maar toen hij weer eens omlaag keek schrok hij. Daar onder hem lag opeens, middenin de onafzienbare woestijn, een vliegveld met honderden gevechtsvliegtuigen, hangars, manschappen. Hij herkende de zwarthemden. Hij zakte een paar honderd meter, maakte foto's en vloog toen met een wijde boog terug naar het zuidoosten. Later, al ten zuiden van de tweeduizend meter hoge Mussa Ali, zag hij meerdere colonnes soldaten, telkens zo'n twee-, driehonderd man, met dromedarissen, paarden en tanks. Ook dat fotografeerde hij.

Terug in Djibouti bracht hij rapport uit. Een paar dagen later werd hij met verlof naar Europa gezonden. Hij protesteerde niet. Natuurlijk niet, wie zou er bezwaar tegen hebben weg te mogen uit de brandende hel van Djibouti? Maar begrijpen deed hij het evenmin. Slenterend in de warme septemberzon over de Champs Elysées vroeg hij zich nog steeds af wat die Italianen hadden gezocht in dat kurkdroge gebied, waar de zoetwaterbronnen schaars waren en de inheemse stammen vijandig en meedogenloos.

Later die dag, aan de bar van de Ritz,waar alle piloten die in Parijs met verlof waren op een gegeven moment terechtkwamen, zei hij tegen Paolo Pennacini: 'Je kan toch niet aannemen, dat ze werkelijk van plan waren ons aan te vallen?'

'Welnee, ze zullen gepatrouilleerd hebben tegen Abessijnse invallen, of misschien zaten ze achter een slavenkaravaan aan.'

Met een heel leger?'

Paolo drukte langzaam zijn sigaret uit en mompelde: 'Teneo te Africa.'

'Wat?'

Het was donker in de bar, en leeg. Ze waren de enige twee bezoekers.

'Suetonius over Caesar, te pas en te onpas te berde gebracht door onze grote fascistische zanger Gabriele d'Annunzio: "*L'Etiopia è romana dai tempi dei tempi, come la Gallia di Giulio Cesare, come la Dacia di Traiano, come l'Africa di Scipio.*" Dat wist je niet, hè? Dat Abessinië eigenlijk Romeins is, overspoeld door barbaarse negerstammen en Arabische slavenhandelaren, maar eigenlijk Romeins.' Hij trommelde met zijn vingers. 'Nog een Pernod, graag.'

En hij grinnikte: 'Romeinen van de Alpen tot aan de Blauwe Nijl, en weet je hoe ver dat is? Hoe godsodeju verdomd ver dat wel niet is?

Si va per Mussolini
nell' Africa Oriental,
Abbiam cogli Abissini
molti conti da saldar.

Molti conti m'n reet, m'n reet, m'n reet.'

Twee weken later, op 3 oktober 1935, vielen de Italianen met een overmacht aan infanterie, tanks en vliegtuigen Ethiopië binnen: generaal Emilio De Bono vanuit Eritrea in het noorden en maarschalk Rodolfo Graziani, nu gouverneur van Italiaans Somaliland, vanuit het zuiden. In Genève kondigde de Volkenbond wat halfslachtige sancties af. Maar in Rome sprak Mussolini van moed en glorie en van de ridderlijkheid van de overwinnaars, en leverden de vrouwen hun trouwringen in voor het vaderland. En in Addis Abeba maakte de negus, keizer Haile Selassie de Eerste, Koning der Koningen van Ethiopië, zegevierende Leeuw uit de Stam van Judah en uitverkorene Gods, zich op om met zijn hoofdzakelijk met stokken, stenen en speren bewapende troepen de agressor weerstand te bieden.

De kranten stonden er vol van. Jaap las het voor aan Marietje en Greet, terwijl Cornelie buiten met een kraaiend kleinkind op haar arm kastanjes opraapte. Ook dat was dus goed gekomen. Over zijn krant heen zag hij haar met brede bewegingen rondlopen in het gouden licht, dansend haast. Hij begreep niets van zijn moeder, maar wat had het voor zin daar nog verder over te piekeren?

'Och heden,' zei Greet, 'nou weer in Abessinië. Denk je dat Wim erheen gaat?'

'Daar heb je best kans op.'

Cornelie kwam binnen en gaf Mieneke over aan Marietje. Eensgezind stonden ze samen Mienekes jasje los te knopen. Zo zag je maar weer. Zo'n tevreden zondagochtend, met een dikke plak koek bij de koffie en de drie vrouwen die zijn leven uitmaakten – als je Mieneke al een vrouw kon noemen – bezig om hem heen.

'Wim kan het niet laten de narigheid op te zoeken,' zei hij. 'Wat die jongen toch bezielt.'

En Marietje zei: 'Als hij op een dag een leuk meisje tegenkomt zal het wel over zijn.'

'Hm.'

Ook daarover had het geen zin te piekeren. De greep op zijn broertje was hij al kwijtgeraakt toen die voor het eerst naar Marokko was vertrokken. Hij keek naar zijn moeder: als die zich maar niet ongerust ging maken. Maar zijn moeder was nog steeds samen met Marietje bezig met Mieneke en leek het allemaal niet te horen.

1936

Gas. Ditmaal rook Willem het nog voordat hij een bom, of zelfs maar een vliegtuig had gezien: ypriet, mosterdgas. Het drong in zijn neusgaten, zijn keel, dwars door de zakdoek die hij tegen zijn mond gedrukt hield heen. Erg was het niet, maar verdwijnen deed het evenmin. Het was of er een stukje schuurpapier in zijn slokdarm zat dat telkens als hij kuchte een wondje maakte. Tegelijkertijd kroop de angst langzaam op in zijn nek. Hij had het kunnen weten, verdomme, na Marokko, na Libië. En hij wist wat ervan kon komen als het maar bleef doorvreten: blaasjes die uitgroeiden tot bloedende gaten in zijn keel, achter zijn ogen, en als het niet gestopt werd: aangetaste longen, blindheid.

De chauffeur had nu ook een doek voor zijn gezicht gebonden. Daarachter praatte hij door zoals hij de hele dag al had gedaan.

'Gas, yes, of course, everywhere, no good, but heroic soldiers no fear, kill Italians by thousands.' Hij draaide frenetiek aan het stuur en knikte vrolijk: 'Yes, sure.'

De wagen stootte en bonkte over de kuilen en keien van wat de weg heette te zijn tussen Dessié en Quoram, driehonderd kilometer modder en haarspeldbochten, elfhonderd meter omlaag en weer elfhonderd meter omhoog. Bij elke bocht moesten ze stilhouden, een stukje achteruit, een stukje vooruit en weer een stukje achteruit, voordat ze, glibberend door de rode modder, weer door konden. Nu de regen was opgehouden was het uitzicht over de groene heuvels betoverend. De donkere euphorbiabomen dreven met hun brede kruinen op de nevels en daartussen lichtte hier en daar een akker op, een dorp van ronde hutten. Soms, als ze stopten, was er niets te horen dan het hysterische geklok van parelhoenders en het tikken van druipende bomen. Je kon opzij de bush in lopen en nooit, nooit weten wat er elders gebeurde. Hoeveel ruimte – land, heuvels, lucht – lag er niet tussen een gevecht hier, een bombardement daar en de leeuw of hyena die druk bezig was zijn prooi tussen de struiken door te trekken, de mieren die aan hun heuvels bouwden.

'But I am afraid.'

De chauffeur keek opzij: 'You are a christian, sir?'

'Well, no, I don't think so.'

'A muslim?'

'No, neither.'

De chauffeur fronste even, of hij na moest denken: 'A jew?'

'No, no, I have no religion at all.'

De man keek hem verbijsterd aan en begon toen te lachen, eerst verlegen, maar vervolgens harder en harder, zodat Willem het stuur moest grijpen om niet van de weg af te raken.

'Look out!'

De man wilde het niet geloven. Het kon niet. Hij had nog nooit van iemand gehoord die geen geloof had, en het bestond ook niet.

'And then of course you are afraid.'

Hij gierde het uit. Het was niet onvriendelijk, hij was ervan overtuigd dat Willem hem ertussen nam, een grap maakte, een goede grap.

'A real good joke, sir, and of course you being no christian and no muslim and no jew, you be very very afraid, yes.'

Verderop drong een andere stank over die van mosterdgas heen. Langs de weg lagen vier, vijf muilezels met wijdopen bekken waar de tongen blauw uit staken, en opgezwollen buiken, zwart van de vliegen die gonzend opstoven toen ze langsreden. Het was de weeïge zoete stank van een uitgemoord Marokkaans bergdorp en van een pleintje met gehangenen in Tripoli. Wat deed hij hier? Duikend achter de viewer van zijn camera drukte hij af. Jezus, muilezels, wat kon het schelen, wat kon het iemand schelen...

En toen kwam het geluid. Van veraf. Een soort ondefinieerbaar hoog zoemen eerst, waaruit zich langzaam kreten losmaakten. De adem stokte in zijn keel. De wagen kwam met een schok tot stilstand en de chauffeur staarde hem met ronde, bange ogen aan. Willem zag dat hij over zijn hele lichaam trilde. Toen zag hij laag over de heuvels de vliegtuigen en onder de vliegtuigen een brede strook gele regen, die uitwaaierde en neerviel, neerviel...

Daar, op de hoogvlakte van de Amba Aladji en de Amba Aradam, zo'n veertig kilometer ten noorden van het dorp Quoram, lagen tachtigduizend man die bereid waren schreeuwend en zwaaiend met hun speren het Italiaanse artillerievuur in te rennen. Vanaf het punt waar ze waren gestopt zag Willem hun tenten verspreid tussen de heuvels liggen. Twee dagen lang lag hij op zijn buik op de rotspunt te staren in de verte. De auto stond verdekt onder een boom en 's nachts sliepen ze in een grot opzij van de weg. De chauffeur wilde terug, weg. Bij elk geluid begon hij te trillen als een riet. Er waren rovers, zei hij, opstandige stammen die iedereen die ze te pakken konden krijgen vermoordden. Hij had gelijk natuurlijk, maar Willem kon zich niet losmaken van wat zich in de diepte voor hem afspeelde: de vliegtuigen die telkens weer opdoken boven de heuvels aan de overkant, de gele regen, de duizenden rondrennende, neervallende, over de grond kruipende figuurtjes, en dan het schreeuwen... het eindeloze, in één langgerekte kreet gestolde schreeuwen.

Toen dat minder werd en de stilte zich langzaam uitbreidde tot aan de horizon kwam de stank terug, bij elke windvlaag intenser. Rotting, verderf. En myziaden vliegen. Dat zagen ze naderhand, toen ze er dichter langs reden, dwars tegen de miserabele stroom vluchtenden in, de raampjes stijf dicht, hun gezicht en handen bedekt en autobrillen voor hun ogen. Geen gieren, geen hyena's, die keken wel uit met al dat gif, alleen vliegen. De realiteit van dat alles was toen al verdwenen achter de autoruit, die geel was van het stof. Hij hing scheef in de stoel, elleboog over de achterleuning, misselijk van de stank en van het hotsen van de auto, en drukte af: mensen in lange gescheurde jurken en resten van uniformen, steunend op stokken, op geweren, op elkaar, en allemaal met verbrande gezichten, handen, benen. Het deed er niet meer toe...

Het deed er ook niet meer toe toen hij, terug in Parijs, zijn commentaren schreef, zijn foto's en commentaren afleverde bij zijn agent en ze enige tijd later weer zag opduiken in de verschillende kranten, de *New York Times*, de *Frankfurter Allgemeine*, *Le Monde*. Wel schreef hij nog een aantal brieven, naar Meadow in Amerika en naar Rudi Heinemann, in Genève nog steeds. En hij schreef aan Jaap of die via zijn zakelijke contacten niet iets te weten kon komen over de fabrikanten van ypriet en fosgeen in Italië, Duitsland, Spanje, of waar dan ook. En over een zekere Widerberg, van Wibchemie.

Jaap belde Dick Ferguson, die nu bij Economische Zaken zat in Den Haag.

'God Jaap, kerel, hoe kom je daarbij?'

'Mijn broer vroeg me of daar achter te komen is. Ik weet niet precies waarom. Hij is net terug uit Abessinië.'

'En daar hebben ze dat gebruikt volgens hem?'

'Tonnen en tonnen.'

Maar eigenlijk kon het Willem, afgezien van die langzaam knagende angst, telkens als hij slikte en in zijn keel het stukje schuurpapier voelde, niet meer schelen. De keelarts die hij raadpleegde zei dat het wel over zou gaan, om vervolgens los te barsten over de gasvergiftigingen van de grote oorlog waar de mensen, en hoe lang was dát niet geleden, oude mannetjes nu, nog steeds last van hadden. Hij gorgelde met een zacht drankje, slikte vitaminecapsules en droomde elke nacht van een klein Marokkaans meisje op krukken met dode ogen en een etterende neusvleugel, zodat hij nat van het zweet wakker schoot. Dan slofte hij maar weer naar de douche en probeerde het van zich af te spoelen. Overdag zat hij achter zijn bureau bij het raam en keek naar het krioelen onder zich, wachtend op het schreeuwen.

Ondertussen verloren Haile Selassie en zijn krijgsheren slag na slag en toen een tegenaanval bij Mai Ceu onder persoonlijke leiding van de negus jammerlijk was mislukt en de manschappen in paniek probeerden weg te komen – voortdurend bestookt door bommen en gasaanvallen, strompelend over de smalle bergpaden en toen, bestookt door vijandelijke vliegtuigen, de open vlakte van het Ashangimeer over –, toen was het bekeken.

De Volkenbond kwam nog wel met een veroordeling en bevestigde de eerder afgekondigde sancties, tot ontzetting van de Italiaanse afgevaardigde, baron Pompeo Aloisi, die nog steeds luid verkondigde dat Italië er de beschaving bracht. Maar op 5 mei 1936 trokken de Italianen Addis Abeba binnen en op 9 mei proclameerde Mussolini vanaf het balkon van het palazzo Venezia in Rome voor een juichende menigte koning Victor Emmanuel tot keizer van Ethiopië en diens treurige broer Amadeo, hertog van Aosta, tot onderkoning. In de maanden, de jaren die volgden mocht onder-onderkoning Rodolfo Graziani, bijgestaan door kolonel Renato Biondo, trachten de guerrilla het hoofd te bieden. Met gas.

De belangstelling in Europa was toen allang geluwd. Op de laatste dag van juni sprak keizer Haile Selassie nog gedurende vijftig minuten de – met uitzondering van Italië voltallige – Algemene Vergadering van de Volkenbond toe. Willem was daar ook, met apparatuur en al, opgebeld door sir Eric persoonlijk en naderhand nogmaals door diens secretaris. Hij was nu eenmaal zo'n beetje de huisfotograaf. Er moest zoiets als een statiefoto komen, zij het ook weer niet té plechtig, om de Italianen niet nog meer voor het hoofd te stoten. De keizer dus op een Louis XVI-stoeltje onder een kobaltlamp. En naderhand de keizer in de grote zaal achter het spreekgestoelte.

Willem stond met zijn camera één, twee meter voor de horde persfotografen en kon het vocht in het oogwit van de keizer zien blinken. Hij werkte automatisch. Met een grijs hoofd maakte hij zijn opnamen. Hij verwisselde de platen, mat de lichtsterkte, drukte af. En opnieuw. Zijn hele leven deed hij al niets anders. Luisteren deed hij nauwelijks. Niemand luisterde. Links opzij zag hij de afgevaardigden beleefd hun hoofd recht houden, hun ogen op de spreker gericht, maar het was duidelijk dat ze zijn woorden amper volgden. Een enkeling knikkebolde. Ze hadden wel wat anders aan hun hoofd, met Adolf Hitler die plotseling met soldaten en pantserwagens het Rijnland binnen was getrokken, en in Spanje en nu ook in Frankrijk de communisten in de regering.

Ook Rudi Heinemann was er niet gerust op.

'En wat krijgen we nog meer...' Hij hief het glas: 'Welkom, Wilhelm, fantastisch je weer eens hier te hebben.'

'En blijf nou ook eens wat langer,' riep zijn vriend Jochum vanuit de keukenhoek, terwijl de hond kwispelend van de een naar de ander liep. Buiten schitterden de sneeuwtoppen en de alpenweiden en de geraniums aan het balkon van het huis verderop in de zon.

‘Ik dacht dat jullie gingen verkopen?’

‘Nee, voorlopig toch maar even niet. Herr Hitler heeft het niet zo op ons soort jongens. Jochum blijft hier en ik reis maar op en neer vanuit al die hoeken van de wereld waar ze me neerzetten.’

Twee vrolijke gebruinde mannen die om hem heen aan tafel zaten, bonkend van het lachen bij een kolderverhaal van Jochum over een SA-man die op ski’s probeerde de Hitlergroet te brengen.

‘...zijn benen gleden uit elkaar, heel langzaam elk een kant op, terwijl hij aldoor nog zijn arm stijf naar voren hield, totdat hij omviel als een houten speelgoedpoppetje, pats boem met z’n gezicht in de sneeuw.’

Maar wie, behalve de keizer, wist van de stank die nog steeds achterin zijn neus ergens ter hoogte van zijn oogkassen hing, van de etterende benen en voeten, en het schreeuwen.

Bij zijn vertrek nam Rudi hem nog even apart.

‘Je moet naar de dokter, Wimo. Zo kan je niet doorgaan. Ik weet wel iemand in Parijs.’

‘Ik red me wel.’

‘Je redt het niet. Het zal alleen maar erger worden, en wie weet wat ons de komende tijd nog te wachten staat.’

1937

Alleen Cornelie begreep het, god mocht weten waarom en hoe, maar ze begreep het. Als moeder. Zonder woorden. Ze had alle foto's onder ogen gehad, opgediept uit krantenkiosken en ambassadebibliotheken. En weer had ze er door de koker van haar hand naar zitten staren, zodat het beeld dichterbij leek te komen. Ze was naar het hoofdkantoor van het Rode Kruis in Den Haag gegaan, en ze had zelfs met een van de dokters van de Nederlandse ambulance in Ethiopië gesproken, een aardige, wat stugge man die haar op zijn beurt foto's had laten zien, dingen had verteld. Maar dat verklaarde het toch niet. Het had eerder iets symbiotisch, alsof de grijze mist in zijn hoofd zich voortzette in haar hoofd en vice versa, myceliumdraden van wanhoop, schimmels.

Hij zag ze nu ook, in de kieren van de ramen van zijn appartement. En op de muren, in de hoeken waar het behang begon los te laten en waarschijnlijk ook daarachter, en onder het aanrecht in de keuken. Eén keer pakte hij een emmer en maakte hij sop, maar hij liet het staan toen hij beneden in de straat een schreeuw hoorde. Toen hij later, na tijden in de kamer voor het raam te hebben gestaan, weer terugkwam was het sop verschaald en dreef er een dode vlieg op het blauwige water. Hij keek ernaar zonder het op te brengen het weg te gooien en toen zijn moeder drie dagen later arriveerde stond het er nog.

De meeste tijd liepen ze maar wat door de Parijse straten onder het voorwendsel van een museum, een galerie, een restaurant, waar ze dan zwijgend tegenover elkaar zaten en naar de voorbijgangers keken die achter het glas voorbijschoven. Ze was nog steeds een elegante vrouw en wanneer ze zo arm in arm over de boulevard liepen leken ze een chic paar, zij een stuk ouder, maar dat paste wel bij de sombere man naast haar.

'Komt er niet weer eens een expositie van jouw werk?'

'Och.'

'Waarom niet?'

'Van mij hoeft het niet zo nodig.'

Ze trok hem even tegen zich aan. 'Het gaat over, weet je.'

'Ja?'

'Ja.'

Hij haalde zijn schouders op: 'We zien wel.'

Dat was alles, al schreeuwde Cornelie vanbinnen tegen hem dat hij zich moest verzetten, dat het mogelijk was de knop om te draaien, dat je je leven toch niet zo kon vergooien, ook al had je dan het gevoel dat het wegvloeide onder je handen.

In de trein terug zag ze aldoor maar het parmantige kereltje voor zich dat hij ooit was geweest, een beetje ter zijde van zijn twee grote broers. Ook toen was hij soms zo... dromerig was het woord niet, zo afwezig, afgetrokken. Urenlang kon hij verdwenen zijn. O, ze wist het wel, dan zat hij op het dak van het tuinhuisje, of diep onder de struiken opzij van het huis, nooit ver.

Ze lachte opeens, zo stralend dat de heer tegenover haar in de coupé teruglachte. Want daar, onder precies zulke struiken opzij van het huis van Jaap en Marietje in de Van Pallandtstraat, had ze nog geen twee maanden geleden haar drie jaar oude kleindochter aangetroffen, vuil van het zand...

Haar hele kindertijd zou dat Willemiens meest geliefde schuilplaats blijven, daar diep onder de struiken. Het rook er vochtig en geheimzinnig. Soms kroop er een beestje over haar hand, een torretje of een mier. Ze zag de benen voorbijgaan van de mensen die achterom liepen: haar moeder, Dinie, het dienstmeisje, een enkele leverancier, en niemand die wist dat ze daar zat. En keek. En luisterde. Ver weg kletterde er water in een emmer, er ging een telefoon en haar moeder riep iets. Maar dicht om haar heen was het stil en duister, alsof alle gewone dingen er allang niet meer toe deden en zijzelf opgelost was in alleen maar een soort onhoorbaar ruisen, van je bloed misschien, of van de takken en bladeren en de grond om je heen, meer een besef dan een geluid... Niemand wist ervan, behalve, al sinds die allereerste keer, haar oma.

'Maar Mieneke.'

'Oma, oma.'

Ze hurkte en keek recht in de grote, grijsblauwe ogen van haar kleinkind.

'Geheimpje?'

'Heimpje.'

Ze hadden minutenlang tegenover elkaar gezeten zonder verder iets te zeggen, totdat Willemientje te voorschijn was gekropen en Cornelie haar had opgetild.

'Ach, knuffeltje van me.'

Zo licht, zo warm. Ze voelde haar wang tegen de hare en haar handjes in haar nek. Zo was ze met haar naar de serre achter het huis gelopen, waar Marietje en Greet aan de koffie zaten.

'Waar komen jullie vandaan?' zei Marietje.

'O, nergens.'

Ze stonden in de volle zon, zij en haar kleindochter, en toen liep ze zachtjes zingend de tuin in, zoals ze voeger zo vaak met Willem op haar arm de tuin in was gelopen, een beetje wiegend omdat de wereld zo groot was en zo tomeloos met al die mensen en dingen en gedoe: 'Miene Mieneke, Miene-miene-mutte.'

Ze dommelde weg op het bonken van de trein, schrok wakker, dommelde weer weg. Wat was er dan misgegaan, dat hij steeds maar weer die ellende opzocht, oorlogen en god wist wat voor gruwelen die mensen elkaar aandeden. Nou ja, het zou wel weer goed komen, uiteindelijk kwam alles goed, misschien.

Maar Willem geloofde er niet meer in. Op een dag werd er aangebeld. Het gebeurde nooit. De kennissen die hij in Parijs had ontmoette hij in het cafe, of 's nachts in een van al die nichtententen, waar hij steeds vaker rondhing zonder ooit iets anders dan een vluchtig contact, aftrekken achter een boom, een snelle neukpartij op een wc. Hij verstond niet wat er door de huistelefoon werd geroepen en eigenlijk wilde hij ook niet dat er iemand vanuit de rumoerige wereld daar beneden naar boven kwam.

Hij stond in de deuropening van zijn appartement. Achter zijn rug scheen de lage winterzon de kamers in en voor hem rammelden de kabels in de liftkoker. Een moment had hij de opwelling een stap terug te doen, de deur dicht te trekken, en zijn oren te sluiten voor het bellen en bonzen dat onvermijdelijk zou volgen. Maar het was al te laat. Hij herkende Paolo Pennacini al voordat diens hoofd helemaal boven de vloer uit was gestegen.

'Paolo.'

'Guglielmo, come stai?'

'Hoe is het mogelijk!'

Hij was niet in uniform. Hij zag er zelfs enigszins sjofel uit, magerder ook. Maar om hem heen hing nog steeds de lucht van bergen en in zijn handdruk voelde Willem alle energie van vroeger, de sprongen van steen op steen, de jodelende kreet 'Alberto! Guglielmo!' over de hellingen.

'Hoe lang is dat niet geleden? En hoe is het met je?'

'Best, best, al ben ik niet zo beroemd als jij, Guglielmo, fotograaf van de grote opstandeling Umar el-Mukhtar en van de beroemde Italiaanse misericordia.'

'Wat je zegt. En jij?'

'Ik heb gebombardeerd.'

En zo was het. Terwijl Willem daar op zijn buik op de rotsrand had liggen kijken naar het stervende leger onder hem en had getracht de ene krimpende en krijsende Ethiopiër na de andere in het vizier te krijgen, had Paolo Pennacini hoog in de lucht zijn bommen losgelaten.

'Zo hoog was dat niet, die dingen moeten 250 meter boven de grond exploderen om het maximale effect te hebben, 212 kilogram ypriet per bom, verstoven tot een regen die tweehonderd bij achthonderd vierkante meter terrein kan dekken.'

Hij zei het op een automatische toon, als een lesje.

'Je zag ze rennen, vallen. We brachten daar nu eenmaal de beschaving, weet je, dat was onze historische missie. Daarna ben ik vertrokken, gedeserteerd zo je wilt.'

'Dat is niet niks.'

'Nou ja, ik was met verlof, en ik heb een keurige ontslagbrief geschreven, waarin ik heb uitgelegd dat ik toch niet zo geschikt was als beschaver. Weet je, in een bepaald opzicht hebben ze natuurlijk wel gelijk, Mussolini en d'Annunzio e tutti quanti, het zijn daar nog halve wilden en die Haile Selassie en zijn kornuiten zijn even grote schurken met hun smokkelroutes en hun slavenhandel, al beweren ze dan ook in de Volkenbond dat ze daar een eind aan zullen maken.'

Hij praatte maar door, voorover leunend in zijn stoel, zijn armen afhangend tussen zijn knieën, handen in elkaar geknepen.

'Maar om nu zo vanuit Rome Romeintje te spelen...'

De avond viel vroeg. Het licht in de kamer werd grijzer en grijzer. Het werd kouder. Willem stond op en draaide de verwarming hoger – het was een luxueus appartement, in het centrum van Parijs, met achter houten lambrizeringen verzonken radiatoren en een door de conciërge centraal gestookte verwarming – en later stond hij nog een keer op om een nieuwe fles wijn te halen. Maar de meeste tijd zat hij zonder te bewegen en liet hij de woorden over zich heen komen. Hij voelde zich beroerd, als altijd tot hij genoeg wijn op had om het te vergeten. Hij dacht aan een bergpad in de Dolomieten, en aan een straat in Salerno, aan een jongen die Angelino heette, of Harold, of misschien toch Renato...

Soms kwamen er een paar zinnen bovendrijven die zijn aandacht vingen.

'...van de Alpen tot aan de Nijl, en weet je wat ze met die arme Tirolers van plan zijn?'

'Wat dan?'

'Die moeten maar gaan boeren in Abessinië, of met z'n tienduizenden naar Duitsland vertrekken.'

'Ach kom.'

'Verdomd. En Hitler schijnt er nog oren naar te hebben ook. Heim ins Reich. De grenzeloze arrogantie.'

Maar dan zakte hij weer weg, vaagweg antwoordend wanneer hij het gevoel had dat de ander dat verwachtte.

'Ja... natuurlijk... natuurlijk.'

Op een gegeven ogenblik moest Paolo verdwenen zijn, maar toen was hij al te slaperig, of te dronken om het nog te merken. De volgende dag vond hij tussen de glazen en de overvolle asbak zijn briefje: 'Dank voor drank. Je hebt gelijk, we moeten een daad stellen. Ik ga informeren. Je hoort van me.' Hij had geen idee waar het op kon slaan en vergat het verder.

Een week later stond Paolo weer voor de deur.

'Geregeld!' riep hij al van beneden en even later kwam hij zwaaiend met papieren de lift uit.

'We kunnen volgende week weg. Ze zijn enthousiast – een fotograaf als jij. We krijgen een wagen, en een passepartout.'

Datzelfde moment viel bij Willem de beslissing. Vanuit het niets en helder als een brok ijs.

'Nee.'

Hij wist nog niet eens wat het plan was, al knaagde er wel een vermoeden dat ze het laat in de nacht over Spanje hadden gehad. Maar wat het ook was, zijn beslissing stond vast.

'Ik doe niet meer mee.'

Het kostte moeite genoeg het uit te leggen.

'Ik kan niet, ik ben ziek, ik heb van dat gas van jullie naar binnen gekregen en dat woekert nog steeds door, als ik een uur loop ben ik kapot.'

Daartegenover dramde Paolo maar door over Franco, over de steun van Mussolini aan Franco, van Hitler aan Franco.

'Drie rancuneuze minkukels in uniform die de wereld wel even naar hun hand zullen zetten. Dat kan toch niet, Guglielmo.'

'Ik heb mijn portie oorlogen gehad. En trouwens, ik kan helemaal niet, ik heb andere verplichtingen.'

'Jezus, man, ze gooien handgranaten tussen de burgers en gaan vrouwen met messen te lijf...'

'Ik ga weg.'

Dat was het. Ze konden hem wat, nu was het in Spanje en morgen ongetwijfeld weer ergens anders. Europa was zo rot als een mispel. Oud. Ziek van misplaatste – ja inderdaad – arrogantie, zelfingenomen betweterij. Hoe langer hij erover nadacht hoe vrolijker hij werd.

'Ik ga naar Amerika, naar New York en naar Los Angeles, foto's maken van filmsterren. Ze hebben me al zo lang gevraagd. Daar hebben ze er oog voor dat fotografie meer is dan zomaar wat plaatjes schieten.'

'Filmsterren.'

'Daar ligt de toekomst, Paolo.'

1938

De toekomst. Cornelie zat in de tuin van Bert en Elena in de warme lentezon te dommelen, met aan haar voeten het hondje dat Bert een paar dagen eerder had meegebracht. Zo nu en dan kefte het en duwde het met zijn kop tegen haar benen, maar ze was te moe om zelfs maar zijn bal op te pakken. De hele ochtend had ze met Elena in de stad gewinkeld. Het was haar niet bevallen, de vlaggen met hun zwarte hakenkruisen overal, winkels met een landerige ss'er bij de deur en een davidsster op de ruit gekalkt. En tussen de middag, bij de lunch, de schorre, krijsende stem van de Führer over de radio, die weer ergens een menigte toesprak.

'Ach,' had Bert gezegd, 'het valt allemaal wel mee. Duitsers zijn nu eenmaal verzot op militair vertoon, op het circuit lopen ze ook al in uniform. Maar afgezien daarvan zijn ze heel geschikt.'

Dat zou wel. Wat niet wegnam, dat ze zich kwaad voelde, en angstig. In de verte riep een koekoek. Er zou wel ander weer op komst zijn, zo'n dichte regen zonder wind of frisheid. Ze verlangde ernaar langs de zee te lopen.

Later, toen ze met Bert en Elena met Mimi op haar schoot naar Nurbürg reed, was het of er een domper lag over de velden met hun grauwe boerderijen, grauwe mensen. Het was een eindeloze rit, met een gespannen Bert en een opgewonden Elena. Het Ringhotel was kil en gehorig. Nog steeds hoorde ze Elena's stem, nu in de kamer naast haar. En naderhand, in de eetzaal, wemelde het van de militairen met glanzende petten en beenkappen. Enkele hoge officieren ook. De sfeer was er niet minder uitgelaten om. Maar pas de volgende dag wist ze zeker dat Greet gelijk had gehad dat ze niet mee had willen komen.

Bert won, uiteraard, ondanks zijn been dat hem nog steeds hinderde. Ineengedoken in haar jas en doof van het gebrul door de luidspreker vlak boven haar hoofd, volgde ze vanaf de tribune de speelgoedautootjes die zo nu en dan onder haar voorbijstoven.

Vervolgens werd ze van alle kanten gefeliciteerd. Er werd champagne geschonken en gespeecht. Bert, met natte haren en een krans om zijn nek, leek op een verdwaalde Caesar, en Elena stond in haar bontjas te glanzen tussen de hoogwaardigheidsbekleders, terwijl geüniformeerde afdelingen van het korps vrachtrijders – hoe verzonnen ze het – bij wijze van eerbetoon langsparadeerden. En tenslotte was er een diner.

Als oudere dame en moeder van de kampioen zat ze naast de Korpsführer van een racing team dat nota bene voor de overgrote meerderheid uit buitenlanders bestond. Hij was een onderhoudende tafelheer, die wist hoe hij moest converseren: over de vele Mercedes-successen en de nieuwe wagens, telkens weer, de W125 en nu, als alles meezat, weldra de T 80 van Porsche.

'Wenn der Führer nur nicht ein so großer Rennwagen-Liebhaber wäre... Weet u dat het Reichsverkehrsministerium wel vierhonderdduizend rijksmarken per jaar bijdraagt, alleen al voor de Mercedes-stal en daar komen dan nog de speciale premies bij voor elke overwinning. Maar ja, het is dan ook een echt manlijke, wat zeg ik, een echt Duitse sport.'

'Mijn zoon is anders een Nederlander.'

Hij boog glimlachend naar haar over. 'Een raszuivere Germaan, gnädige Frau, dat ziet men in één oogopslag, en dat kunnen ze hier bij Daimler-Benz lang niet allemaal zeggen.'

Ze trok haar wenkbrauwen op en hij legde zijn hand op de hare.

'En dan heb ik het niet over al die Italiaanse coureurs; die zijn nu immers onze bondgenoten. Maar er lopen ook nog heel wat jodenvrienden rond, halfjoden zelfs, en dat tot in de hoogste regionen, gevaarlijk, inferieur en haatdragend gespuis ondanks hun knappe koppen en fraaie manieren. Aber das wissen Sie: der Jud ist wie ein Wurm im menschlichen Organismus.'

Ze stond op, duizelig. En ze liep weg. Ze voelde de blikken in haar rug. Iemand kwam achter haar aan. Niet vallen, dacht ze, in elk geval niet vallen.

Toen Bert later op haar kamer kwam stond ze recht voor hem. Als een wraakgodin, schoot er door hem heen.

'Dit is een doodziek land, Bert,' zei ze koel. 'Het maakt me bang. Ik ga morgen weg, en jij en Elena zouden er beter aan doen hier ook niet te blijven.'

'Maar...'

'Jullie moeten hier niet willen blijven.'

'Wat mankeert u? Ik heb hier mijn werk, weet u nog wel, mijn toekomst. Ziet u niet wat dat voor me betekent? Ziet u dan niet hoe opgetogen iedereen is?'

1939

Successen genoeg – de een na de ander. Greet en zij lazen erover in de krant. Ze zuchtte.

'Hoe kom ik aan zo'n zoon? Herman en ik zijn toch niet verstoken van enige geest?'

En Greet zei: 'Dat is het 'm misschien juist.'

Ze liep de kamer uit en kwam even later terug met Musils *Mann ohne Eigenschaften.*

'Luister: "*Sollte man einen großen Geist und einen Boxlandesmeister psychotechnisch analysieren, so würden in der Tat ihre Schlauheit, ihr Mut, ihre Genauigkeit und Kombinatorik sowie die Geschwindigkeit der Reaktionen auf dem Gebiet, das ihnen wichtig ist, wahrscheinlich die gleichen sein, ja sie würden sich in den Tugenden und Fähigkeiten, die ihren besonderen Erfolg ausmachen, voraussichtlich auch von einem berühmten Hürdenpferd nicht unterscheiden, denn man darf nicht unterschätzen, wieviele bedeutende Eigenschaften ins Spiel gesetzt werden, wenn man über eine Hecke springt. Nun haben aber noch dazu ein Pferd und ein Boxmeister vor einem großen Geist voraus, daß sich ihre Leistung und Bedeutung einwandfrei messen läßt und der Beste unter ihnen auch wirklich als der Beste erkannt wird, und auf diese Weise sind der Sport und die Sachlichkeit verdientermaßen an die Reihe gekommen, die veralteten Begriffe von Genie und menschlicher Größe zu verdrängen.*" Maar ja, Musil is dan ook naar Zürich vertrokken.'

'O Greet, ik ben bang. Waarom gaan wij niet weg?'

'Weg? Waarheen?'

'Naar Amerika, naar Willem.'

'En waarvan moeten we daar dan leven?'

'Willem zal ons wel helpen, en jij kan toch les geven en ik vertalen, net als hier. Willem heeft gelijk: het gaat hier mis.'

'Mis?'

'Ja, mis, mis! Ze slaan gewoon mensen dood op straat, joodse mensen. Of ze stoppen ze in kampen.'

‘Ach hemel, Corry, dat is in Duitsland.’

‘En als ze hier komen?’

‘Hier komen? Wat haal je nou in je hoofd, hier komen. Die Hitler is wel gek, maar zó gek is hij nou ook weer niet. Lees je dan geen kranten? Lebensraum im Osten, daar heeft hij het over, Oostenrijk, Tsjechië, en nu Polen, overal waar zogenaamde Volksduitsers zitten.’

Op zondag 1 september 1939 waren er races op het circuit van Belgrado. Mercedes kwam met drie wagens, de grote concurrent AutoUnion met twee. Tazio Nuvolari van AutoUnion won en Bert had de pest in.

‘Er was een hapering bij de pitstop, de klunzen. Is dat nu militaire precisie?’

Drie uur eerder had Engeland Duitsland de oorlog verklaard, maar dat had men voor de coureurs nog even geheimgehouden.

III *De oorlog*

1940

Amerika, Amerika...

Zittend op een rotspunt aan de rand van de oceaan had Willem het gevoel dat hij het einde bereikt had. Van alles. Links van hem gleed het water zacht heen en weer over het zand. Er glinsterden een paar kiezels en hij zag een school kleine vissen voorbijschieten. Verder was er niets. Voor hem het water, geen boot, geen vliegtuig, niets. En achter hem het al even eindeloze land, dat doorliep tot aan de andere oceaan, zo eindeloos dat het geen betekenis had – ondanks de langs de snelwegen neergelegde stroken met bedrijven, winkels, kerken, kerken en daarachter de caravans en bungalows op hun gladgeschoren grasperken, ondanks de her en der plotseling opdoemende concentraties van wolkenkrabbers.

Dat was het probleem: dat het geen werkelijkheid wilde worden. Hoe lang hij er ook alweer was, nog steeds was het bij elke stap of hij erdoorheen kon trappen, als door te dun ijs. Misschien, dacht hij, kwam het doordat alles op iets anders leek, de oude Portugese nederzettingen en de Italiaans aandoende badplaatsen hier aan de westkust tot en met New England in het oosten. Luchtspiegelingen. Zelfs de wolkenkrabbers, al leken die juist weer op niets waar dan ook elders in de wereld.

Hij zakte langs de gladde steen omlaag en liep het water in. Daar liet hij zich drijven, eerst op zijn rug met boven hem de egale staalblauwe lucht, en naderhand op zijn buik, zijn gezicht telkens zo lang mogelijk onder de waterspiegel.

Hij woonde nu dus in Los Angeles, of liever, in Santa Monica, aan de oceaan, in een onaantrekkelijke bungalow van twee kamers, badkamer en keuken. Zijn fotostudio was tien, als het tegenviel twintig minuten rijden verderop, in een hoog bakstenen gebouw dat bestemd was voor de sloop. Daar ontving hij filmsterren en halve filmsterren, die hij neerzette tussen witte schermen, of juist tegen een achtergrond van donkerpaars fluweel, onder hel, of minder hel, soms zelfs met chintz of tule afgeschermd licht.

'Wat opzij, schat, darling. Kan je ook iets minder sip kijken met dat lieve gezichtje van je? Omhóóg, die kin...'

Hij haatte het.

Succes had hij genoeg; vanwege zijn verleden als oorlogscorrespondent, de gevechten, de wreedheden ook waarvan hij getuige moest zijn geweest...

'En nu ben je hier. Is dat dan niet een hemelsbreed verschil? Saai zelfs misschien? Die oosterlingen, sjeiks, harems.'

Weer de zoveelste onnozele diva met Zsa Zsa Gabor-stem en trillende wimpers.

'Ach...'

'Mooie jongens ook, natuurlijk, beeldige jongens...'

Maar ook vanwege de fluwelen manieren die hij zich had aangemeten en die hun neerslag vonden in de al even gladde, omfloerste foto's die in steeds langere rijen de wanden van zijn atelier vulden.

'Als je je arm nu wat wil uitstrekken. Losjes. Nee, niet met de rug naar boven. Uitstekend, ja, en nu even zo houden...'

In zacht wiegende limousines kwamen ze vanuit de heuvels boven Hollywood naar hem toe glijden.

'Ik ben in de mode,' zei hij verbaasd tegen het vriendje van dat moment.

'Ja, natuurlijk. Je bent toch de beste?'

Alsof dat een kwalificatie was die ook maar in de verste verte iets te maken had met de geheimen van licht en schaduw en alle nuances daartussen.

Maar het gevolg was wel een heel sociaal leven van parties, premières en vernissages. Glitter en glans.

'Nee, niet weer.'

'Je moet, het hoort er nu eenmaal bij. Als je je niet vertoont zijn ze je binnen de kortste keren weer vergeten.'

En voor de zoveelste keer borstelde Bob, of Jim, of Jerry zijn schouders af, strikte hij zijn vlinderdasje en liepen ze in de vroege zomeravond onder de zoetgeurende jacaranta's naar de auto.

Hij wilde weg, terug, maar dat was onmogelijk geworden sinds Mussolini, en Franco, en nu ook die perverse kakelhaan van een

Hitler, heel Noord-Afrika en langzamerhand ook het grootste deel van Europa onder de voet gelopen hadden.

'Perverse kakelhaan,' giechelde Jim, 'hij is toch geen nicht?'

'Wie weet.'

'En wat heb jij daarmee te maken? Amerika is toch niet in oorlog? En jouw land nu ook niet meer. Ik zou wel willen, tulips, windmills...'

'Shut up, man.'

Zelfs de gedachte aan thuis was geblokkeerd. In de schaarse brieven van zijn moeder die nog doorkwamen, werd gesproken over gevechten waar hij zich niets bij voor kon stellen:

'...bij de Afsluitdijk en op de Grebbeberg bij Wageningen...'

Later zou Willemien zich herinneren hoe, toen de sirenes waren begonnen, haar moeder haar uit bed had gesleurd. Het was heel vroeg in de ochtend geweest, maar ze was wakker geworden omdat er op straat mensen opgewonden stonden te praten. Beneden was ze op de bank in de serre gelegd. Haar vader stond bij de radio en haar moeder liep aldoor heen en weer en riep: 'Wat moeten we doen, Jaap? Wat moeten we in 's hemelsnaam doen?'

De buren waren gekomen, oom Guus en tante Elly. Tante Elly huilde, en toen haar vader en oom Guus waren begonnen de wijnflessen uit de kelder te halen en leeg te gieten in de aanrecht, had haar moeder de slappe lach gekregen.

'Je Chateau Neuf, Jaap!' had ze geroepen.

En haar vader had teruggeroepen: 'Ze zeggen het over de radio. Als die soldaten dronken worden weet je niet wat er gebeurt.'

Of was dat een van die verhalen die haar ouders nog jarenlang zouden vertellen? Alsof Duitse soldaten met al hun discipline zomaar aan de drank en aan het plunderen zouden gaan. Wat ze zich ook herinnerde waren de vliegtuigen die laag overkwamen, de ene golf na de andere, en het bonken van geschut in de verte.

'We hebben zo in ongerustheid gezeten over Jaap en Marietje. En toen dat afschuwelijke bombardement op Rotterdam. Maar nu lijkt alles en iedereen zich er toch wel bij neer te leggen, hoe vreselijk het ook is, met de koningin en de regering gevlucht en al die onzekerheid hoe het nu verder zal gaan.'

Willem kon zich Amsterdam of Arnhem niet eens meer voorstellen, laat staan Rotterdam – alsof iemand die steden met een natte spons had uitgewist en er alleen een glimmend zwart gat overgebleven was. Toen hij zijn moeder eindelijk aan de lijn had, riep ze dat ze zo gelukkig was dat hij tenminste in Amerika zat. De rest ging verloren in gepiep en gesuis, zodat hij daar stond met een krimpend leeg gevoel in zijn maag, al wist hij natuurlijk wel dat ze had geroepen dat ze zo naar hem verlangde, dat ze van hem hield. In Amerika, god wist wat zij zich daarbij voorstelde.

Dus dreef hij maar wat rond, dag in dag uit, op wat zich voordeed: klanten, recepties, eenmaal een idiote neuk- en vechtpartij 's nachts op het strand, die uitliep op een slaande ruzie met Jimmy en op weer een nieuw vriendje.

'But do you really love me? I only want you to love me.'

'Of course, of course.'

Alles was waar als niets waar, werkelijk, of zelfs maar voorstelbaar was. Hij staarde naar zijn gezicht in de badkamerspiegel, smeerde wat verf langs zijn slapen, die al grijs begonnen te worden, en drukte zorgvuldig een zwart pitje uit op zijn kin. Aftershave, een vleugje eau de cologne – geen man hier die dat niet gebruikte –, even de föhn door zijn haar...

'...and William Elling, the well-known photographer,' las hij in de *Los Angeles Times*, en daar stond hij, achter Clark Gable en Greta Garbo, glimmend en wel te lachen in het flitslicht alsof hij alles had bereikt wat iemand zich maar kon wensen en alsof niet alle grond al jaren geleden onder zijn voeten verdwenen was.

Op een avond ging hij, na lang gezeur, met het nieuwe vriendje mee naar een avond van de Duitse vereniging. Hij had geprotesteerd dat de Duitsers zijn vaderland veroverd hadden en dat hij tegen de nazi's was. En Jerry had terug geprotesteerd: 'Maar mijn ouders zijn helemaal geen nazi's. Niemand daar is een nazi.'

'Dat geloof je zelf niet.'

'De meesten niet in elk geval, er zijn zelfs mensen die voor de nazi's gevlucht zijn.'

Tenslotte was hij gezwicht. In een bloedheet, overvol zaaltje van de California Club schudde hij de handen van Jerry's vader en moeder, oom, tante, broers, en hief hij een grote pul bier op de toekomst – wat die ook zijn mocht, een compromis blijkbaar, gegeven het heterogene gezelschap. Later werd er een film vertoond. Iedereen drong het nog hetere filmzaaltje in, maar toen hij eenmaal zat vervloekte hij zichzelf. Het ging over de Olympische spelen van vier jaar eerder, de pompeuze opening met hakenkruisvlaggen, partijbonzen en tenslotte de Führer zelf, en toen hardlopen en discuswerpen, hoogspringen, basketbal – als er iets was dat hem niet interesseerde... Hij zakte weg in een onontkoombare verveling, terwijl om hem heen de toeschouwers bij elke Duitse overwinning omhoogschoten.

Maar toen plotseling was hij het, die rechtop zat. Voor hem op het doek stond iemand tot aan zijn borst in het water en hield een enorme zwarte box op de zwemmers gericht. Er was geen twijfel mogelijk: hij filmde, en naarmate ze dichterbij kwamen zakte hij en zakte hij, tot hij onder water verdween. Het beeld verschoot. Je zag de zwemmers nu van onderen. De benen gingen met krachtige slagen door het water. De een na de ander stootte zich af tegen de wand van het bassin en duikelde om in een waaier van glinsterende luchtbellen... Hij stikte in zijn eigen adem en staarde de benen na die verdwenen in de groenige verte. Het onderwaterbeeld hield nog een moment aan. De rimpelingen verstilden en één moment was er niets anders dan zilverig, dansend licht. Toen schoot er alweer een renner voorbij, en nog één en nog één...

Onder het aanzwellende gejuich, zowel op de film als om hem heen, worstelde hij zich naar de uitgang.

'Excuse me, Verzeihung.'

'Gott, Mensch...'

Het kon dus. Niet met ingewikkelde constructies, maar gewoon met een handcamera in een waterdichte doos, zoals hij dat zelf indertijd, daar in Salerno, ook had bedacht.

In de bar was geen mens. Maar aan de muur hing een levensgroot affiche van de Verein deutscher Emigranten met de aankondiging: *'The Marathon Film Company is proud to announce the release, exclusively for members of the German community in the United States, of the original working documents of Leni Riefenstahl's famous olympic film Olympia. Fest der Völker, Fest der Schönheit'.*

Een gewone handcamera in een waterdichte doos. Sinds hij achttien jaar geleden dat koekblik de zee in had gegooid, had hij er niet meer aan gedacht. Maar nu liet het hem niet meer los. Dat, en het onderwaterverlangen. Het had natuurlijk met Amerika te maken, maar dat niet alleen. Ook de simpele aanwezigheid van de zee, de spiegeling van het wateroppervlak, en vooral, als je daar doorheen keek, de diepten daarachter.

Vanaf het uiterste einde van de krakkemikkige sportvisserspier staarde hij omlaag naar de zwarte gaten waar het water tegen de pijlers sloeg. Was het doodsverlangen? Nee, kwam hij tot de conclusie, het was geen doodsverlangen. Je kon zelfs volhouden dat het fundamenteler was, het ultieme teruggeworpen zijn op jezelf – het prenatale bestaan, ja vanzelfsprekend, maar ook dat was eigenlijk een te gewone, te voor de hand liggende verklaring. Het was meer de pure schoonheid van in alle nuances van glasgroen tot inktblauw gefilterd licht, waar alle vormen in opgegaan waren.

'Want onder water heeft niets een relatie met iets anders,' probeerde hij uit te leggen aan iedereen met wie hij in contact kwam: aan Jerry, aan een cameraman van Paramount, aan een Japanner in een café, die beleefd luisterde en zo nu en dan knikte.

'Alles is daar louter zichzelf, louter vorm. Het is het bestaan in zijn meest rudimentaire essentie. Dat krijg je anders nooit, hoeveel reflectors en filters en schermen je er ook tegenaan gooit.'

Hij moest het ooit gehoord hebben van zijn vader, als die in de zonnige serre van hun Arnhemse huis les gaf en hij, verstopt achter de gordijnen, luisterde.

'Je moet eerst iedere noot, iedere toon, op zichzelf laten bestaan, louter zichzelf tot in zijn pure essentie. Pas daarna mag je ritme en vaart geven en gaan racen over de toetsen, kedán, kedán...'

'Mijn vader,' had Jaap eens tegen Marietje gezegd, 'heeft alles wat Bert en Willem ieder afzonderlijk hebben, het stille, afgetrokkene van Willem, en Berts agressie, maar bij hem is dat allemaal samengevloeid in zijn kunstenaarschap. Hij bestaat alleen maar in zijn muziek.'

'En wat heb jij dan van hem?' had ze gevraagd.

'Niets, geloof ik, misschien ben ik wel niet van hem.'

'Wel ja.'

Hij wist het wel degelijk: hij was zijn spiegelbeeld, maar dan in het negatieve, het gat dat hij had achtergelaten toen hij vanaf een gegeven moment niet meer thuisgekomen was.

'Mijn flinke boy,' had zijn moeder gezegd, 'wat zou ik moeten zonder jou.'

'Kedán, kedán...'

Nog steeds waren het de woorden waarmee Herman de vaart erin zette. Hij wapperde zijn vingers en het meisje achter de vleugel, Lydia, zijn liefste, zijn meest begaafde leerling, glimlachte.

'Kijk...'

Ze wist het al. Ze schoof opzij en hij kwam naast haar zitten en sloeg een paar noten aan.

'Kijk, hoor, een toon, en een toon, en dán...'

En daar gingen zijn handen. Hij kon het niet laten. Het grootste deel van de lestijd speelde hij zelf. Toch leerde ze veel van hem, dingen die ze nooit had geleerd, niet op het conservatorium en niet bij de docenten daarna, over klanken, klanken als individuen, en over relaties tussen klanken, ritmes, en over versnellingen die maakten dat je vleugels kreeg en alles vanzelf ging.

Soms speelden ze samen, twee vleugels met hun kont tegen elkaar op het podium zodat je langs de openstaande kleppen elkaar aan kon kijken. Een dubbelsonate van Brahms, of Liszts *Konzertstück über Mendelssohns Lieder ohne Worte*. Klank na klank aan elkaar rijgend dreven ze weg de wereld uit, de wolken in, buitelend over de loopjes, tertsen, quinten en octaven. Tot de laatste noot verstierf. Hij hield van dat moment waarop ze, achtergelaten in het niets, nog een seconde of zo doordreven, om dan omlaag te donderen in het applaus. Knipoog naar elkaar, buigen, buigen – 'Bravo! Bravo!' –, bloemen. Het applaus golfde om zijn hoofd, door zijn borst.

Maar op een dag was het afgelopen. Er kwam een brief van de concertafdeling van de Reichsmusikerschaft, ondertekend door Rudolf Vedder zelf, waarin meegedeeld werd dat ze zich ook voor het volgende jaar verheugden op hun goede contacten met hem, maar dat het 'leider unmöglich' was het contract met zijn joodse partner te verlengen.

Ze huilde.

'Nou ja,' zei hij, 'trek het je niet aan. Je bent goed genoeg. Dan ga je toch ergens anders spelen?'

'En mijn ouders? En mijn grootouders?'

Ze huilde maar door.

'Ik ben bang. Het wordt elke dag erger, we mogen langzamerhand niets meer, en dan, als het daar maar bij blijft...'

'Stil nou maar. Ik schrijf wel naar mijn zoon in Amerika.'

Het kostte nog moeite genoeg. Dat Wim niet erg happig bleek, was het minste. Die stuurde hij een telegram met de woorden: 'Ontvang haar en zorg voor een goed impresariaat stop je vader'. Dat moest het maar doen. Lydia zelf gaf meer problemen. En de overtocht. Het kostte dagen en het belemmerde hem in zijn concentratie, die hij hard nodig had bij de voorbereiding van zijn concerten in de Berliner Kunstwochen. Telkens als hij het eindelijk van zich af had gezet, gebeurde er weer iets, kwam ze langs, of haar moeder kwam langs, haar vader.

'Ach, meneer Elling, dringt u er toch bij haar op aan dat ze gaat. Voor ons geeft het allemaal niet meer, maar zij... Wij zijn u zo dankbaar.'

Tegen haar zei hij dat ze als ze eenmaal in Amerika was ook haar ouders zou kunnen laten overkomen, dat dat veel gemakkelijker zou zijn, zeker als ze daar eenmaal naam had gemaakt, wat zeker zou gebeuren.

Via Bert kwam hij aan dollars. Waar die ze vandaan had, wist hij niet en wilde hij niet weten. Coureurs kenden altijd wel mensen... En via Jaap, die weer mensen op het ministerie in Den Haag kende, kreeg hij een passagebiljet. Zo had hij zijn drie zonen toch nog om zich heen georganiseerd, bedacht hij enigszins hilarisch, al was het dan rond een Duits meisje dat haar piano-opleiding ging voltooien in New York. Corry zou wel weer jaloers zijn, als altijd wanneer hij en de jongens eens iets hadden zonder haar.

'Weet je nog?' zei hij tegen Bert, 'hoe we met pijlen en bogen door het bos slopen? We hadden zelfs een lied: "We vinden het zo fij-ijn, dat we rovers zijn, we lopen door de bossen en jagen daar op vossen".'

'Ja, ja. Als u maar nooit, nooit aan wie dan ook zegt dat u dat geld van mij hebt.'

'Welnee, jongen.'

En zo stond hij op een druilerige septemberochtend op de kade van Hamburg te zwaaien naar de achterkant van een schip dat langzaam verdween in de verte. Oorlog? Ach, die zou gauw genoeg over zijn, en Amerika had daar al helemaal niets mee te maken.

De volgende avond speelde hij in de Philharmonie in aanwezigheid van de Reichskanzler Schumann, Beethoven en Chopin. Hij was wel gevleid door de hoge belangstelling, maar vanaf het moment dat hij achter de vleugel zat vergat hij het. Hij hield zijn rechterhand boven de toetsen, boog zijn hoofd – 'alsof hij luisterde', schreef een krant de volgende dag, 'en wachtte tot de zielskrachten van de zo wezens-Duitse muziek zijn ziel doordrongen' –, om dan met de aanslag van het eerste akkoord zich over te geven aan het dictaat van klanken die hun eigen werkelijkheid weefden, een koepel vol glinsteringen en donkere verten over hem heen, waar hij regeerde.

1941

Het was het jaar dat in januari de Engelsen vanuit Soedan Ethiopië binnenvielen en dat tenslotte keizer Haile Selassie, nadat de overgebleven guerrilla's en vervolgens ook de ene krijgsheer na de andere zich bij hem hadden aangesloten, op 5 mei met twee bataljons van zijn eigen troepen terugkeerde in Addis Abeba, niet toevallig precies vijf jaar na zijn vertrek. Niet veel later, op 22 juni vielen de Duitsers Rusland binnen en ook zij rukten op. Beide gebeurtenissen betekenden het begin van de ondergang van de Asmogendheden. Maar dat wist niemand.

De Marathon Film Company zetelde in Chicago en bestond uit één man in hemdsmouwen in een gehuurde kantoorruimte.

'De Riefenstahl-film... Welke vereniging?'

'Geen. Ik wil alleen de film zien, huren, kopen desnoods.'

'Kan niet.'

'Natuurlijk kan dat.'

Hij trok zijn portefeuille, maar het enige gevolg was dat de man nog terughoudender werd.

'Alleen clubs die aangesloten zijn bij de Verein deutscher Emigranten.'

'Maar...'

'Nee.'

Hij schoof zijn stoel achteruit en kwam overeind. Hij was groter dan Willem had gedacht, breder.

'Gegroet.'

Het had iets dreigends en het schoot door Willem heen dat er iets mis moest zijn met die film. Hij nam een folder van een stapeltje voor hem op het bureau.

'Hé, hé, wat moet dat?'

'Bye.'

'Geef hier!'

Maar hij liep al de kamer uit, de trap af. Wat een idioot... Wat kon er in 's hemelsnaam mis zijn met een film over de Olympische spelen? Hitler-propaganda natuurlijk, ja, 'ein Land ein Volk' en niets dan kracht en zon en vreugde. So what...

De maanden die volgden werkte hij de hele lijst van voorstellingen uit de folder af, meestal tot in de meest onwaarschijnlijke uithoeken van het platteland. Hij zat in tenten en cafézaaltjes tussen stugge boeren en glimmende vrouwen met opgerolde vlechten tegen hun oren, maar ook tussen heren in smoking met gedecolleteerde dames aan hun arm in fancy clubs. Soms kostte het moeite binnen te komen.

'Bent u lid?'

'Ik ben hier op zakenbezoek. Ik ben lid in Chicago.'

Hij accentueerde zijn Nederlandse accent en meestal hielp dat, behalve de keer dat de zaalwachter, een kerel van twee meter, door hem heen bleef kijken zonder nog een woord te zeggen en hij het niet waagde langs hem de zaal in te gaan.

Het was een soort verslaving. Dagen-, wekenlang dacht hij er niet aan, maar wanneer er weer een datum naderde werd hij, haast zonder het zich bewust te zijn, onrustig en begon het te jeuken. Hij verzon uitvluchten: dat hij eigenlijk toch naar San Diego of god wist waarheen moest, dat hij al tijden van plan was eens... dat hij dan net zo goed... En dan zat hij weer op de punt van zijn stoel niets anders te doen dan te wachten op de onderwaterscène, één, twee minuten misschien – de camera, spetterend water, de waaier van luchtbellen, en dan niets dan zilvergroen wijkend licht – om vervolgens achteruit te zakken tussen het gejoel.

Hij keek nu ook wel naar de rest van de film, en dat zelfs met toenemende nieuwsgierigheid naar de bezwaren die men ertegen kon hebben. Te veel Hitler? Te veel Jesse Owens? Op een receptie in Washington, waar hij moest fotograferen, viste hij ernaar bij de Duitse culturele attaché. Maar die wist van niets. Riefenstahl? Dat bezoek van haar drie jaar geleden was geen succes geweest, geen firma die haar film had willen kopen, een hele jodenhetze, ze zou de geliefde van Hitler zijn, van de Führer nota bene. Hij boog zich naar Willem toe en zei wat zachter: 'Ik wist niet dat er kopieen van haar film achtergebleven zijn. Vreemd, heel vreemd. Zoiets kan toch niet buiten ons om. Kunt u ons een kopie van dat foldertje sturen?'

Hij zei maar dat hij het allang niet meer had. Toen hij in een van zijn brieven aan Rudi en Jochum in Zwitserland het voorval had vermeld, kwam er middenin de nacht een telegram van Rudi: 'German girl can't be sweet please keep off'. Hij stond in zijn kimono in de deuropening met het telegram in zijn hand en grinnikte. Lieve Rudi, altijd bezorgd. En al was het een door een gedroste cameraman gestolen kopie, wat dan nog? In de verte hoorde hij de zee, altijd, altijd, altijd weer...

Een paar weken later kocht hij zijn eerste onderwatercamera en vergat hij al duikend de wereld. Zijn foto's – niet meer dan een paar stenen en een stuk oud roest op de zeebodem – hingen een paar weken in een zijzaaltje van een galerie in Santa Monica. Er keek wel eens iemand naar, en op een dag was er een marineofficier met verlof, die naar binnen stapte en er twee kocht. Hij vroeg naar Willems adres omdat het, zei hij, niet uitgesloten was dat hij er meer zou willen kopen.

Het tweede oorlogsjaar. Reizen werd moeilijker door de schaarste aan brandstof. Soms ook waren er luchtaanvallen. Maar Herman gaf het ene concert na het andere, in Berlijn, in Dresden, in Bonn en in Stuttgart. Veel Beethoven en Mozart, en natuurlijk Brahms, Liszt, alle grote en minder grote Duitsers met uitzondering van Mahler, maar aan het eind altijd Chopin. De *Völkischer Beobachter* maakte er een opmerking over en al stond daar dan ook bij dat de vanzelfsprekende '*Rücksichtnahme auf die deutschen Komponisten nicht besagen sollte, daß nicht auch die bedeutenden repräsentativen Leitungen außerdeutscher Musik nach Gebühr bekanntgemacht und gepflegt werden sollen*', het bleef hangen.

In oktober werd hij ontboden door Vedder. Hij was al in een slecht humeur omdat zijn vleugel weer eens ontstemd was en zijn stemmer naar Frankrijk was gestuurd. Een aanmerking op zijn programmering was wel het laatste dat hij kon hebben. De omhooggevallen nitwit...

'Waarom geeft u dat concert dan zelf niet, Herr SS Obersturmführer?'

De man werd vuurrood.

'Ik verbied u de eerstkomende tijd nog Chopin op uw programma te zetten.'

'U hebt mij niets te verbieden.'

'Dan vergist u zich toch. U bent hier in Duitsland, Herr Elling, het nieuwe Duitsland. En trouwens...'

Hij stopte even en keek hem schuin aan: 'Hoe oud bent u eigenlijk? Wordt het langzamerhand geen tijd...'

Hij kreeg niet de kans de rest van de zin af te maken. Herman stond op, liep de kamer uit en trok de deur met een klap achter zich dicht, zich tegelijkertijd wel afvragend wat dit kon gaan betekenen.

Maar er gebeurde verder niets. Zijn eerstvolgende concert had als altijd als laatste nummer Chopin, behalve dat hij nu in plaats van enkele nocturnes of mazurka's de twee heroïsche polonaises opus 40 speelde. Het publiek was uitgelaten als immer. Het leek of ze nu het oorlog was zelfs nog enthousiaster reageerden dan vroeger. En ook de kranten waren onverdeeld positief. Dus bleef hij Chopin uitvoeren, al werden het weldra weer vooral de nocturnes. Enkele dagen voor Kerstmis kwam er zelfs een groet van Hitler in de vorm van een met goud bedrukte kaart 'Mit den herzlichsten Glückwünschen für das Weihnachtsfest und zum Neuen Jahr'.

'Ik zou er niet gerust op zijn,' zei Bert.

'Ach kom, zolang Hitler zelf...'

'Hitler zelf, Hitler zelf, er spelen daar dingen, intriges, machtsspelletjes...'

Hij trommelde ongeduldig met zijn vingers op de stoelleuning. Sinds de oorlog zagen ze elkaar weer van tijd tot tijd, maar om zijn vader nu zo met de kerstdagen te logeren te hebben was hem eigenlijk te veel. Het was Elena's idee geweest.

'We moeten toch een beetje bij elkaar blijven in deze tijd,' had ze gezegd. 'Wie weet wat er nog allemaal gaat komen.'

Niet dat ze dat werkelijk dacht. Ze genoot van de feestdagen, de sneeuw, de kerstklokken, kerstmarkten met Glühwein en op elke straathoek 'Stille Nacht, Heilige Nacht' bij de kraampjes van de Winterhulp.

Maar Bert was somber. De wollige stemming verstikte hem en de aanwezigheid van zijn vader nog meer. Hij hing maar in zijn stoel met de krant, of soms bij de radio, die doorging met opgewekte berichten te geven van het front in Rusland, waar de soldaten doodvroren in de sneeuwstormen: 'Und nun ein herzlicher Gruß an unseren tapferen Horst von Mutti und Vati und der kleinen Lisa'.

'Wat zijn ze begonnen,' gromde hij, 'dit is nog een stuk erger dan de woestijn.'

Al een paar weken gingen er op de zaak geruchten rond over bevroren bezineleidingen en door de kou vastgelopen motoren. Niet dat hij ermee te maken had, veilig opgeborgen als ze hem hadden op de ontwikkelingsafdeling van de Kraft durch Freude-volkswagen, Hitlers speeltje. Maar je hoorde wel eens wat, op de gang, of in de kantine, waar nu alle lampen omhuld waren met rood crêpepapier en in het midden een gigantische kerstboom stond. De zo vrolijk begonnen Operatie Barbarossa was in het zicht van Moskou vastgelopen in de plotseling ingevallen Russische winter. Een van zijn collega's had een broer wiens benen stukgevroren en geamputeerd waren: 'Drie dagen hebben ze stilgestaan, bij dertig graden onder nul. De hele colonne, zover je kon zien. Omdat de weg verdwenen was onder meters stuifsneeuw. Pantserwagens, tanks waarvan de koepels niet meer wilden draaien. De kerels vielen neer waar je bij stond.'

Ze waren nog maar met een paar man op de afdeling en langzamerhand groeide zijn angst dat het binnenkort wel eens helemaal afgelopen kon zijn met de KdF. Er werd al gefluisterd dat ze ingezet zouden worden bij de ontwikkeling van een nieuw, vorstbestendig type vrachtwagens.

'Dadelijk sturen ze me nog naar het front.'

'Welnee, jij met je been zeker. Trouwens, je bent niet eens een Duitser.'

'En ondertussen gaan mijn beste jaren voorbij.'

'Dat geldt voor iedereen,' katte Elena. Ze zat maar met Mimi te knuffelen alsof hij haar kind was. '...en ben je dan mamma's beestje, hmmm?' En dan weer tegen hem: 'Je was toch altijd tegen de communisten? Je vond toch altijd al dat er een vuist tegen moest worden gemaakt? Je was nog zo geschokt toen Hitler en Stalin dat verdrag sloten.'

'Jezus, mens...'

Hij wilde weg, terug naar Italië, naar Nederland desnoods. Alles was beter dan deze collectieve overwinningsroes overal om hem heen, terwijl hij zelf buitenspel stond. Kaltgestellt. Zelfs zijn been leek erger te worden. En nu wilde zij weer niet weg uit Duitsland. Zij en zijn vader...

'Zet het toch van je af, jongen. Volgend jaar is de oorlog over en dan kan je weer zoveel racen als je wilt.'

Hij droomde er wel eens van: in een tank en dan raggen, dwars over velden met kool, of met bieten die onder de rupsbanden uit elkaar spatten, door armzalige dorpen, over tuinhekken, greppels en hagen, en soms een schot, flangg, zodat het bonkte in je onderbuik.

1942

Maar de oorlog ging niet over. In zijn nieuwjaarstoespraak voor het verzamelde personeel sprak de president-directeur van Daimler-Benz, dr. Kissel, over ieders verantwoordelijkheid in het licht van de volkerenstrijd en over de offers die er waren gebracht, en nog gebracht zouden moeten worden voordat de door allen zo vurig verlangde vrede bereikt zou zijn.

'Dat betekent omschakeling op oorlogsproductie,' fluisterde Bert tegen de man naast hem, 'vaarwel, KdF.'

'Vaarwel nog wel meer,' fluisterde de ander terug.

Er waren er niet veel die zo dachten.

Hij zei er niets meer over tegen Elena, maar het plan weg te gaan uit dit land dat als een beest lag te knorren in zijn eigen stront, kreeg langzaamaan vaster vorm. In de lente brachten ze een bezoek aan zijn broer Jaap. Misschien vermoedde Elena iets.

'Naar Jaap?' zei ze verbaasd, 'waarom wil je daar opeens heen?'

'Waarom niet?' Het is tijden geleden dat we bij moeder zijn geweest en dan kom je over Arnhem.'

Het was een prachtige lentedag en toen ze de grens over waren kreeg het landschap opeens een helderheid die hij al jaren vergeten was. Het is echt waar, dacht hij, bijna hardop. De weilanden, de rode daken, de rivier, het lag er allemaal zo glimmend en schoongewassen bij alsof er geen oorlog bestond, en zeker niet hier. Maar toen ze over de singels de stad in reden zag hij de gele richtingborden met zwarte gothische letters, en ook een-, tweemaal een hakenkruisvlag.

Al op dat moment, terwijl hij rustig achter het stuur zat met de zon op zijn linkerwang en Elena naast hem met haar gebabbel, dat hij voor die ene keer niet onwelwillend over zich heen liet komen, zelfs zo nu en dan aanvulde – 'ja, dit herinner ik me wel, kijk, daar is mijn middelbare school, en daar, in dat straatje, daar kochten we stiekem sigaretten' – op dat moment dus sloeg de angst, die hij de laatste maanden in Duitsland had gevoeld, om in paniek. Het was vooral de onaangedaanheid van alles en iedereen: meisjes in wapperende zomerjurken die lachend voorbij fietsten, een huis in aanbouw, fluitende timmerlui op het dak, en overal, gewoon, mensen met boodschappen- en aktetassen op weg naar huis, naar hun werk.

Later, op de logeerkamer bij Jaap en Marietje, toen Elena al naar beneden was, bracht hij min of meer voor zichzelf onder woorden wat het was. Een soort gevangenschap, hier zo goed als in Duitsland, in de vorm van tevredenheid, alledaags geluk waaraan godsonmogelijk viel te ontkomen als je er eenmaal in zat. Overal in de wereld werd gevochten, van de Oostzee in het noorden tot aan de Zwarte Zee in het zuiden en van de Noord-Afrikaanse woestijn tot in het luchtruim boven Engeland, en hij stond hier de tuinen in te kijken van een Arnhemse villawijk alsof hij niet weg was geweest...

Het was die middag dat de ruzie tussen Jaap en Bert, die nog jarenlang in de familie zou doorklinken, losbarstte. Ze hadden samen in de keuken, hangend over het aanrechtkastje waar Jaap het toestel in verborgen had, naar de Engelse radio geluisterd.

Nooit zou Willemien de gedempte slagen van de Big Ben vergeten en de onverstaanbare stem van de nieuwslezer, waar haar vader en moeder ademloos naar luisterden. Na afloop pakte haar vader dan de grote Andreas-atlas en tekende lijnen.

'Kijk, Mieneke, daar ligt Kiev en daar Odessa, en hier,' – hij sloeg een aantal bladen om – 'hier ligt Tobruk.'

Ze wist dat ze er met niemand over mocht praten. Het was een geheim van haar vader en haar, zo geheim, dat ze er een warm gevoel van in haar buik kreeg. 'Tobruk,' zei ze soms in zichzelf, of zelfs 'Bucq Bucq', om zeker te weten dat alles goed was.

'Laat het kind er toch buiten, Jaap,' riep haar moeder soms.

Maar haar vader zei: 'Mieneke vertelt heus niets verder. Ze moet toch weten wat er gebeurt. Voor later.'

'Voor later,' hoonde haar moeder, 'kom nou.'

Maar die keer was het anders. Nadat de radiostem opgehouden was, waren haar vader en oom Bert in de keuken blijven staan praten. Hoe oud was ze toen helemaal geweest? Acht? Negen? Ze had in de serre op de grond bij haar speelgoedkast gezeten. Aan de eettafel zaten haar moeder en tante Elena, en alle drie luisterden ze naar de gedempte stemmen uit de keuken. En toen opeens hadden ze haar oom horen schreeuwen: 'Klootzak, wat denk je wel! De zaak is evengoed van mij en Willem!'

En Jaap: 'Het is onmogelijk, on-mo-ge-lijk.'

'Mijn god,' had haar moeder gezegd, 'wat is daar aan de hand?'

En haar tante Elena had geroepen: 'Alberto, Alberto!' en was toen begonnen te huilen.

Het ging om de firma. Met z'n vieren zaten ze om de eettafel, Jaap en Bert met stugge koppen en Marietje en ook Elena zo goed en zo kwaad als dat ging sussend, zoekend naar een oplossing.

'Stil nou even, Jaap, laat Bert nou eens.'

'Juist, ja.'

Bert knikte, en keerde zich naar Jaap.

'Dat jij de zaak runt, wil nog niet zeggen dat die alleen van jou is.'

'Dat zeg ik ook niet.'

'O nee? En waarom...'

Jaap sloeg met zijn hand op tafel.

'Verdomme, man, omdat ik al moeite genoeg heb de boel zo draaiende te houden.'

'En daar kan ik niet in meedraaien?'

'Nee.'

'Dat weiger ik te geloven.'

'Dan geloof je het maar niet.'

Bert leunde achterover, wipte met zijn stoel op en neer en glimlachte.

'Ik breng wel wat mee, weet je, en niet alleen maar kennis van machines. Relaties. Ik ken hier en daar wel wat mensen die zouden kunnen helpen met orders, vergunningen.'

'Dat zal wel.'

'Als je mij accepteert als compagnon kunnen we...'

'Dan kunnen we nog steeds helemaal niets. Ik geloof niet in die verhalen. Als het misgaat... Ik heb hier de verantwoording voor achthonderd man en hun gezinnen, en zoals we nu draaien kunnen we het wel volhouden tot de oorlog over is.'

'Over is! Man, het begint pas.'

Ze zwegen allebei. Het duurde minuten, waarin de vrouwen bezorgd van de een naar de ander keken en naar elkaar, vragend, en waarin zij zelf met stijfgeknepen lippen tegenover elkaar zaten alsof het erom ging wie de langste adem had.

'Goed,' zei Bert tenslotte. 'Niet dus. Maar dan maak ik wel mijn erfdeel uit de zaak los.'

En Jaap antwoordde ijzig: 'Dan moet je eerst maar eens uitzoeken of dat op 't ogenblik zomaar kan. Ik dacht eigenlijk van niet.'

Het was bluf. Hij had geen idee waarom het eigenlijk niet zou kunnen.

Maar het werkte. Bert schoot overeind, bleek, en met zo'n kracht dat de eettafel wankelde op zijn poten. Elena gaf een kreet en Marietje riep: 'Hé, zeg!'

'Schoft!' schreeuwde hij. 'Altijd moeders braafste, hè? Maar ondertussen. Achter je ellebogen heb je het, jij...' Hij stikte er haast in. 'Jij stuk ongeluk! Als je maar niet denkt... Dit is diefstal, en je moet niet denken dat ik het erbij laat zitten.'

Het schalde door de open serredeuren de tuinen in.

'Bert, de buren,' probeerde Marietje.

Hij schreeuwde maar door: 'Ik heb contacten, weet je, belangrijke contacten. Als jij niet wilt samenwerken...'

Hij stampte de kamer uit, trap op, logeerkamer in, trap weer af.

'Kom mee,' snauwde hij tegen Elena en smeet haar jas naar haar toe.

'Ik krijg je wel,' riep hij nog over zijn schouder toen ze de voordeur al uit liepen. 'Je hoort hier meer van.'

Pas toen ze de auto de straat uit hoorden gieren, keken Jaap en Marietje elkaar aan.

'Dat was Bert,' zei Jaap.

'Denk je dat hij je wat kan maken?'

'Ik weet niet.'

Enigszins beverig schoten ze in de lach.

'Zijn ze nu weg?' vroeg Willemientje vanuit de serre.

'Ach, poppie van me, mijn Mienemutteke,' riep Jaap.

Hij liep naar haar toe, tilde haar op, hoog boven zijn hoofd, en zette haar op zijn schouders.

'Oom Bert en tante Elena, die zijn pleite, ja, ja ja,' zong hij, hossend door de kamers.

Maar enigszins zorgwekkend was het toch wel.

'Ik moet maar eens met een advocaat gaan praten,' zei hij 's avonds tegen Marietje.

'Zou Dick Ferguson iets weten van dat soort dingen?' vroeg ze.

'Misschien. Ik weet niet of die helemaal te vertrouwen is.'

Nog urenlang lag hij met open ogen tegen het plafond aan te kijken. En Bert? Hoe betrouwbaar was Bert? En wat kon hij? Nu tante Greet uit haar baan was gezet, was het al moeilijk genoeg met z'n allen rond te komen van het beetje winst dat hij nog maakte. En hoe lang nog? Er waren geruchten over sluiting van bedrijven die niet voor de oorlogsproductie van belang waren. Had hij Bert dan toch...? Al was het alleen maar om zich de Duitsers van het lijf te houden?

Er waren er wel meer die die nacht wakker lagen. In Amstelveen lag Greet Landauer naast een slapende Cornelie en keek naar de toppen van de bomen die achter het raam afstaken tegen de donkere lucht. Ze was bang.

Beneden in de huiskamer lagen de vier afzichtelijke gele sterren, die ze die middag had afgehaald op het bureau van de Joodsche Raad in de Van Eeghenstraat. Ze was zelfs begonnen er één op haar jas te naaien, verbeten en, onhandig als ze was, prikkend in haar vingers. Achter haar scharrelde Cornelie in de servieskast.

'Laat mij het dan doen.'

'Nee. Nee, en nee, en nee!'

Ze had de jas over de tafel gesmeten en was naar buiten gelopen, de lenteavond in. Daar had ze gestaan, in een grijs gat, terwijl om haar heen de vogels floten en ver, ver weg kinderstemmen klonken. Toen Cornelie naast haar kwam staan, was ze al nauwelijks meer bereikbaar geweest.

'Hoe doen we dat morgen, als Bert en Elena komen?'

'Hoe we dat doen? Gewoon natuurlijk. Of schaam je je soms voor je joodse vriendin?'

Dat hadden ze al bereikt. Dat ze wegdreef, dat de kloof steeds groter werd, vrienden die niet meer of juist wel langskwamen, vroegere collega's van school die haar op straat aanspraken om te vragen hoe het nu ging. 'Goed hoor, we hebben een joods privéschooltje bij iemand thuis, heel chic'. Wat had zij met die hele misjpoche te maken? Zelfs Cornelie...

Want ook dat was veranderd. Nu was het Cornelie die geruststellend probeerde te doen en zei dat het allemaal wel mee zou vallen, dat alleen Duitse joden... Kunst, zij hoefde niet...

Ook Bert lag die nacht wakker. Ergens in een hotelletje aan de Rijn in de buurt van de Lorelei. Hij had door willen rijden naar Stuttgart, maar Elena had al vanaf Keulen gezeurd dat ze ergens onderweg wilde overnachten.

'Dat is zo romantisch, Alberto, toe. Nu we niet naar je moeder gaan kunnen we er toch net zo goed een leuk uitje van maken? Vergeet die ruzie met Jaap nou maar, die draait wel bij.'

Dus was hij tenslotte gestopt. Ze hadden gegeten met uitzicht op de rivier, onwaarschijnlijk lekker eigenlijk, met veel wijn en na afloop zelfs nog cognac. En Elena had zo, tja wat, aanminnig eigenlijk gedaan, dat de ober wel had moeten denken dat ze een liefdespaar waren, ontvlucht aan vrouw en echtgenoot. Giechelend waren ze uiteindelijk naar boven getrokken.

Maar eenmaal op de kamer was die stemming van hen af gevallen. Of in elk geval van hem. Terwijl Elena zich zat af te schminken, had hij zich mopperend uitgekleed. Het was koud in de kamer. Er was geen warm water, zodat hij niet kon douchen, en eenmaal in bed stikte hij haast onder het veel te dikke dekbed.

'Het lijkt wel gevuld met stro.'

'Ach.'

'Slaap lekker.'

Hij had zich al omgedraaid, en toen Elena nog een keer vleiend 'Alberto' zei, had hij gedaan of hij sliep.

Nu sliep zij. Langs het plafond bewogen lichtvlekken – van de maan, want verder was alles verduisterd. Soms hoorde hij gegrom van vliegtuigen en de doffe inslagen van hun bommen in de verte. Hij was opgelucht, dat wel. Hij moest er niet aan denken dat Jaap zou hebben ingestemd dat hij bij hem in de zaak kwam en dat hij had moeten verhuizen naar Arnhem, of all places. Samen met Elena in een burgermansvilla aan de rand van de stad. Maar tegelijkertijd was hij woedend en hoe langer hij eraan terugdacht, hoe kwader hij werd. Hij zou hem...

Rusteloos schoten zijn gedachten langs alle bedrijfs- en partijbonzen met wie hij ooit in zijn leven iets te maken had gehad. Zijn directe baas, Wilhelm Haspel, maar die had een halfjoodse vrouw, beter was Hans Huschke, of misschien zelfs Jakob Werlin... Dat was het. Zijn hart bonsde opeens in zijn keel: Jakob Werlin, nationaal-socialist van het eerste uur, een persoonlijke vriend van Hitler en de drijvende kracht achter het KdF-project. Hij zou zich hem wel herinneren. Ze hadden elkaar tenslotte twee, drie keer ontmoet en de hand geschud...

Het was zo'n betoverend voornemen, dat hij de volgende dag fluitend naar huis reed. Elena begreep er niets van.

'Ben je dan opeens niet boos meer?'

'Wacht maar, wacht maar.'

Ze haalde haar schouders op. Ze had het allang opgegeven zich iets aan te trekken van zijn stemmingen.

Maar die zomermaanden werd haar geduld wel erg op de proef gesteld. Bert kwam dan weer vrolijk, dan weer in een onuitstaanbaar humeur thuis en weigerde te zeggen wat er aan de hand was. Er wás niets te zeggen. Werlin was gewoon niet te spreken te krijgen. Sinds die Generalinspektor des Führers für das Kraftfahrwesen geworden was, was hij voortdurend op stap. Door het hele land waren er reparatiewerkplaatsen die geïnspecteerd moesten worden. Legercommandanten moesten worden bezocht en toegesproken, en daarnaast moest er worden geconfereerd met ministers in Berlijn, met Speer, een enkele maal met Göring, of in Berchtesgaden met Hitler zelf.

Soms leek het te lukken en slaagde Bert erin de secretaresse een afspraak te laten noteren in de levensgrote agenda met hakenkruis en rijksadelaar op de kaft, die voor haar op het bureau lag. Maar als hij zich dan op het afgesproken tijdstip meldde, was er iets tussengekomen of was Herr Direktor Werlin helaas nog niet teruggekeerd van zijn reis naar waar dan ook.

Toen in juli Kissel plotseling overleed en Werlin hem opvolgde als president-directeur, leek de kans op een persoonlijk gesprek helemaal verkeken. Totdat hij, op een achtermiddag in september, zomaar in eigen persoon in de deuropening van Berts kantoor stond en zei: 'Elling, je wilde me spreken. Kan je nu even meekomen?'

Voorover leunend in de te diepe leren stoel zat hij in de directiekamer tegenover zijn hoogste baas, die hem strak aankeek, en deed hij verkrampt van de zenuwen zijn voorstel.

'Mijn oom Jan van der Linden heeft zijn aandeel in de zaak van mijn grootvader nagelaten aan mijn twee broers en mij. De andere helft is in handen van mijn moeder. Mijn jongste broer, Willem, zit in de Verenigde Staten en nu we daarmee in oorlog zijn kan, dunkt me, zijn aandeel wel als vijandig bezit onteigend worden.'

'Is hij Amerikaans staatsburger?'

'Dat weet ik niet, maar het lijkt me niet onwaarschijnlijk.'

Werlin trok een wenkbrauw op, maar bleef luisteren.

'Dat, gevoegd bij mijn aandeel, is ruim één derde. Als ik mijn moeder weet over te halen mij de zeggenschap te geven over haar bezit, kan ik de firma geheel in dienst stellen van het Rijk.'

'In dienst stellen van het Rijk...'

Verbeeldde hij het zich, of klonk er inderdaad iets van ironie in de toon waarop Werlin zijn woorden herhaalde?

'En hoe dacht u uw moeder zover te krijgen?'

Plotseling voelde hij zich onzeker, alsof de man voor hem al wist wat hij wilde gaan zeggen en het afkeurde. Onzin natuurlijk, en dan, het zou in ieders voordeel zijn, ook, juist, van tante Greet.

Toch merkte hij dat zijn stem steeds minder zeker begon te klinken.

'Mijn moeder woont samen met een joodse vriendin aan wie ze zeer gehecht is. Als ze de garantie zou krijgen dat haar niets overkomt, zal ze daartoe zeker bereid zijn.'

'Juist, ja.'

Werlin stond op en begon omstandig zijn bril schoon te maken.

De stilte werd langzaam onverdragelijk. Bert had het gevoel dat hij weggleed in een of ander gat. Wat had hij gezegd? En als ze nu... Jezus, tante Greet. Toen zette Werlin zijn bril weer op en keek hem niet onvriendelijk aan.

'Ach weet u, meneer Elling,' zei hij, 'zo'n fabriekje in Nederland, ik denk niet dat we daar op dit moment zo erg in geïnteresseerd zijn. En wat uzelf betreft, had ik eerder onze nieuwe reparatiewerkplaats in Minsk in gedachten.'

'In Minsk, in Rusland?'

Werlin glimlachte – de adder, in Rusland godbetert, ongetwijfeld blij dat ze hem daar kwijt konden.

'Inderdaad, ter ondersteuning van onze legers aan het oostfront.'

'En als ik weiger?'

'Dat zou zeer onverstandig zijn, zeer onverstandig.'

Alle vriendelijkheid was opeens verdwenen. Voor hem stond een man die zich niet liet dwarsbomen, nooit, door niemand.

'Bereid u zich er maar op voor.'

'Heil Hitler.'

'Heil Hitler.'

Briesend en vloekend liep hij door de lange grijze gangen terug naar zijn kantoor. De wereld was plotseling veranderd: nu was hij het zelf die bedreigd werd.

Anderhalve week later, op een zondag, zaten Elena en hij weer samen in de auto, met speciale vergunning op weg naar het buitenland, weer voor familiebezoek, zij het nu richting Italië. Hij had Elena niet verteld dat ze niet meer zouden terugkeren naar Duitsland. Ze hadden alles achtergelaten, tot en met het afschuwelijke hondje Mimi waar Elena zo eindeloos mee kon tuttelen, en hij had geen idee wat hun te wachten stond. Maar eenmaal in de bergen werd hij steeds vrolijker en toen ze de Brenner over waren begon hij te fluiten.

Het hotel was er nog steeds. Het zat vol Duitse families van officieren aan het oostfront en verlofgangers met hun vrouwen of verloofden, maar de oude Pennacini verwelkomde hen met tranen in zijn ogen. Ja, hij had toch nog wel een kamer.

'Voor jou en je vrouw altijd, Alberto.'

Het was Paolo's oude jongenskamer onder het dak. In een hoek tegen een kast stond nog een tennisracket, van de spanten hingen modelvliegtuigjes en tegen het beschot waren foto's geprikt. Op één ervan herkende hij zichzelf, samen met Paolo gebogen over een rode racewagen.

Daar vertelde hij het haar, terwijl boven hun hoofd de duiven in de goot scharrelden. Eerst begreep ze het niet en dacht ze dat hij alleen tot aan het eind van dat weekeind bedoelde.

'Wat enig. En hoe lang blijven we dan?'

Maar toen het eindelijk tot haar doordrong, werd haar gezicht spierwit. Hij keek er gebiologeerd naar, verbaasd dat het kon.

'Maar Mimi.'

'Toe nou zeg, het is oorlog. Je wilt toch niet naar Rusland?'

'En Mimi dan?'

Dat was het enige. Niet over het huis waar ze zo trots op was, haar spulletjes, de klok die ze ooit eens in Leipzig hadden gekocht, de porseleinen herdertjes, het schilderij van een balkon met bougainvilles aan het Gardameer. Zelfs niet over haar vriendinnen, Gretl en Bettina en hoe ze verder ook mochten heten. Alleen Mimi. Ze lag maar te snikken...

Middenin de nacht schoot hij wakker. Ze stond aangekleed bij de klerenkast.

'Wat doe je in godsnaam?'

'Ik ga terug.'

'Niets daarvan. Jij met de auto door de bergen zeker.'

Ze trok een blouse van de hanger en pakte haar jas.

'Zie maar dat je me tegenhoudt.'

Met blouse en jas over haar arm liep ze de kamer uit.

Hij stond nog met zijn broek te worstelen, toen hij op de parkeerplaats de auto al hoorde starten.

'Verdomme, verdomme,' kreunde hij, 'rotpijpen. Wat haalt ze zich in haar hoofd?'

Zijn geld en de autopapieren waren ook weg. En dat om dat afzichtelijke mormel. Ze kon amper autorijden...

De maan scheen, dat was tenminste iets, en het was niet koud. In haar beha reed ze de berg op, haarspeldbocht na haarspeldbocht. Ze durfde niet stil te staan om haar blouse aan te trekken uit angst dat Alberto haar achterna kwam. Maar toen ze dichterbij de grens kwam, moest ze wel. Ze stapte uit. Overal om haar heen spookachtige bergen en het gekrijs van krekels. Verder niets. Haar bloed klopte in haar hals en haar gezicht was stijf van spanning, van woede.

Ze had geen moeite de grens over te komen.

'Ferien,' zei ze tegen de jonge soldaat die haar papieren bekeek, 'aber etwas vergessen zu Hause.'

De soldaat lachte vertederd.

'Aber fahren Sie ja vorsichtig, gnädige Frau.'

Toen reed ze weer, nu de haarspelden af. Het was steil en in de bochten had ze moeite met schakelen. Ze neuriede zacht *Lili Marleen*:

so wolln wir uns da widersehn,
bei der Laterne wolln wir stehn
wie einst, Lili Marleen,
wie einst, Lili Marleen.

Maar er stond zweet in haar handen en gaandeweg vroeg ze zich af of er eigenlijk ergens benzine te krijgen zou zijn.

Niet veel later, in oktober, nam Greet Landauer het besluit onder te duiken. Ondanks haar Sperre sliep ze toen al een paar weken niet meer thuis. Zelfs Cornelie wist niet waar.

'Wat heb je eraan het te weten? Dat maakt het alleen maar moeilijker.'

Ze had gelijk natuurlijk. Ze was al eens op de Ortskommandantur geroepen omdat ze kamers verhuurde aan een jodin.

Hautain had ze daar gestaan.

'Ik verhuur helemaal niets. Dat huis is ons gezamenlijk bezit.'

En de officier die haar te woord stond, had even hautain geantwoord, 'dan zou ik die gezamenlijkheid maar zo spoedig mogelijk beëindigen, als ik u was.'

Ze was zonder een woord weggelopen.

Ze zaten in de serre in de zon, zo'n mooie herfstdag waarop de asters gloeiden in de tuin, toen Greet van haar boek opkeek en zei: 'Je ziet me voorlopig niet meer.'

Ze had het natuurlijk wel aan zien komen, omdat er 's avonds telkens dingen meegingen die niet meer terugkwamen, vooral boeken, Heine, Joyce, Kafka, zelfs Musil, die ze samen aan het vertalen waren, maar ook het proefschrift waar ze al jaren niets meer aan deed, het kistje met brieven, de portretten van haar ouders. Met een samengeknepen hart had ze gezien hoe er steeds minder van haar in hun huis overbleef.

Ze kreeg het opeens koud.

'Hoe moet dat dan met het geld? En met je bonnen?'

'Die bonkaarten zijn geregeld. En het geld moet je elke eerste dinsdag van de maand in een gele envelop op Reinier Vinkeleskade 20 in de bus doen. Hoor je? In een gele envelop.'

'Ja.'

'Het is nogal veel.'

'Ja, dat zal wel.'

Ze zwegen. Ze zaten tegenover elkaar alsof ze plotseling vreemden waren.

'Het kan onmogelijk meer lang duren,' zei Cornelie een keer. En Greet glimlachte even.

'Natuurlijk niet.'

Ik moet opstaan, dacht Cornelie, haar optillen en als vroeger, mijn lief, mijn lief, in mijn armen houden. Maar ze bewoog niet.

Pas bij het afscheid... Greet trok als elke avond in het halletje haar jas aan, zette haar hoed op en pakte haar eeuwig overvolle schooltas, en zei: 'Dan ga ik maar.'

Toen pas pakte Cornelie haar vast. Haar hele lichaam begon te trillen en ze voelde de tranen over haar gezicht stromen.

'Maar hoe moet dat nou? Wanneer zie ik je weer? O god, Greet, lief...'

'Ss, ss, stil nou maar. Mij krijgen ze niet.'

'Zal je voorzichtig zijn?'

Greet maakte zich zachtjes los en opende de voordeur.

'Geef de jongens maar een kusje van me,' zei ze met een half mislukte knipoog.

Toen liep ze weg, zonder nog om te kijken, een kleine vrouw met brede heupen en een veel te zware schooltas.

Cornelie staarde haar na, terwijl langzaam alle gevoel uit haar wegtrok.

'Ze komt terug,' zei ze tegen zichzelf. 'Flink blijven, ze komt heus wel terug.'

Toen ze de hoek om was ging ze naar binnen, deed de deur op het nachtslot en liep met een stijf, star hoofd zonder gedachten naar de keuken, waar de afwas stond.

1943

Begin maart 1943 kreeg Jaap Elling een telefoontje uit Den Haag.

'Jaap, ouwe reus...'

'Dick Ferguson. Hoe is het bij jullie?'

'Ach, je weet...'

Er had zich een Duitser op het departement gemeld, een zekere Widerberg.

'Van Wibchemie, een middelgroot bedrijf van halffabrikaten, maar geen onbelangrijk man. Hij was op zoek naar jou.'

'Naar mij? Hoezo?'

'Geen idee. Ik dacht dat je wel geïnteresseerd zou zijn, omdat je indertijd naar hem geïnformeerd hebt.'

De volgende dag verscheen hij in eigen persoon. Het gesprek dat ze toen hadden verbijsterde Jaap dusdanig, dat hij aan het eind van de middag voor het eerst van zijn leven langzaam naar huis fietste.

De man was met uitgestoken hand binnengekomen. 'Herr Elling, het verheugt me. Ik heb jaren geleden uw broer ontmoet, Wilhelm, de fotograaf. Hij zou een reportage van mijn bedrijf maken. Alles gefotografeerd. Daar heb ik toen nooit meer iets van gehoord. Nah, ja, de oorlog. Hoe is het met hem?'

'Ik zou het u niet kunnen zeggen.'

'En uw vader, de pianist? Twee maanden geleden hebben mijn vrouw en ik nog een concert van hem bijgewoond. Prachtig, prachtig. Zijn Chopin-interpretatie...'

Hij monkelde – inderdaad, dacht Jaap, dat was nu monkelen – hij monkelde over zijn brillenglazen.

'Dat is nog eens wat anders dan onze romantische Brahms en Wagner, niet? De krant was er niet zo gelukkig mee. Maar goed, daar gaat het nu niet om. Ik ben hier om u een vorm van samenwerking tussen onze beide firma's voor te stellen.' Zo, brutaalweg: een vorm van samenwerking.

Zo ging dat dus. Hij had alles verwacht, vordering, sluiting. De Prüfungskommission was al tweemaal langs geweest. Hij had ze rondgeleid door de productiehallen, waar nu alleen nog oude autobanden werden versneden en vermengd met vlas werden samengeperst tot schoenzolen. Met kistenvol werden ze afgevoerd, vooral naar Duitsland. Ellenlange vragenlijsten had hij moeten invullen. Maar dit... In een flits drong het tot hem door dat dit dus Berts tegenzet moest zijn. Handig, via Willem. En dan die vage bedreigingen: een broer in Amerika, zijn vader die zijn afkeer van Wagner nooit onder stoelen of banken gestoken had. En wat nu? Het was of er een val om hem dichtsloeg.

Ondertussen had de man zijn hand op Jaaps arm gelegd, vriendschappelijk haast, om niet te zeggen vertrouwelijk, en hem zachtjes in de richting van de deur gewerkt.

'Als u het toestaat, zou ik wat willen rondkijken.'

Natuurlijk, als ze moesten samenwerken zou hij wel heel wat preciezer naar zijn bedrijf willen kijken dan de commissie had gedaan. Maar in plaats van het fabrieksterrein op, liepen ze naar de dijk en van daar stroomopwaarts, langs de broodfabriek, het gebouw van de waterleiding, Widerberg een halve pas voor hem uit.

'Der Rhein,' hoorde hij hem zeggen, 'wunderschön wie immer. En de natuurlijke verbinding tussen uw bedrijf en het mijne.'

Pas voorbij het nieuwe industrieterrein, dat opgespoten en maagdelijk lag te wachten op het einde van de oorlog, stond hij stil. Boven hun hoofden snaterden de terugkerende eenden en nog hoger trokken vliegtuigen hun strepen door de lucht. Nee, veel langer kon het niet meer duren.

'Weet u, Elling,' zei hij, 'we hebben ons vergist, Duitsland gaat deze oorlog verliezen, wat ik u zeg. Stalingrad was pas het begin, die Russen hebben meer reserves dan iemand kon vermoeden. En in Noord-Afrika is het helemaal mis. Wist u dat de Engelsen en Fransen al in januari Tripoli hebben ingenomen? En nu de Amerikanen daar zijn...'

Of hij het wist: Schotse hooglanders, met doedelzakken en al. Hij had met Mieneke door de keuken gedanst.

'Het is duidelijk dat op niet al te lange termijn een landing op Sicilië zal plaatsvinden, en het is maar de vraag hoe hard die Italianen dan willen vechten.'

Kortom, hij wilde zich veilig stellen, zichzelf en zijn zaak. O, geen grote onderneming, allerminst, een stuk kleiner dan die van Jaap, niet meer dan zo'n tweehonderd werknemers, meest vrouwen tegenwoordig. Nee, geen buitenlanders. Maar tegelijkertijd kon hij onmogelijk nu al zijn goede relatie met de Duitse overheid op het spel zetten.

'Nou ja, dat begrijpt u, en daar komen dan ook uw belangen en de mijne samen. Ik kan u vrijwaren voor overname, zorgen voor vergunningen, grondstoffen...'

Daar had je het al: alsof hij Bert hoorde.

'...in beperkte mate weliswaar, maar toch. En u kunt mij een dekmantel verschaffen voor als het inderdaad mis gaat.'

'Hoe dat?'

'Door een meerderheidsaandeel in mijn bedrijf te nemen, in ruil voor een gelijkwaardig, en dat wil dus zeggen een minderheidsaandeel van mij in het uwe.'

Dat was typisch Bert, ruilen, altijd, een boterham met kaas tegen een boterham met jam, een tennisbal tegen een autootje. En altijd had hij er uiteindelijk op verloren, omdat hij zich had laten ompraten, zich had laten verleiden door het ogenschijnlijke voordeel. Ook nu, dat wist hij zeker. Maar wat kon hij? Rekken, in elk geval rekken.

'Om welk bedrijf gaat het eigenlijk?'

En nu was de man helemaal niet meer te stuiten.

'Wibchemie AG, van Widerberg, begrijpt u, mijn grootvader. In Biebrich, niet te verwarren met IG Chemie in Ludwigshafen. Dat is een gigant die volop ingeschakeld is in de oorlogsproductie, tot de ontwikkeling van gifgassen toe, kan ik u in vertrouwen zeggen. Daarbij vergeleken zijn wij maar een onaanzienlijk fabriekje van chemische halffabrikaten, tegenwoordig vrijwel uitsluitend voor de tuinbouw en de voedingsmiddelenindustrie. De heer Ferguson vertelde me dat u zich eveneens bezighoudt met de productie van synthetische nitraten.'

'Dat was voor de oorlog en ook toen slechts in zeer beperkte mate.'

'Ja, ja. In elk geval sluiten onze bedrijven goed bij elkaar aan, van Rijnoever tot Rijnoever. We willen de boot toch niet missen, wel, als na de oorlog de kunststoffenindustrie in volle vaart de wereld verovert?'

Hij lachte om zijn eigen woordspeling en bukte zich naar een strootje in de berm, dat hij tussen zijn tanden stak. Zo, de handen in de zakken van zijn plusfour, hoed wat naar achteren, het strotje onder zijn Hitler-snorretje wippend tussen zijn lippen, keek hij met smalle ogen de Rijn over. Een zakelijke veldheer.

'U begrijpt de opzet toch wel? De voordelen voor u lijken me duidelijk, en weest u gerust, ik zal me werkelijk niet met uw bedrijfsvoering bemoeien...'

Dat moest er nog bij komen, zeker zijn illegale voorraad fietsbanden of die paar jongens die ondergedoken waren voor de Arbeitseinsatz verraden, om maar niet te spreken van die waanzinnige bedragen voor tante Greets onderduik...

'...en het voordeel voor mij is dat als de geallieerden winnen mijn zaak slechts een dependance van uw bedrijf is en als buitenlands bezit niet onderworpen kan worden aan eventuele strafmaatregelen, herstelbetalingen, of wat men in dergelijke gevallen nog meer weet te verzinnen.'

Marietje had zo haar aarzelingen.

'Kan het niet gevaarlijk zijn? Waar begeef je je in, zo'n Duits bedrijf. En als Bert er inderdaad achter zit? Kan het niet een manier zijn om de zaak helemaal in handen te krijgen?'

'Daar hebben ze niet zo'n ingewikkelde constructie voor nodig.'

'Als je het Bert gewoon eens vroeg?'

Hangend aan de eettafel, onder het zwakke licht van de veertigwattgloeilamp vanwege de verduistering, zodat ze een vergrootglas nodig hadden om de plaatsnamen te kunnen lezen, zochten ze in de Andreas naar Biebrich, dat ingeklemd bleek te liggen tussen Wiesbaden en Mainz.

'Niet eens zo heel ver weg,' zei Marietje, terwijl ze met een liniaal de afstand mat, 'zo'n driehonderd kilometer, en dan naar Bert nog eens een kleine tweehonderd.'

Het plan werd: eerst naar Dick Ferguson in Wassenaar – bij hem thuis, niet op het departement –, dan naar zijn moeder, en als dat allemaal bevredigend verliep naar Duitsland, zowel om een kijkje te nemen bij Wibchemie, als om met Bert te praten. Dick zou wel voor reispapieren kunnen zorgen.

Toen ze op dat punt waren, sloeg Jaap de atlas met een klap dicht.

'Goed, dat moet dan maar.'

Hij nam Marietjes handen in de zijne en zo zaten ze.

'Bang?' vroeg Marietje.

'Een beetje wel.'

'En als je het niet doet?'

Hij streelde haar vingers. Op dat moment voelde hij weer hoe ontzettend veel hij van haar hield, ook al wist ze niets van zijn angst en van het gevoel van misselijkheid dat altijd onderin zijn slokdarm op de loer lag.

'Dat begrijp je toch wel? Dan worden we binnen de kortste keren door het Rationalisierungs Referat gesloten en de machines, en misschien zelfs de arbeiders afgevoerd naar Duitsland.'

'Naar Wibchemie.'

'Bijvoorbeeld. Nee, dan nog liever dit. Als hij maar uit mijn boekhouding blijft – al dat geld voor tante Greet...'

'Is dat dan echt nodig? Je moeder heeft toch zelf wat kapitaal?'

Hij had Marietje nooit verteld om hoeveel het ging. Ze zou het niet begrepen hebben nu ze zelf zo moesten uitkijken met wat ze uitgaven en alles op de zwarte markt steeds duurder werd.

'Misschien had ik Bert toch niet zo categorisch moeten afwijzen.'

'Nou ja, dat is nu eenmaal gebeurd.'

Ze stond op.

'Kom, we gaan naar bed.'

En weer lag hij slapeloos naar het plafond te kijken. Altijd weer Bert, het streberige broertje dat het nooit had kunnen uitstaan dat hij niet de oudste was, dat het altijd beter wist. Met de caoutchoucfabriek van hun grootvader had hij niets te maken willen hebben. Welnee, raceauto's, Fiat... En dan zou hij zich nu via die Widerberg alsnog naar binnen werken. Alleen al de gedachte was onverdragelijk. En trouwens, wat was dat voor man? Wie zei hem dat hij niet een of andere oplichter was, met zijn gladde praatjes...

Maar Dick Ferguson was positief.

'Keurige vent en een door en door gezond bedrijf. Geen oorlogsproductie, al had hij daar natuurlijk schatten mee kunnen verdienen als hij gewild had.'

Op een of andere manier maakte Dick de indruk of hij er alles van wist: 'Het is van belang, Jaap, dat we bedrijven als het jouwe overeind houden, willen we na de oorlog onze economische zelfstandigheid niet verliezen. En enige Nederlandse greep op het Duitse bedrijfsleven kan ook geen kwaad als het zover is. Ik kan je verzekeren dat de regering in Engeland het zou toejuichen.'

Blijkbaar waren er belangen die zich ver voorbij de werkelijkheid van alledag uitstrekten tot in een geheime toekomst waar sommigen nu al bij betrokken waren. Dick bijvoorbeeld, met zijn weke gezicht en zijn villa in de duinen. Een soort super-illegaliteit, die niets te maken had met tekorten en arrestaties en voorbijvliegende formaties bommenwerpers. Dick gaf hem zelfs een model van een fusieovereenkomst, kant en klaar uitgetikt met namen en al; alleen de handtekeningen ontbraken. Het gaf een zwevend gevoel, maar dat kon ook de Riesling zijn die hij bij de lunch schonk. Riesling en Ardenner ham en roomboter op de toast. Ze leefden er in elk geval goed van, hij en Annemarie in haar Haagse mantelpakje. Als je dat vergeleek met hoe ze vroeger in Arnhem waren. Maar goed, als het in het landsbelang was...

Bij zijn moeder in Amstelveen kwam hij weer met zijn voeten op de grond. Ze deed zelf open en hij schrok van haar gezicht, zonder dat hij precies wist waarom. In de kamers was het koud.

'Heb je geen verwarming aan?'

'Vind je dat nodig?'

'Nou ja, het is pas april en u bent toch ook de jongste niet meer.'

Ze haalde haar schouders op.

Hij had wel iets willen drinken, een glas water desnoods, maar ze zat kaarsrecht in de stoel tegenover hem en leek niet van plan in beweging te komen. Om een of andere reden bracht hij het niet op het zelf te pakken. Dus deed hij maar waarvoor hij gekomen was en vertelde over Widerberg en diens voorstel.

'Een Duitser.'

'Ja, dat is de truc.'

‘Nou ja, ik neem aan dat het niet allemaal schurken zijn, en al is hij dat wel... Als het de enige manier is.’

Haar stem was vlak, zonder enige intonatie, zoals toen ze in die inrichting zat. Het leek haar allemaal niet echt te interesseren. Alleen toen hij tenslotte haar toestemming vroeg voor de aandelenruil, veerde ze even op.

‘Greets geld mag geen gevaar lopen.’

‘Ik denk eigenlijk dat dit de enige manier is om dat zeker te stellen. Voorzover zoiets zeker is.’

‘Dan moet het maar.’

Hij keek haar ongerust aan.

‘Redt u het wel een beetje, zo in uw eentje?’

‘Natuurlijk red ik het.’

Wat Jaap niet wist was dat ze de deur niet meer uit kwam, behalve om boodschappen te doen en één keer per maand om – schichtig en toch, toch hopend een glimp van Greet te zien – het geld af te leveren op de Reinier Vinkeleskade.

‘Wilt u toch niet liever bij ons intrekken?’

Hij had het al zo vaak gevraagd.

‘Nee.’

Stel je voor, en als Greet dan plotseling thuiskwam? Toen hij eindelijk weg was, ging ze voor de zoveelste keer de trap op naar zolder en haalde ze de vlag uit de mottenballenkist. Vaak stond ze daar zo in het vage licht, luisterend naar de verre geluiden van buiten. Als Greet terugkwam... Elke minuut die verstreek kwam dat moment dichterbij. Als ze dat maar bleef beseffen, kon ze het wel volhouden.

Jaap begreep het wel, maar toch voelde hij zich schuldig en verantwoordelijk. Bijna als vroeger, toen na een laatste schreeuwende ruzie zijn vader niet meer thuisgekomen was, en zijn moeder drie keer per dag naar de brievenbus was gelopen en verder maar voor zich uit had zitten staren alsof hij en Bert en Wim er niet waren.

‘Ze is mijn moeder,’ zei hij tegen Marietje, die er niets van wilde weten, ‘we kunnen haar toch niet alleen in dat huis laten zitten, ongerust als ze natuurlijk is over tante Greet?’

Ook hij had geruchten gehoord over razzia’s in Amsterdam,

gruwelijke moordpartijen. Men zei dat ze allemaal naar Polen werden gevoerd om daar in de mijnen te werken. Je moest er niet aan denken... En hij dacht er ook niet aan, maar wel was de slapeloosheid teruggekomen en de smaak van as, 's nachts, als hij met al zijn spieren gespannen lag te wachten tot het weer licht werd en hij eindelijk in kon slapen.

Zijn reis naar Duitsland maakte het er niet beter op. Wat hem vrijwel vanaf het eerste moment het meest opviel, was de brandlucht die er hing, overal en nog voor er iets van verwoesting was te zien. Telkens als de trein stilstond rook hij het weer. Halverwege had hij nog een ontmoeting met zijn vader, in een hotel in Bonn waar hij die avond optrad. Het zou de laatste keer zijn dat hij hem zag. Hij was oud geworden, en onrustig. Toen hij hem vertelde van tante Greet, schrok hij.

'Ach, natuurlijk. En je moeder?'

'Die is heel flink.'

'Ja, dat zal wel.'

Maar vervolgens had hij het alleen over zichzelf: 'Ik word tegengewerkt, Jaap, er zijn figuren die het niet kunnen hebben dat ik, als Nederlander, zo'n succes heb en die allerlei praatjes over me rondstrooien. Ik zou het allemaal kunnen weerleggen, maar ze weten al maanden te verhinderen dat ik toegelaten word tot de Führer.'

Jaap was geschokt.

'Wilt u dan ontvangen worden door Hitler?'

'Ja, uiteraard. Als die zou weten hoe ik word behandeld, bedreigd zelfs...'

Het was aangenaam warm in de hotellounge. Er zaten een paar Wehrmacht-officieren te praten en te lachen, een zwartgerokte ober gaf zachtjes instructies aan een dienstmeisje met een wit schortje voor en een gesteven, recht opstaand wit bandje in het haar, en er speelde een strijkje.

Zo'n tweehonderd kilometer verderop werd Greet Landauer in een beestenwagen geduwd en afgevoerd richting Auschwitz, maar dat kon niemand weten.

'Ik heb me nooit met politiek ingelaten,' zei zijn vader, 'kunst heeft daar niets, maar dan ook absoluut niets mee te maken.'

Ach, het zou ook wel, maar het had iets pathetisch, deze ingevallen, bange man, waar zijn vader van vroeger met al zijn vitaliteit nog vaag doorheen schemerde, en die zich nu vastklampte aan zijn roem.

'Ik ben toch niet niemand, verdomme.'

Zijn hand fladderde door de lucht met dat arrogante gebaar dat Jaap zo goed van hem kende.

'Lekkere thee, overigens. Je vraagt je af waar ze die nog vandaan hebben. Kom je vanavond?'

'Nee, onmogelijk, als het enigszins kan moet ik door.'

Wat je 'door' noemde. In een onverwarmde trein, die telkens stopte vanwege reparaties, of luchtalarm, of vanwege een of ander goederentransport dat voorrang had. En aldoor die brandlucht. Naderhand kwamen er ook ruïnes, sommige smeulend. Godzijdank stond Widerberg aan het station met een auto.

'Daar bent u! Welkom, welkom.'

Hij woonde aan de rustige kant van Wiesbaden met een echtgenote, die Jaap al even uitbundig welkom heette. Ze aten eenvoudig, en later die avond keken ze vanaf het terras naar de zoeklichten die rusteloos, de ene lichtbundel glijdend over de andere, de lucht afzochten. In de Rijnvallei onder hen lichtten de bominslagen op. Het dreunde onder hun voeten.

'Dat is verderop,' zei Widerberg naast hem, 'Biebrich ligt meer naar rechts.'

Maar toen ze de volgende ochtend naar zijn bedrijf reden, hing er een grijze sluier over de stad.

Net als Willem, achttien jaar tevoren, werd ook Jaap die dag het hele bedrijf rondgeleid. Ze liepen door productiehallen vol buizenstelsels en glimmende ketels, waar het rook naar ammoniumpersulfaat en benzoylperoxyde, om tenslotte te eindigen in wat blijkbaar Widerbergs grootste trots was: een in zachtroze tinten geverfde showroom van surrogaatproducten.

'Glutokraft,' zei hij, wijzend op een stapel grijze dozen in een hoek, 'een uitstekend meelverbeteringsmiddel. En dit hier is ons meest succesvolle product.'

Hij pakte een groengeverfd blik van een schap en woog het in zijn hand.

'Wibfleisch. Namaakvlees, maar met dezelfde voedingswaarde.'

In een aparte kast stonden flesjes Blumenfreude. Jaap wilde er één uit nemen, maar Widerberg hield hem tegen.

'Pas op, dat is gekristalliseerd blauwzuur, uiterst giftig, maar zeer effectief en veel gebruikt in de landbouw.'

Jaap had de vaten zyklon-B wel zien staan op het binnenterrein, pallets vol, half afgedekt met zeildoek.

'Het wordt blijkbaar veel afgenomen.'

'Ja, wij hebben het monopolie sinds buitenlandse insecticiden niet meer verkrijgbaar zijn. En nu maar hopen dat dat na de oorlog niet weer inzakt.' Hij lachte en legde zijn arm om Jaaps schouder. 'Kom, we moeten naar de notaris.'

Toen hij rond het middaguur in de trein naar Stuttgart zat, was Jaap weliswaar nog geen mede-eigenaar van Wibchemie, maar had hij wel, naast jaarverslagen, statistieken en productiecijfers, ook alle formulieren in zijn tas die hem dat zouden maken. Geen grote firma, inderdaad. Bij Ludwigshafen zag hij de enorme installaties van IG Chemie, volop in bedrijf. Dat was nog eens wat anders. Maar toch... Hij kon niet ontkennen dat hij iets van triomf voelde. Tevreden wiegde hij op het gestamp van de trein. Wat had Bert nou eigenlijk gedacht? Of kwam dat pas wanneer hij het corresponderende aandeel in zijn bedrijf aan Widerberg had overgedragen? Daar zou hij dan toch waarschijnlijk bij willen zijn. Ze moesten het toch maar weer goedmaken nu de zaken er zo voor stonden. Wie weet werden ze na de oorlog nog grootindustriëlen, met vestigingen in alle landen en een notatie op de beurs. Elling Chemie, dat klonk toch heel wat beter.

Het had wel iets, industrieel te zijn in Duitsland. Het hotel en de auto met chauffeur die Widerberg voor hem had geregeld, alles piekfijn in orde. Wel ook hier in het hotel veel Wehrmacht, alsof de oorlog al met al toch een kwestie was van strakke uniformen, glimmende beenkappen en vooral veel luide, opgewekte mannenstemmen.

Maar Bert was niet te vinden. Zittend op zijn bed belde hij met diens kantoor.

'Herr Elling? Einen Augenblick, bitte.'

Het duurde eindeloos. Eenmaal werd het onderbroken door de

receptie die meldde dat zijn auto er was. Maar daarna duurde het weer en toen hij tenslotte werd doorverbonden, was het met iemand anders, die terloops meldde dat Bert niet meer bij Daimler-Benz werkte, maar die vooral wilde weten wie hij was en hem vervolgens weer vroeg te wachten. Geïrriteerd gooide hij de hoorn op de haak.

Met de huurauto, die nog steeds stond te wachten en die werd gereden door een vrouw met een vermoeid gezicht, reed hij naar Berts woonadres, een hoog, grijs huis achter een gesloten hek in een buitenwijk. De luiken waren dicht en in de tuin was het gras hoog opgeschoten. Het was duidelijk dat ze er niet waren, maar toch belde hij, waarop er een klein wit hondje aan kwam rennen, dat achter de spijlen tegen hem bleef staan keffen. Verder gebeurde er niets. Maar toen hij terugliep naar de auto, hoorde hij in het buurhuis iemand tegen het raam tikken. Even later kwam er een vrouw in een dirndljurk en met opgerolde vlechten tegen haar oren naar buiten. Ze begon al in de verte tegen hem te praten.

'Die zijn weg, gottlob, zeven maanden al. Zonder ook maar een woord te zeggen. Gevlucht, als u het mij vraagt. Alles hebben ze achtergelaten, zelfs de hond. Hè Mimi, mein Schatz?'

Ze nam het hondje, dat frenetiek tegen haar op sprong, in haar armen en terwijl dat haar gezicht likte, ging ze op een samenzweerderige toon door.

'Het waren Italianen, weet u. Niet echt te vertrouwen, al zijn het dan ook onze bondgenoten. Niet tüchtig. Als je alleen die tuin al zag. Daar heb ik heel wat over geklaagd. Ze fladderde maar wat rond, half aangekleed, vaak tot ver in de ochtend.'

Hij knikte en stapte in de auto. Hortend en stotend door de ersatz-benzine en de gaten in het plaveisel reden ze terug de stad in.

'Er verdwijnen er tegenwoordig wel meer,' hoorde hij de chauffeuse zeggen. Hij probeerde haar blik te vangen in het achteruitkijkspiegeltje. Maar ze keek strak voor zich uit en hij wist trouwens ook niet wat hij zou moeten antwoorden.

Toen die nacht de vliegtuigen kwamen, zat hij in de kelder van het hotel met het personeel en één oude dame, blijkbaar eveneens een gast. De bommen vielen dichtbij. Bij elke inslag schudden de muren en kwam er gruis uit het plafond naar beneden. Toen er een wijnrek omviel en de flessen stuksloegen op de stenen vloer, begon er een dienstertje te huilen. Op dat moment hief de oude dame met een bibberige stem het Horst Wessel-lied aan: *'Die Fahnen hoch, die Reihen dicht geschlossen'*. Een ogenblik hing haar stem hoog en pathetisch tussen hen, maar vrijwel onmiddellijk viel de een na de ander in, zodat de kale ruimte weldra galmde of ze met honderden waren, stampend en brullend tegen het lawaai boven hen, terwijl de wijn in dunne stromen onder hun voeten door begon te lopen.

Rond diezelfde tijd, op 16 mei 1943, kwam de marineofficier die twee jaar eerder een paar van Willems onderwaterfoto's had gekocht, weer diens studio in Los Angeles binnen. Het was het begin van een langdurig onderhoud, dat zich aan het eind van de middag voortzette in de Perroquet-bar om de hoek, om tenslotte rond middernacht te eindigen in een restaurant een paar straten verderop. Drie weken later vertrok Willem in een Liberator-bommenwerper naar Engeland, om van daar naar Noord-Afrika te worden getransporteerd waar hij als onderwaterfotograaf zou worden ingezet bij het opruimen van havenblokkades.

In de tussentijd had hij de huur van zijn bungalow en van zijn studio opgezegd, zijn bezittingen ingepakt en in bewaring gegeven in een beveiligde (vanwege zijn apparatuur) en airconditioned (vanwege de foto's) opslag en afscheid genomen van zijn toenmalige vriendje. De jongen had een scène gemaakt Harold waardig, en Willem was opgelucht geweest toen hij eindelijk snikkend met zijn hele hebben en houden – platenspeler, platen, honkbalknuppel- en handschoen en god weet wat allemaal nog meer – vertrokken was.

Hij voelde zich vrij, los van de wereld. Behalve een boekje met algemene militaire regels – rangen, hoe en wanneer te salueren, wat te doen in geval van krijgsgevangenschap en dat soort zaken, het een nog onwezenlijker dan het andere – had hij geen instructies gekregen. Zijn laatste dag in Amerika bracht hij door op een bank in een verwaarloosd parkje ergens in New York tussen een paar zwervers. Het schreeuwen in zijn hoofd was toen nog niet teruggekeerd, maar wel had hij een acuut besef dat de scheiding tussen zijn eigen werkelijkheid en die van die paar morsige kerels, die eindeloos zaten te hannesen met een paar papieren zakken, flinterdun was geworden en dat hij maar hoefde te blijven zitten in de langzaam verder schuivende zon, en dan de duisternis, de nacht in, om weg te zakken in een totale anonimiteit.

Om vijf uur 's middags meldde hij zich volgens afspraak in een kantoor bij de haven. Hij werd met een aantal anderen in een legertruck gehesen en naar een vliegveld gereden. Daar kreeg hij legerkleding, kaki ondergoed, battledress en daaroverheen een vliegeroverall met parachute en zuurstofmasker. Niet veel later lag hij op de bodem van een holle ruimte ingeklemd tussen de anderen en voelde hij de motoren aanslaan. Het schokte tot in zijn botten. Ze reden, sneller, en sneller. Toen ze los van de grond kwamen en begonnen te stijgen, gleden ze met hun hoofden omlaag naar achteren. Zijn maag kromp samen. Vaarwel, Amerika.

Tien uur lang hing hij bonkend en stotend in het niets, '*...in het holst van de nacht, door een duisternis, woest en groot*'. Marsman, dacht hij.

Soms hoorde hij iemand iets zeggen.

'Fuck it, I need a cigarette.'

'Jesus, how long is this going to take?'

Stemmen uit een andere wereld. Een paar maal ook trachtte hij zich voor te stellen dat hij zijn ogen opende – die niet dicht waren – en hij gewoon in zijn eigen studio was, comfortabel in zijn eigen grootmoederschommelstoel. Het lukte steeds minder.

In Schotland regende het. Het schip dat hem naar Noord-Afrika zou brengen dreef in een sluier van mist en water. Ze kregen een kooi, en biefstuk en bier aan de officierstafel, en ze konden tenminste het dek op om te kijken hoe het land oploste in de nevel. Verder maakte het niet veel uit. Hij hoorde zichzelf meepraten en lachen met de anderen, maar nog steeds bonkten de motoren en hing hij in een soort steeds verder uitdijend niets. Eénmaal was er U-boot-alarm. Iedereen rende naar de railingen en naar de brug en toen er geschoten werd ging er een gejuich op bij elke fontein van water die omhoog spoot. Hij zag het aan vanaf een afstand, leunend tegen een deur. Nog steeds mist.

Maar bij het ingaan van de Straat van Gilbraltar lag daar plotseling Tanger in een concentratie van licht of er geen oorlog was. Ach, Tanger, dacht hij en hij voelde een steek in zijn borst. Even later kwam links op de Spaanse kust Tarifa, en toen rechts Ceuta en links, nog stralender, een briljant in de nacht, Gibraltar zelf. Plotseling was de zee vol schepen, die opdoemden uit het duister, torpedojagers en tankers, vrachtboten en troepentransportschepen die zwart en dreigend boven alles uitstaken, en toen het ochtend was geworden vliegtuigen, honderden vliegtuigen. Iedereen was vrolijk. Het schip kliefde nu door het water in een spoor van schuim en spetters en de kapitein op de brug zwaaide met zijn arm en riep: 'Kijk, kijk, dacht je dat ze daar ooit tegen opkonden?'

Ook dat veranderde niets. Pas toen ze na dagen van toenemende blakerende hitte met veel moeite, laverend tussen de wrakken en opgeblazen havenwerken, afmeerden in Tripoli, brak zijn hart open. Het was misschien vooral de geur, een zoete, misselijk makende stank van rottend fruit en van lijken, en ook, soms, iets bitters, scherps, vluchtig, maar onmiskenbaar voor wie het ooit geroken had: gas. En voor het eerst hoorde hij weer vaag, meer als een zich onontkoombaar opdringend besef, het schreeuwen van die tachtigduizend man op die Ethiopische hoogvlakte. Het was in al zijn gruwelijkheid bijna een opluchting, alsof hij daar al die jaren op had gewacht.

Tripoli was desolaat. Afgezien van de haven was de stad nauwelijks verwoest, maar de elegante koloniale huizen langs de kust waren verlaten en de straten half verdwenen onder het zand. In de oude stad schoven de mensen zwijgend langs elkaar. Libiërs, weggedoken in hun witte baraccans, enkele verloren Italiaanse middenstanders en ambtenaren, en uitgeputte Britse soldaten. En stof, overal stof. Zelfs de fontein op de piazza, die wonderlijk genoeg werkte, was bedekt met een dunne laag grijs stof. Hij probeerde de trieste stralen te fotograferen, die elke glans misten – hoe hoog ze ook opspoten.

'Het is onze eigen treurigheid, signore Elling,' zei zijn Libische contactpersoon van vroeger.

Weer zaten ze onder de schaduw van palmen en mimosa's op de binnenplaats van diens huis.

'De treurigheid van een volk dat niet mag bestaan.' En hij, Mohammad Khadduri, trok met zijn vinger lijnen in het zand op de balustrade.

'Turken, Italianen, en nu weer de Engelsen, die hun oorlog voeren of wij er niet zijn en er geen duizenden Libiërs meegevochten hebben bij El Alamein, bij El Agheila. Waarom zouden we nog het zand uit onze straten vegen als het nu weer de Britse vlag is die op ons kasteel staat? Ik ben een oude man, maar mijn zoons – ach, u hebt ze vijftien jaar geleden gezien toen ze nog jongens waren – mijn zoons zeggen dat ze er genoeg van hebben om alleen maar te fungeren als exotisch decor voor de heldendaden van Montgomery's achtste leger.'

En inderdaad, de Engelsen waren een en al activiteit, vrachtwagens reden af en aan, vanuit het oosten over de Via Balbo de stad in naar de haven en van de haven weer de stad uit, richting Tunis, jeeps scheurden door de straten en officieren met aktetassen haastten zich van hier naar daar of er geen tijd te verliezen was. En wat moesten ze ook hier in Noord-Afrika? Alles was gericht op Europa, op de oversteek naar Sicilië en nu, ongetwijfeld binnenkort, de invasie van Italië.

Maar daaronder broeide het. Hij hoorde wel eens wat wanneer hij, zelf ook gehuld in een baraccan, met een van de zoons in een café zat.

Over onafhankelijkheid: 'Nee, niet onder Sayyid Idris en zijn Sanussi, laten die maar daar in het oosten Cyrenaica bevrijden.'

'Als we niet met ze samenwerken lukt het nooit.'

De discussies vlamden op, tot diep in de nacht.

'Met de Umar el-Mukhtar-sportclub zeker. Hoe verzinnen ze het, de enige sport die ze kennen is het opdreunen van de koran.'

Het fascineerde hem, de bruine gezichten, de flikkerende ogen in het armzalige licht van een olielamp of een generator, vol idealisme en toekomst. Misschien was hij ook wel één of twee keer verliefd. Niets serieus, want hoe gastvrij en aardig ze ook waren, hij bleef een buitenstaander, een van de 'bevrijders', de 'bezetters' zoals ze het noemden. Inderdaad, wat had hij ooit anders gezien dan de oorlogen van hun bezetters, in Marokko, in Cyrenaica, in Ethiopië, en als zijn foto's een aanklacht waren geweest, dan toch altijd een aanklacht tegen zijn eigen wereld en de verloedering van zijn eigen, vanzelfsprekende cultuur. Hij had geen idee wat het betekende een Libiër te zijn, al zat hij hier dan ook verkleed als een Libiër tussen hen in. En dan leunde hij achterover en voelde zich eenzamer dan ooit.

's Ochtends vroeg, als hij in uniform in een open jeep naar de haven reed, voelde hij zich nog wel opgenomen in dat hele triomfantelijke gebeuren waar de Noord-Afrikaanse veldtocht op uitgelopen was. Er moest gewerkt worden. De duikuitrustingen, zuurstofcilinders en onderwatercamera's moesten tevoorschijn worden gehaald, gecontroleerd en aan boord worden gedragen. Meestal hees hij zich pas in zijn duikerspak als ze langzaam van de kant dreven, tot op dertig, veertig meter van het havenhoofd. De wind was dan nog fris, maar op het water lag elke ochtend opnieuw een dunne film van een of andere gifgroene olieachtige substantie die ze eerst met een geïmproviseerd stelsel van slangen en een oude omgebouwde buitenboordmotor moesten wegzuigen voordat hij de diepte in kon.

De plek waar ze lagen werd zorgvuldig opgetekend. Hij kreeg de zuurstofcilinder en de camera aangegespt. Hij schoof de duikersbril voor zijn ogen en deed het mondstuk voor, en vanaf dat moment begon de wereld om hem heen – de mannen van zijn unit, het schip zelf, de snel heet wordende dag – te verdwijnen. Voorzichtig klom hij over de railing en liet hij zich zakken. Het licht werd groen en de zware last van de apparaten werd langzaam opgeheven, zijn eigen gewicht werd opgeheven. Hij voelde nog de beweging van het water boven zijn hoofd, maar om hem heen was alles stil, behalve de luchtbellen die bij elke uitademing in kleine zilveren clusters ontsnapten en dan, omhoog stijgend, groter en groter werden.

Dromerig zonk hij verder terwijl een gevoel van vrolijke zorgeloosheid door hem heen trok. Hij kende het zo langzamerhand. Het weerhield hem er niet meer van de handelingen te verrichten die hij moest verrichten: de opeengehoopte lucht in zijn duikerpak te lozen, zijn camera voor zich uit te sturen in de richting van een stroming en zich mee te laten glijden naar de wrakken. Het waren er zes: vijf vissersschepen, half weggezakt in het zand en begroeid met mossels en algen, en daarachter een Italiaans vrachtschip. Het vrachtschip was ooit om onduidelijke redenen vergaan. Maar de vissersschepen waren opzettelijk tot zinken gebracht nadat de laatste hoge Italiaanse officieren en bestuurders en rijke landeigenaren waren gevlucht – op een nacht, onder de bewaking van een zenuwachtige Italiaanse sergeant, terwijl verderop een wanhopige visser schreeuwend en als een derwisj zwaaiend met zijn baraccan door de overdekte straten van de oude stad rende, weldra vergezeld van anderen...

Zorgvuldig filmde hij hun ligging en hun positie ten opzichte van elkaar. Het water dat tussen hun kielen doorstroomde was smerig en het licht had niets van de helderheid die hij zich herinnerde van de westkust van Amerika. Het was grijs, alsof zijn opnamen al bij voorbaat mislukt waren. Vissen waren er al helemaal niet. Maar het deed allemaal niets af aan de stemming van buitenaards geluk waarin hij peddelend met zijn zwemvliezen rondzwom. Die verdween pas wanneer hij weer boven was en de hitte van de dag als een plank op hem viel.

De rest van de dag bestond uit verveling. Meestal hing hij maar wat rond op het terras van de villa waarin ze waren ingekwartierd, niet ver trouwens van het casino waar hij indertijd zijn vader had horen spelen. Zou hij nog steeds optreden, daar in Hitler-Duitsland? En zijn moeder en tante Greet? Al bierdrinkend verdreef hij zijn ongerustheid in een toestand van vage dronkenschap, totdat de avond viel en hij in arren moede de oude stad maar weer in ging om zich in een achterkamertje van een of andere armzalige kroeg te laten aftrekken door een lief bruin jongetje met ogen die groot en glanzend waren van de kif. Een enkele keer trof hij de jongens van de Movimento Nazionale met hun hees gefluister, of ging hij langs bij Mohammad Khadduri. Niet vaak, dat laatste, want achter diens gastvrijheid voelde hij de afweer, verlegenheid misschien omdat er niets was om aan te bieden dan een handvol dadels of, toch, wie zou het zeggen, verdrongen vijandschap. Zodra hij dat bedacht begon ver weg achterin zijn hoofd weer het schreeuwen, zodat hij maar weer dronk, en rookte, en dronk...

Het was een dag als alle andere in een tijdloze opeenvolging van eindeloze eendere dagen. Met een duf hoofd van de vorige avond was hij omlaag gegaan tot waar het geluksgevoel hem gegrepen had en hij een tijd lang – hoe lang? – geluidloos neuriënd op zijn buik, op zijn rug rond had gedreven, kijkend naar de glinsterende bellen die opstegen uit zijn mondhoek. Toen had hij zich weer op zijn buik gedraaid en was hij voor het eerst tussen de masten en kabels van de vissersschepen door naar het vrachtschip gezwommen.

Nu hij dichterbij kwam, was het veel groter dan hij had gedacht. Hij steeg langs de kiel omhoog en zwom al filmend over het dek. Toen zijn camera langs een takel schampte, klonk er even een hoge zangerige toon die wegvloeide in de stilte. Verder was alles doods en bewegingloos. Hij zwom langs een verwrongen massa staal van wat ooit de brug moest zijn geweest en keek naar beneden. De dekluiken waren deels verschoven, deels weggeslagen en onder hem gaapte het zwarte gat van het ruim. Hij aarzelde. Even. Hij was te vrolijk, te overmoedig om het niet te doen, en toen hij omlaag dook loste het donker op in een grauwe schemering.

Hij leidde de lijn die hem verbond met de wereld boven voorzichtig langs de scherpe rand van een tussenschot en knipte de lamp op zijn voorhoofd aan. De witte lichtbundel streek langs een stapel schots en scheef over elkaar liggende ijzeren kisten. 'Esplosivi', las hij. Natuurlijk. Verderop stonden en lagen vaten. Hij had zijn koplamp ingeschakeld gehouden en terwijl hij ernaartoe zwom viel het hem al op dat er hier en daar dode krabben lagen. Nog voor hij er zo dichtbij was dat hij het doodshoofdteken kon onderscheiden, wist hij het al. Mosterdgas, verdomme.

'Tossico pericolosissimo. Attenzioni' – het aantal waarschuwingskreten in vette rode en zwarte letters loog er niet om, en tussen een paar vaten spoelden dunne, geelbruine wolkjes naar buiten. Verdomme, verdomme.

Zijn maag krampte samen en terwijl zijn camera nog doorfilmde wist hij niet hoe snel hij zich moest omkeren. Weg. Omhoog. Waar was dat gat nou. Niet in paniek raken, in geen geval in paniek raken. Hij had zijn duikerspak aan, dat moest toch bescherming genoeg zijn. Maar dat schreeuwen... Door een soort loden weerstand heen trapte hij zichzelf omhoog, raakte met zijn hoofd het dak van het ruim, en zwom verder naar een vierkante vlek gefilterd licht. En al die tijd rukte hij automatisch aan zijn lijn. Haal me dan op, jongens, haal op...

'Het gekke was,' zou hij later zeggen tegen iedereen die het wilde horen, 'dat ik me tegelijk gelukkig en volmaakt vervuld voelde, en oneindig slaperig als een lome god.'

En soms, in een enkel uitzonderlijk geval, tegen zijn nichtje Willemien, tegen Rudi Heinemanns vriend Jochum op een lange wandeling in de Alpen, voegde hij daaraan toe: 'Alsof dat schreeuwen... Hoe moet ik dat zeggen, het is ook te gek voor woorden. Alsof dat in al zijn gruwelijkheid deel uitmaakte van een soort goddelijkheid, alsof ik pas dan volledig kon zijn, compleet mens en dus god, of zo. Begrijp je?'

Aan hun vlakke gezichten zag hij dat ze er niets van begrepen, maar hij bleef doorpraten.

'In dat infernale schreeuwen dat ooit opgestegen is van de hoogvlakte van Amba Aradam, tachtigduizend man, verbrandend en stikkend in het gif, verdomme, is elke vermoorde man en vrouw, elk mishandeld kind hoorbaar geworden. Voor mij. Omdat ik daar op die bergpas twee dagen lang heb liggen kijken. En luisteren. Tegen dat geluid kan nooit meer iets op, geen geluk, of succes, of zelfs maar een alledaags tevreden bestaan. Het is er altijd, soms bijna onhoorbaar, maar onmiskenbaar als een constante onderstroom. Niets aan te doen. Sinds Tripoli weet ik dat het voorgoed een deel van mezelf is geworden.'

Toen hij aan boord was gehesen verloor hij zijn bewustzijn. Een uur of langer lag hij met een verkrampt lichaam op het dek onder een geïmproviseerd afdak van zeildoek, zacht kreunend, en toen hij eindelijk bijkwam staken zijn ogen en oren van de pijn. Hij lag te grijnzen als een idioot. Terwijl ze terugvoeren naar de kade stonden ze om beurten aan hem te schudden en hem toe te schreeuwen, en onder het afmeren hoorde hij al iemand roepen om een ambulance.

'Nee, laat me.'

Hij kwam moeizaam overeind.

'Kalm nou, man, William.'

'Nee.'

Voordat iemand hem kon tegenhouden wankelde hij al de loopplank af.

Het hoofdkwartier was in het oude stadhuis op de piazza. Terwijl hij het plein overstak, grijnsde bij de fontein de marmeren wolf met Remus en Romulus aan haar tepels hem vijandig toe. Hij grijnsde terug.

'Val dood, beest, jullie tijd is voorbij.'

Maar de schildwacht bij de ingang grijnsde precies zo, leek het, net als de Milva achter het tafeltje binnen met haar opgestoken haar, rode lippen en onberispelijke benen. Hij moest wachten. Pas toen, onder de verbaasde blikken van langsrennende officieren en ordonnansen, besefte hij plotseling dat hij nog steeds in zijn duikerspak was.

Het duurde niet lang. In feite werd hij vrijwel onmiddellijk binnengelaten.

'Sir.'

Het voelde absurd te salueren in zo'n rubberen vel en – dat wist hij zeker, al deed de man moeite het te verbergen – ook de commandant achter zijn bureau voor hem grijnsde, evenals het portret van George VI achter diens hoofd aan de muur. Hij kon zijn ogen er niet van afhouden, die zachtmoedige man; hij kende dat portret toch, maar nu zag hij voor het eerst...

Ondertussen bracht hij zijn rapport uit.

'...een tijdbom aan gif, sir, tientallen vaten ypriet, waarvan sommige al doorgeroest...'

Hij werd niet geloofd. De man tegenover hem bleef beleefd en hield de schijn op dat hij aantekeningen maakte, maar hoe langer Willem doorsprak, hoe scherper het tot hem doordrong dat er nauwelijks naar hem werd geluisterd. Telkens ook werd hij onderbroken door de telefoon en mensen die binnenkwamen.

'Ypriet!' schreeuwde hij. 'Weet u wel hoe giftig dat is? Als dat lekken doorgaat, gaat de hele baai eraan!'

Toen de hospiks binnenkwamen met hun brancard schreeuwde hij nog steeds.

‘Gif! Wat grijnzen jullie nou, verdomme. Er moeten onmiddellijk caissons naartoe, takels om de troep naar boven te hijsen, netten... on-mid-del-lijk!’

Ze gaven hem een prik en terwijl ze hem vastsnoerden voelde hij zich wegzakken.

‘On-mid-del-lijk...’

Naderhand, toen hij al in het ziekenhuis in Casablanca lag, hoorde hij dat diezelfde dag nog zijn hele eenheid overgebracht was naar Sicilië en dat ze de dag daarop al de Straat van Messina waren overgestoken en geland waren in Calabrië en een paar dagen later in Salerno. Of all places. Toen begreep hij het wel. Er was gewoon geen tijd en geen mankracht geweest voor iets anders, alles moest door, door.

Het was daar ook, dat hij van een oude joodse man met waterige blauwe ogen, die elke avond de ziekenzaal dweilde, hoorde wat er met de joden in Duitsland en in de bezette gebieden gebeurde. Zomaar. Hij kwam al dweilend naar het bed waarin ze hem vasthielden en zei: ‘Mister Elling? You have to know. The Germans are killing my people. All of them, hundreds of thousands. With poison.’

Meteen dweilde hij weer door. Ze mochten niet met de patiënten praten.

Maar vanaf dat moment hield hij zijn mond over de haven van Tripoli. De jonge Franse dokter die soms naar hem kwam kijken vertelde hij dat je bij het duiken gemakkelijk kon gaan hallucineren als je te diep ging en dat hij als oorlogscorrespondent al eerder een trauma voor gifaanvallen opgelopen had. Een paar dagen daarna stond hij weer op straat.

Die nacht stond hij, verdekt opgesteld onder een afdakje, net zolang bij de dienstingang van het hospitaal tot hij de oude man weer zag. ’s Ochtends om vijf uur kwam hij eindelijk aanschuifelen. Ze maakten een afspraak bij hem thuis en die middag vertelde hij Willem alles wat hij wist. Hij had het over meer dan anderhalf miljoen mensen, een absurd getal, maar zelfs als maar een derde, of een tiende, ervan waar zou zijn... Met treinladingen werden ze vermoord, zei hij. Met gas. En het zouden er nog wel meer worden, nu ze na Rusland en Polen en de Oostzee-landen ook begonnen waren de joden uit Holland en België en Frankrijk weg te slepen.

Vanaf dat moment was hij ongerust over tante Greet en wilde hij alleen maar noordwaarts. Noordwaarts, naar huis, naar Duitsland desnoods.

1944

In januari 1944 was de baai van Salerno één groot legerkamp. Stukgeschoten transportschepen en caissons markeerden het gedeelte van de haven dat ze de afgelopen maanden hadden weten vrij te maken van obstakels en mijnen, en waarlangs nu een constante stroom van troepen en materiaal in een steeds dichter sluier van mist en regen landinwaarts ging, richting Cassino. Het strand – het blonde, warme strand, waar hij eens, in een ander leven, met Angelino had gerend en gestoeid en tenslotte eindeloos in het zand had gelegen – was grijs en de strook iele duinen daarachter was bezaaid met roestend oorlogstuig.

De stad lag voor een goed deel in puin. Willem dwaalde door de nauwe straten, waar het nog steeds rook naar verbrande kalk en waar alleen nog wat oude mensen scharrelden tussen de ruïnes, bedelend om rantsoenen en sigaretten. Hij herkende niets en langzamerhand moest hij toegeven dat hij zich ook Angelino niet meer kon herinneren. Het was hooguit een gevoel, meer van verschaalde wanhoop dan van opwinding, en een beeld van een rug in een te nauwe colbertjasje. Maar ook dat verdween iets meer, elke keer dat hij het zich voor ogen trachtte te halen.

Het was een opluchting toen zijn eenheid werd verplaatst, eerst naar Napels, en vervolgens, in de vroege ochtend van 21 januari, vanuit Napels met een vloot van honderden landingsvaartuigen twee baaien noordelijker. Naar Anzio, een klein badplaatsje aan de rand van de door Mussolini's ingenieurs gedraineerde moerassen, die nu weer gedeeltelijk onder water stonden. De volgende vier maanden zou dat het smalle bruggenhoofd vormen achter de almaar niet doorbroken Gustav-linie, dertig bij twintig vierkante kilometer modder en malaria, en dood.

Aanvankelijk was Anzio een verademing. De landing verliep vrijwel zonder tegenstand, verwoestingen waren er niet en de witte gebouwen langs de kustlijn, hotels, het casino, glansden in het vroege licht. Vanuit de ramen van de gebouwen keken de slaperige bewoners verbijsterd toe hoe het leger, met tanks, opleggers met kanonnen en vrachtwagens vol manschappen het land op kwam en zich langs de stad verspreidde over het vlakke gebied daarachter. Toen Willem in zijn jeep met chauffeur de boulevard op reed, was voor een van de cafés het rolluik al opengeschoven. Ze stopten en even later stonden ze ieder aan de kant van een rond hoog tafeltje met hun espresso, meer cichorei dan koffie weliswaar, maar toch, terwijl buiten alweer jongetjes rond de jeep met zijn fotoapparatuur zwermden.

Eén, twee weken was het alsof de herinnering aan tweeëntwintig jaar geleden toch nog opeens werkelijkheid was geworden. Zelfs het hotel waarin ze waren ondergebracht leek op dat van vroeger, met zijn hoge gangen en donkere lambrizeringen en de kamer met bloemetjesbehang en uitzicht op zee. Een herziene werkelijkheid, want ditmaal was er geen sprake van geïmproviseerd gestuntel met zo'n boxje in een koekblik. Als een gigantische vis gleed hij met zijn superieure legercamera met ingebouwde schijnwerper door het water, de diffuse lichtstraal zwenkend voor zich uit, langs resten van stenen pijlers en kielen van schepen. Er waren wel wat mijnen, ronde ijzeren bollen met uitstekende tentakels, verankerd aan betonblokken die diep verborgen waren in de modder, en soms de lange, door elektrische draden verbonden reeksen die hij zo goed kende uit de havens van Salerno en Napels en die zelfs bij een plotselinge sterke beweging van het water af konden gaan, zodat hij ze omzichtig moest naderen om ze te fotograferen, flitsend en flitsend, van links en rechts, onder en boven. Maar veel waren het er niet en ze waren niet lastig te lokaliseren. Het water was helder als glas, ook toen het weer omsloeg en de regens weer begonnen, en het was of alles wat hij ooit aan angst had gevoeld achter was gebleven in het troebele water van de haven van Tripoli.

De oorlog was ver weg. Ze hoorden hem wel als ze in de grote zaal van het hotel over zijn foto's gebogen stonden, die uitgespreid lagen op het biljart. Een dof gegrom van motoren, en verder weg en nog doffer het gebonk van geschut. Eens in de vier, vijf uur kwamen er een paar vliegtuigen aan over de heuvels. Er begon een sirene te fluiten en door het raam, waar het glas allang uit verdwenen was, zagen ze de mannen in de haven naar hun dekkingsplaatsen rennen, terwijl er fonteinen omhoog spoten uit het water en hier en daar brand ontstond. Het duurde nooit langer dan een paar minuten.

Dan praatten ze weer door: 'And what is this?'

'Another series of katymines, I think.'

Jamal, de Marokkaanse duiker die de ontstekingen moest aanbrengen, grinnikte: 'No need for me, these will destroy themselves.'

Hij streek met een vinger over een van de glanzende foto's, een onderwateropname van hemzelf met één vinger hangend aan de verbogen railing van een gezonken schip en met de andere arm zwaaien als een onthechte acrobaat: 'Nice picture.'

Maar langzamerhand veranderde alles. De twintigduizend inwoners werden afgevoerd naar Napels – je vroeg je af wat ze daar moesten tussen de puinhopen – en in hun plaats kwamen steeds meer troepen, steeds meer halfverzonken tentenkampen in de modderige velden. Marlene Dietrich kwam en zong, staande op een munitiekist, voor een paar duizend onder drijfnatte zeilen weggekropen soldaten. En ook die foto's van hem werden afgedrukt in alle kranten zonder dat hij er weet van had.

Het regende nu dag in dag uit. Boven de haven hing een stinkende smog van brandende rookpotten, bestemd om het zicht van de vijandelijke vliegtuigen te belemmeren. Tevergeefs. En naast de bombardementen namen nu ook de beschietingen met de dag toe. Het gedreun van geschut in de verte was veranderd in het scherpe geratel van mitrailleurs, de knallen van de houwitsers, en behalve inkomende troepen en voorraden waren er nu ook gewonden, die op brancards of strompelend terugkwamen van de frontlijn, twintig, tien kilometer verderop. Beklemd hingen ze 's avonds voor de radio en luisterden ze naar de berichten over de zoveelste aanval op heuvel honderdzoveel bij Cassino, en over afgeslagen Duitse aanvallen bij Cisterna...

'Jesus, that's us.'

'Of course that's us. We're trapped.'

'Shut up.'

Tegen die tijd viel er niets meer te duiken. Elke vierkante meter van de haven en het grootste deel van de baai daaromheen hadden ze afgetast. Ze hadden mijnen gedemonteerd of tot ontploffing gebracht, obstakels opgeblazen. Ze hadden met zijn tweeën, Jamal en hij, uit louter verveling en uit weerzin tegen de grauwe wereld daarboven, vissen achternagezeten, waterballetten opgevoerd, en herhaaldelijk waren ze langer beneden gebleven dan eigenlijk verantwoord was, vrolijk duikelend op de rand van de nitrogeenvergiftiging. Maar ook dat hield op.

Juist in die tijd, ondanks, of wie weet dankzij de verveling en de angst, gebeurde het. Ze waren natuurlijk dronken na weer een hele avond bier drinken en naar het plafond staren. Niet erg trouwens, zelfs dat lukte niet meer. Naderhand zou Willem zich herinneren dat hij bij het verlaten van de zaal had gewuifd naar de anderen die daar nog zaten en dat Jamal daarbij was geweest. Hij zou nooit begrijpen hoe het mogelijk was, dat die hem enkele minuten later een verdieping hoger tegemoet kwam... Het was donker op de trap en in de gang, maar zo nu en dan lichtte het op bij een inslag. Hij liep, als elke avond, op de tast. En toen zag hij hem, bij weer zo'n opflikkering, aan het eind van de gang staan en naar hem lachen met zijn gekke, scheve gezicht.

Het volgende ogenblik hielden ze elkaar vast. Ze zoenden. Om hen heen knetterde en lichtte het, het stucwerk viel in brokken omlaag, de hel was losgebroken, en de hemel, Walküren denderden door het donker en hij proefde maar die smalle frisse tong die naar pepermunt smaakte, starend in die wonderlijk groene ogen, terwijl zijn lichaam trilde en trilde – ergens in zijn hoofd klonk Chopin, een waterval van klanken, harder, harder, een soort schreeuwen.

Ze vreeën uren, in de gang, in zijn kamer, op de grond, op bed, Willem boven als een rijder te paard met zijn hoofd in zijn nek terwijl de vuurstralen langs het raam schoten, en dan weer onder, wijd gespreid onder de hete adem, de warme, milde vloed van Jamals zaad. Pas bij het morgenlicht werd het stil, zo stil dat ze de zee hoorden, en soms, in de verte, het gierende geluid van een jeep of een ambulance. Zelfs het schreeuwen was niet te horen. Ze luisterden naar het kloppen van elkaars bloed.

'Hoor je?'

'Hmm.'

Een week later werd hij overgeplaatst. Zes dagen geluk in de miezerende regen in een belegerd bruggenhoofd. Sinds de baai vrij was, was het zijn opdracht het leger te fotograferen. Bij elke opname fotografeerde hij ook Jamal, die al helemaal niets te doen had: op de pier achter een vrachtwagen of uitkijkend vanonder een dekzeil, ergens in een veldkeuken bij een tentenkamp, eenmaal zelfs op de achtergrond van een soort statiefoto van generaal-majoor Lucian K. Truscott en zijn staf. Ervoor en erna en tussendoor vreeën ze, op zijn kamer in bed, maar ook in kapotgeschoten huizen, op de houten banken van de kerk tussen krijsend wegschietende katten, achter dijkjes in door rupsbanden omgewoelde modder. En altijd om hen heen de oorlog. Alsof die er nog toe deed.

Maar toen hij te horen had gekregen dat hij weg moest, leek het plotseling voorbij. Die avond keek hij tegen Jamal aan als tegen een vreemde, al probeerde hij het te verbergen. Zijn ogen leken opeens niet groen meer – welke Marokkaan had er ook groene ogen? Maar hij zat nog niet in het vliegtuig of hij verlangde alweer naar hem. Jamal, Jamal... Hoe moest hij hem ooit terugvinden? Zelfs zijn achternaam en legernummer wist hij niet, stomme idioot die hij was, alleen de naam van een dorp ergens in de buurt van Casablanca.

Het werd niet minder. De regen hield op en de lente brak uit met wolken van bloesems langs de geblakerde hellingen. Hij fotografeerde generaals, gebogen over stafkaarten in een jeep, weggedoken in hun trenchcoats.

'Gentlemen, please, a somewhat more optimistic expression.'

En hij fotografeerde soldaten bij stukgeschoten dorpen hoog in de heuvels, soldaten die met zwaarbepakte muilezels langs bergpaden trokken, die geschut in stelling brachten. Half mei werd het tot de grond toe vernielde zesde-eeuwse klooster van Monte Cassino veroverd en braken ze eindelijk door de Gustav-linie. Een paar dagen later volgde de Hitler-linie en weer een paar dagen later de Caesar-linie tussen het Anzio-bruggenhoofd en Rome. De troepen juichten: de weg naar Rome lag open, het kon nu niet lang meer duren.

Het deed hem niets, al hoorde hij nu wel weer het schreeuwen in zijn achterhoofd. Automatisch deed hij zijn werk.

'Hi, Elling, come here, take this.'

En dan volgde er weer een mitrailleursnest met stukgeschoten soldaten, of een stel halfvergane partizanen, opgehangen aan een boom. Er was slechts de steeds groter wordende leegte van een levenslang gemis, dat hem langzaam leek uit te teren – ook al zag hij er altijd onberispelijk uit, gladgeschoren en strak in zijn battledress. Waarom nu, vroeg hij zich af, in deze trage oorlog in steeds stoffiger wijngaarden en steeds duisterder stadjes waarin je verdwaalde in de stegen, en waarom nu juist deze jongen van wie hij het gezicht nu al verwarde met dat van alle andere jongens in zijn leven. Zijn leven...

Toen hij eind juli eindelijk naar het pas veroverde Livorno werd gestuurd, geloofde hij er al niet meer in, hoewel het verlangen er niet minder om was en hij moeite genoeg had gedaan het zover te krijgen. Het opperbevel wilde hem eigenlijk niet kwijt, zeker niet toen ze die foto's van La Dietrich hadden gezien en Truscott en opperbevelhebber Clark zelf, eenmaal in Rome, de ene foto na de andere wilden: voor het Colloseum en bij het Quirinaal, en in hotel Excelsior, met het glas in de hand discussiërend over de aanval op alweer de volgende verdedigingslinie van de Duitsers, de Gothische ditmaal, die halverwege Florence en Bologna van kust tot kust liep, de laatste barrière voor de Po-vlakte.

Zijn faam als onderwaterfotograaf gaf tenslotte de doorslag, want de haven van Livorno, een van de grootste van Italië en onmisbaar voor de verovering van Zuid-Frankrijk en Noord-Italië, was vergeven van de mijnen en de boobytraps, en vooral van de gezonken schepen waarop betonblokken waren gestort en hijskranen, lorries, stukken rails en wat er maar aan schroot op de kaden te vinden was geweest. Zodat als ergens een opruimingsunit als die van Jamal bezig moest zijn...

Honderden waren er, onverschillige kerels met de ontstekingslonten los aan een haak aan hun duikerpak. In één oogopslag namen ze zijn foto's in zich op, schoven de bril voor hun ogen en het mondstuk voor hun gezicht en weg waren ze, als zwarte kikkers de diepte in. Maar geen Jamal. En de oorlog, ach, ook die vergat hij allengs daar onderin het schemerige licht tussen de mysterieus omhoog torenende scheepswrakken met hun half bemoste stangen en stakels en rafelige gaten, waar soms een school glinsterende vissen doorheen schoot. Want wat, kon je denken, wat was er ooit werkelijk gebeurd?

Voor Bert hoefde het allemaal niet meer. Eens in de zo veel tijd lukte het hem nog om met een auto van de zaak en heimelijk getankte benzine weg te komen uit Turijn en anderhalve dag vanaf het terras van Pennacini naar de bergen te kijken. Ze waren onbereikbaar. Niet zozeer vanwege de Duitse colonnes die onafgebroken over de Brenner kwamen om ergens in het zuiden de Britten en Amerikanen tegen te houden, maar vooral vanwege de partizanen, die beurtelings springladingen aanbrachten en ontmantelden en soms, plotseling, in een uitbarsting van haat een patrouille van hun Tiroler landgenoten onder vuur namen. En vanwege zijn been natuurlijk.

Het hotel zat vol vluchtelingen uit Duitsland, waar de steden nu dag en nacht werden gebombardeerd, bleke vrouwen en een ontelbaar aantal smerige, lawaaiige kinderen, die onophoudelijk door de tuin en over het terras renden. Maar geen Elena. Hij miste haar ongeveer zoals hij het normale gebruik van zijn been miste, als iets dat er gewoon hoorde te zijn. Een jaar nu al, het wende niet echt. Knorrig werkte hij zich door de drukte heen, van terras naar eetzaal en van de eetzaal naar de hal.

Het stonk overal, uit de leren fauteuils staken de veren en van de piano waren de kandelaars afgebroken. Hij opende de klep en sloeg een paar akkoorden aan – pianoles, wat had hij er de pest aan gehad – . Het klonk meer schor dan vals. Gianni, die nu weer Johann heette, kwam met de kokkin langs sjouwen met een gamel vol soep en glimlachte.

'Ach, ja, bitte, spielen Sie etwas, wie damals ihr Herr Vater.'

Damals, damals... soms hoorde je hem over de radio: 'Der berühmte Klavierspieler Hermann Elling spielt jetzt für Sie...' Maar – nu hij erover nadacht – steeds minder vaak. En dan tokkelde hij maar wat: *Für Elise*.

Juffrouw Bouwmeester ergens op een huurkamer op een singel in Arnhem:

‘Toe nou, Bertie, oefen nou eens, je hebt toch zo’n aanleg, wat moet ik tegen je vader zeggen als hij terugkomt?’

Het was op zo’n avond, dat Paolo binnenkwam.

‘Bravo!’

Door het halfdonker herkende hij hem meer aan zijn stem dan aan zijn gezicht.

‘Paolo!’

Ze sloegen de handen tegen elkaar en toen Paolo een paar stappen naar een stoel nam, zag Bert dat ook hij mank liep.

‘Ach ja, dat heb je als je zonder veel kennis van zaken een tijdbom probeert af te stellen.’

‘En nu?’

In die tijd zaten Mussolini en zijn ministers, onder wie Rodolfo Graziani als minister van defensie, met hun Republiek van Salò aan het Gardameer. In Rome was de stokoude Pietro Badoglio, door wie de Duce in ’43 was afgezet en geïnterneerd in een hotel op de hoogste top van de Gran Sasso, na vijfenveertig dagen premierschap nu zelf afgezet door de geallieerden. Bij Livorno en bij Florence vocht het legerkorps van vrije Italianen, onder wie Agnelli’s zoon Gianni, mee met de bevrijders. Maar hier in het noorden – in de Alto Adige zoals de Italianen zeiden, het Alpenvorland volgens de Duitsers of, zoals men het zelf noemde, Zuid-Tirol – heerste Franz Hofer als Oberst Kommissar onder Hitler.

‘Nu strompel ik maar wat mee met de jongens van het CLN.’ En, op Berts vragende blik: ‘Comitato Liberazione Nazionale. En soms ook met die van de Andreas Hofer Bund, al haten die elkaar al bijna net zoveel als ze Franz Hofer zelf haten, om van onze betreurde Volksgruppenleiter Peter Hofer maar te zwijgen.’

‘Hou je mond,’ zei Bert, ‘ik wil het niet horen. Het stikt hier van de Duitsers.’

Maar Paolo was niet te stoppen.

‘Dit land is vergeven van de edelweiss en van de Hofers, vanaf Andreas die tijdens Napoleon tegen de Beiers vocht tot en met onze Franzli, die zijn ziel aan diezelfde Beiers heeft verkocht. Of ze nu vóór of tegen zijn, in wezen willen ze maar één ding en dat is zelf de baas spelen in hun eigen bergen tussen hun eigen koeien en geiten.'

Hij liet zich eindelijk in een stoel zakken en haalde met een breed gebaar een fles uit de binnenzak van zijn overjas.

'Schnaps, Bertolino, echter Österreichischer Schnaps.'

Hij zei het met een overdreven Italiaans accent, en toen pas begreep Bert dat hij dronken was, stomdronken. Hij werd bang. God wist wie er van al die Duitse wijven achter de deur stond te luisteren, of Johann. Natuurlijk, zo'n oude Tiroler met Anschluss-idealen.

'Salute.'

'Stil nou, verdomme.'

'Waarom? Nou? En waarom dan wel? Dit is godverdomme nog steeds mijn vaders hotel, nog steeds, en als die verrekte Tedeschi en die verrekte Tirolereli niet, porco dio, oprotten dan slaan we ze eruit. Weet je wel hoe die Tiroler ss-regimenten hier huishouden, Alberto? Hoe ze Italiaanse burgers uit hun huizen sleuren en neerschieten of afvoeren naar Duitsland, vrouwen verkrachten. Dat is Hofers heilstaat. Zelfs hun eigen mensen zijn niet veilig en worden met duizenden tegelijk naar het Oostfront gestuurd om het christendom te redden. Weten die onnozele boeren veel. Het Rode Gevaar. Jongens van zestien met de Heilige Maagd in hun ogen en een bajonet op hun geweer, niet eens kogels. Maar wij hebben wél kogels.'

Hij dronk en hikte, en dronk, en zat maar Bert de fles in handen te duwen.

'Drink nou, Alberto, vriendje van me. Weet je nog, die rode raceauto van je? En hoe we in één dag alle vijf de toppen van de Fünffingerspitze deden?' Hij sloeg op zijn been. 'Kom daar nou maar eens om, dank u wel, alstublieft.'

Hij kwam overeind en sloeg zijn arm om Berts schouder.

'Het st-stinkt hier.'

Samen wankelden ze naar buiten, de nacht in onder de kastanjes. Ze struikelden nog bijna over een tuinstoel. Toen stonden ze stil. Een tijd lang stonden ze zo tegen elkaar aan te hangen en luisterden ze naar het verre geronk, hoog in de bergen, van de vrachtwagens die over de Brenner kwamen.

'Het duurt niet lang meer,' hoorde hij Paolo naast zich fluisteren, 'volgende week blazen we de weg op, daarom ben ik hier, niemand vertellen hoor...'

Het was stikdonker. Hij zag geen hand voor ogen en natuurlijk had hij hem zelf inmiddels ook behoorlijk om, zodat het nog een tijd duurde voordat het tot hem doordrong dat hij alleen was. Strompelend en struikelend zocht hij de weg terug naar de tuindeuren. Waar zou Paolo nu zitten? In de schuur achter het huis waar vroeger de auto's van de gasten stonden? Op zolder? De weg opblazen, de idioten. Dat ging weer repressailles geven, als ze niet al voor die tijd ingerekend waren. Hij had het zien gebeuren, agenten met Tiroler hoedjes op die opeens uit een vrachtwagen kwamen, drie, vier mannen van de straat haalden, tegen een muur zetten en neerschoten, en twee straten verderop weer.

Hij moest maken dat hij wegkwam. Weg. Zo ver was het dus gekomen, dat hij zelfs niet meer naar de bergen kon blijven kijken. Die kloteoorlog, alles raakte hij kwijt, alles, en wat had hij ermee te maken, verdomme, wat had hij nou helemaal met die klerezooi te maken?

Een paar weken later ontmoette hij Paolo weer. Hij liep om half zeven door de Corso Dante naar huis, als alle kantoorklerken met zijn aktetas onder zijn arm en zijn jasje los over zijn schouders, toen hij opeens naast hem liep.

'Buona sera. Come stai, Alberto?'

Hij zag er nu allerminst dronken uit, eerder wat stijf en onopvallend. Ze liepen samen op.

'Wat een weer, hè?'

'Te warm al.'

'Ja, voor de tijd van het jaar.'

'Hoe is het met je vader?'

'Bene. En jouw moeder?'

'Ach, je weet, de post gaat maar moeizaam, ik heb een maand al niets meer gehoord. Maar ze houdt zich goed, geloof ik.'

Hij wilde iets drinken op een terras zoals elke avond, maar niet met Paolo, en dus liep hij maar door in de hoop dat hij op een gegeven moment vanzelf weer zou verdwijnen. Dat gebeurde niet. Toen hij bij zijn huis was, ging hij zelfs mee de benedenhal in.

'Ik kan je niet ontvangen, Paolo,' zei hij.

De ander hinkte de trap al op.

'Buon Dio, heb je geen lift? Wat woon je hier in voor een gribus?'

Maar toen ze binnen waren, veranderde hij opeens. Bert was doorgelopen naar de keuken, snakkend naar een glas wijn na een hele dag stompzinnige berekeningen, en toen hij terugkwam in de kamer zag hij Paolo in de slaapkamer kijken.

'Heb je geen vrouw?'

'Die is verdwenen.'

'Oké.'

Hij liep naar het raam, opende het en keek half eruit hangend langs de gevel. Vervolgens deed hij hetzelfde in de slaapkamer, en in de keuken.

'Oké.'

Het ging allemaal snel en zakelijk, en daarna ging hij middenin de kamer voor hem staan en keek hem recht in zijn ogen – zo recht als sinds Bordino niemand hem meer aangekeken had, maar Bordino was al jaren dood, gecrasht op het circuit van Alessandria.

'Je hebt me niet verraden, toen in Merano, dus moet ik er maar van uitgaan dat ik je kan vertrouwen. Jij kent Giovanni Agnelli. Je moet hem dit geven, persoonlijk en zonder dat iemand het ziet. Het is belangrijk. Zeg hem dat de patroon van Allaria weet waar hij me kan bereiken.'

Hij keerde zich om en liep weg, terwijl Bert verbijsterd naar de envelop in zijn hand keek.

'Maar...'

Zo ging dat dus, op zomaar een achtermiddag in augustus, zonder dat je erom vroeg of zelfs maar de kans kreeg te weigeren. Erin geluisd, gebruikt voor god weet wat. En voor welke kant? Er mocht dan wel gefluisterd worden dat Gianni Agnelli in het zuiden bij de geallieerden zat, maar zijn vader, de oude Giovanni, liet zich één keer per maand naar Salò rijden en dineerde van tijd tot tijd met de Wehrmacht. Niet dat hij het hem kwalijk nam. Waarom zou hij? Maar hoe hij hem die envelop in handen moest spelen?

Hij overwoog hem weg te gooien, of open te maken en de documenten die erin zaten één voor één in stukken te scheuren en te verbranden in de gootsteen. Twee dagen zat het ding in zijn tas en had hij het gevoel dat hij elk ogenblik aangehouden kon worden. Zo klein was die kans nou ook weer niet. Het was nauwelijks te zien dat hij met zijn been trok en wat deed hij dan in burger op straat. Ze zouden zijn papieren willen zien, en wat er in zijn tas zat.

Hij had geluk. De ochtend van de derde dag zag hij Agnelli's auto de binnenplaats van het kantoorgebouw op komen rijden. Een uur later stond hij al in zijn kamer.

'Men heeft me gevraagd dit aan u te willen geven.'

'Dank je, leg daar maar neer.'

Hij nam het niet eens aan. Het lag daar voor iedereen zichtbaar op de tafel, en hoeveel mensen liepen er niet in en uit op zo'n zeldzame dag dat hij weer eens op de zaak was? Nou ja, dat was zijn probleem verder niet.

Maar een paar dagen later stond Agnelli plotseling bij hem in de kamer. Leunend op zijn stok keek hij rond en zei: 'Hou je het nog een beetje uit hier?'

'Ach.'

'Nou ja, het is niet anders. Wat ik zeggen wou, zit je vader nog steeds in Duitsland?'

'Ja, voorzover ik weet.'

'Hij zal het daar niet zo gemakkelijk hebben. Als je hem hierheen wilt halen, moet je maar een seintje geven.'

Zijn vader, alsof hij daarop zat te wachten. De oude heer had wel wat beters kunnen bedenken als hij hem per se wilde bedanken voor het overbrengen van die brief. Het was dan misschien niet werkelijk gevaarlijk geweest, maar hij had toch maar twee dagen rondgelopen met die envelop in zijn tas en wie weet wat daar in gezeten had, en wie weet wie er allemaal gezien hadden dat Paolo samen met hem zijn huis binnen was gegaan.

Maar vluchten naar Italië was wel het enige dat Herman kon bedenken in die weken na de aanslag op Hitler van 20 juli, toen het regiem aan alle kanten om zich heen begon te slaan. Plotseling verdwenen er mensen van wie men dat wel het minst had verwacht, en dat niet alleen uit officierskringen. De vader van een leerling, en halverwege augustus zijn buurman, de oude Von Rahnsdorf.

Hij trof diens vrouw huilend in het trappenhuis, toen hij thuiskwam van een radio-opname met de Philharmoniker.

'Ze hebben hem meegenomen, twee keurige heren, maar toen ik vroeg hoe laat ik hem terug kon verwachten, zeiden ze niets, en daarna heeft de Gestapo het hele huis doorzocht. Schau es dir mal an.'

Door de geopende deur zag hij de chaos. Ze weigerde terug naar binnen te gaan.

'Nein! Nein! Ich bleibe hier bis er zurück ist.'

Het kaatste door het trappenhuis, maar er kwam niemand tevoorschijn. Tenslotte wist hij haar bij hem naar binnen te krijgen. Ze huilde nog steeds, met lange uithalen.

'Wir kennen den Claus von Stauffenberg doch gar nicht. Und der Führer, der Hitler, er war überhaupt nicht verletzt, oder nur ganz leicht.'

En Ulli, zijn eigen lieve, bebaarde en langharige krantenman. Wat die ermee te maken kon hebben? Maar ook die kwam niet terug.

Toen hij de opdracht kreeg iets te schrijven in het kader van de door Goebbels georganiseerde trouwverklaringsaktie *Wir stehen und fallen mit Adolf Hitler*, deed hij plichtsgetrouw mee, zonder chicanes of flauwe dubbelzinnigheden. Hans Söhnker, met wie hij wel eens schaakte, vertelde trots zijn oplossing.

'Wer an den Führer glaubt, glaubt an den Sieg. En geloven doen we. Toch?'

Hij durfde zoiets niet, en contact met Söhnker vermeed hij sindsdien. Maar hoe lang en hoe vleiend, kruiperig zelfs, zijn tekst ook was – 'de geliefde leider', 'de lafhartige aanslag', 'in voor- en tegenspoed', 'zoals het Hollandse spreekwoord luidt: in tijden van tegenspoed kent men zijn vrienden' (of was dat alweer te negatief geweest?) – het verhinderde niet dat men hem wantrouwde. Hij voelde het om zich heen, in de manier waarop men hem begroette, of niet begroette, bij het Amt für Konzertwesen, bij de radio. Hij was nog steeds de beroemde Elling, en ze konden natuurlijk ook niet zonder hem, met hun bloedeloze radioconcerten. Maar hij bleef een buitenlander. Soms dacht hij dat hij gevolgd werd. Onzin natuurlijk, maar toch...

De eerste concrete aanwijzing was de weigering van een uitreisvergunning voor de Musikfestwochen in Luzern. De opgegeven reden was een serie geplande grammofoonopnamen waarbij zijn aanwezigheid 'unbedingt' vereist was, juist in die periode. Hij was woedend. Als hij al van plan was geweest van die gelegenheid gebruik te maken om Bert op te zoeken, wat dan nog? Maar tegelijkertijd was hij bang. En toen kwam per koerier het bevel zich diezelfde middag te melden bij de SD. De rest van de ochtend zat hij aan de vleugel zonder een noot achter de andere te krijgen. Verstijfd. Het trok vanuit zijn maag omhoog, zijn slokdarm door, en door zijn armen tot in zijn handen, zijn vingers.

Het onderhoud zelf was erg genoeg. Het ging strikt formeel en zonder het minste teken van afkeuring of zelfs van misnoegen.

'In 1940 hebt u voor uw joodse leerling, Frau Lydia Kretzky, de overtocht naar Amerika georganiseerd.'

'Ja.'

'Waarom?'

'Zij ging daar haar opleiding voltooien.'

'Kon dat dan niet in Duitsland? Of in Oostenrijk? Waarom moest zij in Amerika contact opnemen met uw zoon Wilhelm? En waarom raakte uw zoon Wilhelm juist in die tijd geïnteresseerd in onderwaterfotografie?'

'Is hij daarin geïnteresseerd? Dat is me niet bekend.'

'O nee? Merkwaardig.'

Hij had het koud. Voor hem zat een strakke officier vragen op hem af te vuren die hij afleidde uit een map voor hem op tafel.

'U ziet: we weten alles.'

Dat was trouwens de enige keer dat de man iets menselijks had, toen hij trots zei: 'U kunt ons werkelijk niet om de tuin leiden, het Kulturpolitische Archiv van het Amt Rosenberg heeft een heel dossier over u.'

Voor het overige bleef zijn stem vlak.

'Wat weet u van de Riefenstahl-documenten?'

'Wat zegt u?'

'De Riefenstahl-documenten, die in Amerika achtergebleven zijn en waarvoor uw zoon zo'n belangstelling heeft getoond.'

'Nooit van gehoord.'

'Zegt de naam Rudi Heinemann u iets?'

'Nee.'

'En Jochum Bader?'

'Nee.'

'Wanneer hebt u uw zoon Wilhelm voor het laatst gesproken? Geschreven? Weet u waar hij nu is?'

'Geen idee.'

'En uw zoon Albert? Waarom is die zo plotseling naar Italië teruggegaan? Dat weet u zeker ook niet, wel? En waar zijn de Riefenstahl-documenten?'

Toen hij weer op straat stond trilde hij over zijn hele lichaam. Het was vooral de absurditeit van het geheel die zijn angst voedde. De Riefenstahl-documenten. Wat konden ze daar in godsnaam mee bedoelen? Judith Kretzky, dat had hij wel zo half en half verwacht, al was Duitsland in die tijd nog lang niet in oorlog met Amerika en was er niets verbodens geweest aan wat hij had gedaan, afgezien dan misschien van die dollars van Bert. Maar verder? Hij had gedacht dat ze over Chopin zouden beginnen en over die keer dat hij een concert niet was begonnen met het Horst Wessel-lied. Straal vergeten. Het publiek trouwens ook. Of over zijn relatie met Von Rahnsdorf, of Söhnker, of desnoods over zijn 'Stehen und fallen'-stukje. Maar dit? Riefenstahl, het klonk als een of ander waanzinnig project, dat fameuze geheime wapen waar ze het steeds over hadden, of nog geheimer.

De straten waren opeens leeg en de paar mensen die er liepen, haastten zich met van hem afgekeerde blik schichtig langs de grotendeels verwoeste huizen. Ergens daarachter moesten ze zijn, de officieren met hun hoge petten en glanzende beenkappen, het ijzeren kruis fier op de brede borst. En de wetenschappers, de bedachtzame mannen in witte jassen voor hun schoolborden vol formules. Er gingen geruchten over geheime, ondergrondse werkplaatsen waar een wapen werd gesmeed van een nieuw, ondoordringbaar soort staal. Riefenstahl? Het zou godbetert Willem weer niet zijn met zijn eeuwige avonturen...

En weer zat hij achter de toetsen, de open klep als een reusachtige beschermende vleugel boven hem uit. Hij speelde verstijfd de eerste nocturne, langzaam, langzaam, de diepe noten steeds harder ook al stond er 'pianissimo', en de hoge steeds zachter, onhoorbaar tinkelend bijna. De tweede, nee, die niet, te vrolijk. Maar de derde weer wel, sneller nu ook, met die krankzinnige loopjes waarbij je voelde dat het publiek de adem inhield, en de vierde met het barse middendeel, de zevende, achtste... Hij beukte, streelde, beukte. Het raam stond open, als altijd, en hij wist dat er als altijd mensen luisterden, alleen professor Von Rahnsdorf en Ulli niet. Als er ergens een God was en Hij luisterde, dan kon Hij het krijgen, bonkend en krijsend. En toen opeens speelde hij zo teder als hij nog nooit had gespeeld, zacht meeneuriënd met de melancholie van een late zomermiddag... en in de open serredeuren stond toen de kleine jongen.

Hij moest weg, zoveel was duidelijk, en wel zo gauw mogelijk. Maar waarheen? Hij overwoog Jaap, en dat lag misschien ook wel het meest voor de hand met diens zakenrelaties tot in Duitsland toe. Maar aan de andere kant, als er werkelijk verdenkingen waren kon hij beter maken dat hij helemaal wegkwam en bovendien, en dat gaf misschien de doorslag, mocht Jaap hem niet. En hij Jaap niet, moest hij toegeven.

Dus werd het Bert, die hem vast wel op een of andere manier naar het door de geallieerden bezette deel van Italië zou weten te krijgen. Van daar kon het niet moeilijk zijn naar Amerika te komen, waar hij kon rekenen op een hartelijke ontvangst, dat was wel zeker, hij had meer dan eens van verschillende impresariaten uitnodigingen gehad, smeekbeden haast waarom hij niet kwam, alles zouden ze regelen, de overtocht, het concert in Carnegie Hall in New York en een tournee door god weet hoeveel staten. Het zou leuk zijn weer eens samen met Judith op te treden.

Zo kwamen dus alle lijnen samen, zoals dat wel meer gebeurt in het leven. Toeval, of misschien de werking van een eindeloos ingewikkelde, maar niettemin strikt logische sequens van oorzaak en gevolg door alle onheil en gruwelijkheden van die jaren heen, sinds Bert, als enige van de familie, daar naar hem had zitten luisteren in de lounge van dat hotel, jaren geleden, bij dat rampzalige bezoek toen alles voorgoed mis was gegaan.

Het was een vreemde brief. Van zijn vader nog wel, wat in geen jaren was gebeurd, vol sentimentele herinneringen aan de tijd dat hij nog bij hen had gewoond en ze in de bossen met pijl en boog op katten en eekhoorns gejaagd hadden. Het eindigde ermee dat hij half september een concert had in Innsbruck en of ze elkaar dan niet weer eens konden zien, bijvoorbeeld in dat hotel in Merano als dat nog bestond, dat was tenslotte vlakbij en hij had begrepen dat er tussen das Reich en de provincie Bozen tegenwoordig geen reisbeperkingen meer waren. Ondertekend: 'Je eekhoorn'. Hoe verzon hij het.

Twee weken later werd er middenin de nacht een telegram bezorgd door een jongen op een fiets: 'Toestand vader ernstig. Tref regelingen en antwoord snel'. Toen pas begreep Bert dat die eekhoorn een signaal was geweest.

En wat dan nog? Hij zat met een fles wijn in zijn ene hand en een glas in zijn andere in zijn onderbroek op de bank en staarde naar het telegram op het glazen tafeltje voor hem. Het was nog steeds snikheet. Zijn benen kleefden aan het leer en bij elke slok zweette hij harder, en ondertussen was er een vlieg die maar rond zijn hoofd zoemde. Hij zwaaide met zijn hand met glas: 'Lazer op, beest.'

Maar de vlieg maakte een boog en keerde met een rotvaart terug, rakelings langs de kale lamp boven de tafel. Weer een boog. En toen zat hij opeens op het telegram met zijn pootjes over zijn kop te wrijven of niets anders in de wereld ertoe deed.

Bert hief zijn arm en liet die met volle kracht neerkomen. De klap klonk als een geweerschot. De scherven van de fles vlogen in het rond, zijn hand bloedde en de wijn stroomde over het tafeltje, waar een ster in was gesprongen. Elena's tafeltje, waar ze zo blij mee was geweest toen hij het voor haar gekocht had. Ergens in huis schreeuwde iemand: 'Cosa succede?!'

Hij schreeuwde terug: 'Niente, è niente.'

Zijn vader verdomme, en altijd, altijd was hij de klos. Als iemand soms dacht dat Jaap ooit, of Wim... die al helemaal niet.

Kerstdagenlang had hij hem over de vloer gehad, met zijn eeuwige zijdelingse geflirt met Elena. Maar hij zou hem niet laten vallen, hij niet. Hij kwam overeind en begon met één voet over de drijfnatte vloer de scherven bij elkaar te schuiven. Ze zouden nog opkijken. Ze konden dan wel denken dat hij uitgerangeerd was met zijn manke been, maar tenslotte was zijn vader niet niemand en als bekend zou worden dat van alle drie zijn zoons juist hij...

De volgende ochtend telegrafeerde hij terug. Hij stond met een leeg hoofd van de drank en het tekort aan slaap voor het loket. Het meisje in stofjas aan de andere kant las het over: 'Van harte welkom. Wanneer?' en zei: 'Ja, die komen allemaal hierheen vluchten, nu wel.'

'Verstuurt u het nu maar.'

Ze haalde haar schouders op.

'Ik zal mijn best doen.'

Italianen...

Er gingen weer een paar weken voorbij. Boven Florence lukte het de geallieerden niet door de Gothische linie te breken en het leven zakte terug in de sleur van alledag. Op de zaak gingen geruchten dat er stakingen dreigden, maar niemand wist waar en wanneer. Van zijn vader geen woord. Men zei ook dat Berlijn nu dagelijks werd gebombardeerd, dus misschien was hij dood en eigenlijk was dat ook wel een opluchting.

Het derde bericht kwam weer per post. Uit Innsbruck: 'Lieve Bert. Na een zeer succesvol recital gisteravond in het Kurhaus hier, haast ik je te schrijven. Ik hoop dat deze brief je nog tijdig bereikt, want over uiterlijk anderhalve week zal ik helaas vanwege mijn verplichtingen bij de radio terug moeten keren naar Berlijn...'

Dat van dat concert was waar: uitverkocht en na afloop ovaties. Maar toen Herman 's avonds in zijn hotelkamer die brief schreef, had hij hartkloppingen van angst. Het door Reichsminister dr. Goebbels persoonlijk ondertekende dienstbevel 'unbedingt an Rückkehrtermin 1. Oktober fest zu halten' brandde in zijn binnenzak. Ze hadden natuurlijk allang in de gaten dat hij probeerde weg te komen. Hij wist zeker dat hij werd gevolgd – hij had ze wel gezien in de trein, en later weer in de concertzaal. En als ze inderdaad dachten dat hij iets wist van die Riefenstahl-documenten zou er ongetwijfeld bij de grensovergang een aanhoudingsbevel liggen, ongeacht die vrijheid van verkeer.

Het was dus zaak zo te schrijven, dat ze overtuigd werden dat hij niet anders van plan was dan terug te gaan, terwijl tegelijkertijd Bert moest begrijpen hoe nijpend zijn positie was: '...het zou toch bijzonder jammer zijn als we elkaar niet zouden ontmoeten. Laat alsjeblieft per omgaande van je horen. Zondag 17 september, of een van de dagen daarop zou mij goed uitkomen. En, o ja,' – dat 'o ja' moest het hem doen – 'je zal het aardig vinden te weten dat ook hier veel eekhoorns zijn, al zijn ze heel angstig en laten ze zich niet graag vangen.'

Hij bad maar dat dat duidelijk genoeg was en dat de jongen iets wist te organiseren, want hij was aan zijn eind. Zo jong was hij nu ook weer niet – had die schurk van een Vedder dat al niet eens gezegd? Al weken had hij 's nachts geen oog dichtgedaan, wachtend op het stilhouden van een auto in de straat, voetstappen, en dan de bel... en eten deed hij al helemaal niet meer, geen hap kon hij door zijn keel krijgen, hoogstens een glas magere melk en wat droge kaakjes. Overal lagen half afgekloven kaakjes: hij zoog erop als een baby en legde ze dan neer en vergat ze, op de vleugel en op het kastje met muziekboeken, en hier in het hotel op het nachtkastje, op de glazen plaat boven de wastafel.

Hij leefde dus niet alleen nog, maar hij zat ook al in Innsbruck. En omdat hij blijkbaar niet gewoon met de trein kon komen en omdat hij het alweer over eekhoorns had, en wel eekhoorns die bang waren gevangen te worden, moest er meer aan de hand zijn. In zijn verbeelding zag Bert al de krantenkoppen na de oorlog: 'Alberto, già illustre pilota della Fiat e Mercedes, salvatore di suo padre, il famoso pianista Herman Elling'.

Dus reed hij diezelfde middag nog zo'n veertig kilometer de heuvels in ten zuidwesten van Turijn naar Villar Perosa, waar de Agnelli's hun buitenverblijf hadden en waar Giovanni Agnelli zich het afgelopen jaar steeds meer teruggetrokken had.

Vanaf dat moment ging alles onwaarschijnlijk gemakkelijk. De oude heer ontving hem of hij een goede bekende was. Waarom hij niet al veel eerder eens langsgekomen was, juist nu, nu het in Turijn niet was uit te houden. Een glas wijn, de tuinen...

'Kom, dan laat ik je mijn rozen zien.'

Ze liepen in het vallende licht tussen de onwaarschijnlijk grote, onwaarschijnlijk geurende rozen en Agnelli wuifde alle moeilijkheden weg alsof ze niets waren.

'Ik denk dat hij werkelijk in de problemen zit.'

'Maar natuurlijk jongen, niet met de trein en niet over de weg... Hier, ruik nou toch eens. September, en nog vol in bloei. Dat had je niet gedacht, hè? Dat ik op mijn oude dag nog aan de rozen zou vervallen. We halen hem wel hierheen, er staat zelfs nog een vleugel in de bibliotheek. Bridged hij? Nou ja, dat doet er ook niet toe. Ga nou maar overmorgen na het werk een drankje drinken bij Allaria, dan komt alles in orde. En kijk niet zo sip.'

Hij stak zijn neus weer in zo'n roze, volbloeide roos. Als een wulpse satyr, dacht Bert.

Het was of hij het hoorde: 'De laatste genietingen van de ouderdom, mijn jongen. Pas maar op. Je hebt daar nu nog geen weet van, net als mijn caro Gianni. Meedoen, vechten, en zo moet het ook. Maar de ouderdom komt eerder dan je denkt en dan leef je maar wat vanaf de zijlijn.' Hij liep verder over de smalle paden, zwaaiend met zijn stok en maar voor zich uit pratend. 'Dat is wennen, als je je hele leven in het centrum van alles hebt gestaan. Il Padrone, il senatore, zo noemden ze me graag, weet je, en ik hoorde me graag zo noemen, maar ja...'

Bert verstond slechts flarden. Het was of de oude man hem was vergeten en toen hij eindelijk dwars door diens gemompel heen zei dat hij nu toch echt moest gaan, keek Agnelli hem zo wazig aan dat hij zich afvroeg of hij zich nog wel iets herinnerde van wat ze hadden afgesproken.

Maar dat viel mee. Bij Allaria die zaterdagochtend kreeg hij aan de bar te horen dat hij de volgende dag Paolo moest ophalen bij het Siegesdenkmal in Bolzano. Hij maakte zich nog zorgen hoe hij zo gauw aan een auto moest komen nu het weekend al bijna was begonnen, maar toen hij bij de garage kwam, leunde de portier al uit zijn wachthokje naar buiten en riep: 'Uw wagen staat achter klaar, signore Elling.'

De tank was vol. Het weer was prachtig, niet al te heet meer en tegen de hellingen begon het al te kleuren. De weg was vrijwel leeg, op een enkele hem tegemoet komende Duitse colonne na, maar zelfs dat was minder dan hij eerder had meegemaakt. En bovenaan de trap van het Denkmal, tussen de reusachtige marmeren fasces, zat Paolo. In lederhosen met witte kniekousen, bergschoenen, rugzak, en met een Tiroler hoedje op zijn hoofd. Hij wuifde en kwam toen met sprongen de trappen af.

Bert schoot in de lach.

'Wat zie je eruit. Is dat niet wat erg overdreven?'

'Nee.'

Uit de rugzak kwamen nog een paar bergschoenen en een paar witte kousen.

'Trek die maar aan, een stok snijden we onderweg wel.'

'Maar je wilt toch niet...'

'Rijden.'

Hij reed. Zijn hart bonsde, maar in zijn hoofd juichde hij. Ze gingen de bergen in. Het was onmogelijk en toch ging het gebeuren. Boven Merano, halverwege het dorp en het hotel, lieten ze de auto achter in een half overgroeide inham opzij van de weg, het begin van een of andere nimmer doorgezette afgraving. Hij herinnerde zich het wel. Iets verderop begon het pad naar boven.

'Wil je echt...?'

'Het zal toch moeten.'

Pijn deed het wel. Paolo trok meer met zijn been dan hij, dus durfde hij niets te zeggen, maar het ging moeilijker dan hij had gedacht. Telkens stootte hij met zijn slepende voet tegen een steen, of een wortel. Zijn adem gierde en na een paar slingers omhoog begon het al te steken in zijn zij en zijn borst. Om de zo veel meter moest hij stilhouden. Dan stopte Paolo en wachtte zonder om te kijken tot hij weer in beweging kwam. Ze zeiden niets. Hij was een sul, en een wrak, en Paolo zou wel zwaar de pest in hebben dat hij hem hier mee naartoe genomen had. En waarom eigenlijk? Hij zou toch niet denken dat hij zelf zijn vader de bergen over ging slepen? Dat kon toch niemand bedacht hebben? Of zou die oude idioot van een Agnelli... Het zou toch niet waar zijn...

Het ging maar door. De bomen werden dunner en de vogels

verdwenen. Ze staken een alpenwei over met vriendelijk klingelende koeien – vakantie. Daarna kwam de Steinsturz. De pijn stond nu als een steen, een stok in zijn been. Hij maalde er niet eens meer om, als hij die voet maar vooruit kreeg en de volgende voet, tussen de zwarte vlekken voor zijn ogen. En nu stond Paolo verdomme weer stil.

Paolo hurkte bij een rotsblok en keek door een verrekijker langs de hellingen aan de overkant. Toen hij weer overeind kwam, zei hij: 'Blijf jij hier. En maak je niet ongerust, het kan wel even duren. Als er een patrouille komt moet je maar wegduiken in dat gat daar, maar het is niet erg waarschijnlijk dat dat gebeurt.'

Hij verdween om de rand van de berg.

Het was stil, nog geen krekel. Bert hing en zat half tegen de kant van het pad en staarde naar een rijtje mieren aan zijn voeten, en toen staarde hij over de vallei onder hem. In de verte zag hij het hotel, de vrouwen die op het terras zaten, de als dunne stippen rondrennende kinderen. De pijn en de vlekken voor zijn ogen waren verdwenen en in zijn hoofd was het opeens helder als de lucht om hem heen. Ergens in de verte was zijn vader bezig over de bergen naar hem toe te komen. Hij hoefde alleen maar te wachten. Een uur later zag hij ze, twee figuren die in de verte langs de bergwand bewogen.

Van de andere kant kwamen drie vliegtuigen. Hij schrok niet eens. Ze kwamen in formatie aanzetten, maakten een bocht... Hij zag de bommen vallen, een stuk of vijf, zes. Ze zeilden netjes achter elkaar aan omlaag. Terwijl de toestellen alweer in gelid omhoog draaiden en vlak langs hem met donderend lawaai wegscheerden, de kam over, klonken er in de diepte een paar doffe dreunen. Toen viel de stilte. Waar zojuist het hotel was geweest, was een grijze vlek waaruit rook opsteeg. Verder bewoog er niets.

Zo'n achthonderd kilometer verderop waren Jaap en Marietje aan het tennissen met de Nauta's, toen voor de derde keer die ochtend het luchtalarm ging. Het was Jaaps opslag. Hij gooide de bal de lucht in en schreeuwde toen: 'Kijk!'

De bal stuiterde achter hem weg terwijl hij in de lucht bleef staren. De vliegtuigen kwamen laag over de stad en hij zag de bommen in rijen omlaag komen. Het lawaai kwam seconden later. Toen renden ze al naar het clubhuis. Jaap rende opzij naar het oefenmuurtje, waar Willemien moest zijn, maar Marietje riep: 'Ze is hier al!'

En toen zaten ze met zijn drieën, samen met de Nauta's en alle anderen, allemaal in tenniskleren, op stoelen en tafels en barkrukken en telden de inslagen, terwijl het gedonder steeds dichterbij kwam, felle klappen nu, gerinkel van glazen, en over alles heen de gierende uithalen van Gerda Nauta, die zat te huilen alsof ze het gevaar daarmee kon bezweren. Jaap zei dat hij dwars door alles heen een merel hoorde, die in de top van de bruine beuk achter baan drie als een gek zat te fluiten. Maar Willemien wist zeker dat hij dat maar verzon.

Het hield even plotseling op als het begonnen was. Vanaf het terras van het clubhuis keken ze naar de zwarte rookwolken die boven de daken van de stad omhoog stegen. Verderop, in het noorden en het westen, zagen ze zweefvliegtuigen, en parachutisten, honderden parachutisten, die als donkere vlekken uit de lucht omlaag kwamen.

'Dat zijn ze!' riep iemand.

Ze riepen allemaal, de een na de ander: 'Ze zijn er! Ze zijn er!'

Iedereen begon te springen en te zoenen en te huilen. Marietje pakte Willemien vast en danste met haar rond, en daarna iemand anders, en weer iemand anders.

Die dag keek Jaap Elling voor de tweede keer in zijn leven de dood 'in de ogen', zoals dat doktertje in Merano het ooit uitgedrukt had. Hij had per se naar huis gewild, en naar de zaak, ondanks de protesten van Marietje.

'Nu niet, Jaap, toe, misschien vechten ze wel.'

'Daarom juist. Ik moet het vluchtkoffertje halen. En geld. In de kluis op de zaak ligt in elk geval genoeg om de eerste tijd door te komen. God weet wat er gaat gebeuren.'

Dus waren Marietje en Willemien meegegaan met Kees en Gerda Nauta, die in Velp woonden waar niets aan de hand leek te zijn, en was hij zelf naar de stad gefietst. Toen hij dichterbij kwam was hij de eerste vluchtelingen tegengekomen, mannen en vrouwen met kinderwagens en een enkele fiets zonder banden, en kinderen, allemaal met dezelfde lege gezichten. Hij rook nu ook de brand, een weeë, wat zoete stank, maar hij weigerde erop te letten.

Hun huis stond er nog, maar de meeste ruiten in het grote raam aan de voorkant waren kapot en ook in de vestibule lag glas. Enfin, dat moest later maar, hij hoopte dat ze niet gingen plunderen. Hij pakte het vluchtkoffertje dat in de bezemkast onder de trap stond, en fietste weer verder, de Zijpendaalseweg af, onder het spoor door. Daar, bij het Willemsplein, sloegen de rook en de hitte zo in zijn gezicht dat hij moest afstappen. Hij nam zijn fiets op zijn schouder en worstelde over brokken steen, ijzer, resten van meubels zelfs, in de richting van de singel. Rechts van hem lag een eenzame tramwagen te branden en voor zich zag hij de gevel van de schouwburg langzaam, als een vertraagde film, in elkaar zakken. En toen rook hij het weer en ditmaal zo sterk dat er niet aan was te ontkomen, de bedorven geur van de dood...

Er was geen sprake van verdergaan. Hij lag op de grond tussen het puin, zijn fiets half over hem heen, terwijl de kogels, of granaten plotseling om zijn oren floten. Maar het enige dat echt tot hem doordrong was de stank, die nu in walmen over hem heen kwam. Hij kotste. Bedorven perziken, verdomme, lijken. Natuurlijk lag er een lijk en dichtbij ook.

Hij wilde het niet zien. Hij lag daar maar, zijn ogen strak voor zich op de grond, de stank van de dood in te ademen, die zich vastkleefde in zijn keel, zijn ingewanden...

Je zit op een steen, in de ijle lucht hoog in de bergen en urenlang verandert er niets, behalve het licht dat eerst helderder wordt en dan van helder weer grijzer, en grijzer. Je voelt niets, alleen de stilte. Je wist niet dat stilte voelbaar kon zijn, als een last die op je drukt en waar je – dat dringt langzaam tot je door – tenslotte aan zal bezwijken, loodzwaar, de mieren hebben er geen weet van. En niets, in het hele godvergeten massief van bergtoppen en kammen en gletsjers, niets dat beweegt. Ook langs de bergwand niet.

Pas uren later kwam er iemand aan. Het was toen al bijna donker. Hij hoorde hem met het nodige lawaai het pad af komen en hij bedacht dat hij nu weg moest duiken, dat gat in. Maar het was Paolo. Alleen. En gewond.

'Mijn vader...?'

'Sorry, dood.'

Hij strompelde door zonder zelfs op te kijken.

Later moest hij hem steunen. Toen zakte hij ook telkens op de grond, zodat Bert hem weer op moest hijsen en sleurend verder moest zien te krijgen, alsof hij zelf niet kapot was, op, hinkend, met zijn andere been als een gevoelloze klomp achter zich aan en stikkend in het zweet en het snot in zijn keel. Omlaag. Het pad was bijna niet meer te zien, maar omlaag moesten ze. Soms was het steil en kon hij hem een stuk laten glijden; dan kreunde hij als een dier. In de diepte hoorde hij sirenes van ambulances, die snel dichterbij kwamen en dan wegschoten.

En toen opeens waren ze op de weg en werd hij verblind door het ene stel koplampen na het andere dat met gillend alarm langs hem schoot. De auto stond er nog. Hij trok Paolo op de achterbank, stapte in en reed achteruit. In de spiegel zag hij de eerste ambulances alweer terugkomen. Ze reden nu minder hard en het lukte hem om zich met een plotselinge stoot gas tussen ze te voegen.

Zo kwamen ze Bolzano binnen, tussen de ambulances en het laatste stuk begeleid door politie op motoren tot aan het hospitaal, dat baadde in het licht en waar nonnen met fladderende kappen met draagbaren in en uit renden. Er was geen ontkomen aan. Een motoragent dirigeerde hem onder de overkapping, het achterportier werd opengerukt en twee nonnen trokken Paolo naar buiten op een baar en verdwenen met hem het ziekenhuis in. Achter hen kwam de volgende ambulance al aanrijden en de agent gebaarde driftig dat hij weg moest wezen.

Dat was het. Tot Brescia had hij zijn volle aandacht bij de weg nodig – hoe hij het deed, deed hij het – maar van daar tot Turijn zakte hij telkens weg. Eenmaal schrok hij op. Hij wist zeker dat hij even bewusteloos was geweest. Hij wrikte zich wat omhoog, maar sufte onmiddellijk weer door, kedung, kedung, over de betonnen platen van de autostrada. Er zong iets in zijn hoofd, 'all'armi, all'armi, brigate nere'. Dood dus. Je langs sluipwegen de passen over laten brengen en dan van de bergwand af geschoten worden door een vliegtuig, zodat je als een steen omlaag stuiterde. Der Vatersturz.

Het werd licht, en toen hij Turijn binnen reed zag hij al mensen naar hun werk gaan. Het was maandag tenslotte, een gewone werkdag. Hij moest stoppen voor een rij kinderen die hand in hand de straat overstaken. Hij hoorde dat ze iets zongen, het leek op 'Alle eendjes zwemmen in het water'. Vroeger, met één vinger...

'Goed zo, jongen...'

'Ja, Bertje is de enige van de drie die muzikaal lijkt te zijn, Jaap en Wim kan het niets schelen, maar hij zit altijd aan de piano, al toen hij nog maar net kon staan.'

Thuis onder de douche neuriede hij het nog steeds, met korte, vreemde uithalen. Zich afdrogend liep hij de kamer in. De zon scheen recht naar binnen en de gebarsten plaat van Elena's tafeltje schitterde hem tegemoet.

'Kloteding.'

Hij gaf er een trap tegen, maar tegelijkertijd zakte hij door zijn andere been. Hij viel. De glasplaat kletterde in scherven om hem heen.

Hij huilde. Ooit, op zijn zolderkamer in Arnhem had hij gehuild, zijn boeken door de kamer gesmeten, zich op zijn bed gegooid en gehuild, geschreeuwd, in zijn kussen gebeten opdat ze het niet zouden horen, en gehuild, gehuild. Wat moest hij zonder vader? Wat moest hij zonder iemand in dit kloteland, waar ze maar doorgingen met hun gebral van 'Italia o morte'. Alsof dat überhaupt nog een optie was. Alsof ze niet allemaal balanceerden op de rand van de ondergang.

Jaap en Marietje, en Willemien natuurlijk, die toen tien was, waren de eerste dagen bij de Nauta's gebleven. Jaap was diep in de nacht aangekomen, met het koffertje met papieren en geld, en ongedeerd, al zag hij zwart van de as en het stof. Het was zonder problemen verlopen, zei hij, ja, er werd gevochten en hij had een hele tijd niet verder gekund, vandaar dat hij zo laat was. Verder wilde hij er niet over praten. Maar 's nachts, toen Marietje sliep, kwam het terug, in golven nu, een zwart gat dat over hem heen golfde en ook beelden van een stinkend lijk, bloot, roze vlees van een dijbeen dat half uit het puin stak. Hij moest het gezien hebben.

Overdag wist hij het weg te dringen. Het viel Marietje wel op dat zijn gezicht en zijn hele houding strakker waren dan gewoonlijk, maar ja, het waren dan ook spannende dagen. Het grootste deel van de tijd zat hij samen met Kees Nauta op het dak en schreeuwden ze hun berichten naar beneden.

'Daar zijn ze weer! Gliders! Parachutisten!'

En: 'Pas op! De kelder in! Er komt er een omlaag!'

Op maandagavond laaide het vuur in de stad weer op. De lucht zag rood en zwart. En toen kwamen de tanks, tachtig Duitse tijgertanks met hun zwart-witte kruisen, die door het dorp ratelden. De beschieting van Arnhem duurde een dag. Weer een paar dagen later werd de stad geëvacueerd en liepen en strompelden er negentigduizend mensen naar Velp en Schaarsbergen, en verder, de Veluwe over richting Apeldoorn. Jaap en Marietje waren toen al verhuisd naar het vroegere huis van oom Jan van der Linden in De Steeg, waar NSB'ers in gezeten hadden. Daar trokken ook hun buren uit de Van Pallandtstraat bij hen in, en een vroeger dienstmeisje met haar ondergedoken man en baby.

Iedereen was de godganse dag bezig met het organiseren van voedsel en brandstof. Jaap trok met een kinderwagen vol schoenzolen achter zijn fiets de boerderijen langs om melk, en eieren, en graan. Het was goede handel en als enige in huis werd hij beschermd door zijn Ausweis van de Technische Nooddienst. Niet dat hij daar iets mee te maken had, natuurlijk niet, en na de oorlog zou hij zich dan ook met succes verdedigen tegen de verdachtmakingen van collaboratie die toen de kop opstaken. In een anoniem artikel in het *Arnhems Dagblad* nota bene, een schande dat ze het geplaatst hadden. Wat dachten ze? Als fabrikant was het nu eenmaal noodzakelijk dat hij vrije toegang had tot zijn bedrijf, ook al lag dat stil nu de meeste mannen opgeroepen waren om versterkingen aan te leggen langs de IJssel en de Rijn, of ondergedoken waren.

Hij hield van die fietstochten in de herfst over de Veluwe, als de nevels al vroeg opkwamen en hij maar doorreed zonder eigenlijk te weten waarheen. Maar als hij dan de stad weer naderde, kwam het terug, samen met de stank. In de loop van de tijd werd het zelfs steeds heviger: een visioen van kapotgeschoten, rottend vlees. Daar, in een half in de greppel weggezonken uitgebrande tank, in een ingestorte schuur, in een straat onder het puin, overal.

In de Steenstraat zat nog steeds een hoer alsof er geen evacuatie was geweest. Ze had borsten als perziken. De eerste keer dat hij bij haar kwam, zonk hij erin tot over zijn nek, kotsend haast terwijl hij klaarkwam. Daarna ging hij tenslotte vier keer per week. Dat was ook 'dood'. Het woord danste door zijn hoofd als hij na afloop over de wc-pot hing te braken. Hij gaf haar een deel van de melk en de eieren, zodat Marietje bij zijn thuiskomst teleurgesteld was.

'Is dat alles? Maar de baby, Jaap, had je echt niet meer kunnen krijgen?'

Hij loog: 'Zo groot is die voorraad zolen nu ook weer niet. We moeten de hele winter nog door.'

Ze vroeg niet verder. Al met al mochten ze niet klagen. Ze hadden nog altijd genoeg te eten. En ze hadden een dak boven hun hoofd, al was het dan wel behelpen met zo veel mensen en al waren Guus en Elly Haverschot niet altijd de gemakkelijksten. Geesje was goddank de schat die ze altijd al was geweest, sinds ze als zestienjarig hulpje bij hen was gekomen, en de baby was een wolk.

Begin november ging Jaap nog eenmaal naar het westen, weer via Dick Ferguson. Hij kon meerijden in een auto van het departement met een of andere hoge piet, die de hele weg stukken zat te lezen en dan weer peinzend uit het raam keek, en geen woord zei, behalve toen hij hem bij het afscheid de hand reikte. 'Prettig u ontmoet te hebben. Als dit allemaal voorbij is, zullen we elkaar ongetwijfeld nog vaak zien.'

Ook Dick deed of de oorlog al over was. De hele operatie Market Garden was natuurlijk uitgelopen op een ramp: de Slag om Arnhem had nooit plaats mogen vinden, Montgomery had zich deerlijk misrekend. Maar in het voorjaar zou alles goed komen. Hij had betrouwbare berichten dat Duitsland op instorten stond. Tot die tijd moest hij maar zien te redden van zijn bedrijf wat er te redden viel. Godzijdank was hij die fusie met Wibchemie aangegaan, zodat hij tenminste ontkwam aan een officiële Verwaltung. Maar toch, nu ze alles aan het leegroven waren...

'Weet je, Jaap.' Dick zoog zijn wangen naar binnen en tikte met de achterkant van zijn vulpen op zijn bureaublad. 'Ik heb toch soms zo mijn aarzelingen over de man.'

'Hoezo?'

'Och, niets waarschijnlijk, geruchten over betrokkenheid bij sommige van die kampen die ze daar hebben. Maar dat kan hem na de oorlog aangerekend worden.'

Hij ging maar door met dat tikken. Irritant.

'In elk geval zou ik als ik jou was nog eens goed naar die overeenkomst kijken en desnoods een wijziging in de formuleringen voorstellen, zodat jij later niet verantwoordelijk gesteld kan worden voor wat daar gebeurd is.'

'Maar jij hebt toch zelf geadviseerd...'

'Ik? Dat kan ik me niet herinneren.' Hij stond op. 'Ga je naar je moeder? Ik geloof dat er dadelijk nog een wagen die kant op gaat. Als je vlug bent, kan je daarmee wel weer meerijden. Het openbaar vervoer is hier op het ogenblik een ramp.' Breed en nog steeds welgedaan hield hij de deur voor hem open. 'Tot ziens. Groeten aan Marietje.'

Zijn moeder was blij hem te zien, maar later toen hij weer thuis was – en wat voor tocht was dat geweest, het eerste stuk met een bus, maar toen lopend, liftend en het laatste eind meerijdend op een boerenkar en weer lopend – toen realiseerde hij zich dat zijn hele bezoek iets onwezenlijks had gehad, alsof ze het tegenover elkaar hadden zitten opvoeren. Niets aanwijsbaars en ze zag er ook niet slechter uit dan anders, eerder wat beter, dikker. Of was dat opgeblazenheid? Zou ze weer pillen nemen?

'Kunt u wel aan genoeg eten komen?'

'Natuurlijk, met al dat geld dat er nog staat.'

'Al dat geld?'

'Op het adres waar ik het moest afgeven zitten nu moffen.'

'O.'

Ze had geen woord gezegd over tante Greet en hij had het niet durven vragen, alsof ze aldoor op die rechte stoel tegenover hem had zitten uitstralen dat die naam niet mocht vallen, in godsnaam niet, nooit.

'Hoe is het met Marietje? En Mieneke?'

Ze had een brief van Bert gehad, maanden geleden alweer. Hij redde het wel zonder Elena, soms ging hij zelfs naar Merano, dat scheen daar nog te kunnen.

'Naar dat hotel, weet je nog? Waar jij toen zo ziek bent geweest.'

In de kamer was niets meer te ontdekken dat nog aan tante Greet herinnerde. Er waren daar op het tafeltje bij het raam tussen alle andere toch ook foto's geweest van hen beiden? Of zou ze die naar boven hebben verplaatst, naar haar slaapkamer?

Inderdaad ontkwam ook zijn bedrijf uiteindelijk niet aan de Räumung. Al op 23 september hadden de Duitsers het kantoor bezet en de sleutels van de fabriekscomplexen in beslag genomen. Elke keer als hij kwam, moest hij er bij de officier van de wacht om vragen, weer zijn Ausweis tonen, weer een reden opgeven waarom hij als lid van de Technische Nooddienst hier moest zijn: papieren die in het ongerede waren geraakt, gegevens die nog eens gecontroleerd moesten worden... En hij kwam vaak. Tegen Marietje zei hij dat hij in de gaten wilde houden of ze nog verder aan het plunderen sloegen. De eerste dagen was het nodige verdwenen: schrijfmachines, telefoons, papier, enveloppen, je kon het zo gek niet bedenken. Maar in werkelijkheid was het omdat hij alleen in de holle fabrieksruimten, waar geen machine meer werkte, tot zichzelf leek te komen.

Het was het ultieme niets. Zittend op een ijzeren tree van een van zijn reusachtige vulkaniseermachines liet hij de leegte en de totale afwezigheid van geluid op zich inwerken. Hier was het dus op uitgelopen, de plichtmatige studie in Leiden, de leertijd bij oom Jan en dat troosteloze jaar in Manchester, en zelfs zijn huwelijk met Marietje en hun hele sociale leven hier in Arnhem: niets, leegte. De dood, de angst voor de dood, de walging, het had allemaal geen betekenis meer, omdat dit de dood wás. Soms gebeurde het dan dat de wachtofficier aarzelend de hal in kwam: 'Herr Elling?'

'Ja, ja. Ich komme schon.'

Later wisten ze het wel en lieten ze hem zitten.

Eerst kwam er een brief van het Feldwirtschaftskommando, waarin meegedeeld werd dat ze op maandag 27 november de aanwezige machines en voorraden kwamen inventariseren, waarna de Verladung op 4 december zou kunnen beginnen. Vervolgens kwam er, op 25 november, een brief dat ze de afspraak 'leider' een week moesten uitstellen. Maar toen waren ze er ook. Precies om negen uur kwamen er drie personenauto's de poort door. Hij keek vanuit zijn kantoor op hen neer en de eerste die hij uit zag stappen was godbetert Widerberg.

Misschien had hij nog even de hoop dat het betekende dat de zaak afgeblazen was. Niet lang. Even later kwam Widerberg al zijn kantoor binnen.

'Excuses, excuses! Ik kon vorige week onmogelijk weg, Reichsminister Speer, je begrijpt. Maar ik wilde absoluut niet dat ze hier buiten mijn aanwezigheid zouden beginnen.' Hij legde zijn hand op Jaaps schouder. 'Dit zal absoluut correct afgehandeld worden, Elling, daar sta ik persoonlijk borg voor.'

De mannen die hij had meegebracht waren uren bezig met het beschrijven en het invullen van formulieren, en al die tijd liepen ze met zijn tweeën rondjes over het terrein, meest zwijgend. Op een gegeven ogenblik, toen ze ver buiten gehoorsafstand van alle anderen waren, zei Widerberg: 'Je krijgt alles vergoed, dat spreekt vanzelf, maar ik hoop dat je begrijpt dat ik hier niet verantwoordelijk voor ben. Ik heb nog mijn best gedaan bij Speer.' En toen Jaap niet reageerde: 'Ik heb er zelfs bij Speer met klem op aangedrongen jouw bedrijf te ontzien, iets dat allerminst goed viel. Ik hoop dat je dat wilt onthouden: allerminst goed. Ik heb verdenkingen op me geladen en dat is sinds 20 juli werkelijk niet zonder gevaar. Misschien is dat iets dat je t.z.t. naar voren kunt brengen als het te pas komt.'

Hij ook al, alsof niemand eraan twijfelde dat de oorlog voor de Duitsers een verloren zaak was en ze allemaal – Dick Ferguson en die secretaris-generaal of wat hij maar geweest mocht zijn, en nu ook Widerberg – bezig waren hun aftocht te dekken. Tegen wat? In elk geval viel hem niets te verwijten, hij had gedaan wat hij kon.

Of niet soms? Of was het soms niet zijn eerste verantwoordelijkheid geweest al die jaren de fabriek draaiende te houden, met al die gezinnen die daarvan afhankelijk waren? Wat had hij anders kunnen doen? Schoenzolen, alsof er iemand zo gek zou zijn dat als oorlogsleveranties te beschouwen, alsof de oorlog daardoor ook maar een dag langer zou duren.

En weer zat hij in zijn fabriekshal. Hij keek toe hoe de monteurs zijn machines ontmantelden en de Verladers de onderdelen één voor één op lorries wegreden en uiteindelijk met bulldozers op de opleggers schoven. De stapel formulieren op zijn bureau werd steeds dikker: 'FWi-K 10, Arnhem, den 11. Dezember 1944. Abtransportmeldung Nr. 50, 51, 52... enzovoort. Empfänger: Wibchemie AG, Biebrich'. Tenslotte was alles weg en toen verdween ook de bewaking. Hij zat op een paar achtergebleven pallets. Het was nog middag, maar het begon al donker te worden. Het licht was afgesloten – en het water en het gas – en langzaam sloten de kou en de duisternis hem in.

Marietje vroeg niets, toen hij de volgende dag bleek en uitgeput en versteend tot op het bot thuiskwam. Er waren in die tijd nu eenmaal dingen die je zelfs als echtgenoten beter niet van elkaar kon weten. Voor je eigen veiligheid, maar ook voor die van anderen.

1945

De bevrijding was pas gekomen in april van het jaar daarop. Willemien was de straat op gerend toen de eerste Britse en Canadese tanks De Steeg door kwamen en had de rest van de dag tussen tientallen anderen staan schreeuwen en juichen langs de kant van de weg. Het was dagen doorgegaan.

Weken later, het was snikheet geweest en om een of andere reden had ze zich verstopt onder een struik in de voortuin, was er een jeep met drie militairen aan komen rijden die bij hun huis stopte. Er was een officier uitgesprongen en van de andere kant was haar moeder vanachter het huis aan komen lopen.

'Willem! God, Wim!'

Ze hadden staan zoenen, en toen hadden ze hand in hand elkaar aan staan kijken en waren ze weer gaan zoenen.

'Jaap!' had haar moeder geroepen, 'Jaap, kom gauw, kijk wie hier is!'

Die avond hadden ze urenlang met zijn drieën op het terras zitten praten, vlak onder het raam van Willemiens slaapkamer, zodat ze elk woord had verstaan. Hij was overal geweest, in Noord-Afrika, in Italië.

'Heb je Bert nog gezien?'

'Nee, zit die dan weer daar? Dat wist ik niet natuurlijk. Ik ben wel naar dat hotel geweest, maar dat lag helemaal in puin. En in Duitsland...'

Ze zakte weg van de slaap en de stemmen leken van een steeds grotere afstand te komen.

'...zo snel mogelijk, hij blijft toch je vader.'

'...nog een adres van voor de oorlog...'

En toen was ze weer klaarwakker, of sprak hij nu opeens harder?

'Je gelooft het niet. De hele stad is vernield en dat huis staat er nog alsof er niets is gebeurd. Er was zelfs een oude dame die hem kende. Hij was naar Innsbruck voor een concert, zei ze, maar hij zou nu wel snel terugkomen, want hij was al een tijd geleden vertrokken. Ze leek me eigenlijk nogal in de war. Ik heb een boodschap achtergelaten, want ik moest verder.'

'Tja.'

Dat was de stem van haar vader. En ze hoorde haar moeder zeggen: 'Innsbruck, daar moet het toch betrekkelijk veilig zijn geweest.'

En toen hij weer: 'Dat kan wel. Ik ben niet in de gelegenheid geweest ook daarheen te gaan. Maar er is een goede kans dat hij binnenkort opeens opduikt.'

Willem vertelde niet waar hij wel was geweest, in Dachau en in Auschwitz. Hij kon het niet tegenover die onnozele gezichten voor hem, die blij waren dat de oorlog voorbij was en dat ze er zo goed doorheen gekomen waren en die geen idee hadden, of wilden hebben... En hij kon het ook afgezien daarvan niet.

Natuurlijk, hij was nu eenmaal oorlogsfotograaf, maar hij had er verborgen achter zijn camera rondgelopen alsof hij nog steeds onder water was en de lijken van mensen langsdreven als gigantische bleke vissen. Soms leefden ze nog en strekten ze een arm naar hem uit. Maar hij was er niet, niet werkelijk...

'Werkelijk bestaat niet,' zou hij later tegen Willemien zeggen, 'het is maar net wat je toelaat. Er zijn hordes mensen die niets toelaten, en misschien hebben ze gelijk. Kijk maar naar je vader en moeder, die zijn heel wat gelukkiger dan de meeste anderen.'

Alleen de stank, de stank van de Rif en van Kufra en van de Amba Aradam, die was niet af te weren geweest. Toen hij het eenmaal had geroken was het steeds sterker geworden. Hij had zichzelf gedwongen om, tegen al het schreeuwen in zijn hoofd in, aan Jamal te denken. Jamal, Jamal, de frisse smaak van zijn mond wist hij nog, en soms, even, in een flits iets van een glimlach. En toen had hij opeens een stomp in zijn maag gekregen. Voor hem, tegen de muur van een zwartgeblakerd gebouw, stonden nog een paar vaten. Het opschrift in sjabloneletters was vaag leesbaar: Wibchemie AG, Biebrich. Dus toch...

Ook die foto's waren de hele wereld over gegaan en het kon

haast niet anders of zijn broer en zijn schoonzusje moesten daar althans iets van onder ogen hebben gehad. Maar die zomeravond op hun terras ging het alleen over de toekomst.

Hij vertelde dat hij terugging naar Amerika.

'Afgekeurd, ja. Morgen ga ik naar moeder, daar blijf ik een paar dagen en dan ben ik weg. Ik heb mijn portie wel gehad.'

'Op een gegeven ogenblik moeten we zakelijk het een en ander regelen,' zei Jaap, 'ik weet niet hoe het zal lopen, maar ik kan me niet voorstellen dat we dit als bedrijf louter op eigen kracht te boven kunnen komen. We hebben natuurlijk wel de nodige claims, maar dat zal voorlopig niet veel opleveren, vrees ik. Van dat Duitse bedrijfje waar we aan gelieerd waren is niet veel over en de eigenaar schijnt onvindbaar te zijn. En dan, je hebt kans dat Bert wil verkopen. Ik ben ertegen en ik hoop dat moeder en jij het daarmee eens zijn. Het meest voor de hand ligt een fusie met een Amerikaans bedrijf, General Chemics of zo.'

'Ik vind alles best. Als je aanbevelingen nodig hebt... ik ken nogal wat mensen, maar dat kan even goed, of beter vanuit de States. Of vanuit Marokko.'

'Marokko?'

'Ja, ik denk erover daarnaartoe terug te gaan. Amerika is toch niet echt iets voor mij, en Europa... Ik weet niet, ik heb niet het gevoel dat ik me hier in Europa nog ooit thuis zou kunnen voelen.'

Dat was het laatste wat Willemien had gehoord voordat ze insliep. Maar die zin was nog jaren door haar hoofd blijven spoken. Want waarom, vroeg ze zich af, zou iemand zich niet in Europa kunnen thuisvoelen? Ze zou het hem nooit vragen. Ze wist eigenlijk niet waarom niet; het kwam er gewoon niet van, als van zoveel niet.

IV *De volgende generatie*

1950-1957

De oorlog zou Willemien niet meer loslaten. Zoals haar hele generatie had ze er iets mee. Al was het alleen maar omdat ze hem had gemist. Omdat ze zes jaar was geweest toen hij begon en elf toen hij afgelopen was. Vijf jaar maar. Het was genoeg geweest om de angst voor het bonken van geschut in de verte en het geluid van zware vliegtuigen, dat in golven dichterbij kwam, nooit kwijt te raken. Om nooit te vergeten hoe er iemand uit het huis van de buren langs de regenpijp omlaag was gekomen om vervolgens door de achtertuinen te verdwijnen, nooit te vergeten hoe bang ze was geweest dat iedere Duitse soldaat aan haar zou kunnen zien dat ze in een schoenendoos onder haar bed haar padvindersriem met de leliegesp had verstopt. En het koper dat was begraven, en de fietsen die achter het tuinhuisje lagen onder de stapel houtblokken voor de winter.

Maar te kort om de kans te hebben gekregen om, als in de jongensboeken die direct na de oorlog begonnen te verschijnen, illegale krantjes te bezorgen of eten te brengen naar een gewonde Engelse piloot die zich in een hut in het bos verborgen hield. Haar hele puberteit was beheerst door de vraag of haar ouders wel 'goed' waren geweest. Natuurlijk waren ze goed geweest. Ze herinnerde zich dat haar vader zelfs in de zuiveringscommissies had gezeten van de Kamer van Koophandel en de tennisclub. Maar ze hadden geen joden of onderduikers in huis gehad en haar vader was nooit zelf ondergedoken of opgepakt, zoals de vader van Jantje Bussemaker, al was het maar voor een paar dagen. Toen ze haar moeder ernaar vroeg, had die verontwaardigd geantwoord: 'Gelukkig niet, zeg, dacht je soms dat dat leuk was?'

En er waren geruchten.

Ze hadden het er nooit over, haar ouders. Een enkel sterk verhaal soms, over een half varken dat zwart gekocht was en dat in stukken gesneden moest worden op de keukentafel, of over een vliegtuig, dat vlak over het hoofd van haar vader neerstortte toen hij 's avonds melk ging halen bij de boer. Maar nooit over wat ze wel of niet hadden gedaan in die moeder aller oorlogen, toen er een absolute scheidslijn was getrokken tussen goed en fout en die de morele standaard was geworden voor alle volgende generaties.

En toch ging een oorlog nooit voorbij, hoe ver je ook wegrende. Ze zag het aan haar vader en aan de eindeloze rij boeken die in de loop van de jaren het huis vulden, van Churchill's *Second World War* tot en met Lou de Jongs *Het Koninkrijk der Nederlanden in de Tweede Wereldoorlog*. Niet te tillen. Alsof hij er toch niet helemaal bij was geweest en het allemaal alsnog moest meemaken. Of zocht hij iets – een bevestiging, een excuus? Avond aan avond zat hij erin te lezen, weggezonken in zijn leunstoel. Maar erover praten, ho maar. En altijd was er die angstige vraag die ze hem nooit zou stellen – ook hem niet: wat hij had gedaan in de oorlog.

Als vijftien-, zestienjarige had ze er eindeloos met Alwin over gediscussieerd.

'Wat dacht je nou, een fabrieksdirecteur, die moest toch wel samenwerken?'

'Hij kan net zo goed in het verzet gezeten hebben. Er waren onderduikers in de fabriek, dat weet ik van Geesje.'

'Ja, dat zal wel. En hij zal heus ook wel naar de Engelse radio geluisterd hebben. Maar evenzogoed gingen er kisten vol schoenzolen naar Duitsland. Ach Mien, je gelooft toch niet...'

'Hou op, als je nog één keer "Mien" zegt, ga ik naar huis.'

'Zeur dan niet zo, je vader heeft gedaan wat hij deed. Iedereen heeft van alles gedaan. Wat kan het jou schelen?'

Ze zaten samen op de dijk langs de Rijn. Hun fietsen lagen achter hen tegen de helling en voor hen lag het ijs hoog opgekruid in de uiterwaarden. Achter de eindeloze grijze lucht stond een vuurrode zon aan de horizon. In de verte hoorde ze de fabrieksfluit van vijf uur. Nog even en de eerste arbeiders zouden langskomen: 'Goeie avond, juffrouw...'

'Misschien ga ik wel geschiedenis studeren,' had ze gezegd.

'Geschiedenis? Wat heb je daar nu aan?'

'Het gaat er niet om er iets aan te hebben, maar om te weten wat er werkelijk gebeurd is.'

Hij haalde zijn schouders op. 'Als je dat weten noemt.'

De tranen waren in haar ogen gesprongen. Ze was verliefd op hem, hopeloos verliefd, maar ze had nooit het gevoel dat hij haar helemaal serieus nam. En nu zat hij alweer in haar nek te friemelen.

'Nee, laat nou.'

Maar hij trok haar gezicht naar zich toe en begon te zoenen. Het ging als pijlen door haar heen en zo koud als het was rolden ze over het harde bevroren gras.

'Alwin, o Alwin, klootzak, lieverd...'

Dus was het geschiedenis geworden. In Amsterdam, zo ver mogelijk weg van Arnhem, van de wereld van haar ouders met hun tennisclub, golfclub, bridgeclub, alsof er niets anders in de wereld was. Haar moeder belde elke week op om te horen of ze wel goed at. Meestal kwam haar vader daarna ook aan de lijn: 'Hoe gaat het, Mieneke? Laten ze je niet te hard werken?'

Ze hadden geen idee. In een duister zaaltje in de Oudemanhuispoort vertelde iemand over het middeleeuwse systeem van feodaliteit of over de zeeoorlogen met Engeland, terwijl zij naar buiten staarde naar de blauwe lucht waarin meeuwen cirkelden en aan Alwin dacht, zodat het door haar buik schoot. Hoe lang was het alweer, dat ze hem voor het laatst had gezien? Twee, drie weken? Nooit kon ze op hem rekenen. Soms was hij niet uit haar kamer weg te slaan en dan weer was hij opeens tijdenlang verdwenen en wist ze eigenlijk niet eens of het aan was of uit.

Eenmaal fietste ze naar de Roetersstraat en stond ze een uur lang op de hoek van de Nieuwe Prinsengracht bij de brug te wachten of hij langs zou komen. Hordes kwamen er voorbij, telkens als er weer een college uit was gegaan, bellend en lachend op hun fietsen, maar hij niet. De pijn en het verlangen waren zo groot dat het was of ze ze kon aanraken. Het kwam in golven. Soms zakte het en dan voelde ze het weer terugkomen. Niet weer, niet weer, dacht ze, en meteen sloeg het door haar heen, terwijl ze daar als een idioot tegen de brugleuning stond.

Thuis op haar kamer lag ze de godganse dag met een of ander

studieboek op bed te luisteren of ze zijn fietsbel niet hoorde. En dan was hij er opeens en was er in de hele kamer niets anders meer dan zijn ironische ogen en zijn charmante stem. En de eindeloze, harde en tedere, verzengende manier waarop ze vreeën, de hele nacht door, vaak tot ver in de ochtend...

De enige aan wie ze het vertelde was haar grootmoeder. Elke woensdag- of donderdagmiddag fietste ze naar Amstelveen, naar het grote, lege huis, waar alleen de huishoudster, mevrouw Rijlaarsdam, door de kamers sloop. Boven lag haar grootmoeder in bed en telde de dagen en uren totdat haar kleinkind weer zou komen.

'Bent u daar,' zei mevrouw Rijlaarsdam als ze de deur opendeed. 'Gaat u maar gauw naar boven, ze heeft het al de hele ochtend over niets anders.'

Daar lag ze dan, weggezakt in de kussens en almaar eau de cologne gietend in een verfrommeld zakdoekje in haar verkrampte hand, waarmee ze over haar haren streek. Ze rook naar verschaalde transpiratie en er liep altijd een dun straaltje speeksel uit haar mondhoek naar haar kin – zo'n mooie, trotse vrouw als ze vroeger was geweest. Het was plichtsgevoel. Omdat haar vader niet in durfde te gaan tegen haar moeder, die haar grootmoeder haatte, en het trouwens ook altijd veel te druk had. Maar het had ook iets te maken met het besef bij iemand te horen, bij een verleden, jaren en jaren vol mensen en gebeurtenissen waar haar vader nooit over sprak, en waar ze op een of andere manier toch deel van uitmaakte.

Misschien, dacht ze soms als ze die eindeloze weg af fietste, misschien was het wel om greep te krijgen op haar eigen bestaan, maar dat leken toch meer woorden dan dat ze zich er iets bij voor kon stellen. Wat niet wegnam dat ze telkens halverwege de week een soort drang voelde, er vragen bij haar opkwamen, of vragen eigenlijk niet eens, gedachten meer, verlangens. Zodat ze, ook als ze eigenlijk naar college moest, weer op haar fiets stapte.

Meestal begon haar grootmoeder al naar haar te zwaaien en te roepen zodra ze de kamerdeur opendeed. De gordijnen waren dicht en er brandde een straalkacheltje, zodat de hitte haar in het gezicht sloeg. Daarachter, in het vale licht van haar bedlampje, zat haar grootmoeder rechtop in bed en riep: 'Goddank dat je er eindelijk bent! Je moet me helpen.'

Het ging altijd om de dozen met brieven. Haar grootmoeder leefde van brieven, ze koesterde ze als haar kinderen zelf.

'Drie zonen heb ik, Mieneke,' klaagde ze, 'zulke lieve, flinke jongens, ach, zo trots als ik op ze was. En ze hebben het goed gedaan in het leven, alle drie, maar ik zie ze nooit. Schrijven, schrijven, ja. Willem schrijft bladzijdenvol en overal vandaan, nu weer uit Marokko en dan weer uit Amerika, of Australië, of godweetwaar. En van je oom Bert krijg ik kattebelletjes vol lieve woorden, dat wel. Maar komen... Zelfs je vader komt haast nooit, en die is toch mijn enige zoon hier in Nederland. Gelukkig dat jij tenminste elke week je grootje opzoekt.' Dan greep ze de hand van haar kleindochter en aaide erover: 'Liefje, liefje, toe, geef je grootje nog eens een pakkerd.'

Wat ze deed, al was het met iets van weerzin tegen dat glazige hoofdje waar de dood al doorheen schemerde.

Die avond ging het om brieven van ver voor de oorlog. Er had iets in de krant gestaan.

'Over bomaanslagen door de Tirolers in Merano. Hemeltje, wat hebben die mensen opeens. Het was er altijd zo heerlijk. Natuurlijk was er toen ook wel eens wat, of het Duits moest zijn of Italiaans. Ik herinner me dat die aardige meneer Pennacini daar al over klaagde en dat Greet... Ach toe, kijk jij nou eens. We hebben daar vroeger zo vaak gelogeerd. Onder het bed misschien, of in de kast, een van de oudste dozen. Mevrouw Rijlaarsdam zegt dat ze hem niet kan vinden. Aan dat mens heb je ook werkelijk niets...'

Willemien graaide op haar knieën vanonder het bed een soort archiefdoos te voorschijn.

'Nee, die niet.'

En ze klom op een stoel, voelde op de kast. Ook daar, ver naar achteren, stonden nog dozen. Ze trok er één naar voren.

'Ja, ja, geef eens hier!'

De brieven zaten er zo stijf in opeengepakt, dat je er nauwelijks een vinger tussen kon krijgen. Haar grootmoeder rukte eraan en trok, totdat er opeens een handvol uit schoten en op en over het bed vielen, half verbleekte enveloppen met lichtblauwe en lichtroze postzegels en daarin knisperende velletjes dichtbeschreven postpapier, foto's ook, zo nu en dan een gedroogde bloem, een gentiaan, edelweiss.

'Ach ja, Italië...En kijk, zelfs een briefkaart uit Salerno.'

Ze hield hem vlak voor haar ogen. Haar hand beefde, ze las: 'Lieve kinderen, lieve Greet, zoals jullie zien zijn we in Salerno, waar het veel aangenamer is dan in het overvolle en snikhete Napels en dat even ver van Pompeï af ligt...'

Toen zocht ze weer in de doos, in zichzelf mompelend: 'Nee, ja, nee, die niet.'

Tenslotte haalde ze een foto tevoorschijn. Ze streek erover met haar vinger.

'Ach,' zei ze, 'ach.' Haar stem was opeens zacht. 'Kijk ons daar nu eens allemaal. Wat waren we nog jong. Daar, achter de tafel met een theepot in de hand, dat ben ik.'

Willemien zag een grote vrouw in witte kleren, met een wijde krans van los opgestoken haar om haar gezicht.

'En daar Wim, en met die pullover en knickerbockers, dat is Bert. En Jaap met zijn meisje, Marietje, jouw moeder. Dat was toen heel wat, sommigen van onze kennissen vonden het absurd dat ik haar mee vroeg, dat dat absoluut niet kon, maar daar heb ik me nooit iets van aangetrokken. Zie je hoe bleek je vader is...?'

Alsof dat op een foto te zien was.

'Hij was net weer op de been. Zo ziek als hij was geweest... Het had niet veel gescheeld of hij was eraan gestorven... Ik hoorde het pas toen we weer terug waren in Merano. De dokter zei dat als je een zak perziken eet en dan liters water drinkt... Jaap dronk altijd liters water. Het komt door dat rood rond de pit, arsenicum, of blauwzuur, of wat het ook mag zijn...'

Mevrouw Rijlaarsdam kwam binnen met thee en zei: 'Phoe, wat is het warm hier. Dat u het uithoudt. Zal ik het kacheltje maar uitdoen?'

En haar grootmoeder riep: 'Nee, nee, ik verkleum. Stoort u ons toch niet altijd.'

Ze boog zich demonstratief naar Willemien en fluisterde: 'Ik zou niet geweten hebben wat ik had moeten doen als je vader toen dood was gegaan. Hij was altijd mijn steun en toeverlaat, van jongs af aan al, zo'n flink baasje, te flink eigenlijk voor zijn leeftijd, maar zeker toen, toen het afgelopen was tussen je grootvader en mij, afgelopen!'

Haar grootvader stond ook op de foto: een lange, slanke man met en brosse geknipt haar en een scherp gezicht. Willemien bedacht dat het de enige foto was die ze kende waar haar beide grootouders op te zien waren. En nog een dame, half verscholen achter de theepot die haar grootmoeder omhooghield. Die tante Greet waarschijnlijk, over wie niemand het ooit had.

'Het was Berts verjaardag en daarom was hij gekomen, dat zei hij tenminste. Alsof iemand daar nog op zat te wachten. Ach, Mieneke, je grootvader was een kunstenaar, een groot kunstenaar. Dat schreven de kranten ook. Er waren recensies... "*Hermann Elling ist unzweifelhaft der größte Chopin-Interpret unserer Zeit*" en dat soort uitspraken. En zo fijnzinnig, zo charmant ook als hij kon zijn en vooral bij wijle zo volstrekt tomeloos hartstochtelijk... Je grootvader was een heel bijzonder mens, Mieneke, heel bijzonder, maar niet om mee te trouwen.'

Ze monkelde. Ze tuitte haar lippen en keek naar Willemien met haar waterige oogjes alsof ze guitig probeerde te zijn.

'Weet je, ik hield van die man.'

Willemien beet op haar lippen.

'Ik ben ook zo verliefd, oma.'

Terwijl ze het zei sprongen de tranen alweer in haar ogen, alsof het door het te zeggen nog meer waar werd dan het al was, en nog wanhopiger. Haar grootmoeder keek haar opeens scherp aan.

'Ach kindje, en hij niet op jou?'

'Ja, nee, ik weet niet.'

'Weet je, het gaat over, de pijn gaat op den duur over.' Ze streek maar over Willemiens hand alsof dat kon helpen. 'En dan komt er wel iemand anders, met wie je heel gelukkig gaat worden. Echt, echt, geloof me nu maar.'

Tante Greet? Zelf had Willemien een vage herinnering van toen ze een jaar of zeven was aan een vriendelijke dame die haar hielp met een tekening. Op een gegeven moment, hoe oud zou ze zijn geweest, vijftien of zo, was ze haar gaan intrigeren, maar er was iets waardoor het onmogelijk was door te vragen. Soms liet haar vader haar naam vallen, onwillekeurig, zoals dat gaat: '...dat was die Kerstmis dat moeder en tante Greet naar Willem in Parijs waren,' waarop ze inhaakte: 'Waar is die eigenlijk gebleven, tante Greet?' en haar moeder zei: 'Die is helaas gestorven.' En dat was dan dat. Zelfs bij haar oom Willem was ze niet verder gekomen: 'Ach ja, tante Greet, dat vertel ik je nog wel eens.'

Op een avond, toen haar grootmoeder was ingedommeld, had ze voorzichtig de kartonnen doos van haar schoot genomen en tussen de brieven en foto's gezocht. Daar waren ze: haar grootmoeder en haar vriendin met van die pothoeden op, lachend op een of ander plein, kennelijk genomen door een straatfotograaf. En samen in een koetsje tussen palmen; hangend over de railing van een boot met op de achtergrond – ja, dat moest toch oom Bert zijn met zijn vrouw; tante Greet alleen, opkijkend van een boek; en dan weer samen, bij een kamerficus volgehangen met kerstversierselen, eronder een stapel pakjes en opzij van hen haar moeder met haarzelf, klein en rond en met de glans van de kaarsjes in haar ogen, op haar arm. Kleine, langwerpige zwart-witkiekjes. Een wat gezette vrouw met zwart, kortgeknipt haar en, zo op de foto's te zien, uitzonderlijk grote, donkere ogen.

En toen, onderin, in een dichte enveloppe die ze, voorzichtig dat haar grootmoeder niet wakker werd, warm van schaamte toch maar openscheurde, de laatste en beslissende foto van tante Greet met de jodenster op de revers van haar jas. Ze schrok, en natuurlijk had ze het allang geweten. Door het zwijgen, door de gespeelde achteloosheid waarmee vragen ontweken werden en waardoor het verleden werd gereduceerd tot iets dat al met al toch heel gewoon en door de band genomen toch heel gelukkig was geweest.

En zij deed hetzelfde: de foto terug in de enveloppe, de andere foto's, de vergeelde prentbriefkaarten en knisperende brieven erbovenop, de doos zelf terug onder het bed – de schuld van een schuldeloze generatie, opgegroeid te midden van een geheim dat hen niet aanging en dat hun desondanks niet losliet...

1958-1962

De obsessie met de dood kwam pas later. Nou ja, obsessie... Het had waarschijnlijk ook met de leeftijd te maken. Tobben bij wijn en Franse kaas en Juliette Greco. Er was een vaag vriendje van college dat zelfmoord pleegde – een zeven uur durende nachtmerrie met een boze hospita en een wanhopig huilende moeder. En soms, 's nachts, de herinnering aan dikke flarden rook die in de verte boven de stad hingen en aan een dode soldaat... Dat wist niemand, dat ze die gezien had, op een middag toen ze ondanks alle verboden van haar moeder het bos was in gegaan, hij lag in een greppel, in een vreemde houding, zijn arm uitgestoken naar zijn geweer dat verderop lag, zijn gezicht half onder het zand en de bladeren.

Stikkend werd ze wakker, dronk water, en kon niets anders bedenken dan dat ze als kind al altijd in het donker had liggen rekenen: zeven keer tien, acht keer tien... Alsof de dood toen al begonnen was dichterbij te sluipen.

Alwin zag ze niet meer. Het was onduidelijk wie van hen het uitgemaakt had. Of ze het eigenlijk wel echt uitgemaakt hadden. Vanaf een zeker moment was hij steeds minder gekomen. Vervolgens had zij, toen hij verscheen – fietsbel, steek in haar buik en haar hart dat als een gek tekeerging tot in haar keel – gedaan of ze er niet was. Een paar dagen later had ze hem toch gebeld. Ze hadden een afspraak gemaakt en nog een keer gevreeën, maar toen was het al geweest of ze er geen van beiden met hun hoofd, en met hun lichaam, bij waren. Zij ook niet, hoewel de wanhoop door haar heen gonsde en ze had willen schreeuwen dat ze van hem hield.

Langzamerhand was het verlangen weggeëbd. Ze studeerde hard, dat hielp. Ze raakte geabsorbeerd door de bronnen, die de basis zouden vormen van haar scriptie en, naderhand, van haar promotieonderzoek: vier dikke zestiende-eeuwse folianten met reisverslagen, naar het nieuw ontdekte Amerika, naar de noordpoolgebieden, naar de Tartaren, en naar China en het mysterieuze Cathay. Onbekend waren ze niet, maar ze waren geschreven in Latijn dat vrijwel niemand meer las. Niemand die belangstelling had voor de fantastische berichten over Gelukzalige Eilanden, over Lappen die de winden konden betoveren en de Magneetberg waarop de schepen vastkleefden als spelden, hun masten onder water zacht wiegend op de stroom. Ver in het oosten zouden Amazonen wonen, Scythen die blaften als honden en Neuren die 's zomers veranderden in wolven en tenslotte, in het uiterste noordoosten, de volken van Gog en Magog, die volgens de bijbel ooit als sprinkhanen alles verwoestend over de wereld zouden komen.

Het was verslavend. Avondenlang zat ze in de studiezaal van de vrijwel uitgestorven universiteitsbibliotheek en wanneer ze na tienen, na een snel broodje van Kootje op de hoek van het Spui, door de nacht naar huis fietste, bedacht ze, met het licht van haar lamp flakkerend over de keien van de Zijlstraat, dat de manier waarop men zich in vroeger tijden de wereld had voorgesteld inzicht gaf in de ontwikkeling van het denken. Maar in feite was dat slechts een excuus dat haar ruimte gaf zich steeds verder te verliezen in een verbijsterende wereld van mist en sneeuw, waar het ijs zwart was van ouderdom, je de zielen kon horen kreunen in het vagevuur, en waar bij elke veldslag waar ook ter wereld de verbrande kraaien als bladeren uit de lucht vielen. Waarom? Een vlucht uit een ongeloofwaardige wereld waarin het leven te zonnig en gemakkelijk was? Of de aantrekkingskracht van iets onzegbaars, de duistere crypten van het bestaan waar niemand het ooit over had, maar die elk ogenblik dreigden open te breken onder je voeten, zwarte gaten...

Ze had toen al iets met Cas, maar dat was als het ware ter zijde, een aardige man in een tweed jasje die ze had ontmoet op een feestje, waar iedereen lodderig van de wijn en de marihuana op de grond voor zich uit had zitten staren. Ze had zich potsierlijk gevoeld, zoals ze boven iedereen uit troonde op de bank waarop ze zat, en toen was hij plotseling naast haar neergeploft.

'Wat een treurigheid, hè?'

'Ach.'
'Weed maakt incommunicado, dat is wat ik ertegen heb. Hoe heet je? Mijn naam is Casper Rietkerk.'
Het klonk absurd formeel, maar zijn rechterooghoek twinkelde en hij had iets vertrouwds waaraan ze op dat moment ontzettend behoefte had.
'Zullen we weggaan?'
Ze hadden door de stad gelopen, een fles melk gepikt bij de Melkweg en die op de bank in de brug bij het Americain in een druilerige regen op zitten drinken. In haar herinnering hadden ze er uren gezeten. Daar was het toen bij gebleven. Maar toen hij haar twee dagen later achterop kwam fietsen op het Koningsplein, juist toen ze uit de bibliotheek kwam, waren ze weer blijven staan praten. Ze hadden daar wel een uur zo gestaan, op hun fietsen, één voet op de grond, de sturen tegen elkaar.
'Wat doe jij eigenlijk in het leven?'
'Ik zit op een advocatenkantoor.'
'Een advocaat die melk jat.'
'Ja, als ze daar achter komen. En jij?'
Ze waren gaan eten bij een Chinees ergens op een eerste verdieping in de Leidsestraat. Zij vertelde over haar noordpoolonderzoek, over toverende Lappen en over de zestiende-eeuwse pogingen de precieze ligging van de magnetische pool vast te stellen. Maar ze zweeg over de grote maalstroom waarin de golfstromen die de wereld omringden weggezogen werden naar het binnenste van de aarde, en ook over de verbrande kraaien die soms uit de lucht kwamen vallen. En hij vertelde over de advocatuur, over ruzies tussen aannemers en huiseigenaren, een vakbond die dwars lag bij een aantal ontslagen.
'Niet zo interessant eigenlijk, een afgrijselijke papierwinkel.'
Daarna hadden ze koffie met cognac gedronken bij Americain. Ze hadden door het Vondelpark gelopen terwijl het licht langzaam afnam, de meidoorn geurde en de merels floten. En tenslotte was ze met hem meegegaan naar zijn verdieping in de Vondelstraat en daar blijven slapen.

Ze was die ochtend vroeg wakker geworden. De lucht lag grijs over de daken en de merels floten alweer als waanzinnigen. De jongen naast haar lag dwars over haar heen met zijn mond halfopen, en haar lichaam was tot diep vanbinnen rozig alsof ze urenlang in een warm bad gelegen had. Ze voelde nog steeds zijn handen over haar huid. Zo kon vrijen dus ook zijn, zo vanzelfsprekend.

Maar niet te vaak. Eén, twee keer per week, niet meer. De avonden in de bibliotheek en vooral daarna op haar kamer achter haar bureau liet ze zich niet zomaar ontnemen, ook al verlangde ze dan soms naar de manier waarop hij zijn armen om haar heen kon slaan: 'Ach Mieneke, wat zit je nu weer te munniken.'

'Mieneke' – hoe kwam hij erbij, alleen haar vader en haar grootmoeder zeiden 'Mieneke'.

In diezelfde tijd stierf haar grootmoeder. Ze werd opgebeld door haar vader dat het afliep. De hele Amstelveenseweg lang stond ze op haar trappers, terwijl een groot, leeg gevoel zich in haar uitbreidde. Toen mevrouw Rijlaarsdam opendeed rook ze in de hoge hal al de dood.

Haar grootmoeder lag met haar hoofd half afgegleden van het kussen en hijgde zacht. Voorzichtig, met haar hand achter de klamme nek, schoof ze haar terug. Ze opende haar ogen.

'Dag kind,' zei ze, 'ik ga dood.'

'Ja...'

'Je hoeft niet te huilen. Het moest toch eens gebeuren.'

Ze huilde niet. Ze stond verstijfd naast het bed en ze wist niet wat ze moest doen. Haar hand strelen? Een kus geven op haar voorhoofd? Ondertussen praatte, of murmelde, haar grootmoeder door, zacht, haast niet te verstaan. Ze had haar ogen weer dicht en haar gezicht was nu wit, alsof ze al murmelend weggleed uit het leven.

'O Greet, Greet... Als ik maar wist waar ze naartoe is gegaan... Ja, ja, ik weet het wel, maar als ik maar wist...'

En dan plotseling luid krijsend: 'Jullie moeten wat doen! Herman! Jaap...!'

Eenmaal keek ze nog op met heldere, priemende ogen recht in de hare. Willemien schrok en haar hart sloeg even over in haar keel.

‘Herman,’ zei ze duidelijk hoorbaar. Toen zakte ze weg.

Toen haar vader arriveerde, ademde ze nog met zwakke pufjes. Mevrouw Rijlaarsdam was nu ook binnengekomen. Ze stonden ongemakkelijk naar haar te staren: een stervende liet je niet alleen, maar eigenlijk hadden ze net zo goed weg kunnen gaan. Ze was allang onbereikbaar. En opeens was het over.

De uren daarna was Willemien alleen met haar vader. De dokter was geweest. Mevrouw Rijlaarsdam had koffie gezet en zich daarna teruggetrokken in haar kamer. Ze zaten tegenover elkaar in de grote fauteuils in de woonkamer beneden, die al jaren niet meer werd gebruikt en waar een geur hing van vocht en boenwas. Het liefst was ze toen naar huis gegaan, naar haar bureau met vellen vol aantekeningen voor haar scriptie. Of naar Cas. Ze durfde het niet te zeggen. Haar vader zat voorover, met zijn ellebogen op zijn knieën en zijn vingertoppen tegen elkaar. Een paar keer keek hij haar aan.

‘Vreemd, hè?’

‘Ja.’

Ze had hem een zoen moeten geven, moeten huilen, zodat hij haar had kunnen troosten, in zijn armen nemen, haar zoenen om het verdriet. Een oude vrouw van boven de tachtig, maar toch... Niets. Naarmate de tijd voorbijging werd de stilte om hen heen alleen maar groter. Hij kroop tussen hun gedachten – blinde vlekken van niet denken, terwijl ze wanhopig probeerde iets te verzinnen om te zeggen – en vervolgens kroop hij in hun hart. Zo veel leegte.

Inmiddels werd het licht langzaam bleker, hoorde ze ergens in het huis mevrouw Rijlaarsdam naar de wc gaan en begonnen buiten de vogels te schreeuwen. Pas naderhand had ze bedacht dat ze nog nooit zo lang met haar vader alleen was geweest en dat ze geen idee had wat er in die uren door hem heen was gegaan. Hij had daar maar gezeten alsof hij alleen maar wachtte tot het eindelijk voorbij zou zijn.

De crematie was de laatste keer dat haar vader en zijn broers alle drie bijeen waren. Tijdens de plechtigheid – muziek, een paar gewrongen woorden van haar vader en weer muziek – huilde haar oom Bert, bij het vioolconcert van Mendelssohn zelfs met gierende uithalen. Ze gluurde tersluiks naar hem. Na die ruzie met haar vader, die ze zich vaag herinnerde, had ze hem nooit meer gezien. Hij had toen een Italiaanse vrouw gehad, maar die was er nu niet. Hij zag er wat verlopen uit, met zware wallen onder zijn ogen. Wel in een goed zittend pak, en met een of ander lintje in zijn knoopsgat. Willem zat naast hem, wat kleiner, een enigszins geaffecteerde oudere heer, die thuis was in alle hoofdsteden van Europa. Die huilde niet, maar ze zag wel dat hij zenuwachtig was. Op een gegeven ogenblik zag ze hoe hij zijn broer een kleine gevouwen zakdoek toeschoof. En daarnaast haar vader, stijf en vervreemd.

Toen ze naderhand over de heuvelige paden van Westerveld terugliepen naar de auto's was het alsof, in de stralende lente die overal om hen heen losbarstte, de dood plotseling over hen heen zou kunnen slaan. Opzij tussen de mensen zag ze Cas weer staan, die haar zojuist op de receptie nog tegen zich aan had gedrukt, en even had ze een opwelling over alle perken heen naar hem toe te rennen.

's Avonds at ze met Willem in het vrijwel lege restaurant van het Amstelhotel.

'Daar is het tenminste rustig,' had hij gezegd. 'Na vanmiddag kan ik niet veel meer hebben. Eigenlijk ben ik wel blij dat je vader en moeder weer direct naar huis wilden.'

'Gaat u nog naar ze toe?'

'Misschien het weekend. Dat zal eigenlijk wel moeten, als ik ze nog wil zien voordat ik weer vertrek.' Waar hij dan ook heen zou gaan, Athene, Caïro of Bombay en verder, de beelden achterna van gezonken tempels en vergane schepen.

'En oom Bert?'

'O, die is alweer weg. Hij zou onderweg wel een hotelletje nemen, zei hij, en als hij dan doorreed kon hij 's avonds weer in Turijn zijn.'

Dus had hij in de Grote Club, waar hij altijd logeerde als hij in Nederland was, een taxi laten bellen en waren ze naar het Amstelhotel gegaan, waar ze hem blijkbaar kenden en ze door de gerant naar een tafeltje bij het raam werden gebracht. Een tijd lang hadden ze tegenover elkaar naar het water zitten staren dat blonk in de ondergaande zon, totdat hij opeens had gezegd: 'Ik heb eigenlijk nooit begrepen hoe dat heeft kunnen gebeuren met tante Greet. Moeder is daar nooit overheen gekomen.'

Zo hadden ze het over de oorlog gekregen. De oorlog, waar iedereen die toen leefde nog lang niet klaar mee was en waar zij buiten stond.

'En je vader? Had die dan niet iets kunnen doen?'

Ze haalde haar schouders op.

'Ik denk het niet.'

Hij praatte alweer door: 'Ik zat toen in Tripoli, en even in Casablanca. Daar heb ik wel iets gehoord over concentratiekampen, en over razzia's, zelfs in Holland. Ik weet nog wel dat ik daar zo snel mogelijk naartoe wilde. Maar toen begon dat eindeloze jaar waarin we optrokken door Italië en de eindeloze, eindeloze verveling. Werkelijk, Willemien, zo'n oorlog, met zulke gigantische legers en de hele rataplan die daarbij komt, generale staven, verbindingslijnen, aanvoer van voorraden, dat is voornamelijk verveling. En stank, nog niet eens stank van lijken, hoewel dat ook wel, maar vooral van zweet en uitlaatgassen en bedorven voedsel.' Hij lachte even, meer in zichzelf dan naar haar. 'Al heb ik toen wel het vak geleerd. Zonder de oorlog zou ik nooit geworden zijn die ik nu ben.'

Hij zweeg en begon eindelijk met kleine, bedachtzame bewegingen te eten.

Willemien dacht: ik moet iets zeggen. Maar wat? De stilte in de eetzaal, met verderop bij een lange tafel met een wit kleed eroverheen twee zwijgend toekijkende obers, werd langzamerhand beklemmend. Ze had een gevoel of ze hier nooit meer weg zou komen. Maar toen legde hij zijn mes en vork neer en leunde achterover.

'Ach,' zei hij, 'wat doet het er ook eigenlijk toe, het is allemaal alweer vijftien jaar geleden. Maar er moeten wel brieven zijn...'

'O ja, dozen vol.'

'Ach. Misschien kan je eens kijken. Niet dat je er veel tijd in moet steken. Ik begrijp dat je wel wat anders aan je hoofd hebt. Maar als je bij het opruimen iets tegen zou komen uit midden jaren veertig, iets dat licht zou kunnen werpen...'

Dus bracht ze een paar dagen later samen met Cas al die bruine vervallen dozen in diens auto naar haar studentenkamer.

'Wat wil je ermee?' vroeg Cas. 'Waarom breng je ze niet naar een of ander archief? In de brieven van je oom Willem zit misschien interessante informatie.'

'Nee, nee.'

Ze stonden op elkaar gestapeld naast haar bureau. Ze keek er soms naar, maar ze kwam er niet toe ze te openen en te gaan lezen. In plaats daarvan werd ze ziek.

Het begon eigenlijk al toen ze op een zondag bij Cas naar een concert op de radio zat te luisteren. Ze hadden een feest gehad met veel dansen en veel drank, en daarna was ze bij hem blijven slapen. Of, slapen... Urenlang lag ze met open ogen naast hem en de hele volgende dag bleef ze bij hem hangen in zijn appartement. Hij zat kranten van een week door te lezen en zij luisterde naar een pianoconcert, van Rachmaninov nota bene, en opeens stroomden de tranen over haar gezicht. Het was niet te stelpen. Hij probeerde haar te troosten. 'Maar wat is er dan?'

'Mijn grootmoeder is dood,' snikte ze met een rare uithaal.

Ze moest er zelf om lachen. Maar het hield niet op. Het kwam in golven over haar heen alsof de dood met bakken vol over haar werd uitgestort. Later gingen ze naar zee en liepen ze langs het strand, en al die tijd voelde ze zo sterk dat het leven vliesdun was – niet meer dan een ademstoot gescheiden van wat voorbij was en verdwenen – dat ze zich letterlijk aan hem vastklampte, alsof ze elk ogenblik door haar benen kon zakken.

Die sensatie van de vluchtigheid van het leven liet haar niet meer los. Het had niet eens zoveel met haar grootmoeder zelf te maken. Het was dat moment, die paar seconden tussen het ogenblik dat ze nog ademde – zwak, maar duidelijk waarneembaar, met kleine stootjes tussen haar nog altijd roze lippen – en het volgende, toen er alleen maar een lijk was geweest. De futiliteit... Alles, naar de universiteit fietsen, college lopen, koffiedrinken in de kantine met medestudenten, het was allemaal al voorbij voordat ze er amper aan begonnen leek. Zelfs haar verliefdheid op Cas wankelde. Soms als ze samen waren, wenste ze dat hij maar weer weg was, zodat ze moeiteloos aan hem kon denken.

Het enige dat nog even leek te helpen was werken. Gefascineerd zat ze gebogen over de kopieën van kaarten van het noordpoolgebied, waar volgens Ptolemaeus de bewoonbare wereld eindigde. In de grillige lijnen, die de zestiende-eeuwse geleerden aan diens kaart van de bevroren zee hadden toegevoegd, was het verleden tot stilstand gekomen; fantasie, maar gestolde fantasie, stevig verankerd in steen en ijs. Op een van de kaarten stond linksboven een mysterieuze tekening van een zwarte vogel die uit de lucht leek te komen vallen. Een merkteken? Waarvan? Waar was ze in godsherenaam mee bezig?

Die nacht begon ze over te geven. Het hield niet meer op. Er kwam een huisarts die zetpillen gaf en later een injectie, en nog een injectie. Het hielp niet echt. In het ziekenhuis, waar ze werd opgenomen voor onderzoek, konden ze niets vinden. Tenslotte zat er niets anders op dan dat Cas haar naar Arnhem bracht. Daar lag ze, in haar vroegere kamer met het uitzicht op de top van een eik waaromheen kraaien vlogen. Haar moeder kwam voortdurend naar boven met kommetjes vla, de gele, zoete vla uit haar kindertijd die ze met een theelepeltje naar binnen lebberde, om vervolgens weer weg te zakken in een eindeloze slaap, waarin zo nu en dan het gezicht van een kleine vrouw met donker, kortgeknipt haar boven kwam drijven en ze weer de stem hoorde van haar grootmoeder die ‘Greet’ riep: ‘Greet...’

Soms keek ze even op en zag ze haar vader zitten. Hij las, en soms keek ook hij op en knikte naar haar. Ze vroeg zich af waarom hij niet naar de fabriek was en ze begreep dat ze dachten dat ze doodging, dat niemand het hen wilde zeggen, maar dat hun enige kind, hun trots en in zeker opzicht de zin van hun leven, bezig was te sterven. Ze probeerde hen ervan te overtuigen dat daar geen sprake van was, en ze deden of ze haar geloofden.

‘Welnee, natuurlijk niet, hoe kom je erbij. Je bent alleen maar heel, heel erg moe. Ondervoed ook. We hebben je zo vaak gewaarschuwd dat je beter voor jezelf moet zorgen, dat de boog niet altijd gespannen kan zijn...’ Maar er bleef een sfeer van tragiek om hen heen hangen, die duidelijk maakte dat dit nu hun bestaan was, ouders te zijn van een stervende dochter.

Natuurlijk ging ze niet dood, al zag ze zichzelf daar al liggen, als haar grootmoeder, haar bovenlip in een stijve boog over haar open mond en met een voorhoofd als vergeeld marmer. Was het Cas' rotsvaste zekerheid dat ze zou blijven leven geweest, die haar toen had doen besluiten dat ze met hem wilde trouwen? Hij kwam twee keer per week, 's woensdags na het werk, afgepeigerd – 'Moet je echt vanavond weer terug, jongen?' vroeg haar moeder en dan knikte hij ernstig: 'Ja, echt, mevrouw' –, en zaterdags. Op zo'n bleke zaterdagmiddag, met niets anders dan wat vage geluiden elders in het huis, Cas die haar hand vasthield en zij wazig voor zich uitkijkend, had ze het opeens gezegd. Ze had het al dagen liggen denken, meer als tijdspassering, als probeersel misschien, dan dat ze het werkelijk bedoelde: 'In november studeer ik af en dan wil ik trouwen, en een kind.'

Het klonk gemaakt en onzinnig. Maar Cas trok wit weg.

'Meen je dat werkelijk?'

'Ja.'

Er was geen weg terug. En ze wilde ook niet terug. Ze hield van zijn handen en van zijn mond, die al zijn liefde en al zijn integriteit uitdrukte, van zijn rustige stabiliteit. In alle opzichten vertegenwoordigde Casper Rietkerk de veiligheid van het alledaagse bestaan en ze wist zeker dat ze hem altijd, altijd om zich heen wilde hebben.

Het was daarna dat ze, terug op haar eigen kamer in Amsterdam, op een avond de bovenste doos opende en begon te lezen, steeds sneller en sneller. Ze schoot met haar ogen over het papier, voldoende om te zien dat er niets van belang stond, gebabbel: '...gisteren ben ik samen met John Meadow van de *New York Times* in Baida aangekomen, waar het vol zit met toeristen...', 'Marietje en ik denken voor deze zomer aan Noordwijk...'

Eigenlijk was in alle brieven de weersgesteldheid misschien niet het belangrijkste, maar wel het meest constante onderwerp. Uit Arnhem: 'Lieve moeder, wat een stortbuien, gisteren...' Uit Turijn: 'Lieve mama, het is al weken heerlijk weer...' Uit Libië: 'Lieve moeder, het ergste hier is de hitte, tegen het zand kan je je nog enigszins wapenen, maar de hitte sluit zich om je heen als een verstikkende deken. 's Nachts is het heel koud, maar zodra de zon boven de zandheuvels komt, wat trouwens een prachtig gezicht is, met waaiers van onvoorstelbare kleuren, paars, roze, goud...' Het was of ze vanuit hun verschillende verblijfplaatsen almaar krampachtig probeerden elkaar via de meest elementaire realiteit van het dagelijks bestaan te bereiken, over alle onzegbaarheden – angsten misschien – heen.

Het was die onuitgesproken dreiging die maakte dat ze maar doorging, avondenlang, met een vaag gevoel van schuld omdat achter haar op haar bureau het proefschrift wachtte met zijn noordpoolgebieden. Brieven uit de jaren twintig, dertig, de crisis, de opkomst van Hitler, het begin van de jaren veertig... Soms hernam het leven zijn loop met colleges en tentamens, een reisje naar Londen met Cas, het zoeken naar een huis. Maar dan, meestal 's nachts – als ze weer eens thuis sliep omdat ze, zoals ze tegen Cas zei: 'nu toch eindelijk dat hoofdstuk af wilde maken', of 'stikte in de werkstukken die ze echt deze week nagekeken moest hebben' – sloop ze als het ware opeens naar die dozen die allang niet meer in een nette stapel in de hoek stonden, maar her en der door de kamer, geopend, sommige half gescheurd zodat de brieven eruit vielen. Elke brief eindigde met 'veel liefs, ook aan tante Greet'.

Er waren ook een paar brieven aan Willem, die blijkbaar nooit verstuurd waren, maar daarin was alleen sprake van het weer, van de tuin, van het gelukkige leven dat er ooit was geweest, of dat er ooit geweest had moeten zijn:

'18 april 1943. Lieve jongen, het blijft hier maar stralend weer en de borders die je tante Greet en ik vorig jaar opnieuw hebben aangelegd, beginnen nu overal uit te lopen. Het is dus al dat werk wel waard geweest. Ik zal nooit vergeten hoe we de aarde, die Jansen van de tuinderij zomaar voor op de stoep gestort had, met kruiwagens naar achteren hebben gereden. Het hele huis door, wat een troep!' Eén keer maar op al dat knisperende vergeelde papier, waaruit zo nu en dan een gedroogde bloem viel, een noodkreet: 'Zes maanden nu al en nog steeds geen enkel bericht. Er gaan zulke vreselijke geruchten. Wat moet ik toch doen? Wat moet ik in 's hemelsnaam doen?'

Het stopte toen Cas en zij trouwden en in het huis in de Van Breestraat trokken. De dozen verdwenen naar zolder, voor een kwart ongelezen. In het begin dacht ze er nog wel eens aan, en één keer, op een middag dat ze op de radio had gehoord dat er joodse grafstenen waren omgegooid en beklad met hakenkruisen, stond ze zelfs op het punt naar boven te gaan om te kijken of er toch niet iets in te vinden was. Maar toen ging de telefoon. Een student met een scriptieprobleem vroeg of hij langs mocht komen en daarna moest ze naar een vergadering op het instituut. Langzamerhand vergat ze ze. Het leven was te vol voor dat soort bekommernissen. Ze werd zwanger, Jobje werd geboren: een intiem ruisen en kolken, alsof de hele wereld binnen in haar was geraakt, en toen dat jongetje, dat krijsend en met spartelende beentjes voor haar werd gehouden. Cas had het er steeds vaker over dat hij weg wilde bij het advocatenkantoor waar hij toen zat en zich zelfstandig wilde vestigen en zij begon eindelijk serieus aan haar dissertatie. Zelfs aan haar grootmoeder dacht ze vrijwel nooit meer.

1963-1995

Maar er bleef iets knagen. Misschien was dat wel de reden dat ze zich zo met overgave in acties van de jaren zestig stortte, in de anti-Vietnambeweging, de demonstraties tegen de Turkse Grijze Wolven en de Marokkaanse Amicales, en in de studentenrevolte. Omdat er na alles maar één ding overbleef en dat was: niet fout te zijn. Het was een besef geweest van schuldeloze schuld dat maakte dat elke daad, van demonstreren tot en met bezetten, voorzien was van een moreel waarmerk. Al kon het je je baan kosten...

'Ach kom, dat geloof je toch niet echt?'

'...of je vrienden...'

'Ach kom.'

Het was begonnen met Cas, die in zijn vrije tijd een zaak had met een politieke vluchteling waar hij zich steeds meer in vastbeet. Later had ze wel eens gedacht dat als dat niet het geval was geweest... Maar nee, daarvoor had ze toch te overtuigd meegedaan, en was ze mee blijven doen, ook toen Cas al min of meer afgehaakt had.

Toen, in 1963-64, had hij zich behoorlijk druk gemaakt, vooral over de toestand in Marokko.

'Je hebt geen idee wat daar gebeurt, Mieneke. Ik begrijp niet dat Willem er weer is gaan wonen.'

Ze had het niet echt willen horen. Ze was bezig met de afronding van haar proefschrift, met de laatste golfstromen die weggezogen werden naar het binnenste van de aarde, de laatste verhalen over zielen die als verbrande kraaien verdwenen achter de horizon. Elke vrije middag en elke avond verdween ze zo gauw mogelijk naar boven. Het was Cas die Jobje voorlas en naar bed bracht. Overdag ging hij naar de crèche en later naar de peuterspeelzaal. Voor de overige uren hadden ze een meisje.

Maar soms stond hij opeens in de deuropening. Reikend naar

de knop had hij de deur opengekregen en dan stond hij daar naar haar te kijken. Ze voelde het meer dan dat ze het hoorde. Zonder zich om te keren zei ze: 'Dag Job, wat is er?'

Of ze keerde zich wel om: 'Dag Job, kom je me eens gezellig opzoeken?'

Ze gaf hem papier en een paar ballpoints.

'Ga daar maar zitten tekenen.'

Hij zat op de grond en tekende gehoorzaam strepen op het papier, terwijl zij allang weer met haar rug naar hem toe zat.

'Mamma.'

'Hm?'

'Kijk.'

'Mooi, maar nu moet je verder stil zijn, hè? Mamma werkt.'

Tijdens haar promotie zat hij ook te tekenen, met bengelende beentjes op de voorste rij. Jobje... Ach, erg veel moeder had hij nooit aan haar gehad. Maar dat zou nu anders worden.

Het werd natuurlijk niet anders. Na haar promotie kwam er een congres, en daarna moest ze een artikel afmaken dat ze toegezegd had, een stuk of wat recensies schrijven. Het had jaren zo door kunnen gaan. Maar op een avond kregen Cas en zij ruzie. Op vrijdagavond 29 oktober 1965, om precies te zijn. Ze zaten aan tafel. Zij hanneste met Jobje, die met zijn eten treuzelde terwijl zij wilde opschieten om zo snel mogelijk weer naar boven te kunnen. Cas luisterde naar het nieuws: 'Op een werkdiner hebben de ministers van de landen der Europese vrijhandelsassociatie alsnog overeenstemming bereikt... De Gemini's VI en VII gaan sinds vanochtend samen door de ruimte... In Parijs is vanmiddag, voor de bekende brasserie Lipp op de Boulevard Saint-Germain, de leider van de Marokkaanse socialistische partij UNFP, Mehdi Ben Barka, ontvoerd. Ben Barka leefde sinds 1963 in ballingschap...'

'Godverdomme! Hoor je dat?'

Ze keek verbaasd op: Cas vloekte nooit.

'Wat?'

'Ben Barka. Verdomme, Willemien, zeg niet dat je niet weet wie dat is.'

'Nou, nee.'

Ze zag Jobje met bange ogen van Cas naar haar kijken.

'Eet maar gewoon door, Job. Pappa is boos op de radio.'

'Zeg dat wel. De schoften! En jij, die geen benul hebt en je maar opsluit in je wetenschap of er geen wereld bestaat, geen Jobje, ik...'

Hij liep de keuken uit, de deur met een klap achter zich dichtslaand. Jobje begon te huilen en zij zat trillend naast hem aan de ontbijttafel. Met ingehouden adem. Dit kon, dit mocht niet gebeurd zijn. Ze hadden nog nooit ruzie gehad. Opeens was het alsof bij de minste beweging alles – de muren van de keuken, het huis, haar huwelijk – langzaam maar zeker in elkaar zou zakken...

Lang had het niet geduurd. Op een gegeven moment was Cas weer binnengekomen.

'Sorry.'

'Je hebt wel gelijk.'

Ze zoenden en daarna brachten ze samen Jobje naar bed.

Toen ze weer naar beneden gingen, zij nog steeds een beetje trillerig, stond Cas plotseling halverwege de trap stil en zei: 'Weet je, ik heb eigenlijk zo ontzettend genoeg van die bedrijfsjuristerij. Misschien zou ik wel helemaal de sociale advocatuur in willen.'

Het kwam volslagen onverwacht. Ze ging zitten op een tree en hij praatte maar door: 'Dit kan toch allemaal niet zomaar. Het is overal zo'n rotzooi, in Vietnam, die moordpartijen in Indonesië, en nu weer dit met Ben Barka. Denk maar niet dat de Franse inlichtingendienst of zelfs de CIA daar niet achter zit. Dat kunnen we allemaal toch niet zomaar laten gebeuren.'

Ze had hem nog nooit zo ernstig gezien, en tegelijk gaf het, misschien juist vanwege hun ruzie van daarstraks, een gevoel van veiligheid, van gezelligheid bijna, zoals ze daar zaten, hij een tree hoger met zijn armen om haar heen en zijn kin tegen de bovenkant van haar hoofd.

'Hoe zou je dat dan willen doen?'

'Er is een advocatencollectief in de Pijp waarbij ik me zou kunnen aansluiten. Het zou wel een fikse financiële achteruitgang betekenen...'

'Nou ja, ik verdien toch ook. En misschien, als het echt nodig is, dat mijn vader...'

'Vind je dat we dat kunnen vragen?'

'Waarom niet? Ze zullen er geen boterham minder om eten.'

Zoals die dingen gingen: je maakte ruzie en je maakte het weer goed op de adem van de wereldpolitiek. Het was tenslotte hun wereld en hun leven, en ze waren niet van plan zich door een handjevol fascistische generaals en presidenten te laten weerhouden orde op zaken te stellen.

Sindsdien was ze langzamerhand betrokken geraakt. Eerst nog halfhartig. Ze stortte wat op een giro, waarna er wekelijks een onooglijk krantje in de bus kwam dat ze meteen weggooide. Op het instituut waren actievergaderingen van studenten. Het gebeurde dat een student, zo uit een gevecht met de politie, met een bebloed hoofd tentamen bij haar kwam doen en na afloop meteen weer verdween om verder te vechten. Andere studenten gingen de werkgroepen langs met petities tegen de Amerikaanse agressie in Vietnam: 'Wij eisen de onmiddellijke stopzetting...'

'Tekent u ook, mevrouw Rietkerk?'

'Eisen, eisen, moet dat nou? Waarom zeggen jullie niet "bepleiten" of zoiets?'

Maar ze tekende wel. En toen er een comité werd opgericht ter ondersteuning van Marokkaanse vluchtelingen steunde ze ook dat, hoewel Cas toen juist weer twijfelde.

'Is dat geen communistische mantelorganisatie?'

'Ach, kom. En trouwens, wat dan nog?'

Het gaf een warm gevoel van verbondenheid, al wist ze dan ook niet zo precies wat er aan de hand was en had ze ook geen tijd zich daarin echt te verdiepen. In elk geval stond ze met beide benen in een concrete wereld waarin het, in plaats van om ijsbergen en ontraceerbare golfstromen, ging om vrijheid en voedsel.

Toen het echt begon, in mei 1968, lagen Cas en zij naast elkaar op de grond met hun hoofden bij de oude radio, die onderin de boekenkast stond. Ze gebruikten het ding nooit en hij kraakte verschrikkelijk: '...les étudiants sur les barricades... trois morts auprès le Boulevard Hausmann, treize morts... l'imagination au pouvoir!' De opwinding, de grenzeloze euforie, omdat de dingen plotseling op hun plaats vielen. Een oorlog, een oorlog met, ja doden goddomme, de schoften... Jobje kwam binnen in zijn pyjama en Cas tilde hem op en danste, slaperig als hij was, met hem door de kamer.

Het was het begin geweest van de ontmanteling van een verkalkte universiteit, van een verkalkte maatschappij, 'la société de papa', waar ze tot dan toe zo braaf deel van hadden uitgemaakt. Toen het een jaar later eindelijk ook in Nederland losbarstte, waren ze met z'n drieën de straat op gegaan. Overal in de stad had het geklonken: 'Dit is het begin...' Uit de ramen van het instituut hingen spandoeken en voor de ingang stond een groepje studenten.

'Mevrouw Rietkerk!'

En toen: 'Willemien!'

Ze aarzelde, maar Cas gaf haar een zetje in haar rug: 'Ga dan. Job en ik redden ons wel, hè Job?'

Binnen in de grote hal werd gevolleybald en om de haverklap was er een meeting, in het gebouw zelf – in een van de collegezalen, waar de tafels en stoelen aan de kant geschoven waren om voor iedereen ruimte te maken – of in de aula van de universiteit.

Het was daar in de aula dat ze, ergens in die chaotische weken waarin ze alleen thuisgekomen was om te slapen, voor het eerst sinds al die jaren Alwin weer had ontmoet. Ze liep met een bekertje koffie in de hand door het middenpad naar de microfoon en hij stond daar van opzij toe te kijken.

'Van de orde, voorzitter.'

'Je naam?'

'Willemien Rietkerk, medewerker geschiedenis.'

Haar hart klopte opeens in haar keel. Ze voelde zijn ironische ogen in haar rug en ze had moeite door te praten.

'Ik stel voor dat we eerst een telegram naar de regering sturen, waarin we eisen dat die zich onomwonden uitspreekt tegen de Amerikaanse agressie in Vietnam.'

Applaus.

'Wie is daar vóór? Handen omhoog.'

Een stem begon: 'Johnson, moordenaar...'

Achter zich hoorde ze Alwin snuiven. Ze keek om. Hij gaf haar een knipoog en nam tegelijk de microfoon uit haar hand.

'Protest, daarvoor zijn we hier niet.'

'Dat is dus aangenomen, het telegram wordt verstuurd. En nu onze eisen aan het universiteitsbestuur.'

Het was de eerste keer in haar leven dat ze werkelijk het gevoel had dat ze iets had te maken met de rest van de wereld. Alles hing met alles samen: de stakingen in de Groningse strokarton, het 'one man one vote' aan de universiteiten, de protesten tegen de oorlog in Vietnam – als de fabriek van haar vader maar in godsnaam niet met die afschuwelijke ontbladeringsmiddelen te maken had –, het vormde allemaal één netwerk van betrekkingen waarvan ze deel uitmaakte. Dus vertoonde zij zich ook in spijkerpak, liepen zij en Cas mee in demonstraties vanaf het Kwakerplein, waarvan ze tot dan toe nooit had gehoord, over de Rozengracht de stad in, zat ze vergaderingen voor die zich bogen over studentenparticipatie en projectonderwijs. En als ze niet voorzat, dan kwam er altijd wel een moment dat ze opstond of alleen maar haar hand opstak: 'Voorzitter...'

Het was hard werken. Behalve dat de werkgroepbijeenkomsten langer duurden dan vroeger, moesten er spandoeken en affiches worden gemaakt, krantjes vol worden geschreven en gestencild. Eindeloos stond ze achter de ratelende machine en plooide ze met smerige handen van de inkt de moedervellen over de rollen. Terwijl 's nachts de boeken gelezen moesten worden die haar vakbeoefening een nieuwe wending zouden geven, inleidingen in de politieke economie en het historisch-materialisme, *Das Kapital* zelf – nooit doorgekomen –, de heldere Engelse en de duistere Duitse marxisten, neomarxisten...

Avonden, nachtenlang worstelde ze zich een wereld binnen vol abstracte begrippen en relaties, terwijl Cas Jobje naar bed bracht, of beneden naar de tv keek of zat te lezen. Ach hemel, het positivisme en het neopositivisme, het marxisme, en de hermeneutiek, van Schleiermacher via Marx, Dilthey en Popper tot en met Gadamer en de Frankfurter Schule. Het kostte haar heel wat weken kauwen en kauwen op overzichtswerken en tekstboeken. Taaie stof, dat wel, een grijs veld van verveling waarin ze machteloos probeerde de marxistische klassenstrijd te herformuleren in de termen van de formele logica: 'dan en alleen dan, als...' als de keurige verpakking van het revolutionaire 'dit is het begin, wij gaan door met de strijd' dat over de grachten daverde en tegen de hoge muren van de bankgebouwen in de Vijzelstraat, tot aan het Museumplein. De grote, vrolijke mensenmassa...

Op een nacht – Cas was allang naar bed, de stad was op een enkel vliegtuig na eindelijk stil geworden en vanachter haar bureau zag ze, ver weg over de flatgebouwen van de buitenwijk, één ander verlicht raam, wat een vreemd gevoel gaf van solidariteit en eenzaamheid tegelijk – smeet ze Adorno's *Kulturkritik und Gesellschaft* dwars door de kamer, wanhopig na een uur lang vergeefse inspanning om althans de eerste bladzijden te begrijpen.

'Essayisme,' brieste ze de volgende dag tegen haar studenten, 'intellectuele gewichtigdoenerij. Je kan wel van alles verzinnen. Eén kluwen van beweringen die nergens, maar dan ook nergens aan te toetsen zijn.'

En weer tekende ze op het bord de stippen, lijnen en pijlen van haar strikt persoonlijke notatiesysteem dat waarneming en denken met elkaar moest verbinden. Ze begrepen het niet, zag ze. Ze waren zonder meer bereid haar te geloven, zoals ze bereid waren iedere andere docent te geloven, ze waren zelfs bereid op hun beurt 's nachts achter een eenzaam verlicht zolderraam voor de zoveelste maal haar lijnen en pijlen na te tekenen. Maar begrijpen? En dus veegde ze het bord schoon en begon ze weer. Voor haarzelf was het toentertijd volstrekt duidelijk: de rede, de rede... Maar wie, keer op keer drong dezelfde vraag zich op, wie garandeerde dat de rationaliteit van de mens dezelfde was als die van de wereld om hem heen?

Diezelfde middag meldde ze zich aan als lid van de Communistische Partij Nederland. Ze werd ontvangen in een kale kamer ergens in de Jordaan door een heer achter een bureau, die haar vriendelijk uitlegde dat haar lidmaatschap in het hoofdbestuur besproken zou worden. Hij voorzag geen bezwaren, maar het kon wel een paar weken duren voordat ze haar partijboekje zou krijgen. Ze was enigszins gepikeerd, want zo veel mensen in haar positie waren er nu ook weer niet die het lidmaatschap ambieerden. Maar tegelijkertijd versterkte het haar gevoel dat ze iets beslissends had gedaan dat haar leven voorgoed zou veranderen. Het zou een wig drijven tussen Cas en haar en zelfs de meeste van haar collega's van haar vervreemden. Tant pis. Het zou haar leven op een veel directer en vooral actiever manier verbinden met dat waar het werkelijk om ging: de bevrijdingsoorlogen, de bestrijding van het militair-industrieel complex.

Het een noch het ander was het geval. Het partijboekje arriveerde, op een avond persoonlijk aangereikt door iemand van de afdeling. Cas liet hem binnen en begon zelfs een gesprek over de positie van de Marokkaanse gastarbeiders in Nederland. Toen de man weg was, zei hij: 'Verstandige kerel. Misschien heb je wel gelijk je aan te sluiten.'

'Doe het dan ook.'

'Nee, zo overtuigd ben ik nou ook weer niet. Later misschien.'

Vanaf dat moment bezocht ze trouw eens per maand de afdelingsvergaderingen in het buurthuis, bracht ze op dinsdagen *De Waarheid* rond, en was ze er één of twee keer bij toen er om zes uur 's ochtends gepost moest worden bij de hekken van een fabriek waar een arbeidsconflict op uitbarsten stond. Maar de bemoeienis met de wereldpolitiek viel tegen en ook haar ouders namen haar nieuwe levensbeschouwing laconiek op.

Op een zondagochtend, toen ze in Arnhem bij hen logeerden, vertelde ze het. Haar moeder zei: 'Denk je dat je daar geen moeilijkheden mee krijgt op je werk?'

Waarop Cas antwoordde: 'Dat zal wel meevallen. Dan konden ze de halve staf wel ontslaan.'

Haar vader vulde aan: 'Op de fabriek zijn de communisten over het algemeen de slechtsten nog niet,' om vervolgens over te gaan tot de orde van de dag: 'Geef de kaas maar eens door.'

Later, bij het afnemen van de tafel, zei haar moeder nog: 'Als je het hier in Arnhem maar niet rond gaat bazuinen.'

'Welnee.'

Dat was alles. Als er één ding was dat ze niet wilden, was het ruzie met hun enige dochter.

Onder haar collega's maakte het nog minder indruk. Het was of ze niet anders verwacht hadden en het ook niet helemaal serieus namen. Ze wist wel hoe er in de koffiekamer over werd gesproken: dat het wel over zou gaan, dat zelfs de besten wel eens zo'n bevlieging hadden.

Hoe ze het in haar hoofd had gehaald zou ze nooit begrijpen. Waarschijnlijk dacht ze dat al die gevoelens van vroeger voorgoed over waren. Alwin Schröder was een klootzak geweest en dat was hij ongetwijfeld nog steeds, maar klootzak of geen klootzak, hij was ook een natuurkundige met een grote theoretische belangstelling die zich dankzij een provocerend artikel in *De Gids* een zekere naam had verworven. Dus had ze hem uitgenodigd om een paar colleges wetenschapstheorie te geven, misschien meer nog om haar collega's te overtuigen dan omdat het nu zo nuttig was voor haar studenten. Zelf had hij er eigenlijk niets in gezien, maar hij was genoeg op haar gesteld, of misschien eerder ijdel genoeg, om iets te komen vertellen over logica en Popper en de mysterieuze Tarski, en over het feit dat feiten geen feiten waren, hoeveel je er ook op elkaar stapelde.

Er waren heel wat anderen dan alleen de studenten van haar eigen werkgoep gekomen, zelfs enkele collega's. Ze zaten en stonden dicht opeen in het donkere zaaltje dat eens de vergaderkamer van het faculteitsbestuur was geweest, maar dat nu vol hing met schema's van actiebijeenkomsten en posters van Marx en Che Guevara. Iedereen luisterde beleefd en aandachtig en zijzelf kon weer haar ogen niet van hem afhouden, knap en arrogant als hij daar stond, zo nu en dan met superieur gemak symbolen en letters op het schoolbord tekenend, formules waarin de rationaliteit van het denken voorgoed was vastgelegd.

Dat was wat haar altijd, maar vooral 's nachts in de stilte van haar werkkamer, aangetrokken en tegelijk beangstigd had – net als, bedacht ze nu, Alwin zelf met zijn intelligentie, zijn charme en zijn totale gebrek aan warmte. Die middag speelde dat niet. Toen ging het om – ja waarom? Op zijn minst om de wetenschappelijke respectabiliteit van de revolutie en daarmee van haar studenten, die in hun corduroy spijkerpakken en met hun lange, ongewassen haren zo volstrekt serieus hun vragen formuleerden: 'Denkt u zelf ook dat de deductieve methode bruikbaar is in de geesteswetenschappen?' En: 'Een waardenvrije logica kan toch geen rol spelen in een emancipatorische wetenschapsbeoefening?'

Een van haar collega's riep van achteruit het zaaltje, boven de massa uit stekend en met het volle gezag van zijn positie: 'In de geschiedwetenschap gaat het niet om algemene vooronderstellingen, maar juist om het bijzondere, het unieke, de nooit en te nimmer in algemeenheden te vangen werkelijkheid.'

De zaal siste. Achter zich hoorde ze iemand 'lul' zeggen. Alwin antwoordde: 'Misschien ja, dat zou kunnen.'

Ach, Alwin. Later, zittend op een muurtje van een terras bij de kantine, verweet ze het hem.

'Je probeert je altijd naar alle kanten in te dekken. Kies toch eens een keer.'

En hij lachte natuurlijk weer. Hij had altijd gelachen als hij in het nauw gebracht werd.

'En jij dan, Mientje? Jij kiest toch ook niet echt?'

'Ja, wel, ik zie niet in waarom je niet volop geëngageerd kan zijn en tegelijkertijd je vak uitoefenen op een manier die in overeenstemming is met alle criteria van wetenschappelijkheid.'

Ze zag dat hij alleen maar met een ernstig gezicht deed alsof hij luisterde en dat hij in feite de groepjes studenten die voor hen in het gras zaten afspeurde naar leuke meisjes, Roos en Mieke, Maaike, Frederiek. Maar ze kon zichzelf er niet meer toe krijgen te stoppen.

'Tenslotte is het marxisme, het historisch-materialisme, een wetenschappelijke theorie die uitstekend te toetsen is en die gesteund wordt door een behoorlijke hoeveelheid empirische waarnemingen. En wat die storende factoren betreft...'

De zon scheen. De studenten lachten en praatten, en de meeste vast niet over de geschiedbeoefening, laat staan over het historisch-materialisme. Er zat een stel te zoenen en in een hoek van het terras voetbalden er een paar met een koffiebekertje.

'Good day, sunshine...'

Sindsdien zag ze hem vaker, vooral toen ze een halfjaar later in de universiteitsraad werd gekozen en ze elke dinsdagavond na de raadsvergadering met z'n allen het café in doken. De eerste keer was ze verbaasd geweest hem daar te zien, als enige keurig in het pak.

'Wat doe jij hier?'

'Ja, sorry hoor, maar ik kwam hier toevallig altijd al. Ooit was dit zo'n prettig rustige kroeg.'

Meestal stond ze bij de anderen, maar die avond belandde ze aan zijn tafeltje. Binnen de kortste keren zaten ze daar in de stank van verschaald bier te bekvechten. Zij noemde hem een rechtse klootzak. God wist waarom; omdat hij zei dat hij VVD ging stemmen, of om zijn standpunt over de metro of de plaats van de nieuwe opera of, wat waarschijnlijker was, om zijn gebrek aan welk standpunt dan ook. En hij sneerde over haar partijlidmaatschap: 'Hoe kan je. Weet je dan niet hoe het in Rusland toegaat?'

'Het Nederlandse communisme heeft niets met Rusland te maken.'

'Ach kom, je weet wel beter.'

'Nee echt, ik heb nooit iets gemerkt van enige poging van die kant om mij, of wie dan ook in de partij, te beïnvloeden.'

Ze wist dat ze naar huis moest, naar het veilige leven van alledag: Cas met krant en pijp in zijn leunstoel en Jobje op de grond met zijn Lego. Wishful thinking natuurlijk, want zo vredig was het allang niet meer. Maar kon zij het helpen dat die twee elkaar de laatste tijd steeds in de haren zaten? Zoals Cas en zij trouwens ook. Cas met zijn antieke ideeën over op tijd komen.

'Natuurlijk zijn die vergaderingen belangrijk, maar je kan er toch tenminste voor zorgen dat we 's avonds met elkaar eten.'

'Jezus, Cas, je begrijpt toch wel dat ik...'

'Nee, dat begrijp ik niet.'

Maar dan kwam er weer iemand met een blad vol glazen bier.

'Jij ook, Willemien?'

'Eentje dan.'

Om hen heen hing een deken van geroezemoes. Hier aan de tap werden standpunten bepaald, coalities afgesproken, terwijl zich op het beeldscherm boven hun hoofden een voetbalwedstrijd afspeelde. Dé wedstrijd van het moment, waarvoor keer op keer de stemmen stokten, alle ogen omhooggingen.

'We' – ze zei 'we' – 'zijn een volstrekt onafhankelijke nationale partij, zoals ook de Franse en de Italiaanse communistische partijen dat zijn.'

Hij glimlachte. 'Hoor haar, het kersverse CPN-lid. Je hebt je lesje goed geleerd, meid.'

Ze voelde een golf van woede opkomen en alles zou misschien anders zijn gegaan, als op datzelfde moment niet het doelpunt gemaakt was dat Nederland – of Ajax, of Feyenoord – in een of andere halve finale had gebracht. Plotseling stond de hele kroeg, Alwin en zijzelf incluis, te dansen. De tafel waaraan ze zojuist gezeten hadden lag half op zijn kant, het bier stroomde over de vloer en zij stond te hossen en te juichen als nooit tevoren; niet – langgeleden alweer – bij de bezetting van het instituut en niet bij de overwinning bij de universiteitsraadsverkiezingen.

Het laatste kwartier van de wedstrijd duurde eindeloos. Tussen alle anderen stonden ze naar het scherm te staren, Alwins arm stijf om haar heen. O god, nee, had ze nog gedacht, niet nog eens. Toen, bij het eindsignaal, was het hossen en het juichen opnieuw begonnen. Ze waren naar buiten gegaan en Alwin had haar meegetrokken, de steeg uit. Van alle kanten klonk er geroep door de lentenacht. De eerste fietsers verschenen met vlaggenzwaaiende passagiers op de bagagedragers, en toen auto's, ook weer met vlaggenzwaaiende jongens uit alle raampjes en claxonnerend, claxonnerend.

Ze zoenden. Ze stonden midden op het plein voor het universiteitsgebouw onder de geurende lindebomen. Zijn mond was als vroeger: begerig en agressief. Dat, bedacht ze later, was beslissend geweest. Ze was meegegaan naar zijn kale verdieping, ergens achter het Waterlooplein, waarin niet veel meer stond dan een bureau en een paar grijze stalen ladenkasten. Plus een gigantische zwarte skai-leren bank, waar hij haar op trok nog voordat ze hun kleren goed en wel uit hadden. Maar hij vree afstandelijk, elegant bijna, heel anders dan vroeger. Het wond haar steeds meer op. Ze rukte en beet en trok haar nagels over zijn rug, terwijl hij glimlachend, aldoor glimlachend, boven haar hing en er door het open raam nog van tijd tot tijd in de verte een yell klonk: 'Holland heeft de wereldcup.'

Het duurde niet langer dan driekwart jaar van hartstochtelijke, wanhopige, verkrampte vrijpartijen, 's middags tussen de colleges, een enkele keer 's ochtends. Ze liet er vergaderingen voor lopen, en 's avonds, als Cas dacht dat ze werkte, zat ze achter haar bureau het donker in te staren van de nacht. Of ze lag naast hem in bed zo naar Alwin te verlangen dat het pijn deed in haar lijf.

Hun huwelijk wankelde. Pas jaren later zou Cas haar vertellen dat hij toen op het punt had gestaan een baan in het buitenland te aanvaarden en haar voor de keus te stellen mee te gaan of niet. Hij had het niet aangedurfd: 'Je was zo verbeten...'

'Verbeten, ja. Wist je het?'

'Wat?'

'Van Alwin en mij?'

Hij keek strak voor zich uit.

'Dus toch...'

Even was ze bang.

'Cas, alsjeblieft, na al die tijd!'

Ze stonden middenin de kamer. Van boven klonk het gekrijs van een of andere popplaat, toen even stilte, gevolgd door het gebonk van Job en een vriendje die de trap af kwamen: 'We zijn weg!'

'Op tijd terug voor het eten!' riepen ze allebei tegelijk.

Ze schoten samen in de lach. Cas sloeg zijn armen om haar heen en drukte haar tegen zich aan.

'God, Mieneke, ik ben zo bang geweest.'

'Nu toch niet meer?'

'Nee, nee, maar toen. Het was zo vreselijk.'

'Ja.'

Op een dag had ze het definitief uitgemaakt met Alwin, eigenlijk alleen om die eeuwige glimlach van hem, godvergeten zak dat hij was. Hij had zich toen al helemaal op zijn onderzoek gestort en wilde niets weten van universiteitspolitiek, of van welke politiek dan ook. Ze had het hem keer op keer verweten.

'Niet kiezen is ook kiezen. Dacht je soms dat je, als het erop aankomt, ook maar iets te zeggen hebt over je heilige wetenschap?'

'In jouw communistische heilstaat zeker wel. Laat je nakijken. Ik doe onderzoek naar protonen en neutronen, en dat heeft met Cuba en Laos en Vietnam en wat er nog meer voor abjecte regiems zijn niets te maken.'

'En ook niet met de neutronenbom en atoomraketten, dacht je.'

'Doe niet zo goedkoop. Nee, eerder met kankercellen, als het per se maatschappelijk relevant moet zijn.'

Ze zaten in café De Zwart, waar hij haar meestal afhaalde als ze naar zijn huis zouden gaan. Maar ditmaal was hij gaan zitten en had een jonge besteld.

'Even een borrel. Ik ben op. Wat kunnen studenten toch drammen.'

'En ik ook, zeker.'

'Ja, jij ook.'

Het tafeltje tussen hen in had gewankeld, de mensen aan de bar hadden omgekeken en de oude Zwart zelf was naar hen toe gekomen: 'Geen ruziemaken, kinderen. Dat is het allemaal niet waard.'

'Als je er zo over denkt.'

'Wat dan?'

'Dan is het uit tussen ons.'

Het klonk principieel genoeg. Willemien was opgestaan en met een rechte rug en een hoog hoofd het café uit gelopen zonder nog om te zien.

Maar toen hij daarna niets meer van zich liet horen, was ze onrustig geworden. Het stak haar. Zo onbelangrijk kon het toch niet zijn geweest, zelfs niet voor hem? Op de fiets speurde ze de straten af of ze hem ergens zag, en op haar kamer op het instituut kreeg ze een steek in haar buik bij elk telefoontje en ging er een kramp door haar borst tot in haar keel. Soms ebde het weg, maar even later voelde ze het weer opkomen. Ze kon wel huilen.

Ze huilde. 's Nachts naast Cas in bed beet ze op haar kussen en probeerde ze zich Alwins gezicht voor ogen te halen. Het lukte alleen nog stukje bij beetje: zijn bovenlip, de haartjes tussen zijn ogen, de smaak van zijn tong. Zelfs tijdens het college geven, had ze moeite hem uit haar gedachten te houden en één keer gebeurde het dat ze middenin haar betoog stopte en de zaal uit liep om op de wc haar tranen te dempen in het koude water dat ze met handenvol tegen haar gezicht plensde.

Toen ze hoorde dat hij naar Amerika was vertrokken werd het

minder, maar helemaal over ging het niet. Het was een verslaving. En waarom? Zijn genialiteit, die maakte dat hij binnen de kortste keren cum laude was afgestudeerd zonder ooit iets uit te voeren? Zijn minachting voor vrouwen? Zijn onafhankelijkheid? Of alleen maar omdat hij haar heel in de verte aan haar grootvader deed denken, met zijn haviksneus, zijn en brosse geknipt haar en zijn lange verende passen?

De democratisering van de universiteit was toen al aan het verlopen. Onderwijs werd weer gewoon onderwijs, wetenschap weer gewoon wetenschap. Ze had het machteloze gevoel dat alles wat ze bereikt hadden – one man one vote, eenheid van onderwijs, onderzoek en beheer, universitair onderwijs voor allen – stuk voor stuk werd teruggedraaid en de mooie idealen tussen hun vingers wegslipten. Hadden ze de wereld niet voorgoed zullen veranderen, de lessen van het verleden niet zullen ombuigen tot garanties voor de toekomst? Dat je dan tot geweld kwam... Er waren felle discussies, waarbij ze haar adem inhield bij de gedachte dat zijzelf, ooit, als de mensen van de Rote Armee Faction...

Cas was mordicus tegen, wilde er eigenlijk niet eens van horen.

'Nooit, nooit. Wat het doel ook is.'

Hij had gelijk natuurlijk, maar zo gemakkelijk wilde ze niet toegeven.

'Toch kan ik het wel begrijpen.'

'Nee.'

'Ja, als je werkelijk voor de keuze zou staan.'

'Welke keuze?'

'Weet ik veel, een fabrieksbezetting die door de ME wordt gebroken, een wapenfabriek die aan de Amerikanen levert.'

Maar naarmate de romantiek van het morele gelijk grimmiger werd, was het onwezenlijker geworden. De partij moest er al helemaal niets van hebben. Op afdelingsbijeenkomsten – dicht opeen op de sofa en de aangesleepte stoelen in een keurige doorzonwoning in Buitenveldert – hieven bestuursleden de vinger tegen de valse ideologie van linkse intellectuelen die vervreemd waren van de maatschappelijke realiteit, trotskisten van de Vijfde Internationale – wat dat ook zijn mocht –, vijanden van de arbeidersklasse die het, in déze historische situatie en bij déze graad van politiek bewustzijn, moest hebben van loonsverhoging en extra vakantiedagen en scholing.

Langzamerhand werd alles weer normaal. Natuurlijk, het werd niet meer als vroeger. Nog steeds was het ondenkbaar dat de staf een afzonderlijke koffiekamer zou hebben, en nog steeds gaf ze haar onderwijs in projectgroepen. Zelfs ging ze op een avond met een witkwast en een emmer stijfsel mee plakken. Het zou de enige keer in haar leven zijn dat ze opgepakt werd door de politie. Ze waren bezig aan de achterkant van een of ander kantoorgebouw, zij de biljetten omhooghoudend tegen de muur en die Marokkaanse jongen met de witkwast druipend van het stijfsel eroverheen, toen ze van twee kanten om de hoek kwamen. Met honden, er was geen ontsnappen aan. De jongen werd meteen tegen de muur geduwd, handen omhoog: boeien, fouilleren. Haar deden ze niets. Ze riep nog: 'Hé, als jullie hem zo aanpakken moeten jullie het mij ook doen!'

En een van de agenten zei: 'Ach mevrouw, we kennen zijn soort. Wat moet u daar nou bij.'

Ze werden een politieauto in geduwd en naar Bureau Overtoom gereden, en daar werd de jongen weggevoerd, een gang in, terwijl zij wat verloren bij de balie bleef staan.

'En ik?'

'U kunt gaan.'

'Maar dat kan helemaal niet. Wat doen jullie met hem? Ik wil een klacht indienen.'

'Morgen om negen uur. Gaat u nu maar naar huis.'

Ze ging, door de vroege ochtend, lopend; trams reden er nog niet. Bij een huis op de Oranje Nassaulaan stond een man bijenkorven in de achterbak van zijn auto te laden. Ze bleef verbijsterd staan kijken.

'Morgen.'

'Goede morgen. Zijn dat echt bijenkorven?'

'Die ga ik uitzetten op de Veluwe.'

'Succes.'

Toen ze thuiskwam stond Cas in zijn onderbroek bovenaan de trap.

'Wat is er gebeurd?'
'Ik ben opgepakt.'
Hij schoot in de lach.
'Jezus, Mieneke, en je hebt gesolliciteerd naar een professoraat.'
'So what.'
Van een klacht indienen kwam niets. De volgende ochtend had ze college, er waren vergaderingen, scriptiebesprekingen met studenten, druktes. Wel belde ze nog naar de secretaris van het comité, die haar vertelde dat de jongen weer thuis was en dat de organisatie de boete zou betalen. Het had eigenlijk net zo goed niet gebeurd kunnen zijn.
Alleen Willem, die, over uit Marokko, die avond bij hun at, werd kwaad.
'Hoe haal je het in je hoofd, Mientje. Je weet toch niets, en dan ook helemaal niets van de situatie in Marokko? Wil je soms dat de communisten daar de macht overnemen?'
Ze werd op haar beurt nijdig.
'Dat zou misschien helemaal zo gek nog niet zijn.'
'Je bent niet goed bij je hoofd. Zegt het begrip "vrijheid" je dan niets?'
'Vrijheid om om te komen van de honger?'
'Er is in Marokko helemaal geen honger. Luister nu eens goed...' Hij barstte los over Rusland en over Cuba, en China. 'Weet je niet hoeveel miljoenen mensen daar zijn omgekomen van de honger, en hoeveel honderdduizenden mensen daar zijn vermoord? En nog vermoord worden?'
'Nou ja,' zei Cas, 'wat dat laatste betreft kan Hassan ook een woordje meepraten.'
'Dat is toch helemaal niet te vergelijken!'
Willem zwaaide met zijn bril, die hij voortdurend af en op zette en begon toen omzichtig een graat uit zijn vis te peuteren, alsof hij het gesprek als beëindigd beschouwde.
'Jullie in het Westen zijn altijd alleen maar met je zelf bezig,' mompelde hij alleen nog.
Cas knipoogde naar Willemien in een poging haar verontwaardiging te neutraliseren. Tevergeefs. Ze riep: 'Maar daar gaat het

toch juist om! Als het westerse kapitalisme niet...'

En toen begon het weer opnieuw.

'Het westerse kapitalisme is het enige dat daar nog een beetje voor werk zorgt, en dus voor eten.'

'En voor de winstmaximalisatie die al het geld weer laat terugvloeien naar de grote financiële centra.'

'Zodat jullie aan jullie universiteiten in Los Angeles en Parijs en Amsterdam comfortabel revolutietje kunnen spelen. Maar dat gaat voorbij, en in Marokko is het al voorbij. Daar zijn idealistische jongeren als jullie allang bezig een andere kant uit te drijven, waarbij vergeleken dat marxisme van jullie maar kinderspel is. Maar Afrika, en Azië ook trouwens, wat is dat nou helemaal in jullie ogen...'

Hij praatte maar door, monotoon bijna, terwijl hij nog steeds met zijn vork schilfers van zijn vis zat te trekken. Job verdween naar boven en wat later ging Cas hem achterna.

'Even kijken of hij erin ligt.'

Zelf schonk Willemien zich nog maar eens in van de wijn die Willem meegebracht had. Ze voelde dat ze langzaam dronken begon te worden.

'Dat is wat me zo tegenstaat in Nederland,' hoorde ze hem zeggen, 'die absurde zelfgenoegzame onwil om ook maar één moment verder te kijken dan het eigen kleine wereldje: de oorlog, Indië, de watersnoodramp en de strokarton, meer is er niet om je over op te winden, en nu dan jullie imitatie van de internationale studentenbeweging.'

Opeens legde hij zijn vork neer. Hij schoof zijn stoel naar achteren en stond op. Zijn tas, of eigenlijk een soort vierkante koffer, stond op de grond tegen de bank. Hij trok er een paar mappen uit, waarin hij driftig begon te zoeken.

'Waar is hij nou... ik weet toch zeker... ah!'

Het was een grote foto van een woedende menigte met schreeuwende monden en zwaaiende stokken.

'Dát.'

'Wat?' vroeg Cas, die net weer binnenkwam.

Willems vinger stond middenin een gezicht dat daardoor opeens idioot klein leek.

'Dát zijn revolutionaire studenten, en ik verzeker je dat het niet leuk is daar tussen te raken.'

Maar in Amsterdam, en in Parijs, en in Berkeley, en zelfs tot op zekere hoogte in Berlijn was het voorbij. Nog steeds gaf zij college over vroegkapitalisme en handelsmoraal, maar ditmaal over de historische bronnen daarvan: Coornherts pamflet *De Coopman* – 'Aenwijsende d'oprechte conste, om Christelijck ende met eenen gelijcken moede in 't winnen ende verliesen, Coophandel te drijven' –, de *Hert-spiegel* van H.L. Spiegel, het *De jure praedae* van de jonge Hugo de Groot, al was dat dan ook in zijn tijd nooit gepubliceerd, en de *Mercator Sapiens* van de Amsterdamse hoogleraar Caspar Barlaeus.

En weer tekende ze het in blokschema's en pijlen op het bord: zo simpel was het. Soms zette ze zo'n krachtige pijl op het bord dat het krijt in haar gezicht stoof en soms stopte ze even, om er zeker van te zijn dat ze haar volgden, ook Ko, die half zat te slapen, ook de vrolijke Ineke.

'Waar het om gaat, is dat jullie zien hoe noties als "rede" en "deugd" en "vrijheid" en "gelijkheid" van inhoud veranderen naarmate de maatschappelijke situatie verandert.'

Later zou ze nog wel eens aan ze denken, aan Joop, en Marjo en Wouter, en Anthony, en al die anderen. Wat zou er van hen terecht zijn gekomen? Soms kwam ze er een tegen, een man die al grijs werd aan de slapen en waar de bolle toet van de eerstejaarsstudent die hij ooit was geweest nauwelijks nog doorheen schemerde.

Ze begon aan het boek over de opkomst van de burgerij en de zich daarop ontplooiende bovenbouw van het denken in de Republiek der Verenigde Nederlanden, dat haar hele verdere carrière zou bepalen. Tien jaar werkte ze eraan, soms met onderbrekingen en dan weer met perioden van verhoogde intensiteit. Er waren uiteraard ook andere dingen: colleges en scripties, projectaanvragen, vergaderingen; er moest worden samengewerkt, met andere disciplines, met de Neerlandici van een paar huizen verderop en de kunsthistorici die toen nog in Oud-Zuid zaten, en met de historici van andere universiteiten. Er moest worden gepubliceerd en er moesten congressen worden bezocht. En er was toch ook nog altijd de partij, of wat daar van over was, en het actiecomité Marokkaanse Schrijvers. Maar al die tijd groeiden, dwars door alles heen, haar analyses en interpretaties en, wat langzamerhand de status van een methode begon te krijgen, de vergelijkingen van de een met de ander, van Spiegel met Coornhert en van Coornhert en Spiegel met Stevin, met Althusius, met De Groot.

In 1978 presenteerde ze op het congres van de Society for the History of Ideas op de Johns Hopkins University in Baltimore voor het eerst een schets van wat haar voor ogen stond. Het was een warme herfstdag. Met enige moeite hadden ze de airconditioning, die een irritant lawaai maakte, uit weten te krijgen. Twintig toehoorders in een kaal zaaltje, met door het open raam zo nu en dan het gejuich van het sportveld verderop, en vooraan op de eerste rij Anthony Hamilton. Dé Anthony Hamilton, nestor van de ideeëngeschiedenis in Amerika en ondanks zijn tweeënzeventig jaar nog steeds vitaal en elegant.

Tijdens de discussie stelde hij een paar vriendelijke vragen. Zijn werkelijke kritiek kwam pas toen ze naderhand samen over de campus slenterden.

'Je analyses zijn scherp genoeg, maar de koppeling van al die opvattingen aan de ontwikkelingen op het sociaal-economische vlak overtuigt me niet.'

'Maar dat is toch evident...'

Hij glimlachte, om haar verontwaardiging waarschijnlijk.

'Evident, ja. Maar is dat niet té gemakkelijk?'

'Ik begrijp niet...'

'Het is te veel een één-op-één-vergelijking, bijna, sorry dat ik het zeg, als in de marxistische weerspiegelingstheorie.'

Op dat moment bracht ze het niet op te zeggen dat ze zelf marxist was, en trouwens, was ze dat nog wel? Ze streken neer op het terras van het belendende museum. Nog steeds zon. Alle anderen zaten er ook.

'Hi.'

'Hi.'

'I enjoyed your paper.'

'Thank you.'

En van daar met z'n allen naar de Chinees.

'Do you like Chinese food?'

'Sure.'

Het smaakte anders dan in Nederland toch.

Maar toen ze tenslotte weer met z'n tweeën door de lange gang van het hotel liepen, kwam hij erop terug.

'Het is te tautologisch.'

'Hè?'

Het kwam zo plotseling dat ze even niet wist waar hij het over had.

'Ik zie de theorie die erachter zit niet. Waarom zou "gelijkheid", of "vrijheid", of zelfs die befaamde tolerantie van jullie het meest essentiële verschijnsel zijn, niet alleen in het denken, maar ook in de maatschappelijke verhoudingen?'

'In de progressieve ontwikkeling van die verhoudingen.'

Dat klonk toch behoorlijk marxistisch.

'Oké, in de progresieve ontwikkeling daarvan. Maar dat neemt niet weg dat je een expliciet geformuleerde theorie moet hebben waarin je die begrippen definieert.'

Ze stonden voor zijn kamerdeur, hij wriemelend met het elektronische pasje tussen zijn vingers en zij dan weer op de ene en dan weer op de andere voet – die afschuwelijke hakken –, terwijl het allang duidelijk was dat hij eigenlijk wilde vragen of ze mee naar binnen kwam en even duidelijk dat zij dan 'nee' zou zeggen: 'I love my husband, you know, I couldn't possibly'. En ondertussen zei hij de meest schokkende dingen over falsificatie en verificatie en metatheorieën. Totdat hij opeens zijn kaartje door het slot haalde.

'Well, that's it, I suppose. You should read Lakatos, by the way, the late Imre Lakatos of the London School of Economics, a former communist and a clear thinker. Good night.'

Ze was wat onthutst achtergebleven, met toch iets van spijt.

Maar die opmerking van hem had haar nog eens drie jaar gekost, eerst om zich de ideeën van die Lakatos eigen te maken – wéér avondenlang, nu in haar werkkamer in het grote huis in de Van Breestraat, kauwen op de abstracte constructies van hypothesen, hulphypothesen en heuristische potenties – en vervolgens om die toe te passen op haar eigen analyses. Het was een moedeloze strijd.

Job deed eindexamen en ging op kamers. Cas' advocatencollectief veranderde in een maatschap en verhuisde naar de Keizersgracht. Ze kochten een nieuwe bank en naderhand een nieuwe aanrecht in de keuken. En ondertussen lukte het haar steeds minder om de verbanden tussen de veranderingen in het denken en die in de zestiende-, zeventiende-eeuwse maatschappij zo te definiëren, dat ze voldeden aan haar nieuwe theoretische inzichten. Haar boek *Wetenschappelijke onderzoeksprogramma's en ideeëngeschiedenis*, dat in 1982 verscheen, mocht dan een zeker gezag hebben bij haar collega's, in feite drong het steeds duidelijker tot haar door dat het ondoenlijk was. Althans binnen een afzienbare tijd en gegeven het aantal uren dat ze überhaupt voor onderzoek vrij wist te houden. Ze probeerde het nog met een halfjaar onderzoeksverlof. Toen zette ze er een streep onder.

Ze zou het nooit vergeten. Het was op een zomeravond. Cas zat met een zaak tegen de Amicales en was prikkelbaar. Ze hadden ruzie gekregen over wie er boodschappen ging doen en zou koken.

'Ik heb nu even wel wat anders aan mijn hoofd, verdomme. Vanavond belt die man van de krant en dan moet ik een statement hebben.'

'Statement.'

'Ja, statement. Verklaring. Als je dat beter begrijpt. En die kan maar beter goed zijn ook, als mijn cliënt niet wil eindigen met een mes in zijn rug, of worden ontvoerd en opgelost in zoutzuur als indertijd Ben Barka.'

'Goed, goed, wind je niet op, ik ga al.'

Ze fietste langzaam de straat uit en ze dacht: ik stop ermee.

Het kwam als een klap in haar gezicht, zomaar, vanuit een of andere diepe laag van haar bewustzijn: die geschiedenis van het denken, dat zou wel lukken, maar de koppeling aan de maatschappelijke ontwikkelingen...? Ze hield zichzelf voor dat ze later wel een tweede deel zou schrijven, waarin ze alsnog klemvast het verband zou aantonen.

Op de hoek van de straat voetbalden de kinderen van de buren, ergens uit een raam klonk een vioolconcert en in het Vondelpark liepen de echtparen gearmd over de paden.

Later, ja, later. Het was er nooit van gekomen. En dat, wist ze, had de mislukking betekend van haar diepste ambitie: de vereniging van haar wetenschappelijk werk met haar politieke overtuiging. De rest was vulsel geweest, al had het boek dan ook haar naam gevestigd en al was ze dan ook hoogleraar geworden en auteur van nog een boek, en nog een boek, ándere boeken. Met de zin van haar bestaan, de vrolijke zekerheid die de wereld zou veranderen, had dat alles niets meer te maken gehad.

1996

Midden jaren negentig, vlak voordat Cas en zij zouden verhuizen naar Duinzicht, was er nog eens iemand langs geweest die zich bezighield met de Marokkaanse geschiedenis. Een wetenschapper uit Leiden, een lange, mooie jongen met zwarte krullen. Geen Marokkaan, gewoon een Nederlander. Ze waren een congres aan het organiseren over Abd el-Krim en hij wilde weten of haar oom Willem materiaal had nagelaten, foto's, brieven wellicht.

'De Marokkaanse regering blokkeert zelfs nu nog elk onderzoek naar het gebruik van gifgas in de jaren twintig,' had hij verontwaardigd gezegd. 'Ze zijn bang voor weer opnieuw onlusten, denk ik. Als in achtenvijftig, negenenvijftig, en eenenzeventig, tweeënzeventig, en in vierentachtig, toen ze zelfs vanuit helikopters met mitrailleurs op de demonstranten hebben geschoten. Maar er zijn nog steeds gasslachtoffers. Wist u dat zestig procent van de Marokkanen die aan longkanker lijden uit de Rif komen? We hebben veertien sprekers, de meeste uit Marokko, onder wie Said el-Khattabi, de jongste zoon van Abdelkarim el-Khattabi zelf.'

Ze had er geen zin in gehad. Ze zat nog middenin haar boek over de *Hert-spiegel* van H.L. Spiegel. Behalve dat en de aanstaande verhuizing was er in haar hoofd geen ruimte voor welke andere zaak dan ook. Als Cas er niet geweest was, had ze die jongen meteen weer de deur uit gewerkt. Maar Cas was sinds zijn pensioen blij met elke afleiding en had hem op zijn oudemannenmanier zitten voeden met vragen en gewichtigdoenerij.

'De Marokkaanse Culturele Vereniging, ja, daar heb ik in mijn tijd wel mee te maken gehad. Ahmet... Ahmet... ach hoe heette die kerel ook alweer, El Noury? El Moury?' Zijn lippen tuitten en in zijn mondhoek glinsterde wat slijm.

Het was haar voor het eerst opgevallen hoe oud hij opeens was, er was iets in zijn gezicht alsof de dood zijn schaduw al vooruitwierp. Maar misschien was dat alleen omdat ze zich zat te ergeren.

Naderhand had hij haar toch weten te bewegen om op zolder in die dozen met brieven te gaan zoeken, die ze nooit had willen weggooien. Niet dat ze er vaak in gekeken had. Eigenlijk alleen toen ze na het overlijden van haar vader diens bureau had opgeruimd. De zakelijke correspondentie had ze toen naar Chemics International gestuurd en de rest weggegooid, behalve de paar brieven van Willem die ze in de dozen vol correspondentie van haar grootmoeder had gestopt. Gelezen had ze ook toen niet. Er was zoveel op te ruimen geweest in het oude familiehuis in De Steeg, waar haar moeder niet had willen blijven. Moeizaam groeven ze tussen de rommel van een heel leven.

'Ach kijk, een oude *Times World Atlas*, waar komt die vandaan? En Jobs Lego, ik dacht dat hij dat allemaal verkocht had.'

'Hier, zijn dat jouw schaatsen?'

'Weet je nog, die winter dat het hele IJsselmeer dicht lag en we met z'n drieën naar Marken zijn gereden?'

'Ja, en druk dat het was... Au!'

Cas wreef over zijn hoofd.

'Pas dan toch op. Bloedt het?'

'Welnee.'

Ze keken elkaar aan en begonnen allebei tegelijk te lachen terwijl ze neerzonken op een stapel planken.

'Au, mijn rug. Jezus, Cas, we zijn hier te oud voor geworden. Wat moeten we met al die spullen?'

'Ons leven, Mieneke.'

Hij streelde even haar hand.

'Misschien wil Job er nog wat van hebben.'

Ze haalde haar schouders op.

'Ja.'

Hun leven. Natuurlijk, het maakte niet uit of het allemaal opgeruimd werd, het zat toch wel in hun hoofd. Maar zonder dingen die je vast kon pakken werd het verleden helemaal zo virtueel.

'Alsof juist daardoor de dementie kan toeslaan.'

'Hè?'

Hij keek haar verbijsterd aan. Hij zag er wat groezelig uit in het schemerige licht en het stof. Ze voelde zich plotseling wanhopig.

'Ik wil niet naar die flat.'

'Nee, ik ook niet.'

Even schoot de hoop door haar heen.

'Maar dan gaan we toch niet? Dan zeggen we die koop toch gewoon af? Die zee kan me al helemaal niets schelen. Laat het dan wat geld kosten, wat doet dat ertoe? Als we nu geen van beiden er eigenlijk naartoe willen?'

'Ach kom.'

Ze hadden het er lang genoeg over gehad dat het verstandiger was, juist nu ze allebei nog goed waren. Ze had besloten vervroegd met emeritaat te gaan omdat hij al zo lang met pensioen was. En waarom zouden ze dan nog in Amsterdam blijven? Eens moest het er toch van komen en het had toch ook iets spannends en aantrekkelijks, elke dag naar het strand, de wind, het gekrijs van de meeuwen, een nieuwe fase in hun leven, met lange wandelingen en met hun eigen ligstoelen 's zomers aan het strand. De avond dat ze het contract hadden getekend hadden ze het gevierd met een etentje met Job en diens vrouw, Johanna. Maar nu het zo dichtbij kwam... Nog een paar maanden en dan was de flat klaar, met alles erop en eraan wat ze maar hadden weten te verzinnen, extra verbindingen voor twee telefoons, twee computers – 'het belangrijkste is dat we bereikbaar blijven, dat we contact houden met de wereld en dat jij de bibliotheken in kunt' – en een hightech-keuken met ruimte genoeg om met z'n vijven, met z'n zessen desnoods te kunnen eten.

Ze hadden die dozen tenslotte gevonden achter een paar oude koffers, vlak onder het dakbeschot. Cas had op zijn buik moeten liggen om ze te voorschijn te kunnen trekken.

'Laat Job dat nou doen. Zo veel haast heeft het toch niet?'

'Ik heb ze al.'

Ze hadden ze naar beneden gedragen en toen was zij weer aan haar werk gegaan. Maar Cas was erin gedoken. En hoe. Elk ogenblik was hij binnengekomen met weer een brief.

'Moet je horen.'

'Nee, alsjeblieft. Ik ben aan het werk.'

Het was al moeilijk genoeg de essentie van Spiegels weerbarstige meesterwerk onder woorden te brengen, met die gedrongen verzen en aan de klassieken ontleende beeldspraak: de zanger Arion midden op zee op de rug van een dolfijn spelend op zijn harp;

en Plato's grot, waarin de opgesloten zielen alleen de schaduwen van de werkelijkheid zagen, toegepast op het menselijke hart. Steeds weer verdwaalde ze tussen de vreemde zestiende-eeuwse zinnen.

'Maar dit is echt belangrijk. En het speelt nog steeds. Al die beloften van meer openheid en democratie van de Marokkaanse regering dienen alleen maar om de westerse investeerders een rad voor de ogen te draaien.'

'Ik kom straks wel. Laat me nou even met rust.'

Ze wilde alweer terugduiken in de beslotenheid van Spiegels en haar eigen gedachten en naar het papier waarop zich dat allemaal afspeelde, maar Cas bleef staan.

'Doe normaal. Je kan wel eens even terugkomen in de werkelijkheid. Wat is dit voor vlucht?'

'Ik schrijf een boek, weet je nog?'

'En?'

'En?'

'Ja, én? Hoe zit het dan met al die mooie maatschappelijke idealen van je? En met je Marokkaanse schrijvers? Moeten die dan ook maar Spiegel lezen om de ellende om zich heen te vergeten?'

Hij had natuurlijk gelijk. Ze zat maar te wroeten in de fantasieën van het verleden of er geen hier en nu bestond. En wat had je eraan? O, mooie woorden genoeg, dat alleen schoonheid, en de verbeelding van schoonheid, nog zin had in deze wereld van uit de hand gelopen chaos. Onzin, praatjes voor de vaak, maar wat moest je anders?

Er was iets vreemds met Willemien Rietkerk: ze was op een verhulde, bijna geheime manier verslaafd, nee, niet aan werken, maar aan het zitten achter haar bureau. Dat was al zo geweest vanaf haar middelbare schooltijd, toen het bureau nog een tafeltje van negentig bij zeventig centimeter was onder het raam van een dakkamertje en ze naar buiten had zitten staren naar de kraaien die om de toppen van de bomen buitelden.

Het was nog steeds zo. Wanneer ze beneden in de werkelijkheid was kon ze middenin een college, of in een vergadering waar ze met al haar betrokkenheid en inzet een of ander standpunt verdedigde, ja zelfs tijdens een wandeling midden op de Veluwe, of om het even in de Alpen, overvallen worden door een bijna lijfelijk verlangen naar die anderhalve vierkante meter blank gelakt hout met vloeiblad, een bakje met ballpoints, potloden en een schaar, een paar woordenboeken, de telefoon. Werken was alleen maar een excuus om zich terug te kunnen trekken in dat onvervreemdbaar eigen en voor niemand anders toegankelijke domein.

Waarom? Ze dacht wel eens dat ze alleen daar zichzelf was, zonder ook maar voor het geringste te bestaan als reactie op een ander. Maar dan hield ze zich voor dat elke vorm van bestaan, ook het zitten achter haar bureau, het resultaat was van de wisselwerking tussen autonomie en afhankelijkheid en dat – ze glimlachte ironisch toen ze op een avond die woorden opschreef – 'het zijn als zodanig slechts te definiëren valt als een configuratie van relaties'.

Het zou wel aan haar moeder hebben gelegen, met haar oppervlakkige vrolijkheid en haar bezorgdheid of ze wel met de juiste man thuis zou komen. Alwin had ze het huis uit gekeken indertijd, en zelfs toen hij met een essay een prijs van Shell had gewonnen had ze nog enigszins verbaasd gezegd: 'Die burgerlijke jongen?'

Hoe dan ook, haar bureau was voor Willemien heilig. Als ze daar zat, was ze onaanspreekbaar. Verdwenen. Geëmigreerd naar de vreemde jachtvelden die zich uitstrekten in de hortus conclusus van haar hoofd, of dat nu *Das Kapital* was, of de noordpool, of Spiegels filosofische invulling van de werking van het menselijk hart.

En Cas ging maar door.

'Weet je wel hoeveel gif daar nog steeds in de grond zit? Hoeveel mensen daar nog steeds aan doodgaan?'

'Wat kan ik daaraan doen?'

Met een ruk schoof ze haar stoel achteruit. Ze stond op en zei toch nog kalm: 'Ga nou weg. Ik wil dat je weggaat.'

'Nee.'

En toen barstte het los, voor het eerst sinds jaren weer. Briesend stonden ze tegenover elkaar, hij wat kaler en wat grauwer dan vroeger, magerder ook – god, wat leek hij opeens mager – maar nog steeds met diezelfde onverzettelijke hardnekkigheid waar ze altijd weer op stukliep.

Ze hadden geschreeuwd, Cas honend: 'Jij die altijd je mond vol hebt van alles wat er mis is in de wereld!'

'En jij dan? Zak, lul! Borrelen met je advocatenvriendjes. Ik schrijf tenminste nog.'

'Stik dan in je boek!'

Hij was weggelopen en had de deur met een klap achter zich dichtgeslagen..

Pas veel later was ze naar beneden gegaan, waar Cas op het terras zat met de dozen voor zich op de tuintafel.

'Interessant?'

'Soms. Kijk maar.'

'Sorry voor daarstraks.'

Hij had haar zijn bekende knipoog gegeven en een fles wijn gehaald.

De rest van die lange zomeravond hadden ze daar samen zitten lezen in de brieven, die Willem Elling sinds hij zich in 1946 definitief in Marokko had gevestigd aan zijn moeder geschreven had. Een enkele maal zat er ook een andere brief tussen.

'Dat is het handschrift van mijn grootmoeder.'

De brief was gericht aan haar vader:

'Lieve Jaap, ik begrijp niet waarom je niet allang iets hebt ondernomen. In het *Handelsblad* verschijnen nu dagelijks lijsten met namen van mensen die bevrijd zijn uit een van die afschuwelijke kampen en die door de Russen naar Odessa zijn gebracht. Maar ik ben het natuurlijk met je eens dat de kans groot is dat Greet daar niet in terechtgekomen is. Veel waarschijnlijker is dat ze naar Italië is gegaan, waar de vervolgingen aanvankelijk veel minder erg waren, en van daar naar Noord-Afrika. Ik heb Bert en Wim geschreven om informatie in te winnen, maar dat heeft tot nu toe niets opgeleverd. Jij zou daar met je zakenrelaties veel meer kunnen bereiken. Ik wil dat je er zo spoedig mogelijk zelf naartoe gaat. Geld mag geen rol spelen...'

De laatste twee zinnen waren geschreven in rafelige blokletters en onderstreept.

'Mijn god,' zei Cas, 'was ze gek?'

'Eigenlijk wel, denk ik. Ze heeft het heel lang niet willen accepteren, en toen eenmaal tot haar doorgedrongen was wat er gebeurd moest zijn, is ze in bed gaan liggen en er nooit meer uit gekomen.'

Op de enveloppe stond een aantekening: 'Zie brieven Wim, 5-9-46 en 11-2-47'.

Inderdaad zaten die ernaast:

'Lieve moeder, zoals ik u al eerder heb geschreven, heb ik uitvoerig geïnformeerd bij de joodse gemeente hier in Rabat, zowel als bij die in Casablanca. Er zijn wel veel vluchtelingen, maar het is zeker dat tante Greet daar niet bij is. Binnenkort ga ik via Algiers en Tunis naar Tripoli en ook in die plaatsen zal ik navraag doen. Maar u moet begrijpen, dat de kans dat dat wat zal opleveren uiterst klein is. Overigens is het leven hier heel aangenaam, al loop ik wel telkens op tegen die absurde Arabische onwil om zich te laten fotograferen...'

En vijf maanden later:

'Lieve moeder, nee, uit Algiers, Tunis en Tripoli heb ik niets meer vernomen. Ik zal nog eens schrijven. Maar nogmaals: maakt u zich toch alstublieft geen illusies! Als tante Greet nog leefde, had u dat waarschijnlijk allang gehoord. Waarom gunt u zichzelf niet wat afleiding? Nu mijn nieuwe huis op orde is moet u toch werkelijk komen logeren. Het zal u goed doen en u zult het hier heerlijk vinden. Van enige politieke onrust is niets te merken, dat zijn maar journalistenpraatjes. In Casablanca, waar nogal wat industrie is, zijn zo nu en dan wel stakingen en een enkele demonstratie, maar dat stelt allemaal niets voor.'

Zelfs uit 1950 waren er nog een paar brieven vanuit Rome, waarin hij erop terugkwam:

'31 Augustus 1950. Lieve moeder, Bert en ik zijn naar het gerechtshof en naar het archief in Bolzano geweest. Iedereen was bijzonder behulpzaam, niet in het minst omdat Bert hier een lokale beroemdheid is. Hij had zijn lintje opgespeld en dat deed wonderen. Er is daar inderdaad vanaf juli 1944 een concentratiekamp geweest, een zogenaamd Durchzugslager, waar tot eind april '45 niet minder dan elfduizend mensen verder zijn getransporteerd. Maar de administratie daarvan is in de laatste oorlogsdagen vernietigd.'

De werkelijke reden dat Willem toen naar Italië was gegaan was niet tante Greet, maar Rodolfo Graziani. Op 3 maart van dat jaar had hij – zittend op het terras van zijn huis, even buiten Rabat, en uitkijkend over de diepblauwe zee – in de *New York Times* gelezen van diens veroordeling tot negentien jaar gevangenisstraf vanwege zijn collaboratie met de Duitsers als Mussolini's minister van Defensie. Geen woord over Libië of Ethiopië. Willem had gevloekt, maar op dat moment had hij het nog van zich af gezet.

Pas toen hij een paar maanden later van de Italiaanse gezant hoorde dat de man beroep had aangetekend, had hij besloten erheen te gaan. Het minste dat hij kon doen was hem fotograferen en dat op een of andere manier gebruiken om de wereld, of in elk geval het Westen, te herinneren aan wat er óók was gebeurd. Hij dacht aan iets als een collage met zijn foto van Umar el-Muktar, die indertijd zo veel stof had doen opwaaien.

Jamal zag er niets in.

'Je gelooft toch niet dat iemand zich daar iets van aan zal trekken? Je klaagt de hele dag dat je hier het werk niet aan kan. Het is al twee weken geleden dat we voor het laatst gedoken hebben, en nu wil je weg.'

'We kunnen er een soort vakantie van maken.'

'In Italië? Nee dank je, ik heb het daar wel gezien. Maar ga maar hoor, als je zo nodig moet. Ik vermaak me heus wel.'

En weg was hij, op zijn scooter, naar het strand, of naar een van de kroegen aan de haven waar de kif goedkoop was en de meisjes bereidwillig waren.

Willem was desondanks gegaan. In Rome had hij Berts naam zien staan in de lange rij van verzetshelden die een onderscheiding kregen vanwege hun heldendaden in de Alto Adige. Zodat hij zich een dag later met perskaart en camera in het stadhuis van Bolzano tussen de genodigden door wrong. Bert stond te praten met een groepje heren met grijze haren en in goed zittende pakken, maar toen hij Willem zag maakte hij zich los en strekte zijn armen uit: 'Broertje!'

Toen was het al duidelijk dat Graziani zijn beroep ging winnen. Bert haalde er later op een terras zijn schouders over op.

'Ach, weet je, die kwestie is in politiek vaarwater gekomen, de communisten van Togliatti aan het hoofd zijn tegen en dus zijn de christen-democraten van De Gasperi voor. Het heeft geen zin je daarover op te winden. Het heeft ook te maken met zoiets als nationale verzoening. We moeten nu eenmaal verder met elkaar.'

De negentien jaar cel werden er dertien, en toen op grond van een of andere oude amnestiewet vijf, en tenslotte vanwege de in voorarrest doorgebrachte jaren nul. En dus verliet de vroegere maarschalk Rodolfo Graziani op 20 augustus 's ochtends om zes uur de gevangenis. Willem stond buiten. Zodra de poort open ging begon hij af te drukken. In zijn hoofd schreeuwde hij: 'Assassino! Macellaio di Cyrenaica, d'Abissinia! Guarda! Gas, gas asfissiante!' Maar in werkelijkheid stond hij daar zwijgend, met een mond vol stof, te fotograferen.

De man keek even rond. Hij was nog steeds lang en recht als in zijn gloriedagen, maar zijn gezicht was grauw. Hij maakte een geïrriteerde, afwerende beweging met zijn hand toen hij Willem zag en toen liep hij naar een klaarstaande auto. Hij was allang weggereden toen Willem daar nog steeds stond in de verder doodstille straat, starend in de verte, terwijl in zijn hoofd nu ook dat andere schreeuwen weer begon...

Na die tijd was er in de brieven alleen nog sprake van de langzamerhand verslechterende situatie in Marokko.

'3 September 1953. Lieve moeder, wat naar dat u bedlegerig bent, maar het is inderdaad beter dat u niet komt. De toestand hier is bijzonder onzeker. De Fransen zijn vastbesloten de onafhankelijkheidsbeweging de kop in te drukken. Onverstandig volgens mij. De sfeer is gespannen, zeker nu ze de koning, Mohammed v, naar Corsica hebben verbannen...'

'18 Juli 1955. Lieve moeder, het spijt me te horen dat u nog steeds aan bed gekluisterd bent. Maar ook afgezien daarvan kan er geen sprake zijn van een reis hiernaartoe. Sinds de moord door de Franse geheime dienst op de uitgever van *Maroc Presse*, Jacques Lemaigre-Dubreuil, staat de zaak hier op springen. Veel liberale Fransen vertrekken, bang als ook zij zijn voor hun leven...'

'Ze was geen moment van plan te gaan,' zei Willemien. 'Zolang ik in Amsterdam was, lag ze al op bed. Ze had het er soms wel over, herinner ik me, dat het haar zo goed zou doen. Ze stelde zich voor dat ze op het terras van zijn huis in een chaise longue zou liggen uitkijken over de zee. Maar die vreselijke politiek verhinderde dat nu eenmaal, zei ze.'

'Hmm.'

Cas was alweer ettelijke brieven verder:

'7 Februari 1957. Lieve moeder, eindelijk weer tijd voor een wat langere brief. Mijn ansichten uit Egypte, India en Indonesië zult u inmiddels wel ontvangen hebben. Het was een prachtige reis en de eerste serie foto's zal dit voorjaar nog verschijnen in de *National Geographic*. Veel onderwateropnamen, onder andere over een verzonken stad in Oost-Pakistan met wonderlijk geheimzinnige tempelresten en poorten waar kleurige waaiervissen doorheen zwemmen. Over drie weken kom ik naar Nederland en dan zal ik u er alles over vertellen. In Egypte was ik één maand, de piramiden...' 'Nou ja, enzovoort. Maar dan:' 'Terug hier in Marokko, heb ik allereerst mijn opwachting gemaakt bij de koning. Hij zag er vermoeid uit, niet verwonderlijk gezien alle politieke tegenstellingen die sinds de onafhankelijkheid alleen nog maar erger lijken te zijn geworden. Om maar te zwijgen van de gespannen verhouding met Frankrijk, vooral sinds de Suez-crisis. De mensen hier begrijpen niet dat het Westen wel een halt toe móét roepen aan de communistische expandiedrift.'

Cas grinnikte. 'Nu hoor je het eens van een ander.'

'Ja, dat weet ik wel. Lees maar verder.'

'Daarna ben ik naar het Rifgebied gegaan. Ik was daar voor het laatst in 1924 en het viel me niet mee. Hassan, de jonge energieke kroonprins, had me al gewaarschuwd. De onafhankelijkheid leeft in deze vroegere Spaanse kolonie nauwelijks. Men voelt zich nog steeds onderdrukt, nu door de Arabische meerderheid, en dat niet geheel ten onrechte. Vrijwel alle ambtenaren zijn Arabieren uit het oorspronkelijk Franse deel van het land, die geen Berbers spreken en niets begrijpen van de ingewikkelde familieverhoudingen waar het hele maatschappelijke leven hier op berust. Veel Riffijnse afdelingen van het bevrijdingsleger weigeren dan ook zich te laten opnemen in het leger van de koning...'

De laatste brief aan zijn moeder uit die doos was van april 1959 en was gepost in Duitsland:

'Lieve moeder, even in haast. Mijn vrienden Rudi Heinemann en Jochum Bader, die hier logeerden, zullen deze brief meenemen, want de post is niet te vertrouwen. Morgenochtend vertrek ik naar Amerika. Na wat er bij Al-Hoceima is gebeurd, lijkt het me beter enige tijd afwezig te zijn. Het militaire geweld waarmee Hassan de opstand in de Rif onderdrukt heeft, was afschuwelijk en onnodig, maar ik had hem dat beter niet met zo veel woorden kunnen zeggen, en zeker niet in het openbaar. Zodra ik in de States ben, zal ik u mijn adres daar telegraferen...'

De paar brieven die hij nog aan haar had geschreven vanuit Amerika, waar hij drie jaar zou blijven – weer in Santa Monica, weer filmsterren en rijke erfgenamen fotograferend –, zaten in een andere doos, samen met nog een paar aan haar vader van jaren later, opnieuw uit Marokko. Blijkbaar had hij zijn huis, met de collectie schilderijen en Marokkaanse kunstvoorwerpen waar hij zo trots op was, aangehouden. Het was niet duidelijk hoe. Had hij het verhuurd? Er een huisbewaarder ingezet? Een vriendje? Over dat soort dingen had hij nooit gesproken en ook in zijn brieven stond niets dat wees op zoiets als een persoonlijk leven. Maar Willemien herinnerde zich wel problemen na zijn dood over de erfenis. Waarschijnlijk was er ergens in Rabat of Casablanca nog wel een eenzame oude man met het nodige geld op de bank, die soms met enige weemoed terugdacht aan de Europese vriend aan wie hij dat had te danken.

Vreemd, dat ouderwetse knisperende postpapier met vage resten van levens uit het verleden, waarvan je de gaten alleen gissenderwijs kon invullen. Wat ze wist, was dat hij pas na de dood van haar grootmoeder was teruggekeerd naar Rabat.

'...en dan, na Bombay, moet ik eindelijk maar weer eens naar huis,' had hij die avond in het Amstelhotel tegen haar gezegd.

'Naar huis?'

'Ja, in Marokko.'

Ze had toen niet verder gevraagd. Ze was doorgegaan over de oorlog, en over tante Greet van wie ze niets wist.

'Een vriendin van je grootmoeder.'

'Ja, maar wat voor vriendin?'

'Tja...'

Maar uit de brieven aan haar vader bleek wel dat hij zich ook in Rabat nooit meer werkelijk op zijn gemak had gevoeld.

'8 Januari 1967. Beste Jaap, ik kan je niet veel nieuws vertellen. Het belangrijkste industriële conglomeraat in Marokko is Omnium Nord Africain, dat zowat het hele economische leven beheerst, maar dat weet je natuurlijk. Vooral de kunstmestproductie en daarnaast ook de petrochemie, beide in en rond Casablanca, zijn belangrijk. Ik vermoed dat Hassan, die zich overigens net als zijn vader geen sultan, maar al-malik, koning, noemt, daar wel belangen in heeft, maar sinds mijn terugkeer houd ik me verre van alles wat met politiek te maken heeft.'

Cas keek verbaasd op.

'Wat zou je vader gewild hebben? Hij was toen toch al met pensioen? Bemoeide hij zich dan nog steeds met de zaak?'

'Blijkbaar. Hij is nog een tijd lang commissaris geweest. Misschien dat ze hem gevraagd hebben via zijn broer te peilen of er daar voor Chemics International mogelijkheden lagen.'

'Ja, dat zal wel.'

Hij las door:

'Het leven wordt hier met de dag grimmiger. Vooral sinds de onlusten in Casablanca in maart '65, die door generaal Oufkir met tanks en mortieren zijn neergeslagen, en de ontvoering in Parijs van Ben Barka een halfjaar later zijn er voortdurend stakingen en opstandjes. Verbanningen en arrestaties zijn aan de orde van de dag. Je moet er niet aan denken wat er met je gebeurt als je in de handen van de geheime dienst van diezelfde generaal Oufkir valt. Een charmante man, maar keihard, achter zijn eeuwige zonnebril. Er gaan geruchten dat hij indertijd in Casablanca eigenhandig met een machinegeweer vanuit een helikopter op die demonstrerende sloebers heeft geschoten. Je ziet dit soort dingen natuurlijk in alle jonge landen waar de kolonisatie de natuurlijke ontwikkeling van de onderlinge verhoudingen heeft verstoord, en voor een deel kan het ook niet anders, wil dit land ooit uit de ellende komen.

Maar wat me verontrust is het groeiende religieuze fanatisme, niet alleen bij de grote massa, maar juist onder de studenten, die vroeger allemaal marxistisch waren. Uit teleurstelling en woede over de toenemende armoede en de corruptie zoeken ze hun heil niet meer bij de koning als heerser der gelovigen, of bij de opperraad van oelama's, maar bij de sharia zelf, de islamitische wet, maar dan zoals die door allerlei malafide imams wordt uitgelegd in geheime gebedshuizen en zogenaamde sportscholen, die als paddestoelen uit de grond schieten. Het is me al een paar maal overkomen, in de oude stad en zelfs hier op de boulevard, dat mijn fototoestel uit mijn handen is geslagen door zo'n stel opgeschoten jongens. Daarom beperk ik me ook hoe langer hoe meer tot onderwaterfotografie, al moet ik nog steeds statiefoto's maken van Hassan als hij met vol ceremonieel op zijn paard naar de moskee rijdt voor het vrijdaggebed, of als hij ambassadeurs ontvangt die hun geloofsbrieven komen overhandigen. Hij schijnt zijn zinnen nu eenmaal op mij te hebben gezet. Maar onder water valt al die flauwekul en hectiek van je af...'

Willem had wel geweten dat het een vorm van nitrogeenvergiftiging was die hem, eenmaal onder de tweehonderd voet, zo zorgeloos en vrolijk maakte. Maar het effect, en de verslaving eraan, waren er niet minder om. Zelfs niet toen hij verder naar het zuiden, niet ver van Casablanca, de vervuiling had opgemerkt, de blauw- en groenbruine slierten gif die zo nu en dan langsdreven en die hij eerst aanzag voor kwallen, dansend in de diepte. Maar daar bij de raffinaderijen van Mohammedia waren ook de kleine jongetjes die onder water als vissen voorbijschoten. En gif...? Het maakte hem bang en Jamal wilde daar al helemaal niet duiken. Maar tegelijkertijd hadden die slierten een vreemde, onheilspellende en niettemin onontkoombare aantrekkingskracht, zodat hij niet kon nalaten ernaartoe te zwemmen, terwijl, zelfs hier onder water, het zweet uit zijn poriën brak.

Er was angst en angst. Het gebeurde op een dag dat hij in een van de eindeloze bidonvilles van Rabat een paar voetballende jongetjes fotografeerde en een passerende vrouw hem toebeet: 'Onreine hond,' en naar hem spuwde in het stof. Toen was hij bang geweest. Hij had niet durven rennen. Met een stijve rechte rug, zijn camera's als blokken aan zijn schouders, liep hij onder de brandende zon tussen de plaatijzeren krotten, waaruit gekrijs klonk en gejengel van radio's. Hij was steeds meer de weg kwijt geraakt. Overal op de straathoeken hingen mannen die hem met een vijandige blik nakeken of hem toesisten: 'Kif, m'sieur, filles, kif?' Ze drongen op, trokken aan zijn boxen, 'venez, venez', zodat de angst als een droge prop in zijn keel zijn adem blokkeerde en het zweet in zijn nek liep. Overal om hem heen, in de ogen van mannen, kinderen, honden, vrouwen, voelde hij de haat. Haat die elk ogenblik kon omslaan in een infernaal, alles verzengend schreeuwen...

Maar onder water, nee. Daar dreef hij rond in een soort superioriteit die zelfs van de angst een spel maakte. Ondanks zijn leeftijd dook hij nog tot onder de resten van een gezonken oorlogsschip, waar het water bruin was van de roest en de olie. Na de hoogvlakte van Amba Aradam en de haven van Tripoli was er geen gif meer ter wereld dat hem nog bang maakte, met uitzondering wellicht van het Duitse zyklon-B... Maar daar weigerde hij ooit nog aan te denken, al waren er soms plotselinge momenten.

Eenmaal, op een avond in het smaakvolle vijfkamerappartement van Rudi en Jochum in Berlijn, was het, na de nodige flessen wijn, ter sprake gekomen. Plotseling, als een overval, had iemand 'Auschwitz' gezegd. En, of hij het wilde of niet, god, het waren toch zijn beste vrienden, er was toch niets dat met hen niet bespreekbaar was, en welke gevaren hadden ze zelf niet gelopen, maar stukje bij beetje was de leegte de kamer in gedrongen, geen beeld... geen herinnering aan wat hij zelf had gezien... Niets. Alleen een acuut gevoel van de totale leegte die zich nestelde achter de schilderijen aan de muur en tussen de gordijnen en die langzaam voortwoekerde, de boekenkast in, de tafel met flessen over, naar de pratende, luisterende en weer antwoordende gezichten van zijn vrienden.

Gewichtloos en sierlijk had hij achter zijn pressureproof Rolleiflex-camera door de volstrekte stilte gegleden tot waar de duisternis begon. En verder. Onaanraakbaar, al had hij de volgende dag soms blaasjes en schrijnende rode vlekken op zijn huid.

De laatste brief was van 2 juli 1971. Er was sprake van een party in de tuinen van het koninklijke paleis in Skirat een week later, waar alle ambassadeurs en ook alle industriëlen, bankiers en wat dies meer zij met hun dames aanwezig zouden zijn.

'...ik zal in elk geval met Dierx van de vestiging van de Rotterdamsche bank hier praten en met de onderminister voor Industriële Ontwikkeling. Er zijn zeker mogelijkheden voor Chemics International, al zal dat wel het nodige kosten...'

'Dat moet dat tuinfeest zijn geweest van de aanslag,' zei Cas.

'Ja.'

Erachter zaten nog wat krantenknipsels. Een rouwadvertentie: 'Uit Rabat ontvingen wij het ontstellende bericht...' En een kort 'In memoriam Willem Elling' van de kunstredactie: '...behalve als een gezocht societyfotograaf was Willem Elling in vakkringen vooral bekend om zijn onderwateropnamen.' En een lang verslag van de mislukte aanslag op Hassan II tijdens diens verjaarsfeest. Kadetten van de militaire academie waren met mitrailleurs het paleis binnengevallen en eenmaal in de grote ontvangstzaal ogenblikkelijk begonnen te schieten. Onder de doden waren verschillende buitenlanders, onder wie de bekende Nederlandse fotograaf William P. Elling (68). De koning zelf en zijn rechterhand generaal Oufkir hadden echter weten te ontkomen en onmiddellijk weer de leiding van de strijdkrachten, en daarmee van het land, in handen weten te nemen.

Ze herinnerde zich dat het allemaal een hele toestand was geweest, haar vader voortdurend aan de lijn met het consulaat in Rabat en met een onduidelijke huisgenoot die de erfenis claimde. Er was zelfs nog een foto, blijkbaar genomen terwijl hij al viel, met een donkere spetter op de lens.

'Bloed?'

'Wie weet.'

In het midden een uit elkaar spattende witte vlek en daarachter de omtrekken van terugdeinzende mensen. Iemand leek nog te zwaaien met een revolver en van iemand anders was alleen de opengesperde mond zichtbaar. Ook die foto was de hele wereld over gegaan.

'Dat moet een granaat zijn geweest. Wat een klap.'

'Arme Willem.'

Toentertijd had ze er niet eens zo veel aandacht voor gehad. Natuurlijk, ze was geschokt geweest en ook wel verdrietig. Maar eigenlijk was het een verhaal gebleven. Ongetwijfeld omdat alles, tot de begrafenis toe, zich in Marokko afspeelde, maar ook omdat ze in die tijd wel wat anders aan haar hoofd had gehad: de laatste resten studentenrevolutie, democratisering–democratisering, terwijl de activisten teleurgesteld terugkeerden naar hun studie of een baantje accepteerden in het bestuurscentrum van de universiteit–, gewoon druk: werk, vakgroepsbestuur, partij, Cas en Jobje, en toen Alwin...

'Vijfentwintig jaar geleden alweer,' zei Cas, 'kun je het je voorstellen? Het lijkt wel of de tijd steeds sneller gaat.' Hij pakte de glazen en de lege fles van tafel. 'Kom, het wordt donker.'

Ze keek hem na terwijl hij naar binnen liep, een beetje sloffend. Een oude man.

Slot

Zondag 2 maart 2003

Zo veel jaren geleden. Gek eigenlijk, dat je je leven maar zo'n beetje voorbij had laten gaan met dit en met dat, met zus en met zo. Je wist niet eens meer hoe het had gevoeld. Je kon in één gedachtestroom bijna een eeuw samenballen, alles wat er was geweest en alles wat je je maar voor kon stellen dat er was geweest, een uitdijend heelal, niet in te tomen en als je niet oppaste woekerde het om je heen en zonk je erin weg, zoals haar grootmoeder erin weggezonken was. Maar je kon er niet achter gaan staan om het nog eens te voelen. Ik ben oud, dacht ze, zo expliciet dat het was alsof ze het hardop zei. Het was ongelooflijk, want ze voelde zich nog precies zo als toen ze negentien was. Negenenzestig. En toen zei ze het inderdaad hardop: 'Negenenzestig.'

Ze stonden allemaal bezorgd om haar heen, Cas niet, Cas... o god, Cas was dood, maar Job en Johanna, en Bien, en verderop in de deuropening, met grote bange ogen onder haar hoofddoekje, Fatima.

En de dokter, die zei: 'Een kleine tia. U bent er goed van afgekomen, maar ik wil u wel in het ziekenhuis hebben voor een scan en een algehele check-up.'

'Nu?'

'Zo gauw mogelijk. Rookt u?'

Willemien Rietkerk glimlachte even.

'Al jaren niet meer.'

'En geen zwarte koffie.'

'U kunt het beste zolang bij ons komen, moeder.'

Dat was Job. Het klonk veraf, alsof ze achter een glasplaat zat. Zelfs haar eigen stem klonk veraf, overstemd door het lawaai van de zee, hoewel er hier toch dubbele ramen waren.

'Ik denk er niet aan.'

Ze zag zich al zitten in hun serre, onderworpen aan Johanna's bedrijvigheid.

'Ik blijf gewoon hier.'

'Dat kan niet.'

Job keek naar de dokter en Johanna keek naar Job, en de dokter trok zijn wenkbrauwen op en zei: 'Ik probeer het zo gauw mogelijk geregeld te krijgen.'

'Ik voel me alweer best. Fatima kan wel een uurtje langer blijven. En verder is er hier een nachtzuster.'

'En als je dan weer duizelig wordt 's nachts? Of zelfs je bewustzijn verliest?'

Job sprak streng, en ondertussen stond hij maar op zijn mobieltje te toetsen. Altijd druk: zaken, afspraken. Strak in het pak, een beetje grijs aan de slapen, stond hij daar in het scherpe licht dat zo vanuit zee de kamer in gegoten werd. Amper veertig en nu al directeur bij Chemics International. Cas en zij hadden zich altijd verbaasd zo uitzonderlijk aangepast als hij was, als kind, en later op de middelbare school, als student ook. Maar dat hij zo'n topmanager zou worden hadden ze toch niet verwacht. Wetenschapper, jurist desnoods, zoals Cas. Maar industrieel en dat zelfs in het vroegere familiebedrijf, al was dat dan tegenwoordig een NV met een andere naam. Haar vader en vooral haar moeder, ja, die zouden het prachtig gevonden hebben.

'Gaan jullie nou maar,' zei ze.

Job hield aan: 'Ik wil dat er in elk geval deze nacht iemand bij je is. Als dat van hieruit niet kan, regel ik iets.'

En toen riep Bien – lieve, lieve Bien: 'Ik kan toch bij oma blijven slapen.'

Met een zucht van opluchting leunde Willemien achteruit. Goddank, dacht ze, dat gevaar is bezworen. Ze was opeens doodmoe. Het leek wel of het licht steeds scherper werd en of de zee steeds harder ruiste. In de verte bij de deur stond Job nog met de dokter te praten en Johanna met Fatima. Ze wuifde naar ze.

'Tot morgen.'

En ze vertrokken.

'Was je bang?' vroeg Bien later.

'Ja, eigenlijk wel. Vooral toen het zo lang duurde voordat er iemand kwam en ik die afschuwelijke foto's van Willem aldoor weer voor me zag.'

Ze voelde dat haar stem wegzonk.

'Je moet niet dood gaan, hoor,' zei Bien.

Hemel, dacht ze, nee, dat niet.

'Nee,' zei ze.

Bien zat op de leuning van haar stoel met een arm om haar heen over haar wang te aaien. Ze hield er eigenlijk niet van, maar ja, Bien...

'Hij moet toch een interessante man zijn geweest.'

'O, dat zeker.'

Ze begreep Biens fascinatie met dat verre familielid wel, de romantische oudoom die al fotograferend de wereldgeschiedenis had meegemaakt waar zij nu college over kreeg.

'Hoe was hij?'

'Hoe hij was? Een elegante man, ook toen hij al wat ouder was, en met nogal rechtse opvattingen. Al met al vrij eenzaam, denk ik, al had hij geloof ik wel een vaste vriend.'

'Ik wou dat ik hem gekend had. Heb je geen foto?'

'Ik denk wel... Fatima!' riep ze, 'kom eens even helpen.'

Ze kwam overeind en steunend op Biens arm liep ze naar het zijkamertje, waar haar bureau stond, vol boeken en fotokopieën voor een artikel dat ze nog steeds zou schrijven.

'Kijk eens onderin de kast.'

Er waren vijf dozen, waarvan twee met stukken uit haar eigen leven: rekeningen, oude schoolrapporten van Job, spullen uit Cas' tijd bij het advocatencollectief. Zittend op het logeerbed liet ze het allemaal door haar handen gaan.

'Kijk,' zei ze, meer tegen Fatima dan tegen Bien, 'dat was nog tegen de Amicales. Weet je wel? Die organisatie waarmee koning Hassan greep op de Marokkanen in Nederland probeerde te houden.'

Fatima reageerde niet en Willemien schrok even – dat had ze misschien beter niet kunnen zeggen. Foto's ook: Job op een sleetje, als indiaan, op de hockeyclub, en eindeloze vakanties, aan zee, of in de bergen, alles door elkaar. Ze hadden nooit iets ingeplakt. Geen tijd voor de administratie van hun verleden.

Telkens bleef ze hangen bij weer een volgend fragment uit hun leven.

'Kijk nou, je opa en je vader in een roeibootje.'

'Wat lief.'

'En hier, dat was in Frankrijk.'

Ze stonden er met z'n drieën lachend bij, hoewel ze toch zeker wist dat hun stemming toen om te snijden was geweest. Bien kreeg er geen genoeg van. Bij elke foto wilde ze weten waar hij was genomen en wanneer en wat ze toen deden.

'Kijk pappa nou eens, wat heeft hij op zijn hoofd?'

'O ja, dat is vlak na zijn eindexamen. Toen ging hij met een stel vrienden naar Frankrijk.'

'En dat? En dat? Pappa heeft zelf helemaal geen foto's.'

'Nee, dat is niets voor hem.'

Haar eigen schooltijd zat er ook bij: een foto van haarzelf met een strik bovenop haar hoofd en een missende voortand, met de armen over elkaar in de bank, een foto van een schooluitvoering, en een foto van een of andere fuif waarop ze cheek-to-cheek met Alwin danste.

'O omi, was dat je vriendje?'

'Zo'n beetje, ja.'

Aan Willem en aan de dozen van haar grootmoeder kwamen ze niet meer toe.

'Morgen misschien. Nu moeten we echt eerst gaan eten, anders wordt het koud. Laat die dozen maar staan.'

Maandagmiddag 3 maart

Maar de volgende dag was het er niet meer van gekomen. Toen Fatima eenmaal was gearriveerd had Willemien haar kleindochter teruggestuurd naar Amsterdam. Onder protest.

'Ik heb pappa beloofd...'

'Ik wil niet dat je om mij colleges mist.'

'Wat geeft dat nou.'

'Nee, Bien.'

Ze herkende haar eigen hoogleraarsstem en Bien had zachtjes haar schouders geschud. 'Omi, omi.'

'Het gaat heus wel.'

En nu zat ze aan de tafel bij het raam met de krant. Haar been en haar arm waren al behoorlijk bijgetrokken, maar haar hoofd... Het was een kwestie van concentratie, niet verslappen, van focussen vooral. In de verte, het strand, de zee, ging het beter, maar ze kon moeilijk haar hele verdere leven achter het raam bootjes gaan zitten tellen. Zo, met één hand boven haar ogen en in de andere Cas' grote loep lukte het wel: 'Irak heeft vandaag voor de derde dag op rij Al-Samoud-raketten vernietigd', enzovoort...

Achter haar kwam Fatima binnen om de ontbijtboel op te ruimen. Ze vroeg zich af wat die zou denken over de toestand daar. Ze zeiden dat sommige jongeren... Zo'n kind, helemaal hier opgegroeid, maar wel met een hoofddoekje. Volgende maand ging ze weer voor een paar weken naar Marokko, met het hele gezin, vader, moeder, broertjes. Een gedroomde wereld, zonder de frustraties waar ze hier ongetwijfeld elke dag tegenaan liepen, tantes en ooms die hen volstopten met zoetigheid en dagenlang aan het strand. Eigenlijk zou zij die tentoonstelling van Willems foto's moeten zien.

Ze schrok op toen de telefoon ging. Ze moest ingeslapen zijn. Zo veel herinneringen, die foto's. Even wist ze niet waar ze was. Ze zou nooit wennen en nu helemaal, zo grijs als alles was, de boulevard, het strand, de vrijwel roerloze zee, geen mens, geen meeuw, geen schip, en daarboven de egale lucht. Het was nooit anders geweest. 'En jij denkt dat je greep op de werkelijkheid kan krijgen?' had Alwin ooit gezegd. Ze zag hem weer voor zich met die spottende trek om zijn mond, een puber nog. 'De werkelijkheid is een filosofisch probleem, die valt niet te bewijzen.' Ze had nooit geweten wat ze terug moest zeggen, en nog steeds voelde ze iets van die vage paniek dat alles wat ertoe deed zich buiten haar om afspeelde.

'Mevrouw Rietkerk.'

'Can I speak to Mister Rietkerk?'

Haar hart sloeg een slag over. Het was absurd. De stem had een vreemd accent en leek ook verder niet op die van Alwin, of nauwelijks, afgezien van die scherpe boventoon en de snelle articulatie, maar toch... Ondertussen antwoordde ze automatisch: 'Caspar Rietkerk died four years ago.'

Ook dat was nog steeds geen werkelijkheid.

'Mister Jacob Rietkerk,' hield de stem aan, 'of Chemics International. He should be there.'

Natuurlijk, het was maandag, Jobs vaste dag.

'Not yet. I expect him around five, half past five.'

Aan de andere kant van de lijn klonk gescharrel. Op de achtergrond zei iemand iets in een onverstaanbare taal. Toen werd de verbinding verbroken.

'Onbeschofte kerel,' zei ze, meer in zichzelf dan tegen Fatima, die juist binnenkwam.

Een minuut later ging de telefoon weer. Ditmaal was het blijkbaar Marokkaans. Het enige dat ze verstond was 'Fatima'.

'Voor jou, geloof ik.'

Er volgde een snel gerebbel van dubbelgeslagen medeklinkers en omfloerste tweeklanken. Het vriendje, nam ze aan. Natuurlijk vond ze het goed dat ze soms belden, ook al hield ze er niet van dat vreemden zo haar huiskamer binnen kwamen. Maar nu duurde het wel heel lang. Ze wenkte naar Fatima, die maar doorging, boos, leek het wel, of opgewonden, of allebei.

In de loop van de middag ging de telefoon nog een paar maal. Twee keer werd er meteen neergelegd toen ze opnam. De derde keer liet ze Fatima opnemen, maar ook toen werd er aan de andere kant niets gezegd.

'Bah,' zei ze, 'misselijke grappen. Het was toch geen hijger?'

Fatima schudde hevig haar hoofd. 'Nee, nee, mevrouw, niets.'

Toch leek Fatima nog meer van haar stuk dan zijzelf. Ze kon niet tegen dit soort onrust. Niet meer. De vierde keer nam ze aanvankelijk niet op en toen Fatima weer binnenkwam, schudde ze haar hoofd. Maar het ding bleef maar bellen. Het was Job.

'Waar zat je? Gaat het wel goed met je? Is Bien er niet?'

'Bien heb ik vanochtend teruggestuurd naar Amsterdam.'

'En Fatima?'

'Die gaat dadelijk ook naar huis. Waarom bel je? Kan je niet komen?'

Hij moest onverwacht voor zaken naar Budapest. Het kon wel woensdag of donderdag worden voor hij weer terug was. Johanna was die avond verhinderd, maar ze zou de volgende dag zeker langs komen om te kijken hoe het met haar ging. En hoe ging het nu met haar? Geen last meer? Werkelijk niet?

'Er belde nog iemand voor je, een buitenlander.'

'Voor mij? Hoe kan dat nou? Niemand hier heeft je nummer.'

Het was raar, maar geen van beiden besteedde er verder aandacht aan. Job Rietkerk liet zich naar huis rijden om zijn reisbenodigdheden op te halen en vervolgens naar Schiphol te gaan. En zijn moeder dommelde weg achter haar raam, een beetje teleurgesteld toch, een beetje eenzaam.

Heel in de verte liep er iemand over het strand. Hij was een stip in een grijze vlakte waarin lucht, zee en strand onmerkbaar in elkaar overgingen. Zich vooroverbuigend wreef Willemien met haar hand en toen met een zakdoek over het raam, maar het werd niet helderder. Met ingehouden adem staarde ze tegen het glas, naar het strand, waar de stip nu langzaam groter werd, de gestalte aannam van een man. Van Alwin, toch Alwin. In een rechte lijn kwam hij haar kant op, met verende passen.

Met een ruk schoof ze haar stoel achteruit en kwam ze overeind. Het was niet mogelijk. En waarom ook niet? Waarom zou hij haar nu ze beiden oud waren niet op komen zoeken? Hij zou wel alleen zijn – eenzaam. Toen het tot haar doordrong dat hij niet omhoog naar de boulevard kwam, maar doorliep, was ze al te opgewonden om hem nog te laten gaan. Snel. Ook maar een stok mee. In het halletje stootte ze op Fatima. Wat nou weer, was die er dan nog steeds? Maar daar had ze nu geen tijd voor. Haastig werkte ze zich in haar jas. Gang op. De lift kwam gelukkig gauw dit keer. Omlaag, omlaag.

'Dag mevrouw Rietkerk. Gaat het weer met u? Gaat u een ommetje maken? U hebt zich toch wel warm genoeg aangekleed, hè? Het is guur buiten.'

Toen ze buiten kwam zag ze hem niet, maar hij kon onmogelijk al ver weg zijn. In elk geval moest hij toch ergens het strand af komen, als het niet hier was, dan verderop. Ze plantte de stok voor zich uit en liep de oprit af. Het was inderdaad koud. Bij het hek stond Fatima's vriendje te kleumen.

'Dag Ahmed,' zei ze – of was Ahmed de vorige en heette hij nu Moustafa? – 'Fatima is nog boven, ga maar naar haar toe.'

Hij glimlachte en knikte, maar zei niets en toen ze langs hem liep zag ze dat hij een mobiele telefoon aan zijn oor hield. Het zou eens niet.

Speurend in de verte ging ze de boulevard op. Er liep nu wel hier en daar iemand, zowel op de boulevard als beneden op het strand, een echtpaar met een hondje, een jogger. Voor haar kwam een toeterende auto haar tegemoet, met donkere jongens die uit de raampjes hingen. Ze schreeuwden en misschien ook balden ze hun vuisten. Toen waren ze alweer voorbij. En nergens Alwin. Zou hij werkelijk nog op het strand zijn?

Ze aarzelde. Ze stond met haar hand aan de houten trapleuning omlaag. Het waaide nu, de meeuwen krijsten en de zee bonkte op het strand. Ze snoof de zilte lucht. Hoe lang was ze hier niet meer geweest? Ze begon langzaam, voetje voor voetje – de treden half bedekt onder het opgewaaide zand – de trap af te gaan. Aan het eind werd het nog moeilijker, de vlonders waren opgehouden en telkens zwikte ze en dreigde ze te vallen in het mulle zand. Hijgend werkte ze zich verder, langs stukken halfvergaan hout, een pallet, een stuk oranje uit elkaar gevezeld touw waar klonters in pek vastgeklitte schelpen aan kleefden, een helblauwe jerrycan. En zand, zand.

Haar vader riep: 'En nu trekken de Italianen de woestijn in!' De standaardgrap, elke keer als ze 's zomers in Noordwijk waren en voor het eerst weer het strand op gingen. Hollend ging hij met de bolderkar omlaag, en zij erachteraan. 'Hier komen de Italianen!' Ze stelde zich een soort indianen voor met beschilderde gezichten, die met hun geweren zwaaiend boven hun hoofden over de duinrand kwamen.

Tenslotte bereikte ze het harde zand langs de zeekant, zodat ze eindelijk weer kon opkijken. De kust glom voor haar ogen zover ze kon zien. Figuren van mensen, kinderen, dartelende honden.

Geen Alwin. En toen toch. Hij was bezig omhoog te gaan naar een strandpaviljoen dat met wapperende vlaggen tegen de duinen aan lag, zodat ze weer terug moest, het losse zand in. Omhoog was het nog zwaarder. Een oude vrouw, haar lange grijze jas hoog dichtgeknoopt onder haar kin, diep voorovergebogen, steunend op haar stok, zwoegend de helling op.

Binnen was het warm en druk. Tussen stoelen vol jassen drong ze naar zijn tafeltje. Ook hij was oud geworden, zoals hij daar somber voor zich uit zat te staren naar het glas bier voor hem. Toen ze zich op de stoel tegenover hem liet vallen, keek hij nauwelijks op. Het duurde enige tijd voor ze haar adem weer in bedwang had. Na de kou buiten sloeg de hitte op haar en even dreigde alles zwart te worden om haar heen.

'Voelt u zich wel goed?' hoorde ze ver weg iemand zeggen.

'O ja. Ja.'

Hij stond naast haar.

'Laat me u met uw jas helpen. Het is hier veel te warm.'

Na al die jaren Amerika sprak hij werkelijk nog uitstekend Nederlands. Vreemd alleen dat hij maar 'u' bleef zeggen.

Terwijl hij haar jas wegbracht naar de kapstok monsterde ze zijn gestalte. Niet echt veranderd, en toen hij zich omkeerde evenmin. Dezelfde lach nu, dezelfde manier van zich naar haar toebuigen. Zei hij 'Mientje'?

'Wat mag ik voor u halen?'

'Een kop koffie, graag.'

En daar zaten ze dan met een pils en een koffie, ieder aan een kant van het tafeltje, zoals ze vroeger zo vaak hadden gezeten, tussen het werk, bij Hoppe of bij De Zwart, zij vanaf de gracht en hij snel even op de fiets vanaf de Roetersstraat. Ze hijgde nog steeds een beetje.

'Nu Cas er niet meer is, kom ik hier haast nooit meer,' zei ze.

'Was dat uw man? Overleden?'

'Ja, een paar jaar geleden. Je kende hem toch wel? Casper Rietkerk.'

Hij keek haar peinzend aan. 'Ik herinner me niet...'

'Ach ja, jullie hadden eigenlijk ook niets met elkaar te maken. We woonden hier nog niet zo lang. In die bejaardenflat verderop,

Duinzicht, je zal het wel hebben zien liggen, wat achteraf, aan het eind van de boulevard. Cas wilde daar coûte que coûte in. Hij wilde dat ik ergens zou wonen met mensen om me heen als hij stierf. Hij was natuurlijk ook een stuk ouder dan ik.'

'Tja, zo gaat dat nu eenmaal.'

Wat een dooddoener. Dat was echt weer Alwin, koude kikker, wilde natuurlijk van geen dood weten. Hoe oud zou hij zelf zijn? Hij was ouder dan zij, herinnerde ze zich. In de zeventig dus, al zag hij daar niet naar uit.

'Ik zou dat misschien ook moeten doen,' zei hij nu. 'Ik woon nog steeds in Den Haag op een huurkamer bij een hospita. Altijd gedaan sinds ik terug ben. Vreemd misschien, maar wel gemakkelijk. Maar de laatste tijd valt de eenzaamheid toch wat zwaar. De paar vrienden die ik hier in Nederland had zijn of gestorven of ze wonen in dat soort uithoeken als Ommen en Domburg. En ik rijd geen auto.'

'Hoe deed je dat dan in Amerika?'

Hij keek even bevreemd op.

'Amerika? Daar ben ik maar heel kort geweest en ook daar had ik natuurlijk de beschikking over een auto met chauffeur.'

Waar zou hij dan al die jaren hebben gezeten, dacht ze. Maar ze kwam er niet toe het te vragen. Hij informeerde naar haar flat, hoe groot die was en hoe comfortabel, hoe de maaltijden waren en of je er ook zelf iets kon klaarmaken.

'O ja, ik heb een heel aardige keuken met alles erop en eraan, al doe ik zelf tegenwoordig niet veel anders meer dan koffie en thee zetten. Maar mijn kleindochter kookt nog wel eens als ze bij me logeert.'

'U hebt ook een logeerkamer?'

'Ik heb een woonkamer en een slaapkamer en dan nog een klein zijkamertje, waar mijn bureau staat en dat ook dienst doet als logeerkamer. Daarnaast kan je als bewoner altijd een van de aparte logeerkamers op de gang huren. Heel handig.'

'En de verzorging?'

Hij wilde echt alles weten. Dat zou wel gek zijn, als hij daar nu ook kwam wonen. Maar ze wist niet zeker of ze dat wel wilde. Zo dichtbij? Met alle herinneringen aan Cas om haar heen, en aan haar eigen leven waarmee hij zich ongetwijfeld met terugwerkende kracht zou willen bemoeien – 'Dat is toch geen toetsen, Mientje, dat is alleen maar het constateren van een tautologie.' – Hoe langer ze erover dacht, hoe minder het idee haar aanstond.

Ondertussen praatte ze door. Nee, het eten was bepaald niet slecht, en de verzorging... Tja, wat wilde je, met het huidige gebrek aan personeel kon je niet verwachten dat ze voor elk wissewasje kwamen aanzetten. Zelf had ze een hulp genomen die elke dag kwam om extra schoon te maken en boodschappen te doen, een alleraardigst meisje, Fatima. Ja, Marokkaans.

Toen ze tenslotte zei dat ze nu toch echt moest gaan, bood hij aan haar te vergezellen. Even had ze een visioen dat ze hem nooit meer kwijt zou raken. Wat zeiden Cas en zij ook alweer? 'Pas op voor je dromen, want ze komen uit.'

'Welnee, dat is echt niet nodig. Het is vlakbij en voor jou is het een hele omweg. Bel me maar eens. Ik sta in het telefoonboek, onder Rietkerk dus.'

Hij hielp haar in haar jas en samen gingen ze de trap op naar de boulevard. Ze wist dat hij een paar maal op het punt stond haar arm te grijpen, maar ze hield zich recht, al kostte het moeite. Nadat ze boven afscheid hadden genomen – heel formeel: 'Tot ziens.' 'Dank u voor uw gezelschap. Ik bel u een dezer dagen als u dat goed vindt.' – bleef hij haar nakijken.

Ach, Alwin. Ze mopperde in zichzelf. Wat ze zich nou weer op de hals had gehaald. Het was toch allemaal veel te lang geleden en nu ging hij nog bellen ook. Wat moest ze met hem? Maar tegelijkertijd was ze opgewonden als een jonge meid, Alwin, Alwin. Eenmaal maakte ze zelfs een draai met haar stok door de lucht, zodat ze bijna struikelde. En als hij belde, als hij inderdaad in het huis zou komen wonen...

Het was donker. Opzij van haar ruiste de zee en voor haar op het duin lag het bejaardencomplex met alle lichten aan te stralen in de nacht. Diep in de duinen reed een auto ernaartoe. Ze zag het schijnsel van de lampen de lucht in gaan en dan weer dalen. Soms verdween het en dan schoot het weer te voorschijn. Maar het voetpad langs de boulevard was nauwelijks te zien. Tikkend met haar stok op de vastgewalste schelpen schuifelde ze verder. Toen ze eindelijk de oprit op liep kwam de auto die ze had gezien juist aanrijden.

Wat heeft die er idioot lang over gedaan, dacht ze. Maar verder besteedde ze er geen aandacht aan, al hoorde ze wel dat er mannen uitstapten die iets tegen elkaar zeiden in een vreemde taal en achter haar aan het gebouw binnen kwamen. Boven stond Fatima met een behuild gezicht in de gang.

'Ach, mevrouw,' riep ze al uit de verte.

Zou ze al die tijd op haar hebben gewacht? Was het dan zo erg met haar? Ze voelde zich een beetje schuldig. Ze moest wat meer aandacht aan haar besteden. Net wat Cas altijd zei: 'Je moet doorvragen, Mieneke, iedereen antwoordt "goed" als je vraagt hoe het gaat. Je kan dat niet altijd maar voor zoete koek aannemen.'

Het was precies wat ze altijd wel gedaan had. Wat dat betreft was ze net haar vader, niets aan de hand, nooit. Maar er was wel iets aan de hand. Het was niet goed met Fatima, met haar witte gezichtje onder haar zwarte hoofddoek.

'Kom, kind,' zei ze.

Ze duwde haar zachtjes door de openstaande voordeur haar appartement in.

'Wat is er toch? Heb je ruzie met Moustafa?'

'Ahmed,' antwoordde ze met een klein lachje, en toen: 'Nee mevrouw, echt niet hoor. Ahmed is een goede jongen.'

Het avondeten was al gebracht. Fatima begon de placemat en het bestek op de tafel te leggen, hoewel Willemien dat meestal zelf deed.

'Moet je niet eindelijk eens naar huis?' vroeg ze.

Ze schudde haar hoofd.

'Maar je moet toch zelf ook eten?'

Ze schudde weer haar hoofd, zonder op te kijken, bijtend op haar onderlip.

'Wil je dan hier een hapje mee-eten?'

Dat wilde ze wel.

'Pak dan nog maar een placemat.'

Het ging allemaal onwaarschijnlijk traag.

'En bestek.'

'Ja, bestek.'

Tenslotte zaten ze dan, met de warm-houdschalen tussen hen in. Zelf at ze nauwelijks. Ze was moe, slaperig. Geen wonder als je met een half verlamd been een vroegere minnaar naliep over het strand. Ze lachte in zichzelf – die Alwin, zomaar opeens op het Scheveningse strand. Voor haar zat Fatima met lange tanden gehakt met snijbonen en gebakken aardappelen naar binnen te werken.

'Heb je dan soms ruzie met je vader?'

Het was duidelijk dat die vraag haar opluchtte. Ze knikte hevig, met een verontschuldigend glimlachje.

'Ahmed is zo'n goede jongen, heel serieus, mevrouw, hij studeert altijd zo hard. Maar nu hebben zijn vrienden hem overgehaald...'

Het zou wel weer, weer zo'n jongen die niet meer naar de moskee wilde, of niet wilde trouwen met het meisje daarginds in Marokko dat zijn ouders voor hem hadden uitgezocht. Wat moest ze ermee? Maar ze kon lastig Fatima zomaar de nacht in sturen.

'Waar dacht je dan te slapen vannacht?'

'Ik weet niet.'

Dus stuurde ze haar maar naar de receptie beneden met de boodschap dat mevrouw Rietkerk onverwacht voor één nacht, of misschien ook voor twee of drie nachten, een logee had.

Toen ze terugkwam met de sleutel en het beddengoed viel het Willemien op dat er mannen op de gang waren tegen wie ze iets zei. In het Marokkaans? Loodgieters of elektriciens waarschijnlijk. Dat verklaarde dus die auto met die mannen, en ook later het feit dat ze op weg naar de badkamer Fatima met een paar dampende bekers de gang op zag gaan.

Belangrijker was het haar houding tegenover Alwin te bepalen. Ze wist zeker dat hij zou bellen. En dan? Zou ze werkelijk nog eens... En wat zou Job ervan zeggen? En Johanna?

Dinsdagochtend 4 maart

Job Rietkerk kreeg het bericht van de gijzeling van zijn moeder

’s ochtends vroeg tijdens zijn vergadering in Budapest. Hij was juist begonnen iets te zeggen over risicoanalyse en kredietverzekeringen en zich te ergeren aan de ongeïnteresseerde blik van zijn overbuurman, toen er een portier binnenkwam en een briefje voor hem op tafel legde: ‘Uw vrouw aan de lijn, zeer urgent’.

In de lege directiekamer nam hij de telefoon aan. Buiten blonk de stad in de eerste lentezon. Over de daken zag hij aan de overkant van de Donau Buda liggen, met hoog op de heuvels de Burcht en de Matthiaskerk, ooit jammerlijk verwoest door de Turken toen die heel Oost-Europa overspoelden zodat de lijken in de straten opgestapeld lagen en de Donau rood zag van het bloed, totdat ze op hun beurt weer verdreven werden zodat de lijken weer de straten verstopten en de Donau weer rood zag van het bloed.

‘Johanna, wat is er?’

‘Je moeder.’

‘Nee...’

‘Ze is gegijzeld.’

‘Wat zeg je!?’

Hij werd kwaad.

‘Wat is dat voor onzin, wie zegt dat?’

‘Ik. En de politie. Job, je moet onmiddellijk thuiskomen. Ik heb een telefoontje van ze gehad, ze noemen zich Marocaction en ze willen jou spreken.’

Het was absurd, krankzinnig. Alleen al de manier waarop hij de vergaderzaal weer in kwam en met zijn hand aan de deurknop zei dat hij terug moest naar Nederland omdat zijn moeder was gegijzeld, had de allure van een slechte B-film. Nog vanuit de taxi naar zijn hotel belde hij zijn secretaresse dat zij een vlucht voor hem moest regelen. En toen begon het wachten. Hij gooide de paar dingen die hij bij zich had – pyjama, toiletgerei, scheerapparaat, een boek – in zijn koffer, zijn nette pak netjes in de vouw erbovenop. Hij schonk een whisky-soda in, nam een slok en zette het weer weg, deed de televisie aan: tekenfilms, eindeloze reclames, CNN met altijd weer meer van hetzelfde: Palestijnen en Israëliers, Irak, lijken van Marokkaanse illegalen op de Spaanse kust.

‘Marocaction’, had ze gezegd. Op zijn lap-top tikte hij het in op het web. Er verscheen wel wat: een verhaal over een opstand in de Rif in de jaren twintig, zelfs iets over foto's die zijn oudoom Willem daar toen had gemaakt en die hun blijkbaar niet bevielen. Het moest ermee te maken hebben. Maar wat?

In arren moede begon hij maar via de hoteltelefoon het een en ander te regelen. Instructies aan zijn tweede man bij de besprekingen met de Hongaren: 'Roept u hem maar even uit de vergadering... Dag Felix, hoe gaat het?... Nee, nog niets... Ik zit op een vliegtuig te wachten... Ja, rond het maar af... Ze zullen wel over de brug komen... Dank je...'

Zijn kantoor in Den Haag: 'Ik weet niet hoe lang dit gaat duren, laat Pieter maar... Ja... Hoe ver is Ellen met mijn vlucht?... Oké.'

Nog eens Johanna: 'Met mij, weet je al iets meer?... En de politie?... Maar dat is belachelijk...'

Toen hij had neergelegd wist hij even niet meer wat te doen. Hij zat op het bed een anonieme hotelkamer in te staren. Marocaction, godbetert, wat kon zijn moeder met Marokkanen te maken hebben? Opeens, in een opwelling, toetste hij haar nummer. Hij bedacht nog dat het waarschijnlijk onverstandig was, dat hij een gijzelaar aan de lijn zou krijgen en dat hij niet wist welke tactiek er gevolgd werd. Maar toen werd er al opgenomen.

'Met mevrouw Rietkerk.'

Ze klonk heel gewoon.

'Moeder.'

'Dag Job, wat bel je vroeg. Ik lig nota bene nog in bed.'

'Hoe is het met u?'

'Met mij? Goed hoor, ik heb vrijwel geen last meer.'

Ze was natuurlijk onvoorstelbaar flink, altijd geweest. En nu, met zo'n schurk naast haar, die als het even wilde ook nog een pistool tegen haar hoofd hield, praatte ze kalmweg of er niets aan de hand was.

'Weet je wat me gisteren is overkomen? Zag ik daar toch opeens Alwin Schröder op het strand lopen. We hebben heel gezellig in het strandpaviljoen koffie zitten drinken, of, hij dronk bier, geloof ik. En weet je, hij wil hier waarschijnlijk komen wonen als er een flat vrijkomt.'

Alwin Schröder, wie kon dat zijn? Ze probeerde natuurlijk iets te zeggen dat de gijzelaars niet konden begrijpen. Maar wat?

'Wie is Alwin Schröder?' probeerde hij behoedzaam.

Het leek wel of ze giechelde.

'Een vriendje van vroeger, toen jij nog een kind was. En waar ben jij nu?'

Hij hoorde haar tegen iemand in de kamer zeggen: 'Dank je wel, Fatima, zet het daar maar neer.'

'Wie is Fatima?'

'Kom zeg, mijn hulp natuurlijk. Wanneer zie ik je weer?'

'Moeder,' zei hij zo voorzichtig mogelijk, 'maakt u zich geen zorgen, het komt allemaal goed.'

Ze schrok.

'Job, wat is er aan de hand? Ik wil dat je het me vertelt. Is er iets met Bien?'

'Nee, nee.'

'Met Johanna dan?'

Hij begreep niet wat ze bedoelde, maar het was duidelijk dát ze iets bedoelde. Hij werd steeds ongeruster, bij het uitchecken uit zijn hotel, in de taxi naar het vliegveld, in de kale wachtruimte. Hij belde nog een keer Johanna. En hij belde Bien, die op dat ogenblik op de zoveelste verdieping van een flatgebouw in Diemen lag te vrijen met een medestudent hoewel ze geacht werd op college te zijn, en natuurlijk niet opnam.

'Bien, je vader. Je moet ogenblikkelijk contact met ons opnemen.'

Ze zouden toch niet ook Bien... Dat zou ze toch niet hebben willen zeggen?

Toen hij in de bus naar het vliegtuig zat had hij de indruk dat er wel drie of vier Marokkanen meekwamen. Verbeelding waarschijnlijk, naderhand zag hij ze niet meer. Ze stegen op. De lucht was blauw en de wereld onder hem lag er, met al zijn oorlogen en aanslagen, vredig bij. Onvoorstelbaar dat er een paar jaar geleden nog her en der mannen in vechtputjes lagen, bedekt met bebladerde takken, klaar om te vuren.

Er liep iemand over het dak, nog steeds een of andere reparateur waarschijnlijk. Het maakte een lawaai van jewelste. Toen Willemien eindelijk klaar was met haar toilet en de woonkamer in ging, zag ze ook een helikopter rondjes draaien boven het strand.

Het was prachtig weer. De meeuwen krijsten dat het een lust was en schoten telkens schreeuwend voorbij. Die lieten zich niet afschrikken. Ze wist het wel, mevrouw De Vries onder haar was ze weer aan het voeren. De directeur wilde het niet hebben omdat de andere bewoners er last van hadden, maar ze deed het toch. In haar kamerjas stond ze op het balkon met een pan vol broodkorsten in haar hand de meest idiote kreten uit te slaken: 'Tuuttuttuut, kom dan jongens, pie-ie-iet.' En dan was ze nog verbaasd dat haar tuinstoelen en haar zonwering vol vogelpoep zaten. Beneden op het strand was het al een hele drukte. Niet onwaarschijnlijk dat ze Alwin weer langs zou zien komen met die zon. Dat was vroeger zowat het enige geweest waar hij echt van hield, de zon. Hele middagen kon hij naakt op het dak liggen. Of op het strand.

Maar nu had ze even geen behoefte aan hem. Jobs telefoontje had haar wel degelijk ongerust gemaakt, al had hij nog zo geruststellend gedaan: 'Nee, moeder, er is met ons echt niets aan de hand.' Met wie dan wel? Ze probeerde Johanna te pakken te krijgen en daarna Bien. Maar er was opeens iets met haar telefoon, en toen ze de radio aan wilde zetten deed die het ook niet. Dat verklaarde dus dat gedoe op het dak. Hoewel, Job had haar wél kunnen bellen. Wat een gezeur. Maar ze weigerde pertinent zich angst aan te laten jagen, niet door het smelten van het poolijs en niet door Jobs geheimzinnigdoenerij.

Jaren geleden, als student nog, was ze bang geweest, zó bang dat ze 's nachts bij elke rangerende trein haar bed uit was gesprongen en de radio had aangezet om te horen of de derde wereldoorlog was uitgebroken. Dat was tijdens de Hongaarse opstand geweest. Sindsdien had ze besloten dat ze zich niet meer bang liet maken, door niets, niet door de Russische inval in Tsjecho-Slowakije, niet door de Cuba-crisis en niet door kernraketten of terroristische aanslagen. En zeker niet door een kapotte radio of haar eigen vergeetachtigheid.

Geïrriteerd liep ze naar de keuken, waar Fatima met een jongen aan de tafel zat, niet Ahmed of Moustafa dit keer.

'Dit is Mohammed,' zei Fatima, 'mijn broer. Hij heeft ook ruzie met mijn vader.'

'En slaapt hij nu ook hier?'

Fatima knikte verlegen.

'Ja.'

Die kinderen toch, wat een problemen. En zo'n arme Marokkaanse vader die hier in Nederland zat met een stel moderne tieners, zij met de koptelefoon van een walkman onder haar hoofddoek en hij op Nikes en met een mobiel in zijn hand. Dat bracht haar op een idee.

'Mag ik even met jouw telefoon bellen?' vroeg ze aan de jongen, 'mijn toestel doet het niet en ik moet nodig mijn kleindochter spreken.'

Hij leek er niet veel zin in te hebben. Maar Fatima gaf hem een duw met haar elleboog, en zelf zei ze: 'Ik betaal het wel, hoor.'

Dus schakelde hij het ding voor haar in en gaf het haar.

Ze kreeg haar antwoordapparaat: 'Dit is Bien, boodschappen na de piep, doeii. Klik.' Ze zou er nooit aan wennen.

'Dag Bien, oma hier. Is alles goed met je? Ik bel omdat je vader zo vreemd deed door de telefoon. Hij maakte de indruk of ik me ergens zorgen over zou moeten maken, maar hij wilde niet zeggen wat er dan was. Hij is natuurlijk altijd onzinnig bezorgd, maar ik zou toch wel willen weten of er iets aan de hand is, en wát dan.'

Ze praatte maar door. Ze zag dat de jongen, die Mohammed, steeds benauwder keek en ze knikte hem vriendelijk toe om te beduiden dat het heus wel in orde zou komen met dat geld.

'Mijn telefoon doet het op het ogenblik niet. Ze zijn er wel mee bezig, maar je weet hoe dat gaat. Als je me terug wilt bellen kan je dat doen via de mobiele telefoon van de broer van Fatima, die hier even logeert. Zijn nummer is...' Ze keek hem vragend aan.

'Nul zes,' zei Fatima.

'Nul zes...'

Om beurten zeiden Fatima en zij het nummer.

'Bel je me terug?'

Dat was toch wel heel heerlijk, zo'n antwoordapparaat, zeker met een kleindochter die nooit thuis was.

‘Ik zou het gezellig vinden als je gauw terugbelde...’

En weer vertelde ze over Alwin: ‘...heel vroeger ben ik toch zó verliefd op hem geweest. Hij is toen naar Amerika gegaan en daar geloof ik heel bekend geworden. Stel je voor dat die hier zou komen wonen...’

Tot het ding afsloeg, vol blijkbaar: ‘Tuut, tuut, tuut...’

Maar waarom Bien nou niet terugbelde...? Ze probeerde weer eens haar eigen telefoon, maar die was nog steeds dood. De monteurs vertoonden zich niet meer. Raar. Ze moest straks beneden eens vragen.

Mohammeds mobiele telefoon was voortdurend bezet. Telkens als ze de keuken in kwam zat hij erin te kakelen, op de vreemde, snelle manier waarop de jeugd tegenwoordig sprak. Bien was niet anders. Zelfs in de woonkamer hoorde ze zijn hoge, opgewonden stem. Soms was het even stil, zodat ze weer de zee hoorde – een verademing, al had ze dat geluid nog zo vaak vervloekt. Maar dan begon hij weer, met zijn vader ongetwijfeld, ooms, bekenden, de imam.

Maar dat nam niet weg – er zat toch een antwoordapparaat op zo’n ding, of tenminste de mogelijkheid boodschappen te ontvangen? Ach, ze wist het wel, Bien was natuurlijk de hort op, stappen, of hoe ze dat tegenwoordig noemden, en dat kon net zo goed in Antwerpen zijn als in Amsterdam. De meeste kans haar te pakken te krijgen was ’s avonds in het café waar ze werkte, al veranderde ook dat steeds. En nu was het trouwens ochtend. Ze keek naar de stapel boeken en tijdschriften op de lage tafel voor haar. Hier en daar staken er papiertjes uit om passages te markeren. Voor Bien, omdat Bien ook geschiedenis studeerde, net als zij indertijd.

Dinsdagmiddag 4 maart

De helikopter vloog nu om het huis. Het geluid kwam dichterbij, zwakte af en kwam dan weer dichterbij. Het gebeurde wel vaker, als er iets te doen was op het strand, of als er iemand bezig was te verdrinken. Maar in maart – en dan zo dichtbij. Het klonk zo luid, of ze haar kamer binnenvlogen. Ze zag het landingsgestel voor haar raam hangen.

'Ga toch weg, ding,' zei ze kwaad.

Het was oorverdovend. Zouden de monteurs van de telefoondienst soms... Je hoorde wel eens over straalzenders die op daken geplaatst moesten worden met een helikopter. Ze hadden haar toch op zijn minst kunnen waarschuwen.

Maar in de keuken hoorde je het nauwelijks. Fatima en Mohammed en nu ook Ahmed hingen verveeld rond de tafel. Het was of ze schrokken bij haar binnenkomst, zodat ze enigszins verontschuldigend zei: 'Het is zo'n lawaai binnen.'

Toen ze ging zitten, stonden ze alle drie op.

'Jullie hoeven niet weg te gaan, hoor.'

'We moeten nog wat doen.'

Ze knikte.

'Wilt u nog een kopje koffie?' vroeg Fatima.

'Graag, kind.'

Eenmaal alleen met haar zei ze: 'Hoe moet dat nu verder met je broer?'

Fatima antwoordde niet. Ze stond bij de aanrecht met haar rug naar haar toe. Al z'n leven dat ze weer huilde.

'Er zal toch wat moeten gebeuren. Zou het helpen als ik eens met je vader ging praten?'

'Ach, mevrouw.'

Het kind leek verbijsterd.

'Hoe zou dat dan moeten?'

'Zo raar is dat toch niet? Ik heb zoiets wel vaker gedaan. Dacht je dat mijn studenten nooit problemen met hun ouders hadden?'

'Nee, maar...'

Ze stond maar in haar zakdoek te snuiven.

'Mijn vader weet hier niets van.'

Nee, dat zou natuurlijk wel, anders was hij waarschijnlijk allang aan de deur geweest om zijn zoon terug te halen. Maar ze kon ze toch lastig hier onderdak blijven geven. En trouwens, hoe oud waren die kinderen? Dadelijk werd ze nog beschuldigd van kidnapping. Ze lachte in zichzelf. Stel je voor... Maar je wist maar nooit. Als zo'n man echt kwaad was.

‘Hij zal toch wel inzien dat hij jullie hier in Nederland niet kan dwingen?’

Maar was dat wel zo? Als ze minderjarig waren?

Ze zwegen. Fatima stond met een doekje over de aanrecht en het fornuis te wrijven. Ver weg klonk het gebrom van de helikopter, en op de gang hoorde ze nog steeds zo nu en dan iemand lopen, stemmen ook. Ze zag Jobs gezicht al als ze ervan werd beschuldigd Fatima en haar broer te hebben onttrokken aan het ouderlijk gezag. Hij was al zo nijdig geweest dat ze Fatima zwart betaalde. Omdat het hem in zijn carrière zou kunnen schaden. Alsof ze dat geloofde.

Later kwamen de jongens weer binnen. Het was of Fatima erop had gewacht: ‘En?’

‘We hebben contact,’ zei Mohammed, ‘afwachten maar.’

Ze keek ze alle drie eens goed aan. Ze waren echt nog heel jong. Moe en ongelukkig ook. Natuurlijk, als er een kans was dat ze zodra ze buiten kwamen ontvoerd zouden worden naar Marokko. Hoe vaak las je niet zulke verhalen in de krant? Of neergeschoten door een of andere fanaat, zoals laatst nog, op een school.

Met z’n vieren zaten ze aan de tafel. Ahmed trommelde met zijn vingers op het blad en Mohammed zat met het mobiel in zijn hand onophoudelijk op zijn stoel heen en weer te wippen. Ze waren ongeduldig, en dat was nou precies wat ze in deze situatie niet moesten zijn. Maar hoe kreeg je ze kalm?

Er waren van die familietradities. Als Job vroeger niet kon slapen van de opwinding, de avond voor Sinterklaas, of voor de uitslag van zijn toelatingsexamen, zijn eindexamen zelfs, dan werden er spelletjes gedaan. Zo was het geweest toen zij jong was en toen haar vader en zijn broers jong waren, en zo zou het met Bien ook wel zijn gegaan.

Dus stond ze op. In de woonkamer hing die helikopter nu voor het raam. Erg opschieten deden ze niet. Het zou wel lastig zijn, zo’n antenne. Door een wolk van lawaai liep ze naar het zijkamertje. De spellen lagen onderin de kast, op het schaakbord: mens-erger-je-niet, pim-pam-pet – te kinderachtig ...monopoly dus. De twee jongens keken haar ongelovig aan. Ze wilden amper hun armen van de tafel halen toen ze het bord uitlegde en het geld begon te verdelen, netjes in stapeltjes van verschillende kleuren aan de vier kanten.

'Kom,' zei ze streng, 'van niets doen word je alleen maar zenuwachtig.'

Fatima wilde wel.

'We kunnen het toch proberen?'

Ahmed haalde zijn schouders op.

'Oké dan.'

En toen liet ook Mohammed de poten van zijn stoel met een klap op de grond komen. Hij legde zijn telefoontje dwars tussen Kans en Algemeen Fonds op het bord.

'Wat moeten we doen?'

Ze legde het uit: geld, straten, huizen, hotels. Ze begrepen het snel genoeg.

'Ons Dorp?'

'Het dorp waar je zelf vandaan komt.'

'Tarquist,' zei Mohammed.

'Zijn jullie daar geboren?'

'Ja.'

'En Arnhem, daar ben ik geboren.'

De drie keken elkaar aan en begonnen te lachen. Natuurlijk, zo oud als ze was, ook zij was ergens geboren.

Paars Haarlem, oranje Utrecht, rood Groningen, geel Den Haag, groen Rotterdam...

'Rotterdam Feyenoord!' riep Ahmed. 'Dat wil ik, met het stadion!'

'Stadions zijn er niet, alleen huizen en hotels.'

Hij pakte twee hotels en legde ze op hun kant tegen elkaar.

'Dan maak ik een stadion.'

'Goed, maar eerst moet je heel Rotterdam hebben.'

'Oké, oké, en hoeveel schuift dan dan?'

Hij zat achterovergeleund met zijn duimen achter zijn broekriem alsof de miljoenen hem al in de schoot rolden.

'Oen,' hoonde Mohammed. 'Kijk, ik bouw de ArenA in Amsterdam, driemaal zo groot. Kan jij mij nog veel meer betalen, weet je.'

Hij las, rekende: 'Drie hotels is driemaal tweehonderdduizend, dat is zeshonderdduizend gulden, nou ja, euro's dus nu.'

'Ben je gek, dat is het dubbele!'

'Nou, niet eens twee miljoen.'

Om een of andere reden moesten ze daar onbedaarlijk om lachen.

'Laten we maar beginnen,' zei ze.

Ze schudde de dobbelstenen en wierp.

'Negen. Velperplein.'

'Ha!' riep Mohammed. 'Arnhem, dat koop je zeker wel, hè?'

'Natuurlijk.'

'En nu ik.'

De stenen rolden.

'Station Zuid. Hoeveel?'

Hij zoog zuinig op zijn lippen.

'Altijd doen,' fluisterde ze, 'stations leveren veel op.'

'Ja?'

Hij aarzelde, bladerde in zijn geld.

'Ach, jongen,' zei Fatima. 'Schiet nou eens op, hè? Ik wil ook wel eens.'

Zo gretig waren ze. Als vroeger, met Cas en Job, avondenlang.

Rond diezelfde tijd landde Job op Schiphol. Met Samsonite-koffer en aktetas kwam hij met lange stappen de aankomsthal door, strak voor zich uit kijkend. Bij de uitgang stonden Johanna – tweed mantelpak, schoudertas, in haar ene hand autosleuteltjes, in haar andere een mobiele telefoon –, Bien en iemand van de politie hem op te wachten. Terwijl ze hem kuste zei Johanna al: 'Ze vragen twee miljoen.'

Hij was geschokt.

'Hoeveel? Twee miljoen? Zijn ze nou helemaal gek?'

'Natuurlijk zijn ze gek. Dat is nu juist het probleem.'

Johanna's zakelijkheid was onuitstaanbaar en op dat moment vroeg hij zich af hoe hij ooit met haar had kunnen trouwen.

'En oma?' vroeg Bien, 'zeiden ze niets over oma?'

De politieman boog zich naar haar toe.

'Vanuit de helikopter hebben ze haar een keer door de kamer zien lopen en toen leek er niets met haar aan de hand. Maar verder houden ze haar kennelijk uit de buurt van het raam.'

'Waar moet ik in godsnaam twee miljoen vandaan halen?'

Bien keek haar vader kwaad aan.

'Je kan ons huis toch verkopen?'

'Wel ja.'

'Maar het gaat om oma!'

Johanna zei: 'Hou jij je er nou eens buiten.'

En Bien riep: 'Het kan jou niets schelen, je houdt niet eens van haar, maar het is mijn oma!'

Maar hoe managede je een gijzeling? Job ging regelrecht naar kantoor, omdat de zaken nu eenmaal gewoon doorgingen – inclusief een exportverzekering voor Marokko; dat kon er toch niets mee te maken hebben? – maar vooral omdat ze hem van daaruit konden verbinden met alles en iedereen: de politie, met Johanna die nu thuis bij de telefoon zat, en met de commandowagen op de oprijlaan van Duinzicht, waar Bien per se naartoe had gewild.

'Bien, Bien!' riep hij door de telefoon.

'Ja?'

Het klonk vlakbij.

'Hoe is het daar?'

'Niets, helemaal niets. O, pappa...'

Zijn kleine meid. Moest ze daar wel zijn? Maar thuis met Johanna werd ook niets.

Hij zat met drie tefeloons voor zich. Bovendien had de politie een verbinding gemaakt met zijn pc en zag hij nu op zijn eigen scherm een helikopter rondjes draaien om de bovenste verdieping van Duinzicht, en toen de boulevard, overvalwagens, een hoogwerker. O god, als ze maar niet...

'Bien, geef me de bevelvoerende officier.'

En toen hij hem had:

'Jullie gaan toch niet de zaak bestormen?'

'Nee, nee, meneer Rietkerk, maakt u zich niet bezorgd.'

'Wachten,' had de commissaris gezegd, 'we beginnen met wachten. Ze kunnen vanaf die bovenste verdieping geen kant op. We houden het dak bezet, maar voorlopig gaan we in elk geval niet naar binnen.'

Zijn moeder had de bovenste verdieping gewild.

‘Als het dan moet,’ had ze gezegd, ‘dan wil ik in elk geval niemand boven me. Weet je nog, Cas, die maand in Princeton met die Rus boven ons hoofd?’

‘Een Bulgaar.’

‘In elk geval was het verschrikkelijk, met de hele nacht dat geijsbeer.’

Zou ze nu horen dat er mannen op het dak waren?

‘En het geld?’

‘Het zou geen kwaad kunnen als u dat bij elkaar probeert te krijgen, al denk ik niet dat het werkelijk nodig zal zijn. Meestal lopen dit soort zaken wel met een sisser af.’

Links ging een van de andere telefoons.

‘Ja?’

‘Hongarije aan de lijn, meneer Rietkerk.’

‘Hello, Janos, yes, quite...’

Als ze maar geen wilde dingen ging doen. Met haar stok op die mannen afgaan. Ze kon soms opeens driftig worden als iemand haar belemmerde. Hij herinnerde zich een rel met een automobilist op een zebrapad, bij wie ze met haar stok een deuk in de lak geslagen had. En, god, als door die infarct haar hersens niet optimaal meer werkten... Zo knap als ze altijd geweest was, al die boeken, dat gemak waarmee ze de dingen uiteenzette. Maar nu had je kans dat ze in haar ongeduld, haar angst, de situatie helemaal niet meer kon inschatten en in paniek om zich heen zou gaan slaan.

Op het scherm voor hem verscheen weer het gezicht van de commandant. Daarachter zag hij figuren bewegen, Bien, en een man.

‘Meneer Rietkerk, bent u daar?’

‘Ja, ja.’

Wat dacht hij, dat hij weg zou gaan?

‘Er is hier een oudere heer, een kennis van uw moeder, die u wil spreken.’

‘Hoe is het nu?’

‘Nog altijd rustig. We hebben wat eten naar boven gestuurd. Hier komt hij.’

Het gezicht van de commandant maakte plaats voor dat van Bien, dat snel en scheef over het scherm schoot – haar mond bewoog maar er was geen geluid – en vervolgens voor dat van een grijze man met borstelige wenkbrauwen en een beschaafde mond. Nog steeds geen geluid, verdomme.

Opeens was er geflikker op het scherm, sneeuw, geluid: 'Nee, geef hier... oké, hier.'

Het klonk buitenlands. Er verscheen een hoofd in een zwarte bivakmuts.

'Dit is Marocaction.'

Zijn hart sloeg over. Het beeld en het geluid liepen niet helemaal synchroon en dat maakte het nog dreigender.

'Dit is Marocaction. Wij eisen genoegdóéning voor de beledigingen het Marokkaanse volk aangedaan. Eén: twee miljoen euro in bankbiljetten van honderd...'

'Ongenummerd,' siste iemand erdoorheen.

'Ongenúmmerde bankbiljetten van honderd. Twee: een verklaring in de krant van de Nederlandse regering, dat ze spijt hebben van de vernietiging van het dappere Marokkaanse volk in de Rifoorlog. Drie: sluiting van de beledigende fototentoonstelling in het Marokkaanse cultuurcentrum in Amsterdam-West.'

'Je vergeet de vrije aftocht,' zei de andere stem.

'Hou je mond. En vier: vrije aftocht.'

Het hoofd verdween even snel als het was verschenen. Verbluft leunde Job Rietkerk achteruit. De Rifoorlog, waar en wanneer was dat geweest? En weer die fototentoonstelling van zijn oudoom Willem Elling. Wat hadden ze daar toch mee? Natuurlijk, Chemics International had de nodige belangen in Marokko, maar daarover zeiden ze niets. Toch Jansma eens vragen. Hij drukte een paar maal op 'Enter', maar afgezien van een paar incidentele lichtflitsen bleef het scherm leeg. Geen geluid ook. Behalve het gewone gezoem van de luchtverversing was het doodstil in de kamer. Links van hem lag een stapel stukken in verband met Hongarije, rechts het laatste nummer van *The Economist.* Hij keek tersluiks: Bush over Irak, Poetin over Tsjetsjenië, aids in Afrika, economische crisis in Venezuela. Even leek het een gewone werkdag, waarin rampen zich alleen virtueel, tussen persberichten en beurskoersen voordeden.

Toen begon alles weer te werken. Op het scherm stond de

commissaris blijkbaar journalisten te woord. Het schalde plotseling door de kamer.

'Nee, geen verdere mededelingen. Wij zijn in onderhandeling.'

Tegelijk flikkerden aan beide kanten zijn telefoons.

'Job, hier Gerritzen, als wij iets voor je kunnen doen...'

Terwijl zijn hoogste baas doorpraatte, had Job een toenemend gevoel van vervreemding, alsof hij zelf virtueel geworden was en in bites de ether in werd gezogen.

'Ja, twee miljoen... Nee, dat kan geen probleem zijn... Politiek, ja, de regering, de minister-president...'

Hoewel hij eigenlijk alleen maar achterover hangend in zijn bureaustoel aan zijn moeder moest denken.

In het andere toestel klonk: 'Pappa, pappa, hoor je me?'

Dat was Bien weer.

'Pappa, hier is een meneer die je wil spreken.'

Ook dat nog.

Drie kilometer verderop zei Bien tegen de kennis van haar grootmoeder, die samen met haar in de commandowagen zat: 'Weet u, eigenlijk is dit iets dat alleen oma kan overkomen. Waarschijnlijk heeft ze zich ergens mee bemoeid of zo, dat ze juist haar uitgekozen hebben.'

'Zou het niet eerder om je vader gaan? Of om Chemics International als zodanig?'

'Zou kunnen. Maar oma was vroeger ook belangrijk, ook wel in de politiek.'

'Ja?'

Ze wist het eigenlijk niet zo precies, maar dat ging hem niet aan. In elk geval had ze wel eens verteld over een comité of een actiegroep waar ze jarenlang in had gezeten omdat er schrijvers onderdrukt werden of zo.

'Bieneke, Bieneke,' zei ze soms, 'studeer jij nou geschiedenis? Dan moet je toch op de eerste plaats in je eigen tijd geïnteresseerd zijn?'

Ze had natuurlijk gelijk, maar het klonk zo serieus. Ze kon toch moeilijk zeggen dat ze eigenlijk nergens om geschiedenis studeerde?

'In elk geval is je oma een heel flinke vrouw,' zei hij. 'Ik denk dat ze zich wel zal redden en dat je je niet echt heel erg ongerust hoeft te maken.'

Wat wist hij ervan? Haar oma was nog steeds soms in de war, en nu was ze in de macht van zo'n stel turbo-idioten met bivakmutsen en revolvers die heus geen geduld met haar zouden hebben als ze hen niet meteen begreep. Misschien hadden ze haar wel vastgebonden. Als ze zich eens verstopte in de etenslift en zich zo naar boven liet sturen? Ze zouden haar waarschijnlijk niets doen. Ze wilden geld, aandacht. Ze zou ze kunnen voorstellen haar te houden en haar oma te laten gaan. Het zou ze toch niet kunnen schelen wie ze hadden, haar oma of haar? Als ze maar iemand hadden met wie ze haar vader onder druk konden zetten. Ze zou ze kunnen zeggen dat haar vader veel meer van háár hield dan van zijn moeder – wat waar was, dat wist ze zeker.

'Een vergissing van de bank in uw voordeel, u ontvangt f. 20.000.'

'Zo hoort het ook,' zei Ahmed. 'Geef op.'

Fatima telde het geld.

Het was gezellig in de keuken. Fatima had opnieuw koffie gezet en naderhand had ze het middageten opgediend, zo goed en zo kwaad als dat ging, want rond het monopoly-bord lag de tafel vol met straten en geld, waartussen nauwelijks plaats was voor de borden met aardappelen, draadjesvlees en spinazie. Ze had de keuken blijkbaar op de hoogte gesteld dat er vier porties nodig waren. Drie was ook goed geweest. Zelf at Willemien nauwelijks – ze zou nooit wennen aan dat warme eten tussen de middag; meestal bewaarde ze het voor 's avonds – en Fatima muisde ook maar wat. Maar de jongens wisten er goed weg mee. Ze werkten het met lepelsvol naar binnen, terwijl ze ondertussen met hun vrije hand de dobbelstenen gooiden, straten kochten.

Ahmed zwaaide met zijn nieuw ontvangen geld.

'Wat zal ik?'

'Als je er tienduizend bij legt heb je twee huizen in Groningen.'

'Wat moet ik daarmee? Als het nou in Melilla was, of in Al-Hoceima.'

'Maak er dan Al-Hoceima van, man. Al-Hoceima aan de zee.

Een huis voor je grootvader, een huis voor je oom.' En tot haar: 'Hebt u een pen en papier, mevrouw? En tape?'

Weer de woonkamer in, weer het gedaver van de helikopter.

Eenmaal op gang, was hun fantasie onuitputtelijk. Groningen werd met een strook papier en plakband omgedoopt in Al-Hoceima. En toen volgde het een na het ander, Utrecht werd Tetuan, 's-Gravenhage Melilla, Groningen...

'Chechaouen, natuurlijk, en Arnhem...'

'Nee, Arnhem niet, dat is van mevrouw. En Amsterdam ook niet.'

'Ik wil opbellen,' zei Fatima opeens.

De jongens schrokken. Bang natuurlijk dat ze spijt begon te krijgen.

'Naar wie dan?'

Maar ze lachte: 'Naar Chechaouen, daar woont mijn tante.'

'Tante?' zei Mohammed schaapachtig.

'Ja, en daar zet ik voor vijfenzeventigduizend euro een straalzender en iedereen die langskomt om te bellen moet aan mij honderdtwintigduizend betalen.'

'O, shit.'

Willemien knikte Fatima toe. Zo kende ze haar niet.

'Verlang je naar Marokko?'

'Ja, zeker wel.'

Ze geloofde het niet erg. Ze waren eigenlijk toch ontzettend Hollands. Marokko moest een droom zijn van zee, mimosa en mierzoete koekjes. En van eindeloos spelen onder de kurkeiken, of wat ze daar voor bomen hadden, zoals zij zelf onder de beuken van de Onzalige Bossen had gespeeld. Ze rook de geur van halfvergane bladeren en beukennootjes en even was er een acuut verlangen naar de grond, het mos onder haar voeten, de zwarte, rulle aarde.

'Mevrouw, mevrouw, u moet gooien.'

Ze schrok op. Natuurlijk.

'En waar verlang je dan naar?' vroeg ze.

Ze wist het wel: er kwam niet zoveel.

'Het is er veel gezelliger,' zei Fatima, 'met tantes en ooms en iedereen.'

'En wij zijn trots op ons land,' viel Mohammed in. 'Echt trots, weet je. Het is ons land, waar we thuis zijn. Niet zoals hier, waar iedereen je schuin aankijkt omdat je een allochtoon bent.'

Het zou wel waar zijn, maar ze vroeg zich toch af of hij het werkelijk zo ervoer, of dat hij napraatte wat hij overal hoorde zeggen.

Hij raasde door.

'Wij zijn een dapper volk, dat het zelfs gewonnen heeft van de Spanjaarden en de Fransen.'

'Maar dat is heel lang geleden,' zei ze voorzichtig.

'Dat doet er niet toe.'

Hij gooide de dobbelstenen over het bord zodat ze Ahmeds stadion omstootten.

'Daar komen de Marokkanen!'

'Kijk uit, eikel.'

'Er voorbij! Daar sta je met je straalzender, Fatima. Coolsingel, is dat nog te koop?'

'Je hebt geen geld.'

'Wat geef ik daarom. Hier, wil je mijn station kopen?'

Ze werd wel moe. Zo nu en dan sufte ze wat weg, naar vroeger, toen Bien nog klein was, of Job, of zijzelf.

Er kwam een man binnen. Hij leek even te schrikken toen hij haar zag en toen wenkte hij naar Mohammed en Ahmed.

'Kom, we hebben weer contact.'

Hij tikte op het scherm van een laptop die hij open in zijn hand hield. Ze stonden meteen op. Mohammed pakte zijn telefoontje van het bord en met z'n drieën gingen ze de keuken uit. Bij de deur keerde de man zich nog om en zei tegen Fatima: 'Pas op haar.'

En Fatima knikte.

Alsof ze zo oud was dat er op haar gepast moest worden. Hoewel, ze voelde zich ook wel oud, moe. Het liefst zou ze een uurtje gaan slapen, nu de jongens toch weg waren. Zou die man een afgezant van hun vader zijn geweest? Of iemand van de politie? Nou ja, ze zouden haar op haar leeftijd niet in de gevangenis stoppen. Maar Job...

Ze kwam moeizaam overeind. Dat lange zitten.

'Ik ga een uurtje liggen,' zei ze, 'en ik wil mijn zoon bellen.'

Maar Fatima legde haar hand op haar schouder en duwde haar weer omlaag.

'Dat kan nu niet. Ze komen zo terug.'

Ze glimlachte goedmoedig. Ze hoorde Biens hoge stemmetje, of was het Jobje: 'Dat kán niet, mamma, we zitten er middenin, we kúnnen nu niet ophouden.'

Dinsdagavond

Het moest onderhand wel avond zijn en nog steeds zat Willemien maar zo'n beetje op die ongemakkelijke keukenstoel voor zich uit te soezen. Fatima was nu ook verdwenen. Zouden ze eindelijk hebben besloten dat dit ook geen oplossing was en terug naar huis zijn gegaan? En hoe laat wás het eigenlijk? Ze moest een van die jongens toch eens vragen een klok op te hangen. Voor haar lag het monopoly-spel met de kaartjes met Marokkaanse namen als hulpeloze vlaggen boven de groene en rode huizenblokken. Ze blies ertegen, maar de kaartjes bleven stokstijf de lucht in steken. Ook in Chechaouen wonen mensen, dacht ze, en in Rabat, in Casablanca. Ze had niets met Marokko. Ze was er nooit geweest en ze had geen idee waar al die steden waar die kinderen het over hadden zelfs maar lagen.

Met alle macht probeerde ze zich te concentreren op de dingen om haar heen. Dit was haar eigen keukentafel, de gootsteen, de ijskast en dat daar was de magnetron, die Cas en zij nooit hadden willen hebben maar waaraan niet te ontkomen was geweest toen ze eenmaal hier waren gaan wonen. Marokko, dat was haar oom Willem. Die zou het wel leuk gevonden hebben, een Marokkaans potje monopoly. Maar Willem was dood. En Cas was dood, hijgend in een zuurstofapparaat, terwijl zij en Job maar keken en keken, niet in staat tot enige gedachte of gevoel, totdat stukje bij beetje het hijgen minder was geworden en tenslotte opgehouden was. De tranen sprongen in haar ogen. Lieve Cas, in zijn eeuwige tweed jasje. Ze had nooit gedacht, in al die jaren van hun huwelijk, dat ze hem zo wanhopig zou missen.

Toen Mohammed en Ahmed eindelijk terugkwamen, wilden ze

niet verder spelen. Ze sleepten een matras met zich mee en achter hen volgde Fatima met in haar armen de dekens en lakens van haar bed.

'Wat heeft dat te betekenen?' vroeg ze streng.

'U moet hier slapen,' zei Mohammed.

'Hier in de keuken? Wat is dat voor onzin? Breng die boel onmiddellijk terug.'

Ze haalden hun schouders op en gingen gewoon door. Voorzichtig om de pionnen en de huizen niet te verschuiven, tilden de jongens het monopoly-spel van de tafel en zetten het op het fornuis, en vervolgens droegen ze de tafel en de stoelen de keuken uit en legden ze de matras op de vloer. Toen ze klaar waren verdwenen ze weer de gang op.

Opnieuw was ze alleen met Fatima, die haar nauwelijks durfde aan te kijken en die vol ijver begon de lakens op het matras te leggen, de dekens, haar hoofdkussen. Ze was nu echt heel moe. Ze had moeite haar ogen open te houden en misschien droomde ze het ook allemaal wel. Ze moest iets gemist hebben, er moest iets zijn gebeurd waardoor het noodzakelijk was dat ze hier op een keukenstoel zat, terwijl er op de grond een bed klaar werd gemaakt, oorlog of zo.

'U kan beter maar gaan slapen.'

Ze schrok op. Voor haar stond Fatima met haar nachthemd in haar handen.

'En mijn toiletartikelen?'

'Die staan in de wc.'

In 's hemelsnaam dan maar, à la guerre comme à la guerre, dacht ze, terwijl Fatima haar hielp haar kleren uit te trekken.

'Is dit nu echt nodig?'

'Ja.'

Het leek haast of Fatima flinker was geworden, niet meer zo verlegen, om niet te zeggen onderdanig. Dat zag je altijd in oorlogen, dat de vrouwen een stap naar voren deden, de dingen gaande hielden, eten, kleren, kinderen.

'Wilt u uw tanden niet poetsen?'

Ja, ze wilde haar tanden poetsen.

'En waar slaap jij dan?'

'Ik leg straks het matras uit de logeerkamer in de hal.'

Ze was te moe om zich er druk over te maken. Ze hees zich met Fatima's hulp in haar nachthemd. Fatima legde haar stok naast de matras op de grond, sloeg het dek open en steunde haar, terwijl ze zich voorzichtig – moeilijk, moeilijk, wat was dat toch een gezeur – omlaag liet zakken. Daar lag ze, omhoogkijkend langs het keukenkastje – wat was die onderkant smerig –, recht in de ogen van dat Marokkaanse meisje met haar zwarte hoofddoek, dat ze kende en eigenlijk zo helemaal niet kende en dat nu opeens bijna moederlijk op haar neerkeek.

'Ga jij ook maar slapen, kind,' zei ze.

Dommelend op de vloer van haar keuken in het vale licht dat uit het halletje kwam – als op de bodem van een zwarte boot die god wist waarheen voer *'in het holst van den nacht door een duisternis, woest en groot, den dood, den dood tegemoet'* – overviel haar opeens de eenzaamheid. Ze klemde haar lippen op elkaar. Als het zo moest aflopen... In haar hoofd dreunden de zinnen waar ze als tiener, zonder iets te weten of te begrijpen, bij had gezworen: *'ik lig diep in het kreunende ruim, koud en beangst en alleen en ik ween om het heldere land, dat achter den einder verdween...'*

Waar was iedereen? Job? En Bien? O god, als het oorlog was, Bieneke...

Woensdagochtend 5 maart

Het was vroeg in de ochtend. Willemien schrok wakker en staarde verbijsterd naar het plafond. Waar was ze in 's hemelsnaam? Met moeite kwam ze overeind. God, wat was ze stijf. Wie lag er dan ook op haar negenenzestigste in de keuken op de grond te slapen? Haar rug... Tastend zocht ze haar stok, haar bril. Wat betekende dit allemaal? Waarom was ze niet gewoon in haar bed? Dit was mis. Dit was duidelijk vreselijk mis.

Rechtop zittend op het matras zette ze de dingen op een rij. Goed, dit was dus niet gewoon een logeerpartij van een paar weggelopen tieners. Waar was ze geweest met haar duffe hoofd? Monopoly, nota bene. Maar wat dan wel? En waar waren ze nu?

Voorzichtig trok ze zich op aan de aanrecht en werkte ze zich, telkens zwikkend en met haar stok in het matras prikkend, naar de deur. In het halletje lag Fatima half onder de keukentafel te slapen. Op de gang hoorde ze praten. Het moest nog heel vroeg zijn. Het geluid van gedempte, opgewonden stemmen in het grijze licht van een beginnende dag deed haar denken aan het begin van de oorlog. Het had iets grimmigs en ongrijpbaars.

'Als we het hebben, schieten we haar neer.'

'Ben je gek, man, een oude vrouw!'

'Kop dicht.'

'Niks kop dicht. Wat dacht je dat mijn zuster dan gaat doen? Die houdt van haar, weet je.'

'Je zuster, je zuster kan me wat, man.'

'Mijn zuster kan jou helemaal niet wat. En ik ook, trouwens. Ik ga toch niet moorden voor die...'

'Sst.'

'Als je dacht...'

Neerschieten dus... Willemien was bang en tegelijkertijd was ze bijna kinderlijk opgewonden. Dat zouden ze dan nog wel eens zien. Cas had gelijk gehad. Al z'n leven waren ook dit weer de Amicales, of nee, die bestonden al lang niet meer, Al-Qaeda eerder. Voorzichtig schuifelde ze langs Fatima naar de woonkamer. Het licht en het lawaai van de helikopter stroomden over haar heen. Geen monteurs dus. Politie, ME. Als ze nu door het raam kwamen, benen gestrekt, hun wapens in aanslag aan de heup, zou het over zijn. Maar Fatima... ach hemel, wat zouden ze dan met Fatima doen? Voor je het wist had die ook een slag van zo'n geweerkolf te pakken, of erger.

Maar waarom? Wat wilden ze dan? Of was alleen maar door Fatima dat ze juist haar flat uitgekozen hadden en ging het ze alleen om de actie, om de aandacht, of om geld, wraak... Wie weet wat zulke kerels in hun hoofd hadden.

In het zijkamertje liet ze zich zakken op het bankbed. Daar zat ze, een oude vrouw met aan haar voeten een rommelige verzameling dozen. Ze staarde ernaar. Zo nu en dan bukte ze zich en trok ze er iets uit: weer Jobje, in een teil water in de tuin, op de springplank in het zwembad, of waar dan ook. Opzij stonden ook nog de twee dozen van haar grootmoeder.

Mijn god, dacht ze, natuurlijk, de brieven van Willem. Wat had er allemaal niet ingestaan? Juist ook over Marokko, die laatste jaren van zijn leven. Ze herinnerde zich vaag iets over opstanden die waren neergeslagen. En iets over Chemics International. Er was een brief aan haar vader geweest, over belangen, investeringen. En toen die aanslag. Ook oudere brieven, uit de oorlog – o, alsjeblieft niet uit de oorlog, nee – en van vlak daarna, over tante Greet.

Het bonsde allemaal door haar hoofd. Met moeite trok ze een doos naar zich toe, tilde hem op, zwaar toch, hij glipte bijna uit haar handen en toen ze hem net boven haar knieën had, scheurde de zijkant en gleed de hele inhoud in haar schoot. Dit was dus waar ze achteraan zaten, compromitterende stukken, bewijzen van zaken die Willem, of haar vader. Wat had haar vader ooit... en Job...

Het zou niet gebeuren. Niet, nooit. Ze zette de lege doos terug op de grond en begon vastberaden de brieven op haar schoot in stukken te scheuren. Eén voor één. De snipppers liet ze in de doos vallen. Toen die vol was stond ze op en liep ermee naar de wastafel in de hoek naast het raam. In de verte zag ze de helikopter proberen dichterbij te komen, wat blijkbaar niet meteen lukte. In de la van het bureau lag nog steeds een aansteker. Het kostte even moeite het ding aan te krijgen, maar toen schoot er plotseling een steekvlam door het papier.

'Au!'

Ze liet de aansteker op de grond vallen. Het vuur flakkerde even hoog op en doofde toen.

Terwijl ze haar vingers onder de kraan hield, dacht ze aan de beteuterde gezichten als ze zouden merken dat alles weg was. Het hele verleden. Maar wat deed het er ook toe. Ze had dan wel een afkeer van die terroristenhysterie van vandaag de dag, maar als ze soms dachten dat ze haar eigen familie zomaar zou uitleveren aan een stelletje op tilt geslagen pubers, die zich van alles lieten wijsmaken door een of andere fanatieke imam, hadden ze het mis.

De tweede doos snippers brandde moeilijker door het laagje water dat nu in de wastafel stond. Ze smeulden meer. Je zag ze wegkrimpen in een zwarte brei van verkoold papier die de afvoer verstopte. Het stonk. Het begon nu ook te roken en soms dwarrelde er een gloeiende snipper mee omhoog. Hoestend keek ze om zich heen. Het was zaak helder te blijven, niet te laten merken dat ze het door had en ze dan verstrikken in hun eigen constructies. Ze schaakmat zetten, precies zoals Cas dat altijd had gedaan. Ze in de val laten lopen van hun eigen mooie praatjes over nieuwe moskeeën, de schurken, nieuwe scholen, terwijl ze ondertussen linkse politici en vakbondsmensen vermoordden. Als ze soms dachten dat zij een domme gans was. Het ging erom ze bezig te houden tot de politie kwam, iets met dat monopoly-spel waardoor het langer zou duren...

Opeens lachte ze in zichzelf: ganzenbord. Terwijl ze naar de kast liep verduisterde de helikopter het raam. Het ding had dus toch kans gezien te naderen. Ze zag nu zelfs een man in de zijopening zitten. Ze pakte het ganzenbord van de plank en zwaaide ermee naar hem.

'Ze loopt door de kamer! Pappa! Ze loopt nu door de kamer!'

Thuis in Den Haag schrok Job Rietkerk wakker in zijn leunstoel. Voor hem op de lage tafel zag hij zijn moeders gezicht op het tv-scherm en haar hand, die hevig gebaarde.

'God, Bien.'

'Zie je dat? Wat wil ze nou?'

Op hetzelfde moment ging de telefoon.

'Meneer Rietkerk, uw moeder...'

Dwars door de trillende lijnen en vlekken van het scherm zag hij haar in haar nachthemd door de logeerkamer schuifelen. Zo nietig als ze nu leek.

'Wat een rotbeeld.'

'Die helikopter stoort.'

'Het lijkt wel rook.'

Ze hield een doos omhoog.

'Grote goedheid, het ganzenbord.'

'Meneer Rietkerk...'

'Ja, ja.'

'Hebt u enig idee wat dat kan betekenen?'

'Nee.'

‘Ganzen,’ probeerde Bien, ‘domme ganzen. Wie zijn er nu dom? Wij? Of bedoelt ze de ganzen van Rome?’

‘Hou je mond even, wil je?’ En dan weer in de telefoon: ‘Nee, ik zou het niet weten. Maar hebt u dat gezien? Het lijkt wel of er brand is.’

‘Als dat zo was, hadden we het wel gehoord. Maar iets anders: er is gisterenavond contact geweest met de imam van het cultuurcentrum in Amsterdam. Die heeft wat namen genoemd, die nog nagetrokken moeten worden, maar in elk geval is daar ook de broer van uw moeders hulp bij.’

Op het scherm verdween zijn moeder nu uit de kamer en het beeld zwenkte naar de lucht, een voorbijschietend stuk strand, en toen niets. Johanna kwam binnen in haar kamerjas.

‘Zouden jullie niet een paar uur naar bed gaan?’

Buiten kwetterden plotseling duizend vogels.

‘Bien, ga jij nou in elk geval wat slapen, anders ben je geen mens als er werkelijk wat gebeurt.’

En ondertussen praatte de commissaris maar door: ‘Die jongen heeft een hele website over de Rifoorlog. Die schijnt hun hoog te zitten. Maar wat uw moeder daarmee te maken kan hebben?’

Ondertussen was Willemien teruggekeerd in de keuken en begon, nog steeds in haar nachthemd, zittend aan de keukentafel, de ganzen van het ganzenbord na te tekenen op het papier, dat ze gisteren had gehaald om Marokkaanse naamkaartjes te maken. Acht stuks, en toen nog vier. Het licht was slecht hier, ze had moeite te zien wat ze deed en bovendien beefde haar hand, maar het waren toch wel duidelijk ganzen. Nu nog uitknippen.

Haar nagelschaartje was in de badkamer. Toen ze haar stoel achteruit schoof, kwam Fatima juist binnen.

‘Wat...? O, u bent al op.’

‘Dag, kind, ben je wakker? Ga je maar gauw wassen, maar geef me wel even mijn schaartje uit mijn toilettas.’

Fatima keek haar glazig aan.

‘Hebt u goed geslapen?’

Voor het eerst zag Willemien wat een lange, glanzende haren ze had. Zou zo’n Ahmed dat nou ooit gezien hebben? Ze had geen idee hoe zulke kinderen met elkaar omgingen. Volgens de kranten was er nauwelijks verschil meer met Nederlandse tieners en eigenlijk geloofde ze dat ook wel. Op die leeftijd zaten ze natuurlijk evengoed vol idealen en rare ideeën.

'Zal ik u nu helpen?'

'Welnee. Haal jij het matras nu maar uit de keuken en zet de tafel en stoelen terug.'

Toen alles klaar was, zijzelf min of meer gewassen, aangekleed, zelfs ontbeten – toch maar een kop zwarte koffie –, en het monopoly-spel met alle nieuwe plaatsnamen en omgefunctioneerde gebouwen terug op de keukentafel, begon ze, nog steeds neuriënd, de ganzen te plaatsen: één rennende gans bij Start, één bij Op Bezoek, één bij Vrij Parkeren en één bij Naar de Gevangenis, en bij de vier stations elk eveneens één. De andere vier, die allemaal iets verschillends hadden, plakte ze stuk voor stuk op half gebroken lucifers, zodat ze rechtop bleven staan: de achteromkijkende voor Fatima, voor Mohammed de fladderende, en die met zijn snavel omlaag voor Ahmed, en de laatste, die met de uitgestoken hals, voor haarzelf. Het ganzenbord legde ze naast dat van de monopoly op tafel. Mét prijskaartjes bij elke hindernis, want alles in het leven had nu eenmaal zijn prijs. Zo, dat moest het maar doen.

De jongens kwamen binnen. Ze waren moe, zag ze, en landerig. Ze wilden koffie. Toen ze zaten, met hun handen om hun kopje, keken ze niet eens naar de uitstalling voor hun neus.

'Kom,' zei ze, 'we kunnen best een rondje spelen. Ik was aan de beurt.'

'Wat moeten die beesten?' vroeg Mohammed fronsend.

'Dat zijn ganzen, die brengen je naar het andere bord, level two, het bord van de misdaad en de achtervolging, waar de gevangenis dreigt, en de put waarin Yacoub gegooid werd door zijn broers, en de dood.'

Ahmed grinnikte en Fatima riep: 'Hè, nee, niet de dood hoor.'

'Het is maar een spel,' zei ze. 'Dat is toch niet eng? Zolang het maar een spel is, kan er toch niets ergs gebeuren?'

Ze zag wel dat ze haar onderzoekend aankeken en naar elkaar knipoogden, maar ze deed of ze het niet merkte en gooide de dobbelstenen.

‘Het gaat beide kanten op,’ legde ze ondertussen uit. ‘Als je op bord twee op een gans komt mag je weer terug naar het bord van het grote geld – als je betaalt tenminste.’

Ze telde haar zetten.

‘Kijk, dat is aardig, Velperplein. Ik bouw Musis Sacrum.’

‘Wat is dat nou weer,’ zei Mohammed van boven zijn koffie.

Echt zin hadden ze niet, maar ondanks de slaperigheid kwamen ze toch weer in de ban van het spel. Onder haar handen groeide de stad van haar jeugd: Musis Sacrum, waar ze Nina Simone nog had gehoord, en daar opzij de parkeergarage en het nieuwe winkelcentrum. En voor Mohammed en Ahmed was het al niet anders. Misschien was het het gebrek aan slaap, of misschien ook de vervreemding, gefixeerd als ze waren op dat verre land van hun ouders dat ze nauwelijks konden kennen, maar dat ze trots in hun hart droegen. Het leek haast of ze in trance waren.

Geobsedeerd gooiden ze de stenen.

‘Al-Hoceima! Een casino voor de toeristen. Als je daar komt, ga je betalen, man.’

‘Smerige woekeraar. Kijk liever naar mij. Ik zet huizen in Tetuan voor alle nakomelingen van de helden uit de Rifoorlog en een monument voor Abd el-Krim.’

‘En ik een moskee die groter is dan de Hassan II-moskee in Casablanca, en niet met één maar met wel honderd laserstralen in de richting van Mekka.’

De enige die zich niet liet meeslepen was Fatima. Ze zat wat stil en glimlachend achterovergeleund in haar stoel en streek regelmatig de inkomsten op van haar water- en elektriciteitsbedrijven en vooral van haar straalzender. Toen Ahmed als eerste op het andere bord terechtkwam en daar met zijn loopgans in de put raakte, zei ze rustig: ‘Ik kan je het losgeld wel lenen.’

Zo kwam het geld in het spel, niet de gewone grote kapitalen van bouwen, kopen en verhuren, maar het sluipende geld van de schijnbaar kleine bedragen die als schimmels doorwoekerden.

‘Hoeveel?’

‘Elke keer als het je beurt is vijfduizend euro.’

‘Gossamme, kutwijf.’

Hij betaalde. Natuurlijk, want de groei van het nieuwe Marokko moest doorgaan, en hij ging ook meteen door: 'Tanger, de nieuwe havenwerken. Ik geef aandelen uit. Wie wil investeren?'

En het geld, of beter, de begeerte naar geld, groeide en groeide, gedragen door de uit papier geknipte symbooltjes van woonwijken, industrieterreinen, raffinaderijen.

'Wat hebben jullie met Abd el-Krim?' vroeg Willemien.

'Abdelkarim El Khatabbi,' zei Ahmed plechtig, 'was een grote held die vocht voor de bevrijding van de Rif.'

'En niet Hassan II?'

Maar daarop antwoordden ze niet.

'Deze tijd,' zei ze vriendelijk, 'is die van de logica van het playstation, maar jullie moeten wel beseffen dat de werkelijkheid anders in elkaar zit.'

'Ja?' zei Mohammed even vriendelijk terug. 'Dat is fijn, oma, maar speelt u nou maar door en zeik niet.'

'Goed, jongen.'

Toen hij op zijn beurt in de gevangenis raakte, leende zij hem geld omdat Fatima het weigerde. Wat die opeens in haar hoofd had? Maar goed.

'Fatima, haal mijn tas eens uit de kamer.'

'Nee,' zeiden Ahmed en Mohammed tegelijk.

Maar Fatima stond op, ging de keuken uit en kwam even later terug met haar tas.

'Hier,' zei Willemien tegen Mohammed, terwijl ze hem een briefje van twintig euro gaf. 'Ik zit wat krap in mijn andere geld, maar laten we zeggen dat dit twintigduizend is.'

'Ook goed, maar dan betaal ik wel een lagere rente.'

Later die ochtend had Job Rietkerk een lang gesprek met de commissaris in diens werkkamer op het hoofdbureau. Ook daar een beeldscherm dat direct zicht gaf op de lege woonkamer van zijn moeder, plus een aantal telefoons die verbonden waren met respectievelijk de commandowagen bij Duinzicht, het bureau van de minister-president, de werkkamer van de Marokkaanse ambassadeur, en zijn eigen kantoor.

'Probeert u eens na te gaan welke connecties de firma van uw familie in het verleden met Marokko heeft gehad.'

'Ons bedrijf?'

'Ja.'

'Dat is al eind jaren vijftig opgegaan in Chemics International, een oorspronkelijk Duitse firma waar wij belangen in hadden en die toen fuseerde met een Amerikaans bedrijf.'

'Is het niet nog enige tijd voort blijven bestaan?'

'Een jaar of wat, tot mijn grootvader Elling met pensioen ging. Daarna is de rubberfabriek gesloten en alleen de kunststoffenfabricage doorgegaan, waar mijn grootvader kort na de oorlog mee begonnen was. Die bestaat trouwens nog steeds; de oude heer had een vooruitziende blik. Maar wat er met de archieven van het oorspronkelijke bedrijf is gebeurd weet ik niet.'

'U herinnert zich niets uit verhalen of zo?'

'Dat was allemaal lang voordat ik in zesentachtig als econoom bij Chemics International in dienst gekomen ben. Met de Arnhemse vestiging heb ik nooit iets te maken gehad.'

De commissaris klopte zijn pijp uit in de asbak. Job kon het gevoel niet van zich afzetten dat hij geïrriteerd was.

'Er moet toch iets zijn, iets substantiëlers. Het kan toch niet zo zijn dat het alleen maar gaat om die Rifoorlog van tachtig jaar geleden.'

'Mijn vader heeft, als ik me goed herinner, in de jaren zestig juridische bijstand verleend aan leden van de Marokkaanse oppositie hier in Nederland, en mijn moeder is jarenlang lid geweest van een comité dat ijverde voor de vrijlating van linkse schrijvers en voor de persvrijheid daar.'

'Dat weten we, een communistische mantelorganisatie.'

'Nou, nou.'

'Uw moeder was toch communist?'

'Ik kan me niet voorstellen dat dat toen een rol speelde, laat staan nu.'

'Dat doet er ook niet toe. Het enige van belang is of de Marokkaanse geheime dienst, of bepaalde fundamentalistische organisaties... En u zelf, bent u ooit in Marokko geweest?... Waar?... Wanneer?... En was dat alleen vakantie, of...'

Het ging maar door. Alsof hij moedwillig informatie achterhield, alsof het niet om zijn eigen moeder ging. Marokkaanse fundamentalisten, verdomme. Wat wisten ze dat ze hem niet vertelden?

'Vertelt u mij eens, hebt u aanwijzingen dat er Marokkaanse organisaties zijn die...'

'Nee, nee, maar u begrijpt, we moeten alles natrekken. Vertelt u nog eens, die kunstoffenproductie, is die niet...'

Woensdagmiddag 5 maart

Er was genoeg koffie, sloten inktzwarte koffie waar het drab nog onderin dreef. En koekjes. Willemien herinnerde zich niet dat ze die in huis had gehad, maar dat zou dus wel. Ze waren bros en mierzoet en langzamerhand kleefde het zoet tussen haar tanden en trok het door al haar smaakpapillen tot in haar keel. Ze was dol op koekjes.

De steden groeiden. Het geld groeide. Ze knipten honderdjes en vijfhonderdjes en duizendjes uit blocnotevellen. Toen de man van de laptop binnenkwam merkten ze het niet eens, zo gespannen volgden ze de zetten, van Fatima ditmaal. Hij stond in de deur van de keuken met een machinepistool in zijn handen en zei: 'Komen, Mohammed, Ahmed.'

Het was Mohammed, die nu aan de beurt was, die riep: 'Kop dicht, eikel.'

Hij wierp de dobbelstenen en floot tussen zijn tanden.

'Aj aj...'

Ahmed schoof zenuwachtig op zijn stoel heen en weer, maar kon ook zijn ogen niet van het bord houden.

'Eén, twee... Ja, ja, kom maar, kom maar naar Melilla, m'n zoetje, kom maar betalen, betalen.'

'Komen jullie nou, verdomme!'

Willemien schoot in de lach, omdat ze schrok, maar ook omdat er geen woord Marokkaans bij was. En omdat de kinderen niet eens opkeken.

'Wel ja.'

'Hou je mond, teef,' snauwde hij.

'Hé, dimmen, man,' riep Fatima, 'ze is nog altijd mijn mevrouw, hoor.'

En Ahmed zei: 'Ja, ja, kalm maar, we komen zo.'

De man verdween en het spel ging door of hij er niet was geweest. Soms sufte ze een beetje, maar dan riep Fatima haar weer tot de orde.

'Let nou toch op, mevrouw, hij staat op het Velperplein.'

'Ach, ja. Ja, dat is Musis Sacrum, mét Nina Simone, dat is dan honderdtwintigduizend euro.'

'Shit, fuck...'

Ze knikte.

'Je zal toch moeten betalen. Dat moet je nu eenmaal voor alles in het leven.'

Ahmed keek haar achterdochtig aan, alsof hij vermoedde dat ze ergens op doelde. En zij glimlachte terug.

'Geef me dan Tetuan maar.'

'Nooit. Dat nooit!'

'Stil maar,' zei Fatima. 'Zullen we samen doen?'

'Dat zal wel moeten, als we toch gaan trouwen.'

Ze schoof haar kaartjes en geld naar hem toe en zei: 'Dat zien we later nog wel.'

Toen die man met zijn machinepistool weer verscheen, gingen de jongens en Fatima wel met hem mee. Mopperend: 'Wat nu weer.'

'Wat een gezeik.'

Maar Willemien zag de blik in de man zijn ogen en zei: 'Gaan jullie nou maar.'

Ze was trouwens zo langzamerhand doodop, een beetje warrig ook. Die attaque was toch erger geweest dan ze de dokter, en Job, had doen geloven. Het was maar goed dat ze binnenkort naar het ziekenhuis ging.

Voor haar lagen het monopoly-spel en het ganzenbord met de ganzen op hun luciferhoutjes rechtop in de vakken en het geld in keurige gekleurde stapeltjes langs de vier zijkanten. Het meeste daar waar Fatima had gezeten. Natuurlijk, dat zou in alle eeuwen en overal wel hetzelfde zijn, en ook in Marokko: vrouwen spaarden.

Het was stil in de keuken. Er klonk geen enkel geluid, niet van de gang en niet van buiten. Het had iets onwezenlijks, kils bijna.

Om een of andere reden moest ze aan haar grootmoeder denken, die daar maar eenzaam in dat bed had gelegen in Amstelveen, met alleen mevrouw Rijlaarsdam om haar te verzorgen en haar vader en zijzelf, die eens in de zo veel tijd langskwamen. Ze begreep het nu wel: er kwam een moment in je leven dat er niets anders overbleef dan te wachten tot het afgelopen zou zijn. Zo simpel was het. Of niet? Want had zelfs haar grootmoeder zich niet vastgeklampt aan het schamele beetje leven dat haar nog restte? Op een van die troosteloze avonden dat Willemien naast haar bed had gezeten, had ze haar plotseling met kleine, stekende ogen aangekeken en gezegd: 'Ik durf niet. Ik durf me niet te laten gaan.'

Dat was een paar dagen geweest voordat ze was gestorven.

En zijzelf? Maar zij zou toch negentig worden, of op zijn minst tachtig? Ik moet opstaan, dacht ze, mijn stok pakken en de keuken uit lopen naar de woonkamer, iets doen, weer zwaaien naar de helikopter, de tv aanzetten desnoods. Maar ze bleef zitten, bijna treiterig, alsof ze het nu wel eens over zich heen wilde laten komen, de eenzaamheid en de kou en de dood. Want je kon wel doorgaan te proberen het van je af te houden – zoals toen ze nog een kind was, 's nachts in het donker: tienmaal zoveel als ik nu ben is nog zeventig jaar, nog tachtig – maar hoe snel was het niet voorbijgegaan? En wat had het als je erop terugkeek eigenlijk te betekenen gehad? Gniffelend schoof ze met één vinger haar gans met zijn uitgestoken hals een paar plaatsen vooruit in de richting van het vakje met De Dood.

'Eénmaal dood is dood, tweemaal dood is dood,' neuriede ze.

Het gaf een vreemd, wat wit-achtig gevoel, alsof de dingen om haar heen op het punt stonden te vervagen. Ze kende het wel. Ze had het voor het eerst gevoeld op de begrafenis van haar grootmoeder, en daarna op die van haar vader – een stralende dag in juni, zij en Cas met haar moeder, die plotseling heel klein en breekbaar aanvoelde, tussen hen in bij dat graf waar dennentakken omheen lagen, alsof er iets te verbergen was. En op die van Cas, toen zij zelf tussen Job en Bieneke in liep met een steen in haar buik en niets zag van alles om haar heen. Het zou nog wel witter worden. Of, om het even, zwarter.

Zelfs het licht leek nu grauwer te worden, alsof er rook in de keuken stond. Het was zelfs of ze het kon ruiken. Ze keek rond. Opzij van de aanrecht hing aan de muur een rol zwarte plastic afvalzakjes. Steunend op haar stok stond ze op en trok er één af. In de la lag een schaar. Los uit de hand en zonder nadenken knipte ze zeven zwarte kraaien uit, nog steeds neuriënd, maar nu met iets nijdigs in haar stem en zo nu en dan hoestend: 'Witte zwanen, zwarte zwanen – zwarte krááien –, wie gaat er mee naar Engeland varen'. Dood, het zou wat. Zijzelf in elk geval niet. Wat dachten ze wel. Nee, nee, en nogmaals nee. Ze merkte niet dat de tranen over haar wangen liepen, al was alles wel wazig.

Vastmaken ging moeilijker. De ganzen bij Op Bezoek en Naar de Gevangenis moesten kraai worden en die bij de vier stations, noord en zuid en west en oost.

'West is west and east is east.'

Kon je Marokko 'east' noemen? Of toch noord en zuid? Ze dubde. Het dunne plastic flubberde tussen haar stijve vingers en het plakband kleefde aan alle kanten vast, behalve waar ze wilde. Maar één voor één kregen ze toch iets van zwarte kraaien met grote, rommelige, troosteloos omlaag hangende vleugels. Van de vier loopganzen kreeg alleen de grootste een zwart lichaam. De lange witte hals bleef vanachter het plastic uitsteken, de kop venijnig in de lucht. De drie andere bleven wit.

'Goed zo,' mompelde ze.

Maar echt tevreden was ze toch nog niet. Weer kwam ze overeind. In het keukenkastje boven de aanrecht had ze een verzameling plastic boodschappentassen. Toen ze het deurtje opentrok kwamen ze eruit rollen. En ja, ook een geelgroene. Ze knipte er een reep af en plakte die op de lange witte nek. Zo moest het dus maar. Uitgeput en duizelig zat ze ernaar te staren, zo nu en dan wegdommelend en dan met een schokje weer opkijkend. Het zag er spookachtig uit, die gifgroene, half verkoolde moedergans met haar drie witte zonen, één voorzichtige, één snelle, en één die weg leek te duiken. Ze wist niet meer wat ze er eigenlijk mee had willen zeggen, maar dat deed er niet toe.

Zes kilometer verderop fietste Bien zo hard als ze kon door de duinen richting Scheveningen. De zon scheen, boven haar hoofd krijsten de meeuwen en hier en daar zag ze op de paden tussen de duindoorn en de gagel wandelaars lopen. Een verre, onschuldige wereld, waarin terrorisme niet verder reikte dan de krant. Want terroristen waren het, wat haar vader ook zei. 'Een paar losgeslagen jongelui die op deze manier aan een hoop geld denken te komen', het mocht wat. Regelrechte terroristen, zou hij bedoelen, uitgestuurd door Al-Qaeda of om het even welke andere fundamentalistische kut-organisatie om samen met zichzelf ook haar oma op te blazen. Haar oma, of all people...

Natuurlijk huilde ze, en natuurlijk hingen haar haren voor haar ogen, zodat ze de hond die vanuit de bosjes het fietspad op rende te laat zag. Ze maakte nog een slag met haar stuur. Haar achterwiel slipte weg over de schelpen. En ze viel. Het was een harde klap. Haar handen waren geschaafd en haar dijbeen, waar de pijp van haar spijkerbroek in flarden bij hing, bloedde. Even was alles zwart voor haar ogen.

'Shit, shit, shit.'

Toen ze weer opkeek stonden er opeens allerlei mensen schaapachtig over haar heen gebogen. Ze probeerde op te staan, maar iemand hield haar tegen.

'Niet zo vlug.'

Er kwam water uit een of andere veldfles. Een vrouw hurkte naast haar en begon met een kletsnatte zakdoek haar been te deppen.

'Nee, nee, laat me nou. Ik moet echt...'

Ze duwde de hand weg en eindelijk lukte het haar overeind te komen.

Het was hilarisch. Haar grootmoeder ginds in de verte gegijzeld door terroristen... Jezus, haar oma... 'Je oma,' hoorde ze haar vader zeggen, 'was vroeger een heel strijdbare vrouw, dat had je toen zo, actiecomités, demonstraties...' En zij hier omringd door die keurige Haagse mensen op hun middagwandeling die van niets wisten.

Het was alsof de werkelijkheid in stukken uit elkaar gevallen was. En dat bleef zo, ook toen ze haar fiets omhoog had getrokken, met het voorwiel tussen haar knieën het stuur recht gezet had, het achterspatbord terug had gebogen, en toen, met een vaag 'sorry', tegen de zon in wegfietste. Het licht leek heller dan tevoren, een flikkerend waas, maar dat kwam misschien doordat hij nu recht in haar gezicht stond. Daarachter lag Duinzicht. Ze was misselijk en het was of ze door een dichte brei van licht heen moest trappen om vooruit te komen. Er kwam geen eind aan.

En toen was ze er opeens. Het gebouw lag op het duin als een bastion, met erboven de helikopter die rondjes draaide in de lucht en eromheen overvalwagens, een ambulance, een grijze commandopost. In de berm van de oprijlaan zaten en lagen ME'ers. Verderop trapten er een paar tegen een bal. En van nog verder, leek het, kwam er iemand haar kant uit, die kennis van haar oma met wie ze de vorige dag gesproken had.

Hij greep haar stuur vast en zei: 'Grote goedheid, wat is er met jou gebeurd?'

'Niets,' zei ze, 'gevallen. Hoe is het met mijn oma?'

Ze keek verwilderd rond.

'Ze gaan toch niet...?'

'Nee, nee, stil nou maar. Ik denk het niet.'

Hij voerde haar mee in de richting van de ambulance.

'Je moet er even naar laten kijken. Je oma heeft er niets aan als jij nu ziek wordt.'

Hij had natuurlijk gelijk, al was haar oma werkelijk de laatste om zich druk te maken over een paar ontvelde handen en een bloedend dijbeen. 'Kom op,' zou die zeggen, 'dat gaat wel weer over voordat je een jongetje bent.'

Haar oma, die haar had geleerd bomen te klimmen in de den in de achtertuin in de Van Breestraat. Eerst de dode takken wegbreken.

'Pas op, Bieneke, niet je hand loslaten voordat je voeten stevig staan. En nooit een volgende stap doen voordat je je met allebei je handen stevig vast hebt. Ja, en nu eentje hoger. Goed zo.'

Ergens in de diepte klonken de stemmen van de achterburen. En toen zag ze ze ook, over de heg, terwijl recht onder haar haar oma tussen de takken omhoogkeek.

'Oma, dag oma!'

'Kijk wat je doet, Bieneke.'

En later, toen haar opa en oma naar Scheveningen waren verhuisd, hadden ze 's avonds op het strand een kampvuur gemaakt van aangespoeld hout. Ze hadden aardappelen in aluminiumfolie gepoft en op een rooster van het fornuis karbonaden geroosterd, die smaakten naar houtskool en waarvan het vet langs je kin en over je handen droop, terwijl je de gloed van het vuur op je gezicht voelde en de zon langzaam verdween achter de wolk aan de horizon.

'... zwarte kraaien, witte zwanen...'

Willemien zong een beetje en blies met kleine spugjes tegen de vleugels van haar ganzenbord-kraaien, die opfladderden en zwarte vlekken werden voor haar ogen, waar de groene en witte ganzen doorheen schimmerden.

'Ja, ga maar, ga maar, weten jullie veel? Ren dan maar met je witte lijven naar de put.'

De dood dus. Het zou wel niet meer zijn dan een hik, alsof je je verslikte. Ze lachte: uiteindelijk verslikte je je in het leven. En hoeveel leven had ze niet gehad? Een vol, warm, comfortabel leven. Druk, dat wel, met al die besturen en commissies en vergaderingen – welke hoogleraar klaagde er niet over? Maar al met al zonder veel zorgen, zelfs niet over al die oorlogen die steeds dichterbij kwamen. Aanslagen. Bedreigingen van terroristen.

Ze schrok op. Terroristen. De wraak van Afrika. Karl May, *In het Land van den Mahdi*.

Nachtenlang had ze met een zaklantaren onder de dekens liggen lezen, totdat ze haar moeder naar boven hoorde komen. Eigenlijk had ze het niet eens spannend gevonden. Het was meer omdat haar vader het er altijd over had, een boek uit zijn jeugd toen hij nog met zijn moeder en broers, en haar grootvader, in Arnhem woonde. Soms kwamen ze er langs en dan wees hij: 'Kijk, daar woonden we.'

Eén keer had hij haar opgetild.

'Zie je de serre? Daar stond de vleugel waarop mijn vader speelde als hij thuis was.'

Verder had hij het nooit over zijn vader. Maar wel over Karl May en over diens Arabische boeken, die volgens hem veel echter waren dan die over de indianen. Ze lagen onderin het kastje waarin ook de atlassen lagen, vier dikke delen met op de omslag telkens dezelfde afbeelding van een Arabier in een wapperende witte burnous op een steigerend paard, zwaaiend met zijn geweer.

'Als jongens vochten we erom wie ze het eerst mocht lezen.'

Stikkend onder het dek had ze in de kleine cirkel licht de woorden één voor één opgezogen: '*Allah zal een profeet zenden, die het door Mohammed begonnen werk moet voltooien. Deze profeet zal de ongeloovigen bekeeren, of, indien zij zich niet laten bekeeren, zal hij hen vernietigen... Door het vuur en het zwaard... Wij zijn onweerstaanbaar, als wij ons in den strijd over uw landen verspreiden... Allah l'Allah! Hebt ge ooit een Moslim in den strijd gezien? Wij zouden u in een oogenblik verpletteren... Hij is er reeds en heeft reeds van Allah het bevel gekregen, zich op de verovering der aarde en de vernietiging der ongeloovigen voor te bereiden... de Mahdi.*'

Wat iedereen zich niet in zijn hoofd haalde, mopperde ze, of het nu Marx was of de Mahdi, allemaal negentiende-eeuwse fantasieën die maar doorwoekerden en doorwoekerden en op de meest onverwachte momenten de kop opstaken, dan hier, dan daar, in Soedan, in Afghanistan, in Algerije. Steeds dichterbij.

En nu waren ze dus hier, vermomd als zulke aardige kinderen als Fatima en haar broer en haar vriendje. Ze moest maar eens een hartig woordje met ze spreken en wel nu, onmiddellijk. Want alles goed en wel, idealen en actie, revolutie desnoods, maar je kon natuurlijk niet zomaar een bejaardenflat binnen vallen. Wat er dan ook allemaal gebeurd mocht zijn vroeger. Godzijdank dat ze tenminste alles had verbrand wat voedsel zou kunnen geven aan die ideeën van ze: compromitterende brieven, een of ander omkoopschandaal ongetwijfeld, waar Job nog last genoeg van had kunnen krijgen, en, wel ja, waarom niet, samenwerking met de Duitsers. Vernietigd. In rook opgegaan, zoals dat zo mooi heette.

Toen ze ditmaal op wilde staan wankelde ze en viel ze terug op de stoel. Ze begon te hoesten. En te hoesten. Dat oude papier, en vooral die kartonnen dozen waar haar grootmoeder al die brieven jarenlang in had bewaard, dat gaf natuurlijk rook, rook die nu onder de deur de keuken in begon te komen.

Op de zesde verdieping van het bejaardencomplex Duinzicht zat Willemien Rietkerk in haar keuken te hoesten en met tranende ogen te kijken naar haar ganzen, die zacht wiegden in de rook. Waar bleven ze nu toch? Ze moesten al uren weg zijn. Ze had barstende hoofdpijn en een doffe, droge smaak in haar mond.

Eigenlijk zou ze wel willen gaan liggen, maar tegelijkertijd was het of ze per se naar die ene groengele en die drie witte ganzen moest blijven kijken, die naar de put renden of, wie weet, naar de stations met hun zwarte wachters. Want als die op zouden vliegen en dan met hun zwarte, verbrande vleugels omlaag zouden komen dwarrelen over de aarde... Woede, ach ja, brand, en oorlog, en Auschwitz, en de volgende oorlog, en weer een volgende oorlog.

'Vergeleken met Europa,' had haar oom Willem wel eens tegen haar gezegd, 'is ondanks alles Marokko voor mij een hemel van zuiverheid.'

Ze had hem niet geloofd, maar zelfs toen had ze niet gevraagd wat hij bedoelde.

Maar nu hoorde ze toch eindelijk stemmen op de gang, en wist ze zeker dat ze ook Alwin hoorde. Zijn stem klonk autoritair boven die van de jongens uit. Natuurlijk, natuurlijk. Haar hart bonsde opeens als een gek. Ze greep naar haar stok, maar die was op de grond gevallen. Opzij hangend, hijgend en hoestend, probeerde ze hem met haar vingertoppen dichterbij te krijgen.

'Voor Allah en Marokko,' hoorde ze roepen.

Hij had dus in Marokko gezeten. Daarom was hij zo verbaasd geweest, toen ze het over Amerika had gehad. In eenenzeventig moest hij er al zijn geweest, toen daar... Die foto in de krant. Had ze hem daarop gezien? Of was dat op de foto die Willem hun ooit had getoond van een hysterische, met stokken en vlaggen zwaaiende menigte? Een klein, maar daarom niet minder duidelijk en vastberaden gezicht tussen duizenden kleine gezichten.

En nu hoorde ze allerlei stemmen tegelijk.

'Er fikt hier wat!'

'Ach wat, we zijn omsingeld, man!'

'Ze komen naar boven!'

Was er gevaar? Er klonk een klap en Alwin riep: 'Naar binnen!'
Was het mogelijk? De Rote Armee, de IRA, Al-Qaeda, god weet wat... Dat was dus de reden dat hij altijd maar had gedaan of het hem niet interesseerde, de universiteit, de Amicales zelfs, al die jaren...

'Had je het dan niet begrepen, Mientje? Ik kon toch niet bij je blijven? Wat voor leven zou je hebben gehad, altijd ondergedoken, altijd op de vlucht.'

'Maar we hielden toch van elkaar? Ik hield toch van je?'

'Kom.'

En hand in hand liepen ze door de wijkende mensenmassa de verte in, de stralende verte, waar een heldere zon langzaam boven de horizon steeg...

Er schoot een lichtflits door haar hoofd. Pijn. O nee, niet weer, dacht ze nog en tegelijkertijd: nou gaan ze schieten, ik moet me onder de tafel laten glijden. Ze deed niets. Ze hing scheef in haar stoel, starend naar de voorstelling op de keukentafel. Ze blies. De slappe vleugels golfden even op, alsof de gans haar jongen beschermde. En toen blies ze weer. En weer. Ze kon niet ophouden. Het speeksel liep over haar kin. Ze hoorde de keukendeur opengaan en mensen binnenkomen. Alwin dus... Maar ze keek niet op en bleef maar blazen, zodat de vleugels van de vogel bleven bewegen, als verschroeide bladeren wapperden ze voor haar ogen, vergeefs en wanhopig.

Er was geschreeuw. Een deur sloeg met een klap dicht. Lawaai van voetstappen en stemmen.

Iemand begon aan haar te trekken.

'Mevrouw, mevrouw!'

Naast haar zat Fatima op haar hurken en hield haar hoofd in haar handen.

Ze werkte zich wat overeind. Haar nek en haar rug deden pijn en haar rechterbeen sliep. En haar hoofd, haar hoofd...

'Ach kindje.'

'Voelt u zich wel goed?'

Haar kin was nat, en haar mond en haar keel waren droog als schuurpapier, en nog steeds zat de dood te schrijnen en te steken in haar hoofd. Zo zou sterven dus wel gaan, met stemmen om je heen die van alles wilden en jijzelf je vastklampend aan elk dun teugje adem.

'Water!' riep Fatima. 'Vlug nou.'

'Waar is een glas?' zei Ahmed sullig vanaf de aanrecht.

'In de kast, oen.'

'Shit! Hou jullie koppen dicht! Ik hoor niets!'

Dat was Mohammed. En nu zag ze hem ook, dwars door de waas voor haar ogen. Hij stond bij de deur naar het halletje met zijn oor tegen de kier.

'Wat doen ze, verdomme!'

Zijn stem sloeg over en het was bijna of hij huilde: 'Shit, shit shit!'

Opeens, alsof er een windvlaag door haar hoofd ging, was ze helder. Ze zag zichzelf zitten, ineengezakt, en met om haar heen die panische kinderen die god weet wat in beweging gebracht hadden. Geen Alwin.

'Mijn stok,' zei ze kribbig.

Fatima raapte hem op en duwde hem in haar hand. Met twee handen aan de knop wrikte ze zich omhoog en toen stond ze half leunend tegen de tafel, nog steeds duizelig – ja, ja, duizelig, de keuken stond vol rook, maar daar was het nu werkelijk het moment niet voor, middenin deze toestand, een gijzeling nota bene, wat dachten ze wel...

'En nu moeten jullie eens even goed luisteren. Ja, jij ook.'

Ze stootte met haar stok op de vloer en knikte richting Mohammed.

'Kom hier en ga zitten alle drie. We zijn aan het spelen, begrijpen jullie? Dat is nu het enige dat we nog kunnen doen: doen of we spelen.'

Niemand luisterde.

Ze wankelde een beetje. Natuurlijk, wat wilde je, op de grond slapen en dan deze drukke kinderen om haar heen, die nu plotseling met krijsende stemmen tegenover elkaar stonden, als op een van die hopeloze kinderpartijtjes van Jobje die na alle opwinding, en cadeautjes, en snoep, op een gegeven moment altijd uitliepen op ruzie en huilen, totdat ze ze eindelijk met z'n allen rond de grote keukentafel had met taart en limonade, en ganzenbord. Of monopoly. Of star wars. Want dat wist iedereen, bij de Rietkerken eindigde elk feest met spelletjes, zelfs het leven.

Haar hart kromp. De laatste twee jaar tot zijn dood had Cas in hun grijze flat met uitzicht op een altijd grijze zee, achter zijn computer star wars zitten spelen. Steeds maar weer, zelfs toen de Parkinson zijn handen al vrijwel onbeheersbaar had gemaakt en hij scheef en verbeten door was blijven gaan.

'Hou nou eens op.'

'Even nog.'

En klik na klik was hij verdwenen achter de metalen robots in hun gigantische luchtschepen, die met zwarte klepperende vleugels oplosten in het heelal. Zo leeg was de wereld.

Alleen Fatima begreep wat ze bedoelde en duwde haar vriendje naar de tafel.

'Als je met me wil trouwen doe je nu wat ik zeg, Ahmed Ounia.'

'Oké, oké, rustig maar.'

Hij schoof op zijn stoel, en toen kwam Mohammed ook en greep de dobbelstenen.

'Vooruit, level one, zzzz-kedung-kedung...'

Hij zwaaide met zijn gans door de lucht, langs gevangenis, put en dood, om vervolgens neer te komen op de Hassan II-moskee.

'Ha, dat ben ik zelf!'

'Nee, schoft!' riep Ahmed. 'Je speelt vals, corrupte rot-Arabier, kan je niet tellen? Hier moet je zijn, in Al-Hoceima.'

Mohammed leunde achterover. Hij leek te glimlachen, en toen siste hij zacht, met alle omfloerste medeklinkers van zijn Marokkaanse accent: 'Wees jij maar heel rustig, kif-Riffijn, en verzuip maar in je hasjiesj-velden overal. Als jij in mijn moskee komt, stuur ik je voor de rest van je leven naar de onderaardse kerkers van Tazmamart.'

Het was plotseling doodstil, alsof iedereen na deze woorden de adem inhield. Ahmed en Fatima staarden strak voor zich op het bord en Mohammed bleef maar bête voor zich uit glimlachen.

'Wat is dat? Tazmamart?' vroeg Willemien, die nu de dobbelstenen had genomen en die langzaam in de holte van haar samengeknepen handen begon te schudden.

Niemand antwoordde. Van veraf, ergens diep in het gebouw,

klonk weer lawaai, dat snel dichterbij kwam. Wat hadden ze nu? Ze bleven toch vreemd soms, die Marokkaanse kinderen. Ze wist bijna zeker dat Fatima, en dus ook haar broertje Mohammed zelf uit de Rif kwamen. En ja, hasj. Ze herinnerde zich Cas' woorden ergens begin jaren negentig: 'Dat wordt het écht grote probleem daar, het hele gebied is opgeofferd aan de hennepteelt.'

Maar kreeg je kanker van hennep?

Toen raakte de tijd in een glijvlucht. De keukendeur werd opengerukt en in de opening stond weer die man met zijn machinepistool te zwaaien. Ditmaal had hij ook nog een bivakmuts over zijn hoofd getrokken.

Star wars, dacht ze nog hilarisch.

Naast haar begon Fatima te gillen. Tegelijkertijd schoot er een beeld door haar hoofd van terugdeinzende mensen in uniform en een enkele witte kaftan, bloedvlekken, en daarachter de panische gele ogen en de wijd opengesperde, kwijlende en bloedende bek van een geit. En toen begon er een diep, dreunend, in golven af- en weer toenemend brommen van vliegtuigen, honderden vliegtuigen.

Ook buiten kwam er nu beweging. Op de trap van de commandopost begon plotseling iemand door een luidspreker bevelen te schreeuwen, terwijl in de lucht de helikopter stopte met rondjes draaien en loodrecht bleef hangen boven het gebouw. Uit een van de ramen van haar oma's flat kwam rook.

Bien stond met een ruk stil.

'Kijk!' riep ze in paniek.

Op hetzelfde moment viel er een touw uit het toestel waarlangs drie figuren omlaag kwamen en gebukt naar het midden van het dak renden.

'Ze gaan aanvallen! Mijn oma!'

Ze trok zich los en begon te hollen in de richting van de commandopost.

Opeens rende alles en iedereen. De ME'ers renden van de berm naar hun wagens en anderen renden met geweren, of mitrailleurs, of wat dan ook in hun handen van de wagens naar de ingang van het gebouw. Weer anderen renden langs de terrassen links en rechts naar de achterkant. Ambulanceverplegers renden met een brancard tussen zich in ook naar de ingang, en in de verte kwamen verslaggevers aanhollen en filmploegen met lichtapparatuur en camera's en microfoons. En dwars door alles heen rende Bien, met zwaaiende armen en met haar lange blonde haren wapperend in de zon.

'Hou op, hou op! Daarbinnen is mijn oma!'

Ze holde de trap van het flatgebouw op, de hal in. Haar been bloedde nog steeds, zodat ze een spoor van bloeddruppels achterliet. De lift werkte, maar langzaam. Ze leunde tegen de wand. Eigenlijk was ze trillerig en een beetje duizelig, en toen ze in de spiegel keek schrok ze van haar verwilderde gezicht, alsof ze zichzelf aankeek vanuit een andere werkelijkheid. Waarom schoot dat ding nou niet op? Toen hield hij met een klein schokje stil en schoof de deur open.

Verderop stond een rij ME'ers met de ruggen naar haar toe. Terwijl ze ernaartoe liep, zag ze dat twee van hen een man met een bivakmuts over zijn gezicht vasthielden. Hij hing met slappe benen in hun armen en hij schreeuwde. En toen zag ze, door de open voordeur en keukendeur, vaag haar oma staan. Ze stond frêle en ferm met uitgestrekte armen voor de keukentafel, waaraan Fatima en twee Marokkaanse jongens sullig voor zich uit zaten te kijken.

'Nee,' hoorde ze haar roepen, 'zij niet, zij hebben er niets mee te maken! We waren een spelletje aan het doen, toen die idioot opeens binnenkwam met zijn pistool.'

Met haar spitse hoofd op haar dunne, uitgestrekte nek had ze iets van een reusachtige vogel die haar jongen beschermde. Ze wapperde met haar handen, en het leek Bien haast dat ze spoog. Het was ondenkbaar: haar altijd keurige oma, die zich als een soort helse furie met slierende haren verzette tegen de ME'ers, die haar voorzichtig wegvoerden.

'Komt u nu maar, mevrouw, dat komt allemaal in orde, het is over.'

Nog bij de lift aan het eind van de gang hoorde ze haar. 'Dat is mijn hulpje met haar broer en haar vriendje. Zij zijn onschuldig, begrijpen jullie? Onschuldig!'

Bien stond haar nog verbijsterd na te kijken, toen alles om haar heen begon te draaien en ze neerzakte op de grond.

Toen ze weer opkeek was iedereen verdwenen, behalve die kennis van haar oma, die over haar heen gebogen stond.

'Gaat het?'

'Waar zijn ze?'

'Beneden. Het is allemaal voorbij. Je vader en je moeder zijn er ook. Je grootmoeder is een beetje in de war, maar dat gaat wel weer over. Ze is een bijzonder flinke vrouw.'

Hij hees haar overeind, en terwijl ze met haar zakdoek haar been schoonveegde, vroeg ze: 'Hoe kent u haar eigenlijk?'

Hij lachte.

'Eigenlijk? Eigenlijk ken ik haar helemaal niet.'

Citaten

p. 23 Friedrich Nietzsche, *Die Geburt der Tragödie aus dem Geiste der Musik.* 'Vorwort an Richard Wagner' (1871). Stuttgart 1952, p. 18

p. 26 L. van Beethoven, *An die ferne Geliebte*, strofe 1

p. 57 Walther von der Vogelweide, *Die gesamte Ueberlieferung der Texte und Melodien: Abbildungen, Materialien, Melodietranskriptionen.* Hrsg. von Horst Brunner, Ulrich Mueller, Franz Viktor Spechtler; mit Beitr. von Helmut Lomnitzer und Hans-Dieter Mueck; Geleitw. von Hugo Kuhn. Goeppingen 1977, p. 73

p. 97 Alessandro Cova, *Graziani. Un generale per il regime.* Roma 1987, p. 107 en Benito Mussolini, *Scritti e Discorsi* VII, *dal 1929 al 1931.* Milano 1934, p. 21-22

p. 123 Franz Kafka, *Die Verwandlung*

p. 131 Monika Kiffer, *Mussolinis Afrika-Feldzug 1935/36 im Spiegel von Literatur und Propaganda der Zeit.* Diss. Erlangen-Nürnberg z.p., z.j., p. 35 en 189

p. 148 Rober Musil, *Der Mann ohne Eigenschaften* (1931), in: *Gesammelte Werke* I. Reinbek 1978, p. 45

p. 164 Fred. K. Prieberg, *Kraftprobe. Wilhelm Furtwängler im Dritten Reich.* Wiesbaden 1986, p. 120

p. 193 H. Marsman, 'De overtocht'. In: *Verzamelde Gedichten.* 4e dr. Amsterdam 1949, p. 50

p. 215 Fred. K. Prieberg, *Kraftprobe. Wilhelm Fürtwangler im Dritten Reich.* Wiesbaden 1986, p. 407-408

p. 335 H. Marsman, 'De overtocht'. In: *Verzamelde Gedichten.* 4e dr. Amsterdam 1949, p. 50

p. 351 Karl May, *In het Land van den Mahdi.* Naar het vijfenvijftigste duizendtal der Duitsche uitgave [bewerkt] door C. van der Tonge-Koster. Laren z.j. [1920], p. 67-69

Literatuur

Van de vele door mij geraadpleegde bronnen noem ik alleen de belangrijkste.

Over de Volkenbond las ik van George Scott, *The rise and fall of the League of Nations* (London 1973) en het door de Verenigde Naties uitgebrachte rapport *The League of Nations 1920-1946* (New York & Geneva 1996).

In Nederland gaf de Vrijzinnig-democratische Bond de *Tekst van het Gifgasrapport van den Volkenbond* uit (Amsterdam 1925).

Wat betreft Italië heeft vooral de kwestie Zuid-Tirol veel pennen in beweging gebracht, onder anderen van Dennison L. Rusinow, *Italy's Austrian heritage (1919-1946)* (Oxford 1969) en van Umberto Corsini en Rudolf Lill, *Südtirol 1918-1946* (Bozen 1988).

Jasper Ridley schreef een informatieve biografie over *Mussolini* (London 1997) en Alessandro Cova een nog veel meer informatieve over *Graziani. Un generale per il regime* (2e dr. Roma 1987).

Over de Marokkaanse geschiedenis las ik: *Marokko. Een troon die wankelt* (Nijmegen 1984) van Ankie Mensink en Marie-José Buck; *Marokko. Mensen, politiek, economie, cultuur* ('s-Gravenhage 1995) van Wout Lentjes; *Geschiedenis van Marokko* (Amsterdam & Leuven 1999) van Herman Obdeijn, Paolo De Mas en Philip Hermans; en ten slotte van Sietske de Boer, *Jaren van lood. Een Marokkaanse familiekroniek 1913-1999* (Amsterdam 2000).

Over de Rif-oorlog schreef Rupert Furneaux, *Abdel Krim, emir of the Rif* (London 1967). De volledige gegevens over de gifgasaanvallen en het aandeel van de Duitse industrie daarin zijn pas in 1990 voor het eerst bekend gemaakt door Rudibert Kunz en Rolf-Dieter Müller in hun studie *Giftgas gegen Abd el Krim. Deutschland, Spanien und der Gaskrieg in Spanisch-Marokko 1922-1927* (Freiburg 1990).

De Italiaanse kolonisatie van Libië is uitvoerig beschreven door John Wright in zijn boek *Libya* (London 1969) en door Ali Abdullatif Ahmida in diens *The making of modern Libya* (New York 1994).

De kolonisatieoorlog in Ethiopië is onderwerp van een studie van Angelo Del Boca, *I gas di Mussolini. Il fascismo e la guerra d'Etiopia* (Con contributi di Giorgio Rochat, Ferdinando Pedriali e Roberto Gentili; Roma 1996).

De missie van het Nederlandse Rode Kruis aldaar is beschreven door Ch.W.F. Winckel en A. Colaço Belmonte, *Het Nederlandsche Roode Kruis in Ethiopië. Waar onze vlag eens wapperde* (Amsterdam 1936) en door A. van Schelven, *Tusschen bommen en roovers. Met de Nederlandsche ambulance in Abyssinië.* (Amsterdam 1936).

Een ooggetuigeverslag van de Spaanse burgeroorlog geeft Gerard Lutke Meijer in *Voorspel Wereldbrand* ('s-Gravenhage 1986).

Over Hitler-Duitsland zijn de belangrijkste door mij geraadpleegde studies: *Duitsland en de democratie 1871-1990*, onder redactie van Jürgen Hess en Friso Wielenga (Meppel 1992) en Earl F. Ziemke en Magna E. Bauer, *Moscow to Stalingrad: decision in the east* (New York 1988).

Over de geschiedenis van het zyklon-B-gas gaat het boek van Joseph Borkin, *Die unheilige Allianz der I. G. Farben. Eine Interessengemeinschaft im Dritten Reich* (Frankfurt am Main 1973). Daimler-Benz is onderwerp van *Die Daimler-Benz* AG *in den Jahren 1933 bis 1945. Eine Dokumentation* van Hans Pohl, Stephanie Habet en Beate Brüninghaus (2e dr. Wiesbaden & Stuttgart 1987).

De situatie van een beroemde concertpianist gedurende de oorlogsjaren in Duitsland is beschreven in Fred. K. Frieberg *Kraftprobe. Wilhelm Furtwängler im Dritten Reich* (Wiesbaden 1986).

Over het oprukken van de geallieerden in Noord-Afrika in de Tweede Wereldoorlog schreef Alan Moorehead een magistraal ooggetuigeverslag: *African trilogy, comprising: Mediterranean front; A year of battle; The end in Africa* (4e dr. London 1946).

Over de Tweede Wereldoorlog in Italië raadpleegde ik onder andere de studies van Dominic Graham en Shelford Bidwell, *Tug of war. The battle for Italy, 1943-1945* (London 1986) en van Richard Lamb, *War in Italy 1943-1945, a brutal story* (London 1993).

Voor de situatie van Nederland zijn de standaardwerken uiteraard L. de Jong, *Het Koninkrijk der Nederlanden in de Tweede Wereldoorlog* (ik gebruikte: Deel 6, eerste helft: Juli '42-Mei '43 en Deel 7, eerste helft: Mei '43-Juni '44 ('s-Gravenhage 1975 en '76)); en J. Presser, *Ondergang. De vervolging en verdelging van het Nederlandse jodendom 1940-1945* (2 dln. 's-Gravenhage 1977).

Speciaal over Arnhem gaan Tj. de B(oorder) en W. H. K(ruiderink), *Rovers plunderen Arnhem; een verhaal van oorlog, ballingschap en massale roof* (Arnhem 1945) en P. R. A. van Iddekinge, *Arnhem 44/45. Evacuatie, verwoesting, plundering, bevrijding, terugkeer* (Arnhem 1981).

Over autoraces in het algemeen raadpleegde ik de studie van Rodney Walkerley, *Automobile racing* (London 1962) en daarnaast van Rudolf Caracciola, *Mijn leven als coureur* (Utrecht & Antwerpen 1963). Over Fiat en de familie Agnelli gaat *Il tre Agnelli: Giovanni, Edoardo, Gianni. Dalla fondazione delle* FIAT *a oggi* (etc.) van Italo Pietra (Milano 1985).

Zijn persoonlijke aandeel in de ontwikkeling van de onderwaterfotografie is boeiend beschreven door Jacques-Yves Cousteau in het samen met Frédéric Dumas geschreven boek *The silent world* (London 1953). Daarnaast las ik onder andere van Cooper C. Graham, *Leni Riefenstahl and Olympia* (New York & London 1986).

Inhoud